许钧翻译论丛

文学翻译批评研究

（增订本）

许钧 著

译林出版社

图书在版编目（CIP）数据

文学翻译批评研究 / 许钧著. —增订本 . —南京：
译林出版社，2023.1
（许钧翻译论丛）
ISBN 978-7-5447-9454-1

Ⅰ. ①文… Ⅱ. ①许… Ⅲ. ①文学翻译 – 翻译理论 –
研究 Ⅳ. ① I046

中国版本图书馆 CIP 数据核字（2022）第 191268 号

文学翻译批评研究（增订本）　许钧／著

责任编辑　王理行
装帧设计　侯海屏
校　　对　戴小娥
责任印制　董　虎

出版发行　译林出版社
地　　址　南京市湖南路 1 号 A 楼
邮　　箱　yilin@yilin.com
网　　址　www.yilin.com
市场热线　025-86633278
排　　版　南京展望文化发展有限公司
印　　刷　徐州绪权印刷有限公司
开　　本　652毫米 × 960毫米　1/16
印　　张　16.75
插　　页　4
版　　次　2023年1月第1版
印　　次　2023年1月第1次印刷
书　　号　ISBN 978-7-5447-9454-1
定　　价　78.00元

翻译的价值是无可估量的
——“许钧翻译论丛”总序

从大学毕业至今，已经近45年了。回想这40多年走过的路所做的事，我自己觉得最有意义的是翻译。我曾不止一次地说过，我做的工作，基本上只与翻译有关。我做翻译，包括口译与笔译，口译做过同声传译，也做过学术翻译、陪同翻译，有机会认识了联合国前秘书长加利、著名哲学家德里达、诺贝尔文学奖得主勒克莱齐奥等先生，有的还成了很好的朋友。笔译主要是文学翻译，也译过一些重要的学术著作。在做翻译的基础上，我对翻译进行思考，进行研究。除了做翻译、研究翻译，我的主要工作是教翻译，培养做翻译、研究翻译的人才。这几十年来，我之所以坚持不懈地做翻译、研究翻译和教翻译，是因为我对翻译重要性的认识在不断深入，因为我们都知道，不同民族的交流离不开翻译，社会的发展离不开翻译，世界的和平也离不开翻译。

我从翻译出发，通过翻译研究，把目光投向了人类悠久的翻译历史，在历史的审视中，对翻译的本质、翻译的作用、翻译主体的活动、翻译研究的发展和翻译学科的建设进行思考。感谢译林出版社的厚爱，系列推出我的翻译研究成果。可以说，这套“许钧翻译论丛”记录的就是我40余年来在翻译与翻译研究的道路上对翻译的思考与探索的印迹。

翻译活动是丰富的，有多种形态。雅各布森将翻译活动分为三种类型：符际翻译、语际翻译和语内翻译。符际翻译和语际翻译，我们译学界有过不少研究，但对语内翻译，似乎关注不多。我在《绕不过去的翻译问题》一文中曾谈到,“一个民族的文化是不断创造、不断积累的结果。而翻译,在某种意义上,则是在不断促进文化的积累与创新。一个民族的文化的发展,不能没有传统,而不同时代对传统的阐释与理解,会赋予传统新的意义与内涵。想一想不同时代对四书五经的不断‘翻译’,不断阐释,我们便可理解,语内翻译是对文化传统的一种丰富,是民族文化得以在时间上不断延续的一种保证”。

翻译的价值是无可估量的。在我看来,翻译的价值是多方面的,有社会价值、文化价值、语言价值、创造价值和历史价值。对于翻译的社会、文化价值,我们现在了解得比较多了。从整个人类社会发展来看,翻译能够克服语言差异造成的阻碍,达成双方的相互理解,为交流和对话打开通道。正是借助翻译,人类社会才从相互阻隔走向了相互交往,从封闭走向了开放,从狭隘走向了开阔。从某个具体国家民族的社会文化发展来看,翻译通过对别国先进科技和文化的介绍,能够引进知识,开启民智,塑造民族精神和国人思维,在特殊时期甚至能对社会重大政治运动和变革实践产生直接的影响,成为一种文化的构建力量。

而翻译的语言价值观,从根本上说,就是如何认识翻译活动对语言产生的作用和影响问题。翻译是一种特殊的写作活动,与通常的写作活动不同,两种语言的交锋很容易创生“第三种语言”,进入译入语后,能够从句法、词汇等方面丰富并拓展后者。梁启超曾讨论过佛经翻译文学对汉语的直接影响。据他介绍,当时日本人编了一部《佛教大辞典》,其中收录“三万五千余语”。暂不论这“三万五千余语”是否完全进入汉语系统,可以肯定的是,创造新词的过程是汉语逐渐丰富的过程。另外很重要的一点是,新词汇也意味着新观念,语言上的变化也会对思想观念、思维方式造成影响。如是观之,我们就会明白为何五四运动前后,几乎所有进步报刊都登载了翻译作品,而鲁迅、刘半农、沈雁冰、郑振铎、瞿秋白等人又为何会如此热衷于翻译了。

关于翻译的创造性,学界关注不够。翻译本身是一种创造性活动,只有凭借译者的创造才能实现。而且当我们讨论翻译的社会、文化和语言价值时,实际上已经涉及了翻译在这些层面所表现出的创造力。而当“本我”意欲打破封闭的自我世界,向“他者”开放,寻求交流,拓展思想疆界时,自我向他者的敞开,本身就孕育着一种求新求异的创造精神。与此同时,翻译中导入的任何“异质”因素，都是激活目的语文化的因子，具有创新作用。

在当今的时代，我特别关注在全球化的语境下，翻译应该承担的使命。在我看来，全球化和世界一体化给翻译提供了更广阔的发展前景，另一方面也赋予了翻译更为重要的使命。2002 年，联合国前秘书长布特罗斯-加利曾访问南京大学。当他得知我多年来一直从事翻译实践与研究后，充分肯定了这一工作的重要性，还为我正在撰写的《翻译论》题写了一句话：“翻译有助于发展文化多样性，而文化多样性则有助于加强世界和平文化的建设。”我认为这句话很好地定义了翻译在全球化时代的使命。全球化有其积极的一面，但其负面影响也不容小觑。加利访问南京大学时，曾发表了题为“多语化与文化的多样性”的重要演讲。在演讲中他指出，世界化进程会对文化产生直接的影响，甚至有可能危及文化多样性。他的这种担忧并非没有根据。在当今的国际社会，某些国家以强大的经济势力为基础，以经济利益为诱饵，在推动经济一体化的过程中，谋求强势文化的地位，甚至表现出十足的“文化霸权主义”。面对这种现状，不难理解会有越来越多的人呼吁对“文化多样性”的维护，而翻译因其本质属性，能够而且必须在维护“文化多样性”过程中承担重要使命。

那么，翻译要怎么做，才能承担起维护文化多样性、加强世界和平建设的使命呢？通过研究，我认识到，我们应该从跨文化交流的高度去认识翻译。有几点特别重要：一、在理解翻译的本质时，要坚持将翻译视作一种“跨文化的交流活动”。翻译不仅仅是一种语言转换活动，更是一种跨文化的交流活动，它在世界文明进程中扮演着重要而独特的角色。作为不同语言、文化之间的“转渡人”，译者对“文化多样性”及其重要性的体认应该更为深刻，也因此承担了更为重大的责任。只有正确认识翻译，充分看到翻译的跨文化交流本质，译者才有可能在自己的实践活动中对文化因素更为敏感，对保存和传达文化因素更为谨慎。二、在翻译中，要以平等的态度去善待各种不同的语言。加利在南京大学所做的题为“多语化与文化的多样性”的演讲中就曾指出，语言多样性与文化多样性之间存在着千丝万缕的联系，语言多元是维护文化多样性的基本条件，而世界的民主与和平有赖于语言与文化的多元，因为在他看来，“一门语言，它所反映的是一种文化和一种思维方式。说到底，它表达了一种世界观。如果我们听凭语言单一化，那将导致一种新型的特权群体，即‘话语’的特权群体的出现！”翻译如要为维护语言多样性做出贡献,就要坚持开放与交流的文化心态。三、要发扬翻译精神,勇敢承担历史赋予翻译的使命。南京大学的程章灿教授在读了我的《翻译论》后,曾写过一篇富有真知灼见的读后感。在文章里,他指出,我们正处于一个翻译的时代,而翻译的时代不可缺少的是翻译精神。他从我对翻译本质的定义出发,将翻译精神总结为"交流、传承、沟通、创造与发展"五个方面。实际上,我们所提倡的对不同文化的尊重,在翻译中努力再现语言、文化差异,都是这翻译精神的体现。发扬这一翻译精神,实际上便是在准确定位翻译的同时,勇敢承担起语言、文学、文化、社会、历史等种种层面的使命,而加利所说的"发展文化多样性,加强世界和平文化建设"的历史使命自然也被包括在了里面。

在对翻译进行思考与研究的同时,30多年来,我和翻译教学与研究界的同行一起,一直致力于翻译学科的建设。在这方面,我们的努力一直没有停止。在中国翻译协会成立30周年之际,我为《中国翻译》撰写了一篇长文,题目为"翻译研究之用及其可能的出路"。过去常有人说"翻译无理论";现在翻译理论实实在在地存在了,不少人又说"理论无用"。这种对翻译研究的实用主义态度危害不小,它在很大程度上限制了我们对翻译本质的形而上思考、对翻译过程的多层面研究以及对翻译价值的多元化追求。我本人在翻译实践过程中是有明确的理论追求的,而且我认为这非常重要。理论意识在译者选择原作、研究原作、确定翻译策略、解决具体问题等方面都有很大的帮助。而翻译活动的经验总结、理论升华更能对今后自己和他人的翻译实践有所启迪和助益,避免实践的盲目性。本论丛所收入的《文学翻译批评研究》《文学翻译的理论与实践——翻译对话录》《文字·文学·文化——〈红与黑〉汉译研究》等著作,就是在这一方面探索的结晶。

事实上,从最朴素的翻译思考到今天多视角、多方法的科学理论,翻译研究在不断加深人们对翻译本身的理解,深化了人们对翻译复杂性和重要性的认识。如果没有翻译的语言学研究,翻译活动可能还囿于经验主义的层面。如果没有翻译的文化研究,我们可能还无法对制约翻译产生与接受的机制具有如此全面自觉的意识。而对翻译理解的深化也促使人们从社会交流、文化传承、语言沟通、创造精神和历史发展等多元角度来看待翻译的价值,对翻译的重要性有了更加全面的认识,有利于在维护文化多样性、促进世界和平方面进一步凸显翻译的重要性。回顾我的翻译探索之路,可以看到自己的学术视野不断拓展,对翻译的理论思考也不断深入,《翻译论》《翻译学概论》《二十世纪法国文学在中国的译介与接受》《傅雷翻译研究》等著述,集中地展现了我和翻译界的同人在翻译理论、文学译介与翻译家研究等方面所做的重要工作。

翻译研究为我们理解和探索人类交流的历史开辟了一条新路。翻译是人类跨文化交流的一种重要形式,我们甚至可以毫不夸张地说,一部翻译史,就是一部文化交流史。作为一个翻译学者,我清醒地认识到,翻译历史悠久,形态丰富,翻译的许多问题需要我们继续研究与探索。鉴于此,这一论丛是开放性的,我会加倍地努力,不断给读者奉献有关翻译研究的新成果。

许钧

2020 年 10 月 22 日

于南京黄埔花园

目 录

翻译层次论

翻译活动是项十分复杂的活动，涉及哲学、语言学、逻辑、美学、历史、文化、心理学等领域。如此复杂的活动，必然产生一系列问题。这些问题表现在翻译理论的探讨中，最重要的就是形不成一个合理的探讨基点。就翻译实质而言，有的认为翻译是项思维活动，有的认为翻译是项语言活动，还有的认为翻译是项艺术再创造活动。总之，众说纷纭，各持一理，难以形成比较统一的认识。之所以出现这样的局面，我们认为重要的原因之一，就是人们在翻译理论的研究中缺乏层次性的观点，对翻译活动的层次缺乏全面与客观的分析，争论各方站在不同层次上说话，各持己见，从而影响了对问题的深入研究。在此，我们试图通过分析翻译活动所涉及的主要问题，客观地研究翻译活动的层次，从而对翻译实质和翻译标准提出自己的一些看法。

一、翻译的基础层次

所谓翻译的基础层次，指的是两种不同语言赖以进行转换的基础。以往的翻译探讨中，忽视了一个重要的问题，即两种系统各异的语言为什么可以进行转换。我们知道，任何交换或转换活动都需要一个基础，比如不等价物的交换需要有等价物作衡量，作为实现交换的标准与基础。那么翻译活动赖以进行的基础是什么呢？

具有全人类性的思维是翻译活动的基础。著名语言学家高名凯曾指出，由于思维是人脑的一种机能，思维的职能在于反映客观的规律，"在共同的客观世界的决定之下，在人脑的共同的物质结构之下，思维进行的能力及思维进行的规律是全人类性的"，[1] 而充当思维材料的语言是以声音为前提的物质现象，它的任意性和约定俗成性决定了它的多种形式。当各民族的语言源起时，虽然处于各自不同的时间和空间，但对客观事物本质属性认识的思维活动则是一致的。正因为这一同一性，各民族的语言在语音、词汇、语法千差万别的情况下，才可互译。于是，思维活动便构成了翻译活动的基础层次。

思维能充当两种不同语言的转换基础，可以从以下几个方面得到说明。

1. **翻译活动的诸要素**。要进行一项翻译活动，离不开三个要素：一是翻译客体；二是翻译主体；三是作用于主客体的翻译工具。而唯一能作用于翻译客体（即原作）和翻译主体（即译者）的，就是思维。也就是说，翻译主体是借助于思维作用于翻译客体进行活动的。

2. **语言只是思维的一种材料**。思维离不开材料。构成思维模式和进行思维活动的材料可分为两种：一是实物材料；二是符号材料。语言只是符号材料的一种，通过音、形、义的结合，系统地储存于人脑皮层细胞内，参与思维活动。

3. **不同的语言之于思维的作用是同一的**。任何语言，尽管形式不一，但它们的首要职能都在于实现思维。语言作为一个符号系统，具有机械的或物理的性质，表现为一定的字形、音波、图形、代码符号等。语言符号以可感知的物质形态来代表一定的客观事物或现象。人们所运用的每个具体语言符号总是与具体事物的性质、状态或属性联系在一起。只有这样，语言符号才能负载和保存一定的信息，才能起到思维工具的作用。

4. **思维对语言的决定性作用**。许多语言现象的产生原因必须从思维与语言的关系中去找，翻译中遇到的许多难点也存在于思维与语言的关系之中。思维对语言的决定作用首先在于，思维的多维性决定了语言的多功能性。钱学森指出，抽象思维是线型的，即是一维的；形象思维是二维的。一维

1　参见高名凯，《语言论》，科学出版社，1963 年，第 84 页。

思维的语言功能主要是表义;二维思维的语言功能主要是显象、表感。由于语言表达思维的类型不同,语言形式就有差异。说理的语言,例如哲学、科学论文,是以推理论证为特征的,因而语言表达的是推理结构,语言表达了抽象的思考、逻辑的论证。而描述性的语言,例如记叙历史、文学作品等,是以显象为特征的,语言表达是显象的描述结构。这就为我们翻译不同的作品采取相应的思维类型提供了一定的依据。

思维对语言的决定作用还在于,思维的不同角度决定了语言表达形式的丰富性。翻译中常会遇到这样的情况,同是一个思维对象,但表达这一对象的形式却多种多样。这是因为人们认识这一对象可采用不同方式,可从不同角度出发。思维的方式与角度不一,引起了表达思想内容的形式不一。翻译中,要恰到好处地处理这种情况,不能不考虑思维角度和方式对语言形式所产生的作用。

从以上分析看,翻译活动之所以能够进行,是因为使用不同语言的人的思维对客观事物反映基本一致的缘故。那么,在翻译实践中,思维又是怎样参与活动的呢?

上面说过,语言是作为思维的材料,以其语言结构和语义系统帮助实现思维,完成其表义、表感和表美等功能的。那么,翻译者要将A语言转换成B语言,就必须运用概念、判断、推理等手段,透过语符的能指层,深入到其所指层,运用其掌握的A语言的语法概念判断各词项、各句子乃至各段落之间的关系,推断出其确切的语义。

要透过语符的能指层正确把握原文的所指意义,离不开概念这一层次。我们知道,翻译者进行思维表达概念离不开语符中的词级,而概念与词义是密切联系的。比如词义有实义与虚义之分。实义反映事物的概念,既可以是具体的事物,也可以是抽象的事物,又可以是事物的特征和事物的状态、行为等等。虚义则是构成概念组合关系的体现者。因此,正确传达原文的所指意义,必须以正确判断原词语的概念意义为依据。

在翻译的思维层次,译者不仅要辨清各概念的确切含义,还要运用判断、推理等手段,理清各概念之间的逻辑纽带。具体的做法就是透过各种语言现象,揭示出原文中词与词、词组与词组、句子与句子乃至段落与段落之间的内在的、本质的联系。这种逻辑分析的方法应当贯穿于翻译的全过程,应当运用于翻译内容的各个方面。同时,译者应力戒用自己的逻辑代替原作的逻辑。因此,把握原著作者的思维逻辑在原作文字组合中潜在的决定性作用,是翻译活动所力求解决的重要问题之一。法国语言学家特斯尼埃在其配价语法理论中揭示了隐藏于线性语链后面的从属关系,说明了句子的各个单词和句段的每个句子并不是孤立存在的,它们之间的组合受到人类共同的思维逻辑的制约。这一理论业已为大多数语言学家所接受,也为我们认识思维在翻译活动中的重要作用提供了一定的理论基础。至于思维活动在翻译中的具体形式,近年来出现了一些专门论述的文章,如刘宓庆的《论翻译思维》,在此不拟赘述。

二、翻译的语义层次

翻译不可能囿于思维这一层次,首先因为思维的实现需要语言,其次从翻译活动的具体表现形式看,任何翻译活动无不是两种不同系统的语言符号的转换。上文说过,具有全人类性的思维是语言符号转换的基础。这决定了语言的具体转换必然受到思维规律的限制,而思维的表达又需要语言,因此,在语言的表达过程中,也必然受到各种不同语言的具体规律的约束。翻译活动又面临着另一个任务,即如何按照不同语言符号达意、传情的规律,用一种语言符号传达另一种语言符号的意义。这就构成了翻译的又一层次,即语义层次。

思维层次与语义层次的关系是十分密切的。思维层次是语义层次的基础,语义层次是思维层次的体现。拿语义层次中的主要语义部分词汇意义与思维层次中的概念的关系为例,它们之间存在的就是这种相互依存的辩证关系。概念是词汇意义的基础,词汇意义是概念在语言中的表现形式。概念是人们意识中概括反映现实的思维形式,而词也是客观同类事物的反映。正因为词汇意义和概念的关系非常密切,所以一般就把词所表示的概念作为词的意义方面。

思维层次与语义层次的相互依存关系还可以从语义的微观层次——义素的分析中得到说明。首先,义素有的反映事物的概念特征、状态、行为,有的则体现概念组合关系。其次,义素的组合也要受到事物特性、逻辑规律等的制约。因为语义概括地反映了客观现象,同客观现象相矛盾的语义结构就难以被接受。可见,不同语言之间的意义之所以能够相互传达,正是因为使用不同语言的人的思维对客观事物反映基本一致。概念的基本一致性决定了义素或义位的通用性，且各种不同语言表达同一义素或义位的形式与结构都有许多类似的地方。这些都构成了翻译可行性的基础。

但是，我们在肯定这一转换基础的同时，也要充分估计到在语义层次转换中的障碍。大家知道，语言符号具有随意性、约定俗成性、民族性和系统排异性等特性，而语言的这些特性造成了语言符号系统之间转换的许多障碍。我们要克服语言转换的障碍，消除转换中产生的语义上的差异，就应该采取实事求是的态度，充分认识语言特性所构成的翻译障碍，并基于这一认识，再采取科学的方法，尽量消除差异。

要了解语义传达过程中出现的障碍，有必要首先澄清对语义的认识。必须看到，目前人们对语义的认识并不十分一致。最有代表性的一种错误认识，就是把语义仅仅归结为所指意义。认识的不一致，必然造成实践的相异。那些把语义仅仅归结为所指意义的人，在翻译活动中死抱词典，把传达所指意义当作唯一任务，他们译出的作品也只是干巴巴的逻辑意义的堆砌。实际上，语义远远不仅仅局限于所指意义。美国翻译理论家奈达把语义归纳为所指意义、内涵意义和语法意义三类；苏联翻译理论家巴尔胡达罗夫教授则把语义分为所指意义、实用意义、语言内部意义和语法意义四种。他们对语义的分类与分析，对翻译活动具有重要的实践指导作用，但在具体的分类上存在不够完善的地方。如巴尔胡达罗夫所指的实用意义包括修辞、语域、感情色彩和交际功能等，而"交际功能"指的是"词语的内涵意义，也就是在人们头脑中引起的联想"。奈达却把内涵意义单独列为一类，其中包括语域、语境、社会、文化等诸因素赋予词语的附加意义。可见他们对内涵意义的范围和重要性的认识是不甚一致的。对于语义的范围，笔者认为可以依据著名语言学家索绪尔对语言和言语的科学认识。语言和言语是两个不同的概念：言语是说话人的行为和结果；语言是从言语中概括出来的规律的总和，存在于言语之中。因此，语义似可相应地区分为语言意义和言语意义。语言意义是语义的基本层次，包括词汇意义（即词汇的所指意义）、句子结构意义（语法意义）和句子之间的关系意义；言语意义是在特定的上下文中（广义的上下文，包括语言环境）词或句子乃至整个话语的特殊含义以及人们在参与言语活动的过程中赋予语言符号的附加意义，主要体现为语境意义与修辞意义或蕴含意义。

弄清了语义的范围，有助于我们最大限度地传达语义。我们说"最大限

度”,是因为在翻译活动的语义层次,事实上存在比较难以克服的障碍,主要表现为以下三个方面:

一、由于语言符号的声音形象和意义的组合具有约定俗成性与任意性,因此不同语言符号系统相应语言单位的语义范围不尽相同;二、不同语言符号系统的使用者在参与言语活动过程中赋予某些语符的主观价值不尽相同;三、某些语义的产生与该符号系统本身的特点紧密相连,如谐音、双关语等,符号的转换不可避免地要造成这些特殊语义的丧失。充分认识这些障碍的客观存在,对我们采取实事求是的科学态度,尽最大能力去克服障碍,无疑具有十分重要的意义。从某种角度看,翻译的根本任务在于异中求同,即克服不同语言符号系统表现在各个平面与层次的异,求得最大限度的同。这种异中求同的性质表明了机械主义或形式主义的翻译方法的不可取性,同时也为译者采取灵活可行的方式以求最大限度地传达语义提供了客观依据。

在翻译活动的语义传达过程中,往往会遇到这样的情况,即在特定的语境中,甲语言的某一词语或句子同时兼含两种或两种以上的处于不同层次的意义,乙语言很难尽情传达。在这种情况下,译者就面临着语义的选择。能尽情传达,固然理想,但如难以全部传达,应优先传达哪一类型的意义呢?应该看到,在目前的翻译实践中,在选择意义这一方面存在着相当严重的问题,主要表现为不分意义的主次与层次,选择什么、牺牲什么,缺乏理论依据,完全凭自己的经验。对于根据意义的重要性规定其传达顺序这一问题,尤金·奈达提出了这样一条原则:在信息的传达中,所指意义的传译应当居首位。一般说来,这条原则是正确的。但是,要处理好语义选择这一翻译上的重要问题,还应该注意以下三点:

一、要注意区别不同文体的语言职能。大家知道,不同文体的语言职能是有区别的,且在不同文体中,各类语义的重要性事实上会发生变化。如科技文体的语言具有认识职能,其主要作用在于确定信息与所指事物之间的关系,排除符号与所指事物之间的混乱,因此,其所指意义占首要位置是不言而喻的。但是,文学语言就有区别,它具有美学职能,其作用主要是表情、表美,因此,其内涵意义相对来说就比较重要。可见,不分文体,一概把所指意义的传译放在首位是有值得商榷之处的。

二、要注意言语环境的作用。笔者十分赞同巴尔胡达罗夫教授的见解,即翻译的客体是言语的产物,因此,语义的传达必须考虑言语环境的作用。

实际上，真正的语义价值要在言语活动中，通过语言单位在交际中的功能才能揭示。无论是言语环境的客观因素，如时间、地点、场合、对象，还是言语环境的主观因素，如使用语言的人的思想、性格、处境等，对语义的价值都有一定的影响和约束作用。如在某种特定语境中，说话者的一种思想不能或不愿直接明确地表达出来，这时他便会采用一种迂回的形式加以表达，由此便出现了字面的所指意义和话语的内涵意义。试想遇到类似这种意在言外或言不由衷的情况，传达所指意义仍然能放在首位吗？

三、要注意区分不同语义的层次。语义不仅可以按照语言和言语的运用规律有类别地区分，而且还可以根据语义在不同话语中的表现有层次地区分。著名语言学家韩礼德和阿赫玛诺娃经过深入的研究与分析，都确认了语义表达的层次性。阿赫玛诺娃在《语言文体学》一书中指出，语义具有多层次结构，这就是基础语义层、转变语义层和社会语义层。基础语义层是语言语义部分的直接体现，相当于语法意义、词汇意义和逻辑关系意义的总和，主要表现在以认知为目的的话语中；转变语义层指的是在话语特定的上下文中词或句子的蕴含意义，主要表现在文学作品中，各种不同的修辞手段，如隐喻、拟人法、双关语等表现的修辞意义都体现在转变语义层；社会语义层是语义的最高层次，指的是在社会和文化方面话语所表现出的价值，表达的是某个独立话语的“总意义”。阿赫玛诺娃认为，这三个层次的语义存在着相互依存的关系，在不同的话语中语义层次的表现有所不同，但要真正理解一个典型话语的意义，必须全面地领悟这三个不同层次的语义。这一语义层次理论对我们在翻译中理解话语中语义各层次的表现，打破词的框框，不仅注意句子的意义，而且注意整个话语的意义，正确选择、传达语义，无疑具有十分重要的意义。

在翻译的语义层次，还有许多问题，如翻译单位问题、语义等值问题。笔者认为，解决这些问题的方法都应该从语言符号的性质、声音形象和意义的组合规律与辩证关系以及言语的运用规律中去寻找。

三、翻译的美学层次

上文简述了翻译的思维层次和语义层次的主要问题及其相互关系。思维层次是以人类思维的共同性为基础的，因此为翻译在思维层次获得等值提供了较大的可能性；语义层次以思维层次为基础，但它要受到语言符号的特性的约束,因此等值的可能性自然也要受到限制。思维层次是翻译的基础层次,语义层次是翻译的必要层次,任何翻译都离不开这两个层次的活动,并分别要受到思维规律和语言规律及言语规律的约束。一般说来,完成了思维层次和语义层次的转换活动,翻译也就实现了。因为语言的主要职能在于帮助实现思维、传情、达意,比如科技翻译和应用文翻译到了语义这一层次就可以说完成了。但是,语言除了传情、达意之外,还有其美学职能,如文学语言,审美构成了其主要特征之一。因此,文学作品,包括小说、散文、诗歌等的翻译,除思维层次和语义层次的活动外,还有着更高层次的要求,这就是文学翻译的最高层次,即审美层次。

文学翻译活动的审美层次是客观存在的。就文学而言,文学的功能是以"美感为中心的动力系统"。诚然,文学也有认知和表感等职能,但它们都是统一在审美的领域,通过情感的中介实现的。换言之,它们都离不开美感作用,一部作品如果不能给人以美感,那么它的一切社会职能就无法实现。比如诗歌吧,有人曾把诗歌的本质特征归结于一个"美"字。一首诗之所以称得上诗,是因为它有"诗意",而这种诗意指的正是"诗给人的强烈美感"。这也就是说,凡不能给人以美感的,皆不能称为诗歌。这样看来,成功的文学翻译绝不可能忽视传达文学作品的美。可见,审美层次构成了文学翻译的最高且关键的一个层次。

应该看到,美是客观存在的,但要实现美的价值,不能没有审美主体。具体到文学作品,文学作品的美是客观存在的,但离开了读者这一审美主体,文学作品的美的价值就无法实现。但是,审美者必须具备审美能力,没有审美能力,客体再美也感受不到美。在文学翻译活动的审美层次中,感受原作品的美是第一步。

文学作品本身的美是多方面的,如思想美、意境美、结构美,但这些美的因素的实现都必须借助于语言。众所周知,文学是语言的艺术。由于语言要素的千变万化,文学的结构方式也是多种多样的,因而它给文学作品带来的功能和效应也是异常丰富的。比如,同样是以语言为媒介的诗歌、散文、小说,可以表现一个相同的主题,但由于各自的语言结构方式不同,因而给读者带来的美感效应也绝不相同。可见,文学作品的美在很大程度上表现在语言美上。许渊冲先生在《翻译的艺术》一书中把诗歌美归纳为意美、音美、形美。就我的理解,意美是思维和语义的表现美,音美是语符的音韵美,形美则是语符的形体美。可见,文学作品的美与思维、与语义、与语言符号的自身特点是密不可分的。当然,美的价值的生成是一个十分复杂的问题,林兴宅在《艺术魅力的探寻》一书中对此作了精辟分析,为我们分析研究翻译审美层次的问题开阔了思路。

那么,在翻译活动的审美层次,译者的任务是什么呢?不言而喻,译者的任务首先是感受原作的美,其次是表现原作的美。问题是,美的感受与传达取决于多方面的因素,其中遇到的障碍之大,致使不少理论家断言翻译是不可能的。而这里,我们所要研究的正是文学作品的美能否传达?有多大可能性?如何传达?

在翻译的审美层次,译者首先是个欣赏者,第一步是审美,领悟原作的美学特征。文艺作品的文字、韵律、节奏、结构等形式因素,是翻译者最初接触到的审美因素。翻译者作为欣赏者,通过审美感官可以直接感知,并在感知各种形式因素的基础上,借助想象力唤起相应的艺术形象。应该看到,在感知与想象这一审美过程中,译者审美能力的高低直接影响原作美的传达。试想,若原作的美都感受不到,怎能谈得上传达呢?比如音韵美,它是生成艺术意境的重要手段之一,虽然在诗歌翻译中得到一定重视,但在小说甚至散文翻译中往往被人们所忽视。

要感受原作的美学特征,译者必须对翻译出发语的审美特征有充分的了解,只有这样才能感受到该语言的审美特征在具体话语中的表现。许永佑先生在《语言学趣谈》一书中分别探讨了汉语语音、词汇、语法的美学特征,并指出了各种不同语言符号系统的审美特征有其共同的一面,也有其不同的一面。这对我们识别不同语言审美特征的异同是很有参考价值的。

感受原作的美是翻译审美层次活动的第一步。第二步就是如何传达原作的美。这里,首先应该回答能否传达的问题。笔者认为,机械或主观地回答"能"或"不能"都是不足取的。我们需要的是实事求是的态度和客观细致的分析。简单地说,不同语言的审美特征的共性是感受、传达原作美的基础;而它们之间的差异性则构成了传达原作美的障碍。那么,传达原作美到底要受到哪些因素的制约与影响呢?

首先是人们审美关系上存在的差异。必须看到,人们的审美关系在横向与纵向两个方面都存在着差异:横向表现在民族、国度、地域、阶级、阶层甚至个人之间的不同;纵向表现在时间,即不同历史时期的审美对象的差异。其次是作品的美学特性往往以诱发方式来激发译者(即欣赏者)的美感,这种诱发所引起的想象与联想经常因人而异。最后就是文学作品的美要通过语言来表现,而不同语言的表美手段存在实际差异。这种种差异是客观存在的,我们应该承认它们对传达原作美所构成的障碍。

承认这些差异所构成的障碍,有助于我们采取实事求是的科学态度,探讨可行的传达美的手段。在翻译实践中,实际上已经有许多人这样做了,如王育伦在《翻译和音韵美》一文中就提出,以"替代的办法"求得"音韵美在天平上的同量",以"补偿的办法"求得美的"总量不变",体现了灵活性与科学性相统一的原则。这一认识是颇有见地的。

不同语言表美的形式手段固然存在差异,但这些形式因素所反映的美学特征与审美功能则存在着相当大的共性。译者不妨从这一共性出发,即透过原作表现的形式因素,力求准确把握原作的美学特征与审美功能,采用相似的或相异的手段来再现原作的美。实践证明,这是一种可行且有效的方法。许永佑先生在《翻译的奥秘在哪里》一文中过分地夸大了不同语言表美手段的差异性。他举三首汉诗[1]为例,断言"任何巨匠高手都无法用另一种语言再现诗中的艺术审美效果"。然而,正是许永佑先生断言无法再现的"春蚕到死丝方尽,蜡炬成灰泪始干"这两句诗中利用同音手段,以"丝"喻"思",形象相联,音义相关的艺术魅力,许渊冲先生在充分把握原诗句所表现的美的基础上,依据音义结合的辩证关系,比较成功地传达出来了。许先生把这两句诗译为 The silkworm till its death spins silk from love-sick heart/The candle burned to ashes has no tears to shed, 把"丝"译成"silk",把"思"译成"love-sick","sick"和"silk"不但音近,而且形似,利用了替代的方法,传达了原文双关的"意美",令人读了不禁为之赞叹。应该指出,用从形式到形式的机械翻译手段确实无法再现原作中不同的美,这在实践上是行不通的,在理论上也是站不住脚的。翻译的根本任务之一,正是要克服不同语言在结构、形式上的差异,用一种语言形式来传达另一种语言形式所表现的义、情、美。

从上面简要的论述中可以看到,传达原作美首先要审美,识别原作的表美手段,领悟原作的美学特征,把握原作的艺术魅力之所在,译者的"识别、领悟、把握"在很大程度上取决于他对美的感受力,而译者的感受力要受到个人

1　见许永佑,《语言学趣谈》,书目文献出版社,1983 年,第 28 页。

兴趣、需要、知识、经验、世界观、文艺修养、欣赏习惯等因素的制约，译者传达原作的美又要受到语义障碍、形式差异等影响。因此，在审美这一层次，差异性必然大于思维与语义层次。人们常说的“仁者见仁，智者见智”就是这个道理。正因为如此，“求大同，存小异”可以说是传达原作美的一条可遵循的原则。

任何事物都是由一定数量的相互作用的要素所组成的系统，而每一个系统的内在结构又是有层次的。翻译也不例外，它是一项十分复杂、多层次的实践活动。翻译活动在思维、语义、审美等各层次有各自的活动内容、表现形式与传达目的等要素，这些要素自身的特征与活动规律及相互联系与相互作用的不同，构成了翻译层次存在的客观性。任何翻译从本质上看都是一致的，但不同类型、不同目的的翻译具有不同层次的要求，并要受到不同层次的活动规律的约束。我们对翻译层次及其各层次主要问题分析的目的在于：在理论上为认识翻译活动的本质与其活动规律提供一个新的视角；在实践上，要求译者遵循翻译活动的规律，克服不分层次、顾此失彼的倾向，避免翻译活动的盲目性。如果说翻译有什么标准的话，那就是，成功的翻译不可能在一个层次完成，它应该是各个必要层次和谐统一的产物。

文学翻译再创造的度

文学翻译除了具有翻译活动的一般特性之外,还有其特殊的性质,这就是它的再创作或再创造性,亦即它的艺术性。由此而产生"文学翻译是艺术活动""文学翻译等于创作"等说法。但是,文学翻译再创造的依据是什么?它有怎样的限度?如何发挥创造力而又不偏离原作?

一

大凡艺术的东西,都是以其独特的个性显示其生命力的。一部文学作品要以其魅力打动读者的心,势必要在追求思想的新颖、表达的独特等方面下功夫。文学翻译活动的再创造的性质正是基于文学作品的这种独特个性。它给文学翻译提出了明确的要求:就翻译目的而言,要求再现原作的独特艺术效果;就翻译手段而言,要求反映原作特有的表现风格。我们知道,文学作为一门语言的艺术,是以语言的表现显示其真值的,不同的作者为表达一定的思想或感情,都是从语言所提供的不同素材、不同表达手段中加以创造性的选择,注入其深刻的个性。然而,不同语言的音、形、义的结合及其结构特征存在着事实上的差异,这种差异性正是翻译存在的理由所在。这样一来,文学翻译肩负着看似矛盾的特殊使命：既要克服差异，又要表现差异。正是这种矛盾的存在，给译者的创造力提供了用武之地。

我们知道，不同语言中共有的或具有共性的因素之间的转换具有不言而喻的可行性。但是，要将以差异为特征的个性化的因素进行相互转换，就存在着极大的局限性。这不仅仅因为不同的语言系统本身具有排他的性质，如汉语中就难以接受法语中那种从句套从句的多层次长句，还因为在进行这种独特因素的转换时，往往缺少等值参照物，译者对出发语和目的语这两者很难做到不偏不倚、态度公正地去"互通有无"。因此，译者仿佛注定要担当"叛逆"的角色。于是，文学翻译不可避免地陷入进退维谷的境地。要尽可能采取最可行的，亦即双方最容易接受的手段维持两者的平衡，在"妥协"中求生存。任何不慎的举动都会有损于这种平衡。"文学翻译踩钢丝"的形象说法充分说明了这种"妥协"的艺术的微妙与艰辛。据此，是否可以这样说，文学翻译在很大程度上是不可为而为之，也正是因为这种不可为而为之的事实存在才需要译者的创造力：具有共性的因素的转换无所谓创造，而要使个性化的因素被对方所接受，且又不损伤其价值，就不能不设法探索各种可行的手段，进行积极的交换。这种交换本身就是一种艺术，一种创造。正因为如此，一部文学作品个性愈鲜明，其文学价值便愈高，而文学价值愈高，传达的局限性就愈大，也愈需要译者的创造。西方现代小说开拓者普鲁斯特的《追忆似水年华》就是一部个性鲜明、匠心独具的巨作，书中那长达数十行的意识流"连环句"，那声、色、味一应跃然纸上的描述，那妙趣横生的隐喻、双关或近于戏谑的文字游戏，还有那视情景需要或细腻、或粗犷、或高雅、或粗俗的生花妙笔，给译者的创造力提供了广阔的天地，但也无不在表明翻译的限度。就说普氏笔下的长句吧。有的一句竟拥有 222 个音义单位，长得令人难以置信，若要译成中国读者乐于接受的现代汉语，那就不得不放弃那种或并列或交错的立体句法结构，尽可能将长句切割成短句，然而这样一来，那为表达原作复杂、连绵、细腻的意识流动过程，为创造意在言外的微妙意境或起伏跌宕的思维活动而刻意追求的独特风格便会荡然无存。[1] 笔者有幸而又不幸地参加了这部皇皇巨著的翻译，那时刻盘桓在心头的负罪感至今令我心悸。如何在汉语行文规律的允许范围内，权衡得失，采取比较可取的手法，尽

1 下文还要详细论及《追忆似水年华》汉译中关于长句与风格的处理，这里不拟展开讨论。

量传达原作的旨趣、风格,不能不说是一项创造性的艺术活动。

然而,文学翻译的再创造毕竟是因为在表达手段上无法达到一一对应而采取的一种不可为而为之的方法。既然是不可为而为之,因此有的译者便不拘泥于手段或过程,而着眼于目的或效果,换言之,译者考虑更多的是翻译手段的功能,而不甚顾及其手段本身的特有风格,这样在实践中很容易会出现一种倾向:追求所谓的效果,而忽视探索尽可能反映原作表现风格的手段。记得在翻译西方女权主义领袖、法国著名女作家西蒙娜·德·波伏瓦的名作《名士风流》一书时,我曾与一位好友就"dire"与"sourire"这两个词如何翻译展开一场争论。波伏瓦的这部六十余万字的巨著以其质朴、简明的风格而著称,用词通俗明快,绝无俏丽掩沓之痕。书中人物的对话基本只以"dire"一词引出,形容其面部表情时多用"sourire"一词。考虑到原作的语言风格,我以简洁还其简洁,"dire"一律译为"说"或"道","sourire"译为"微笑"或"微微一笑"。可我的那位朋友却建议"发挥汉语优势",表达手段多样化,将"sourire"分别译为"莞尔而笑、淡然一笑、嫣然一笑、笑盈盈、笑吟吟、笑眯眯、笑嘻嘻"等。从效果来看,这样一改也许会更得读者喜爱,但是,法语中关于"笑"的表达法也极为丰富,为何波伏瓦只用"sourire"一词,不丰富其表达手段呢?这里无疑有她刻意追求的风格及以此风格为一定的表达目的服务的问题。权衡得失,我还是坚持了自己那种似乎"太没有文采"的译法。[1]

文学翻译之大忌,就是不吃透原著精神,不捕捉其神韵,而掺入过多的主观因素,"随意"再创作。实际上,这种"随意创作"在很大程度上是回避障碍,缺乏责任心和探索精神所致,安于"大致可以",而不像法国作家莫泊桑所要求的那样,不找到贴切、生动而又自然的表达手段决不罢休。

二

有人说,翻译是艺术,是再创造,这主要是针对变更语言形式而言,也就是说,翻译的艺术在于以符合全民规范的译文语言,把原作的内容以及与原作内容有着有机联系的原作语言的特点与风格准确、完整地表达出来。纵观文学翻译的全过程,这种再创造远远不限于变更语言形式,大致说来,它涉及四个大的方面。

1 参阅西蒙娜·德·波伏瓦,《名士风流》,许钧译,漓江出版社,1991年。

一、再现原作的形式因素价值。人们常说,文学作品着重之处不在于说什么,而在于怎么说。同一内容,可有多样的表达方法。声音、形态、结构等无不具有其自身的价值。如音调,可利用其停顿的时间长短、声调的高低或强度的大小来丰富语言的表现力,给中性的词句增添附加价值。又如形态,作家有时用省音符号来记录日常大众语的发音,以暗示说话人的身份、地位或素养等。要传达这些形式因素所蕴含的价值,往往需要译者的创造力,因为不同的语言系统的音、形特征以及音义、形义的组合方式是有差异的,完美的翻译应该设法调遣相应的音、形等手段,既传达原文的语义价值,又再现其附加价值。如下面这段文字:

> C'est un peu plus de midi quand j'ai pu monter dans l'esse; j'monte donc, j'paye ma place comme de bien entendu et voilà-tipas qu'alors j'remarque un zozo l'air pied, avec un cou qu'on aurait dit un téléscope et une sorte de ficelle autour du galerin...

有人将这段文字译为:"中午以后我搭上 S 路车。我上了车,照常买了票,这时候我发现一个傻瓜,显得一副自鸣得意的样子,脖子像望远镜那样长,用绳子箍着他的帽子。"

就传达概念意义而言,这一译文还是成功的。但是,原文不仅仅具有概念价值,还借助了语音、词汇色彩、语法结构等手段,表现了说话者的素养与身份。从原文看,说话人的粗俗是显而易见的,但译文未能有所体现。

二、文化因素价值的移植。谈语言少不了联系到文化。从广义上讲,文化指的是某一文明特点的诸方面的总和:知识、道德、物质、价值体系、生活方式等。从狭义上讲,文化指的则是社会在特定发展阶段上的意识形态以及与之相适应的制度和组织机构。无论从广义上还是从狭义上讲,语言都是表达文化的重要手段,现代符号学把语言符号的整体看成民族文化的重要表达形式。特定的文化现象常常把某种烙印牢牢地刻在语言之中,尤其表现在词汇这一平面上。比如英语中的月份名称就带有深深的历史与文化烙印。文学翻译中,如何在传达概念意义的同时,把原文所负载的文学价值移植到译入语中去,是一项相当微妙而棘手的工作。

从理论上讲,倘若强调目的语读者的感受与出发语读者的感受应该相似的话,那最起码的要求就是译文应该完满地传达原作的文化价值。然而,一定的读者都是生活在一定的民族文化氛围之中,对异族语言所蕴含的独特的文化价值能否理解与接受呢?原作语言形式所负载的文化价值一经语言形式的变更还能否保持呢?这是文学翻译在处理文化价值时所面临的两大问题。举个简单的例子,法语中“Il est comme jésuite”,直译成汉语为“他就像是个耶稣会会士”。原文并不复杂,一个对西方文化有一定了解的人不难理解,这句话说的是那人虚伪而狡猾,然而一个汉语读者读到上面这句译文时,是难以获得原文所包含的附加值的。两句话一一对应,汉语也很规范,可惜没有传达出原文的全部意义,只得采取变通的手法,如加注、意译法、浅化等,尽量使目的语读者获得原文所蕴含的文化价值。

移植文化价值的困难更突出地表现在成语、俗语等的翻译上。文学作品中,语言表达手段丰富,典故、成语、俗语大量使用。这些熟语具有丰富的内容和精练的形式,概括了人们的认识成果,表意回旋转折,移译颇费脑筋。别的不说,就说成语吧,它源远流长,有的源于神话寓言,有的来自历史故事,有的出自诗文语句,还有的取自口头俗语,除了其字面意义之外,还负载着深刻的文化价值。这类语言的移译确实是对译者功力深浅、创造力高低的一种检验。

对文化烙印深刻的词语的翻译,我国译界的看法是不一致的,因此在实际翻译中所采取的态度与方法也有别。有的主张直译,不考虑目的语读者理解与接受能力,其理由是翻译的重要使命之一就是传播文化,增进交流;有的则主张变通,能接受就移植,不能接受就牺牲,求概念意义的对应,重两者表达功能的近似,理由是文学翻译的首要任务是再现原作的美学价值,传播文化是第二位的。两种手段的得失,自有公论,限于篇幅,这里不拟赘述。但有必要指出一点:翻译目的不同,采取的方式与衡量的标准也就有别。这两种方法的取舍,取决于你的翻译观及你对文学翻译使命的认识。

三、文学形象的再创造。文学语言有两大特征:一、显象性;二、表感性。别林斯基说过:“艺术是对真理的直感的观察,或者说是寓于形象的思维。”文学形象的提炼是人们对无比丰富的社会生活和各种形象加以观察、体验和进行概括的结果,表现在语言中就是写物附意,引譬连类,因物喻志,穷情写物,把象、情、义有机地结合起来,以生动、具体的比喻、联想来表达思想感情,增强艺术感染力。如法国名作家斯丹达尔的《红与黑》第十章的结尾是这么写的:

Julien, debout, sur son grand rocher, regardait le ciel embrassé par un soleil d'août, les cigales chantaient dans le champ au-dessous du rocher, quand elles se taisaient, tout était silence autour de lui. Il voyait à ses pieds vingt lieues de pays. Quelque épervier parti des grandes roches au-dessus de sa tête était aperçu par lui, de temps à autre décrivant en silence ses cercles immenses. L'œil de Julien suivait machinalement l'oiseau de proie. Ses mouvements tranquilles et puissants le frappaient, il enviait cette force, il enviait cet isolement. (p.90)

这是《红与黑》中一个著名的片段。这段文字描写主人公于连在八月骄阳燃烧的苍穹下,置身无边的寂静之中,忽见一只巨鹰从绝壁间飞出,在空中平稳、有力、静静地盘旋,由此而联想到拿破仑的命运和自己的命运。文中以旷野、高山、绝壁衬托"一只"巨鹰,写尽了这种命运的孤独,富有强烈的感染力。可惜在中国译界具有巨大影响的《红与黑》汉译本(上海译文出版社,1979 年 4 月,新 1 版)把原文中的"quelque épervier..."译成了(可能是出于疏忽)"他还瞧见了几只老鹰,从他头顶上的绝壁间飞出……"(见汉译本第 84 页)。"一只"与"几只",虽然数量相差不大,但表现的文学形象相去甚远,原文所着力渲染的"孤独"意境荡然无存。

上面说的是因翻译失误而使原文所描绘的文学形象受到损害的一个典型例子。搞过文学翻译的人,对传达或再现原文文学形象需要付出的艰辛都是有体会的。简单地说,如甲语言形象与乙语言形象及该形象所蕴含的意义吻合,那传译不会有太大的障碍。比如《萨朗波》中有"La lumière joue sur la mer"这么一句话,李健吾先生将它译为"阳光在海面嬉戏",形象生动,意义毕现,且用词色彩也近似。问题是由于自然环境、历史环境或文化环境的差异,甲、乙两种语言中不乏甲$\approx$乙,甲>乙,甲<乙或甲$\neq$乙的情况。这种差异的存在,致使完美的传译只能是一种理想,只能尽力去接近它,可难以达到它。我们所说的再创造的限度就是这个意思。记得在翻译法国作家博达尔的《安娜·玛丽》时,书中有一段文字描写安娜·玛丽美貌非凡。前几句形容她眉如新月,双唇红润,金发拳曲,身段苗条,确实令人心动,可在描写她的皮肤时,却这么写道"avec une peau velours de pêche"。读到这一句,那种美的感觉没有了,觉得很不舒服。法国人以"鲜桃表皮上那层细绒毛"来形容

女性皮肤之润美,中国读者是无论如何都无法接受的。一般做法是改变原文形象,套用汉语中现成的说法,如“冰肌玉肤”、“肤如凝脂”或“肌如软玉”等,以传达相应的效果。可能否部分改造原形象,保留中国读者可接受的部分,采取形象与拟意相结合的办法,译成“润美若桃色的皮肤”呢?这里有理论上的问题,也有艺术手段的问题。

四、语言内部意义的传达。语义的传达是一项十分复杂的活动,尤其是语言内部意义的传达,往往被人们视为“禁区”。语言内部意义指的是一语言符号与另一语言符号之间形成的关系,这种关系可以表现在音、形、义等各个方面。要将建立在一语言体系内各符号特殊关系基础上的语言内部意义传达出来,是个极为微妙的复杂问题。问题的关键在于甲语言中这一符号可以与那一符号之间形成一种关系,并赋予这种关系以附加的价值,而乙语言中这两个相应的符号就不一定能形成相似的关系。比如有这么一句话:

Quelle est la ville dont les vieux ont le plus besoin?

这是一个儿童谜语,要求打一城市名。一个具有一定法语水平和对法国地理有一定了解的人不难猜出该谜底为 Cannes(戛纳城)。老年人最需要的是拐杖,而法语中的“拐杖”(canne)与“戛纳城”音同形似,这个谜语的运动机制正是建立在 canne 与 Cannes 这两个符号的音、形相似之上的。而汉语中“拐杖”与“戛纳”这两个词之间就不存在这种特别关系,因而翻译的可能性就难以存在。作为一个孤立的谜语,不能传译尽可以不去译,可若它出现在一部文学名著中(如《红楼梦》中就有不少描写字谜的文字),总不能一概回避吧。含有语言内部意义的远远不只是字谜、文字游戏、双关语等,德·波伏瓦《名士风流》第二卷第十章的结尾处有这么一段文字:

> Juste avant de monter dans l'avion, un employé m'a remis une boîte de carton dans laquelle reposait sous un linceul de papier soyeux une énorme orchidée.

小说中描写的是一位精神分析大夫告别情人。她痛苦地预感到这次分离将是他们之间爱情的终结。显而易见,文中的“兰花”具有象征意义,它象征着爱情,而这朵兰花放在一个硬纸盒中,花上还覆盖着"un linceul de papier soyeux"(一层砂纸)。由于法语中"linceul"一词兼有"覆盖物"和"裹尸布"的意义,所以原文十分巧妙地暗示"爱情被埋葬"的联想意义,但译成汉语,这种意义就很难传达。如选用"裹尸布"一词,太直露,原文美感会受到损害,如只取"覆盖"两字,不细心的读者恐怕又理解或体会不到原文易于捕捉的暗示。类似的难题在文学翻译中是经常会遇到的。普鲁斯特《追忆似水年华》卷四《索多姆和戈摩尔》的第二章中,有大段大段的文字利用谐音、双关、形似等特殊手段来创造意在言外的效果,其传译之难往往令笔者发出无可奈何的哀叹。

三

翻译的使命是神圣的。翻译试图跨越巴别塔所造成的巨大障碍,为人类的相互交流架设桥梁。一个文学翻译者要不辱使命,哀叹是无济于事的,唯一的出路是去探索、去创造。我们知道,文学翻译的再创造与文学创作是有差别的。上文说过,文学翻译的再创造在很大程度上是在甲乙双方无法做到对应的情况下为传达近似的效果而采取的非对应的手段。文学翻译不同于自由创作,不是用自己的构思写作,也不是完全随意的改写,其要求极为明确:原作的内容与艺术效果及风格不得歪曲。那么,在取舍非对应的表达手段,再现原作的意义与效果时,如何把握分寸,尽量做到公允呢?这就是文学翻译再创造的度的问题。

度是个哲学概念。它指的是一定事物保持自己的质的稳定性的数量界限。翻译最基本的标准之一就是忠实。可是文学翻译涉及的各种因素之多,往往使译者顾此失彼,甚至束手无策,不知忠实于谁为好。"形"与"神"之争就是证明。忠其形,求貌之相似,可其神韵呢,气势呢?文学精品往往刻意寻求意在言外的独特效果,而译者稍不小心,就可能违反文学翻译原旨,得其形、忘其神或者失其神,成为真正的"逆子"。由于各种差异的实际存在,既要忠其形,又要得其神,往往难以达到。亦步亦趋地求文字形式对应,为两种语言特有的规律所不容;洒脱大胆地抛其形,求其神,又担心超过文学翻译再创造的度,失去或歪曲了原作的独特风采。"忠诚"与"叛逆"似乎构成了文学翻译的双重性格,愚笨的"忠诚"可能会导向"叛逆",而艺术的"叛逆"可能会显出忠诚,这也许就是文学翻译的辩证法吧。这一双重的矛盾性格如何把握,其结果是悲惨还是圆满,取决于译者的艺术创造力。

如何在忠诚中显出创造,创造中又不偏离原文呢?亦即,文学翻译再创造的度是如何把握的呢?

艺术的东西是无法量化的。对不同功力的译者来说,文学翻译的限度是不一样的。既然文学翻译再创造是针对原作艺术个性而言,那匠心变化、妙不可言的独特风采的传达就难以用条条框框来界定。要在不违背或偏离原文本旨与风采的条件下进行再创造,就应当着重处理好以下四个方面的关系。

一、积极与消极的关系。翁显良先生在《文学翻译丛谈》中说过这么一段话:"既然(文学翻译)是再创作,就要重新构思;既然原意不可违,就必须深入探索,反复揣摩;既然以趣不乖本为限,就要不受原文表层结构的约束;既然要求效果近似原文,就必须因译文语言之宜,用译文语言之长,充分发挥译文语言的优势。"翁老实际上在这儿明确地提出了文学翻译再创造所必须遵循的积极性原则。重新构思、深入探索、用译文语言之宜等等都是积极的行为。目的明确,行为积极,就有助于探索各种行之有效的手段,传达原作韵味及妙处。反之,回避障碍,把困难留给读者,或者干脆承认无能,加上"无法传译"的注脚,这种消极的态度是不足取的。请看下面这个例子:

Paris n'a pas été bâti dans un four.

这是一句经过改造的成语,原来的形式是:Paris n'a pas été bâti dans un jour,作者借 four 与 jour 的音似与形似,增加表达效果,给人以新鲜的感觉。这里有两种翻译。一种将之译为:巴黎不是一只灶里建筑起来的,并加上这样的注释:这句成语原来是"巴黎不是一日建筑起来的","日"字原文和"灶"字音形均相似。另一种则从艺术效果出发,刻意反映原文的修辞特点,并积极地采用拟意法,重创一番意境,传达原文之妙,译为:建设巴黎非叹息(旦夕)之功,其中"叹息"与"旦夕"读音相似,原文意义与修辞色彩均得到了较为完美的传达。[1]

我们所说的积极性原则含有两层意思:一是就传达效果而言;二是就翻

1 参见陈宗宝编著,《法汉翻译教程》,上海译文出版社,1984 年,第 12 章。

译态度而言。严复的“一名之立，旬月踌躇”，鲁迅的“冷汗不离身”，都是这种认真、积极的翻译态度的真实写照。

二、整体与局部的关系。文学语言表达的意义与效果是复杂、微妙的，受到各种制约，如语流、特定的上下文关系、具体情景、辅助的实际手段等。把握其意义与神韵，要从整体出发。传达其原旨与精妙，也要坚持局部服从整体的原则，透过原文的各种具体因素，仔细分析，再探索相应的手段，贴切、自然地进行传译。这种个别部分要根据它与整体及其他部分的关系来取舍的原则是行之有效的。几年前，我在翻译长篇巨著《“博爱”号大炮》中遇到这么一句话：C'est vraiment un festin visuel。这句话直译为：这是一次真正的视觉筵席。意思是明白的，但不像地道的汉语。我类推“精神会餐”的说法将之译为“这真是一次视觉大会餐”，原文的意义与色彩都得到了传达。不久前，我在校译法国导演瓦迪姆一部自传的部分章节时，又遇到了“un festin visuel”的说法，原文是这样的：

> En automne, la forêt est peinte de mille couleurs éclatantes qui sautent aux yeux: un festin visuel.

我校定为：秋日里，层林尽染，满目绚烂色彩：好一次丰盛的视觉会餐。将“un festin visuel”译为“好一次丰盛的视觉会餐”还是富有特色的，可在整个句子中显得不太自然，与前半句的风采不太协调。一好友建议将之改为“令人大饱眼福”，相比较之下更为妥帖。

文学作品重整体效果，求风格统一，意境和谐。翻译中坚持局部服从整体的原则具有积极的意义。我们在释义与传达中都应该处理好部分与部分、部分与整体这两层关系。

三、创新与规范的关系。我们说文学翻译是再创造，其中一点就是采用创造性的艺术手法，把原作中新的东西吸收过来。文学语言富于创新，一部好的作品总是不乏新颖、奇特的表达方法，文学翻译也应该努力将其输入，丰富目的语，给目的语读者引入新鲜空气，给人以崭新的感受。王育伦在《从“削鼻剜眼”到“异国情调”》[1]一文中明确提出，要尽力保存原作的异国情

---

1 参见罗新璋编，《翻译论集》，商务印书馆，1984年，第933—941页。

调，不仅限于思想内容，还应包括反映异国特有的风土人情、习俗时尚、文化历史的各种语言要素，如形象语言、成语典故等等。

翻译中真正的创造，是在彼有此无情况下的输入。在《名士风流》一书中，主人公安娜在印第安人的集市上发现了一种奇美的服装，叫"huipil"。我查了法语、英语、西班牙语等词典，均未查到，估计是作者根据土著人的发音，按照法语的造词规律创造的新词。如采用音译手法，译为"慧皮尔"，那读者会不知所云，达不到翻译的目的。我根据上下文提供的几个义素"一种根据手绘的图案刺绣的女衫"，再按照汉语意义、形义结合的造词规律与特点，将之试译为"绘绣衫"。虽然创造一个较为满意的新名词颇费脑筋，但一般来说，只要掌握了其义素与特征，创造出一个"名"来还是有可能的。

翻译中最困难的是处理那些带有异国情调的东西。看惯了中山装的人初见了西装总不舒服，读惯了"冰肌玉肤"的词句，见了"润美若桃色的皮肤"总是不太顺眼。有时创新不成，反倒背上"硬译"的罪名。我们讲翻译，总是强调以规范、地道的汉语去传达。但是，规范不应是清规戒律，语言无创新就无发展。我们所说的创新，并非违背语言规律，而是对语言体系中的多种潜在因素的创造性利用。我们在文学翻译中，自然也要积极吸收异语体系中对我们有益的东西，为我所用，一味地死死抱住汉语规范和现有的表达手段，也就无法完成所肩负的"互通有无"的使命了。比如汉语中形容火势，往往采用蛇的形象，可法语中有更为新奇的比喻，且看：

> Le feu d'oliviers, c'est bon parce que ça prend vite, mais c'est tout juste comme un poulain, ça danse en beauté sans penser au travail. (Giono)
>
> （橄榄枝生火是不错的，因为一点就着。但火苗儿恰似一匹马驹儿，跳腾得倒欢，就是没劲儿。——罗国林译）[1]

如此富有特色的生动形象，如不移植过来，岂不遗憾？万幸的是我们汉语读者对这一形象比喻不仅接受，说不定还会拍手叫绝。可有的东西，虽然在异国很精彩，在汉语天地里就不甚受欢迎。因此，如何处理好创新与规范的关系不只是个艺术问题。我们应该既不辱翻译使命，又要了解和尊重读者

---

1 参见罗国林，《法译汉理论与技巧》，商务印书馆，1981 年，第 25 页。

的欣赏习惯与审美心理，做到既避免强加于读者，又做些引导工作，不要一味迎合读者，走向贫乏或庸俗的极端。

四、客观与主观的关系。文学翻译的可能性在一定意义上说是建立在意义的客观性及风格的可感性的基础之上的。原作的内容及风格是通过原作的语旨表达的，我们要确切理解与捕捉原文的意义和神韵，一方面必须依据原文的语言形式及表达手段，切忌脱离原文自由发挥，把原作文字并不包含的意义强加给译文，另一方面又要避免浮在原文形式的表层，满足于一知半解，不去积极地探其深蕴。译者尤要力戒凭自己的主观性，从自己的立场、观点出发，给原文中并不蕴含强烈色彩的词句添加上自己主观的成分。那种以创造为名行偏离之实的译风与译者的“主观随意性”大有关系。这方面的例子与教训不胜枚举，恕不赘述。在此仅提醒一点：脱离了客观的依据，愈“创造”愈“不忠”。切记文学翻译的再创造绝不是主观生造、乱造、硬造。

我们在此再强调一点：既然是再创造，自然就要求译者的自我修炼与完善；既然是再创造，就要不懈地探索各种行之有效的手段。文学翻译这条揣摩、选择、提炼、再创造的道路是没有穷尽的。

文学翻译批评的基本原则

有翻译，就会有翻译批评，这应该是必然的事。只是批评是否合理、有价值、有启发意义，那就不是必然的了。若原则、方法、视角、价值取向不一，对同一翻译作品的评价也会有异。近来引起译界、读书界乃至社会关注的《红与黑》汉译本的讨论及对傅雷译品的评价就是例证：视角迥异，原则相左，层次不一，对译文的评价自然不可能统一，或贬或褒，这是不可避免的。但是，若具体到一部文学翻译作品，它毕竟是一个相对自足的符号系统（但不可忽视对这一符号系统有影响的多方面的因素），有其价值的客观存在，如何对其进行较为科学、客观、合理的评价，不能不说是当今的文学翻译批评中一个值得思考与探索并期待解决的问题。

一

若留心一下我国的文学翻译批评的现状，也许会发现两个值得注意的倾向：一是“过死”；二是“太活”。前者只处于翻译批评的基本层次，也可以说是最低层次，无须理论的指导，只要对照原文与译文，挑出其中的错误（往往是逻辑意义层次的错误），也就罢了；后者则超越这一最基本的层次，纯粹是感想式的，一册译文在手，不及细读，凭着自己的主观印象以及好恶，对译文作出结论式的评价。

评价一部译作的成功或失败，可取或不可取，自然不能不仔细阅读原文，与原作进行对照分析。但是，现代的翻译批评，仅仅满足于两者的对照，是远远不够的。近十年来，随着翻译理论研究的进一步深入，人们越来越注意接受者（读者）因素对翻译活动所起的积极作用。成功的翻译，不再是原文与译文之间的封闭性转换，而应考虑到文化因素、读者审美习惯等诸因素对翻译的制约与影响力。译者往往自觉地跳出原文与译文的语言逻辑意义等值这一层次的束缚，从文化角度去追求更高层次的意义近似。这样一来，仅仅局限于原文与译文语言对比而发现的错误，也许正是译者为追求更理想的翻译效果所作的一种积极的尝试。就拿傅雷的译文为例吧：

——Ils (les gardiens) sortent d'un taillis qu'ils nomment *maquis*, armés jusqu'aux dents, se font payer leurs bêtes et se moquent de vous. (Editions Gallimard 1964, *Colombe*, p.139)

傅雷先生的译文为：

他们（牧人）全副武装地从小树林——他们叫作绿林——中钻出来，要你赔偿他们的牲口，还把你取笑一阵。（《傅雷译文集》，第 13 卷，第 85 页）

有人曾经对这段译文提出不同看法，认为傅雷先生的译文有时大而化之，如把"armés jusqu'aux dents"（武装到牙齿）的形象淡化，译为"全副武装"；有时则掺入自己的主观色彩，把"maquis"（丛林、密林）译为蕴含意义极浓的"绿林"。初一看，这种批评不无道理，但若考虑到全句表达效果的和谐（法文中的"armés jusqu'aux dents"不一定有贬义，而汉语的"武装到牙齿"则有很强烈的贬义），并考虑到"maquis"这一词在原文中以斜体标出，具有特定的含义，那么，傅雷先生的翻译也许反会给你得体和富于表现力的感觉。确实，由于语言与文化差异的客观存在，为了传达原文的意义（不仅仅是逻辑意义）与效果（如诗歌翻译），有时译者不可避免地要在原文基础上重新组织

(甚或改造)语义或审美价值。如在《追忆似水年华》卷四中有这么一句话:

> "Seulement, est-ce que vous ne voulez pas pour vous remonter un peu du vin vieux dont j'ai en bas une bourrique (sans doute pour barrique)?..." (Folio, Editions Gallimard 1954, p.190)

句中的"bourrique"一词的原意为"母驴",俗语中也常用来指"警察",但在译者的笔下,"une bourrique"(一只母驴)则成了"满满一堂",这岂不是谬误?但是,如果再作进一步分析,则可能作出完全不同的评价。原文是巴尔贝克大饭店经理说的一句话,此君毫无语言天赋,"随着他不断学习新的语言,过去学的讲得越来越糟",尤其容易把两个发音相似但意义上毫无关联的词混淆起来,如把"隙缝"说成"吸缝",把"炸鱼"说成"炸芋"。上面的那句话中,饭店经理又将"une barrique"(一坛)说成了"une bourrique"(一头母驴),因音似而混淆,造成意义上风马牛不相及,令人感到滑稽可笑。若不顾传达效果的需要,只注意字与字的对应,那汉语读者读了肯定会不知所云,原文的滑稽效果也会荡然无存。正是基于这两方面的考虑,根据原文因音似而产生混淆的特点,译者将"母驴"改换成"一堂":

> "不过,您是否想喝点陈酒提提精神?我楼下有满满一'堂'(无疑想说'满满一坛')……"(《追忆似水年华》卷四,第160页)

相反,字斟句酌、与原文意义一一对应、无错可挑的译文,若从整体效果、风格传达等层次去加以分析,则可能不甚理想。如何从整体效果这个高度去选择一个较为客观可取的视角,是我们在翻译批评中应该注意的。

与只满足于原文与译文的语句对照这一封闭性批评方式相反的,是纯粹感想式的批评形态。如果说前者在一定程度上,还能为提醒译者注意理解原文,避免不必要的错误而起到积极作用的话,那么,后者则既不能给译者以启发,又无助于文学翻译事业的健康发展。

纯感想式的翻译批评,往往缺乏严肃的科学态度,缺乏对原文的仔细揣摩与深刻分析,凭自己的主观印象与初步感觉,就对译文进行天马行空式的议论;或者只抓住译文中个别的现象,不加以全面的衡量与验证,便笼而统之地下结论。近年来，这类的批评文章似乎越来越多。最近，友人示我一篇评论译文的文字，作者评价译文的依据竟然是他在三十年前读过一遍的原著，说“凭我的印象”，译文“风格比较接近原文”等等。文学翻译是项创造性的艺术活动，任何理论都不可能为它硬性规定度量的标准，但却能提供可以参照并供不同环境选择的相对标准。文学翻译批评也应当有一定的标准，仅凭自己的感觉、好恶，进行浅表性的评说，便不可避免地会作出有失客观的结论。这样的结论，如果是肯定性的，有可能被人视作“吹捧”；如果是否定性的，则会被误解成“攻击”。这样一来，非但达不到通过批评切磋技艺、提高翻译水平、繁荣翻译事业的目的，反而会造成译坛的混乱，助长不良风气。

二

实践的偏差或混乱，往往源自理论的贫乏或谬误。进行文学翻译批评，恐怕得有个范围，也不能不遵循一定的理论、原则、标准与方法。令人遗憾的是，我国的文学翻译批评还没有建立一套相对完善且行之有效的理论。近十年来，我国翻译理论的探索与研究取得了可喜的成果，但在与文学翻译批评有着密切关系的文学翻译标准的探讨方面，却仍然难以达成比较统一的意见。既然翻译标准都未能统一，那该如何去正确而又富于说服力地评价译文的质量呢？标准的不统一，势必造成评价的殊异。从这个意义上说，文学翻译批评的开展还有赖于文学翻译理论的完善与相对统一的翻译批评标准的建立。

从广义上讲，文学翻译批评不仅仅只限于对译文本身的评价和译者对原著的选择。译者的价值取向与翻译道德、态度等等，都属于批评的范畴。1991 年 8 月在京举行的文学翻译评论研讨会强调了这一方向性问题的重要性，无疑具有积极的理论与实践意义。[1] 这里，我们结合目前文学翻译批评的现状和一些带有倾向性的问题，就文学翻译批评的原则提出几点看法：

1. 文学翻译批评不仅要对翻译的结果进行正误性的判别，更应重视对翻译过程的深刻剖析。翻译一词，有两层意义：一层是动态的意义，指的是将出发语转换成目的语的整个操作过程；另一层是静态的意义，即经过转换之后的结果，亦即译文。上文所说的“翻译是一个相对自足的符号系统”，就是

1　参见《中国翻译》，1991 年第 6 期，第 51 页。

针对翻译的静态意义而言的。毋庸置疑,对翻译的结果进行分析对比,应该是翻译批评的一个重要方面。但是,如果只囿于此而忽视对翻译过程的剖析,容易陷入从文本到文本的封闭性批评窠臼之中,使翻译批评显得单调而缺乏活力。注意对翻译过程的剖析,不仅能够帮助阐发翻译活动本身的规律与价值,赋予翻译批评以指导性的意义,而且有助于拓展评论者的视野。在世界——作者(原作)——译者(译作)——读者这个相互影响的大系统中去考察翻译的可行性与译者的取舍依据,将译者的主观意图、具体转换过程与客观存在的翻译结果进行辩证统一的评价,由此得出的结论也许要全面些,更能贴近批评的客体,为批评的合理性提供可能,避免单一的或片面性的评价。

2. 文学翻译批评要突破感觉的体味,注重理性的检验。感觉形态的批评文章,如上文所说,有一个比较普遍的现象,那就是显得比较空泛,总是游离于批评客体的表层与外围,结论也往往只限于"感想式的",主观性较强,因而说服力不强。就翻译的结果(译文)的批评而言,应该避免隔山观景、隔靴搔痒的做法。一般来说,翻译一部作品,译者往往从原文提供的符号入手,经过分析与感悟,揣摩、捕捉到原文符号的形式价值、语义价值和美学价值等,然后再用汉语符号体系的组合规律与表达手段,将这些价值尽可能完满地传达出来。要捕捉、领会这些价值,感悟是绝对不够的,有时往往是不可靠的。对文学翻译批评来说,亦是同样的道理。如果一味依赖自己的感觉去评价译文的优劣,可信性自然就低。从某种意义上说,现代翻译理论为文学翻译提供了可资借鉴的科学方法与手段。无论是翻译思维的研究、语际转换理论的探讨,还是翻译美学的开拓,对我们科学地进行译文评价,把感受性的体悟与理性的检验有机地结合起来,是很有指导与启发意义的。如逻辑验证方法、语义对比分析、翻译层次评析等,都不失为文学翻译批评可借鉴的一些行之有效的方法。近年来,还出现了一些开拓性的批评尝试,如将模糊数学理论引入翻译评价中,为我们评价译文提供了新的方法,富于启迪性。应该说,这些以现代语言学、符号学、接受美学、思维科学乃至模糊数学理论为依据的批评手段,无论对丰富翻译评论方法还是提高翻译批评理论的科学性,都具有不可忽视的积极意义。

3. 文学翻译批评应该将局部的、微观的批评与整体的、宏观的评价有机地结合起来。评价一篇翻译,自然不可能面面俱到,总要有一定的侧重,如对译文的语义传达、形象再现等进行分类性的评价。但是,无论是对翻译的专题评价,还是局部的批评,都不能忽视对整体的把握。如我们评价一句译文的处理,就离不开上下文,离不开对句段的制约因素的分析。巴尔胡达罗夫在其《语言与翻译》一书中强调指出了翻译中必须遵循的一项原则,那就是各个成分必须服从整体,低层次的语言单位要服从高层次的语言单位(参见中国对外翻译出版公司 1985 年版《语言与翻译》第 10 页)。奈达在其《翻译理论探索》中也一再强调这一问题。如在一篇文学作品中,出现了"se jeter dans la gueule du loup"(投入狼口)的说法,出于汉语表达习惯的考虑,有位译者将"狼"改为了"虎",成了"投入虎口"。如果仅就这一句子而言,这一改也许不无道理。可不料几页后,又出现了"loup affamé"(饿狼)的形象。为了照顾文学形象的统一,从整体效果考虑,前面的"虎口"自然应该还原为"狼口",尽管汉语中很少这么说。这样的例子在文学翻译中比比皆是。译者往往从整体效果出发,考虑某些局部成分的取舍。这也就给文学翻译批评提出了一个值得注意的问题:如何在进行局部的评价时,注意到整体的衡量与把握。四年前,笔者曾认真比较分析过《红与黑》的两个汉译本(分别由罗玉君和郝运译,当时闻家驷先生的译本尚未问世),发现了罗译中有一个比较有趣的现象,即同一部译文中(出自同一位译者之手),某些段落译笔流畅,表达质朴而自然;某些段落却又不太连贯,文字艰涩,失却了原文那种自然、简约的风格特征。这样一来,从局部看,有的译文可视为上品,可从整体考虑,译笔的不连贯,突出了译文之间的不和谐,损坏了原著风格的整体美。说到这里,笔者想到《追忆似水年华》的翻译。不少同行和读者都提出了一个值得研究的问题:一部作品,由十五位译者共同翻译,风格能统一吗?若要回答这一问题,对译文作出实事求是的评价,就不能不将局部与整体结合起来,进行有机的分析。

4. 文学翻译批评应该注意发挥积极的导向作用,建立起新型的批评者与被批评者之间的关系。说到翻译批评的积极作用,自然离不开批评者的出发点和被批评者的态度。前一段时间,翻译评论界强调指出了开展"严肃的、科学的、与人为善的"批评的重要性。因为只有这样,才能做到"有利于切磋译艺,提高翻译水平"。如一个是善意的、科学的批评,另一个乐于接受,从中得到启发,提高技艺,这样,翻译批评也就起到了应有的作用,批评者与被批评者之间也就有了互相启发、共同提高的基础。1991 年 11 月,译林出版社在京举办了《追忆似水年华》首发式暨普鲁斯特国际学术讨论会。会上,气氛热烈而坦诚,围绕着翻译问题展开了有益的批评与探讨。李恒基先生是卷一的译者之一,有着丰富的译事经验。读者喜爱他的译文,称赞他的译文"富有动感,给人以视觉美"。确实,这是他翻译的一个显著特点:他总是探求在不损害原文意义的前提下,尽量照顾到汉语读者的欣赏习惯。正是基于这一考虑,他将《追忆似水年华》卷一第14—15页中一个长达56行的长句切割成3个段落。在会上,有人提出了不同看法,认为"这个共计222个音义单位的长句是普鲁斯特为表达连绵、复杂的意识流动过程而刻意创造的,具有内容与形式的和谐统一的独特风格"。况且,这个长句很有代表性,法国乃至西方世界的不少文学批评专著都提到它,进行过方法不一的分析。将它分成三段,虽然给读者阅读提供了方便,但却损坏了原文的风格,不利于读者理解与欣赏普鲁斯特风格中独具特征的长河式句子的风貌与气势。当有人问到李恒基先生,权衡全句处理的得与失,是否应该保留原句语式、结构特点时,李先生很诚恳地回答说:"现在看来,还是保留为妥。"这个例子生动地说明了建立健康的批评者与被批评者之间的关系,开展科学的批评,对交流技艺,进而促进翻译质量的提高,是多么重要。关于导向,自然有个政治方向的引导问题。这里笔者想着重指出的,是翻译批评应该为积极倡导良好的译德与译风起到应有的作用。1990年11月在宁举行的首届中青年翻译家笔会上,老一辈翻译家就语重心长地向中青年译者提出了这个问题。对译界一些带有倾向性的不良风气,如"借创造为名,行偏离之实""粗制滥造"等进行严肃的批评,无疑有助于良好译风的形成,对繁荣我国翻译事业具有积极的作用。

关于文学翻译批评,涉及的问题是多方面的,如对译文的评价,还应注意时代的因素。一部1920年代产生的译作,如用今天的标准与目光去进行判别,自然会有不少值得商榷的地方;又如翻译批评,不仅仅只是同行间的事,还有个读者参与的问题等等。最重要的一点,恐怕也是当务之急:文学翻译批评需要理论指导。近几十年来,文学批评领域可谓百花齐放,各种理论应运而生,诸如形式批评、符号批评、本体批评等,令人眼花缭乱,目不暇接。可对具有艺术创造活动特征的文学翻译批评,却尚未确立其范畴、规则、标准与方法。我们应该关注文学翻译批评事业,在实践中共同总结出一套切实可行的理论来,用以指导我们以后的批评实践,使翻译批评具有科学性、指导性和穿透力,发挥其真正有效的作用。

文学翻译批评的基本方法

要展开有效的批评，必须掌握客观、合理和科学的批评方法。文学翻译批评的方法研究属于文学翻译批评应用性研究的范畴，具有实用的、对比的特征。在具体探讨文学翻译批评的方法之前，我们有必要先看看现阶段人们对翻译实质的一些认识。从国内外的一些翻译理论研究专著中，我们可以看到如下几种比较具有代表性的观点：

1. 翻译是用甲语言来传达乙语言的内容；

2. 翻译是用一种语言符号转换另一种语言符号所承载的信息；

3. 翻译是把一种语言的言语产物转变为另一种语言的言语产物；

4. 翻译是指从语义到文体在译语中用最切近而又最自然的对等语再现原语的信息。

这些观点从不同角度对翻译的实质进行了有益的探讨，从信息、语言、符号等各个方面，试图科学概括翻译的实质。上述四种观点分别把翻译活动看成内容传达活动、符号转换活动、语言转变活动和信息再现活动。信息或内容，似乎为同一意义，只是信息这一术语借助于信息科学，而内容的说法比较通俗；语言和符号的区别也不大，特别是语言本来就是一种符号。至于传达、转换、转变或再现这种种认识,都从一定侧面揭示了翻译活动的某种性质,即翻译活动是两种不同语言或符号的转换或改变,谈的是翻译活动的动态过程;而翻译活动是两种语言或符号所承载的同一信息或内容的再现或传达,谈的则是翻译活动所要达到的理想目的。除这些观点之外,有人还为认识翻译活动的实质提供了更为宽广的视野,认为翻译活动是两种文化的碰撞与交融的活动。我们在这里暂且不论这种论断或观点是否正确,但这些观点都提出了原语与译语,即甲与乙的转换实质。翻译批评,则是对这种转换活动的合理程度和转换结果的等位程度作出评价。因此,就方法论而言,其基本的、本质的方面就是比较,亦即通过观察译者的转换活动看其转换结果,而结果的评价,必然是甲与乙的比较,亦即甲、乙是否对等、近似或等值。所以,我们的文学翻译批评,应该基于客观的、合理的、科学的比较。

那么,首先应该明确的一点,就是比较的范畴与内容,说得通俗一些,那就是比较什么?

我们知道,任何一部文学作品的产生不可能是孤立的,它的存在也不可能脱离其他的因素。美国华裔批评家叶维廉认为,一篇作品产生前后,一定要有五个方面:1. 作者;2. 作者观、感的世界(物象、人、事件);3. 作品;4. 承受作品的读者;5. 语言(包括文化历史因素);[1]而产生一部译著,又涉及哪些方面呢?一是译者,他是翻译活动的主体;二是译者对作者所观所感的世界的观、感;三是译作;四是承受译著的读者;五是语言(同样包括文化历史因素)。从上面五个相关的方面进行比较,我们可以发现,翻译与创造的根本区别在于第二个方面,那就是作者是通过文化、历史和语言等因素去观察、感受世界,作品中体现了他对世界的选择和认识(作品的思想内容),对世界所持有的观点(作品的思想倾向);同时,作者还要用文字将他对世界的观、感的体验与经历表达出来,这就出现了作者的表现方式与艺术安排,如表现形式与内容的艺术结合,具体表现为叙事手法的运用、语言手段的调遣等。在创造作品的具体过程中,还有作者的创造意图的体现。而读者也无形地制约着作者,如创造面向大众的文学作品,作者心中就不能没有大众,因此,从一定意义上说,读者始终在直接或间接地影响着作者的创造过程,牵制着作者具体创造手法的运用。一部作品一经完成,便与读者进行交流,而相对独立地

1　参见王逢振,《今日西方文学批评理论》,漓江出版社,1988 年,第 114 页。

存在。文学翻译作品的五个方面中,译者所面对的是语言化了的、作者所观所感的世界,而这个世界的具体形式就是原作。同时,面对的读者变了,采用的语言符号体系也变了。因此,从大的方面讲,原作与译作之间的可比较因素主要集中在以下几个方面:1. 译者在具体作品中所观、感的世界与作者意欲表现的世界是否吻合(包括思想内容、思想倾向、思维程式)? 2. 译者所使用的翻译方法与手段和作者的具体创作方法与技巧(包括艺术安排、技巧、语言手段)是否统一? 3. 译作对读者的意图、目的与效果和原作者对读者的意图、目的与效果是否一致(包括对读者审美的期待及读者的反应)? 从以上三个可比较因素,我们可以看到文学翻译批评与文学批评虽有别,但文学翻译批评的对象也同样不是一个封闭的系统,而是受诸多因素影响与制约的。比如语言因素,作者与译者使用的语言符号系统变了,由于不同语言符号系统的音、形、义组合规律,传情达义的手段有别,更由于不同语言符号系统所承载的文化意义有别,译者语言符号的转换就必然不是,也不应该是机械的活动了;又如读者因素,原作的读者与译作的读者之间也存在着差异,如文化传统、心态与审美习惯都不尽一致。所以,在作品接受过程中,原作读者与译作读者的美感反应也可能出现差别。认识这些因素的客观存在及它们在翻译活动中的制约作用和影响力,是文学翻译批评进行客观比较的关键之一。

要做到客观的比较,我们在文学翻译批评实践中应该避免几种倾向:一、把译者的翻译活动理解成静止的、被动的和自足的活动;二、把批评的比较范围仅仅局限于译作与原作的语言层面;三、把各个可比较而又相互关联、影响的因素割裂开来,捉住一点,不及其余;四、对影响译作产生的诸因素缺乏客观公正的认识和了解,而凭自己的主观好恶进行感想式的评价。

以上我们通过对原作产生与译作产生起决定性作用的诸因素的比较,明确了文学翻译批评的基本范畴,也就是说,文学翻译批评的对象是译作。但这一"译作"不是纯粹意义上的"作品本身",而是包括产生这一"译作"的五个方面和这五个方面相互作用的关系等。针对我国译坛的现状,译界同人所强调的译风、译德、译效的问题,也无不与上述五个方面及其形成的相互关系有关。如译风问题,实质是译者能否以客观、严肃的态度尽可能准确地理解作者所观、感的世界,并以另一种语言符号将作者所创造的语言世界在各个方面尽可能等效地进行转换的问题。因此,对译风、译德的批评,也不可能脱离对产生一部译著的诸因素的客观比较与评价。又如译效问题,所谓译效,实质上是一部译作产生后对社会群体的影响,而社会群体是以单个的个体组成的,且一部译作所影响的社会群体,实际上是一个读者群体,这种影响的关系本质上是译者、译作与读者的关系,也同样没有超出上述五个方面及其形成的关系范围。

就具体的文学翻译批评活动而言,一个批评者不可能就一部译作的形成因素及诸因素的相互关系进行面面俱到的比较与评价。因此,就出现了批评的选择问题,它包括两个方面:一、在整个的批评范畴内,你要选择哪个点、哪个面、哪个层次进行评价?二、作为批评者,你要选择怎样的批评角度?

无论是选择批评的点、面和层次,还是选择批评的角度,都有一个先决的因素,那就是批评的目的。不同的批评目的和意图事实上决定着批评视角和层次的选择,同时也在一定程度上决定了批评方法的采用。总的来说,文学翻译批评的目的应该是通过评价文学翻译活动,衡量文学翻译作品,起到促进文学翻译质量的提高进而繁荣文学翻译事业的作用。从批评者方面讲,批评是否善意,直接影响着批评目的能否达到。而从被批评者方面讲,能否正确理解批评的目的,也直接关系到批评作用的实际发挥。我们可以说,明确批评的目的,坚持正确的批评原则,是保证批评者从各个角度、各个层次去贴近批评的对象,尽可能发挥批评效能的重要前提。

提高文学翻译质量,繁荣文学翻译事业,是文学翻译批评的总目的。在这总的目标之下,自然还有一些与翻译过程和结果密切相关的子目标。针对这些子目标,便可有的放矢地选择批评的层面和角度。如为了有助于形成良好的译德、译风,批评者就可以选择与译德、译风的产生相关的因素进行评价与检验;为了促进译文整体风格与原作整体风格统一性的形成,批评者可以选择与风格传达相关的因素进行比较与评价;又如,为了避免译者在翻译活动中掺入过多的主观因素,造成译文与原文的偏差,批评者可以选择容易产生这方面问题的翻译层面(如蕴含义的传达层次)进行分析与比较,或发现、指出不足之处,引起译者重视,或探讨、推广客观正确传译的经验,供人借鉴。

文学翻译是项极为复杂的活动,而文学翻译作品则是这一复杂活动的具体产物。能否正确地选择批评的层面与角度,反过来也直接影响着批评效能的发挥。在选择批评层面和角度时,应着重注意以下几个方面的问题:

1. 一项翻译活动的结果,即经过转换的具体的译作,既是一个相对自足的符号体系,又是一个开放性的活动世界。选择批评层面和角度时,要充分考虑到符号体系本身的特性和文本后面潜在的活动因素，避免机械的符号对应和僵死的批评视野。如选择比较译文与原文语言的时代风格时，就要考虑到制约着语言符号转换活动的历史演变和读者因素。当代作品的翻译，语言的时代风格可以要求统一；而相反，古代作品的翻译，考虑到时代的变迁、语言的变化和读者的要求等因素，就不能千篇一律地要求与原文的古风完全一致。总之，文本后面潜在的活动因素不能忽视。

2. 要重视形式表层的比较，更要注重内容实质的比较。译者作为翻译活动的主体，要将原作所体现的作者的思想内容（包括情感）、思维形式、表达手段、创造意图等用另一种语言符号传达出来。由于文学作品具有特殊性，尤其是形式因素（如语言符号、音形因素以及音形义巧妙结合的特殊效果等）起着十分重要的作用。正如人们常说的，文学作品重要的不是说什么，而是怎么说。因此，文学翻译批评应该注重译文与原文中一些具有传情表美作用的形式因素的比较，而且也有理由要求译者尽可能调遣目的语相应的语言手段加以复现。但是，不同语言之间毕竟存在着形式的差异（正是差异的存在，才有翻译的需要）。如法语诗歌与汉语诗歌之间的形式差异，法语诗歌有阴阳韵之分，而所谓阴阳韵，是指最后押韵的音是辅音还是元音，汉诗中就没有这种区分。硬要就这点进行比较，便有非客观之嫌。又如，法语词在形式上有阴阳性之分，作者很可能利用名词的阴阳性变化规律创造别有韵味的美学价值，而汉语中的名词则没有这种阴阳性形式（尽管中国文化的“阴阳之道”在世界上具有广泛影响），因此，便不可能要求汉语译者亦步亦趋地“硬造”。在这个意义上说，译文与原文的形式比较应该基于对两种语言形式差异的清醒认识。在形式不能对应的情况下，比较译文与原文的形式价值（亦即内容）便十分重要而又顺理成章了。事实上，文学翻译是一门艺术，如苏联翻译理论的文艺学派的代表之一加切奇拉泽所说，艺术价值上“等同”的翻译，可以是语言上、语言的各个形式要素上不完全等同的转换[1]。

3. 我们要比较的不是译作与原作都涉及的五个方面所形成的一切关系，而主要是两者之间带有规律性、倾向性的关系。苏联翻译理论家巴尔胡达罗夫在《语言与翻译》一书中强调指出，在对原文和译文进行比较分析时可以看到，译文与原文之间存在着一些典型的、反复出现的关系，同时，还存在着

---

1 参见蔡毅，《翻译理论的文艺学派——介绍加切奇拉泽的〈文艺翻译与文学交流〉》，见《外国翻译理论评介文集》，中国对外翻译出版公司，1983年，第77页。

大量非普遍、无规律的、仅仅适于某个具体情况的关系。[1] 我们要注意比较的,是两者之间那些反复出现的、普遍的关系,从关系的比较中发现译者在翻译活动中的一些倾向,如肖明翰先生在《文学作品翻译的忠实问题》一文中,就选择比较了译文对原文的不同字形、不使用标点符号等形式手段的处理,以及译文对原文较难捕捉的隐喻意义的传译,指出李文俊先生在翻译《喧嚣与骚动》一书中的明晰化倾向[2]。当然,我们在比较中也不能忽视那些非普遍性的、无规律的例外现象,因为有时往往可以从无规律的现象中发现一些富有启示性的东西。我们只是想说,批评比较,不能以例外为基点,更不能用例外来说明整体和总的关系。

4. 应该承认翻译的限度,客观地比较译作与原作的差异。如风格的传译比较,既要承认文字风格传达的困难构成的翻译限度,又要承认译者风格的客观存在。乔治·穆南在《翻译的理论问题》一书中就强调指出过客观认识翻译障碍的重要性。他认为,从理论的高度,通过多途径的探索,客观分析、论证翻译的障碍,明确翻译障碍的症结所在,是克服障碍的开始。[3] 在文学翻译批评中强调对翻译限度的认识具有重要的现实意义,因为在目前的翻译批评中有一种不良的倾向,仿佛译者是“万能的”,“翻译是万能的”,不顾“生态环境、物质文化、社会习俗、宗教文化、意识形态”以及“语言意义单位”、“句法结构”、“形式手段”、“交际环境”[4]等诸方面的差异,而过分要求译者传译的完美。承认翻译的障碍,也不是不加分析地为译者传译的局限寻找借口。我们一方面要比较原文之于译文的障碍,另一方面要着力于寻找造成传译局限的原因,通过比较不同译者为克服同一障碍所采取的相应措施,探讨一些可行的手段,目的正是为了提高翻译的可行性与质量。

客观、合理、公允的文学翻译批评离不开科学的批评方法。刘宓庆在《现代翻译理论》一书的第八章中论述了翻译的方法论,他所提出的两条基本理论原则[5]大体适用于文学翻译批评的方法论。这两条基本理论原则是:1. 科学的方法论必须扬弃机械论和形而上学;2. 科学的方法论排斥经验论。关

---

1 巴尔胡达罗夫,《语言与翻译》,蔡毅、虞杰、段京华编译,中国对外翻译出版公司,1985 年,参见第一章。

2 参见肖明翰,《文学作品翻译的忠实问题》,载《中国翻译》,1992 年第 3 期,第 38—39 页。

3 详见许钧,《简论乔治·穆南的翻译观》,载《语言与翻译》,1988 年第 1 期,第 50 页。

4 详见 Mounin, Georges: *Les problèmes théoriques de la traduction*, préface de D. Aubry, Paris: Gallimard, 1963,第五、六部分。

5 参见刘宓庆,《现代翻译理论》,江西教育出版社,1990 年,第 176—180 页。

于第二条原则，他补充说明了一点，即不能将个别经验或个人经验（个人的翻译"套路"）视为具有广泛适用性的方法。我们在这里不拟对这两条基本原则进行纯理论的论述和考证，而把重点放在具体方法的探讨上。目前，我们通常使用的批评方法基本可归纳为以下几种：

1. 逻辑验证的方法。这一方法主要适用于翻译基础层次和语义层次的基本评价。由于文学翻译是个逻辑、语言和艺术的综合活动，思维活动贯穿着翻译的全过程，特别是理解阶段，需要对特定的语境、上下文进行逻辑分析。判断作品各要素，尤其是各个单词与句子、句子与段落之间的联系（这种组合的关系必然受到人类共同的思维逻辑的制约），也离不开逻辑分析的方法。我们评价一部译文在理解的准确性和上下文的有机联系方面的质量时，采用逻辑验证的方法可以收到较好的效果。阎德胜在《翻译过程是思维的过程》[1]一文中正是利用这种方法，通过对译文中出现的前后矛盾、关系混乱、指称含糊等现象的分析，归纳出了一些带有普遍性的问题，对提高译文的准确和通顺很有启发。在目前的文学翻译实践中，似乎有一种不良的倾向，即过分强调翻译活动的艺术性，把精力集中在词美上，主张"美文"，而在言语的逻辑关系和上下文意义的确定方面下功夫不够，出现"看上去文字很美，但译文经不起推敲"的情况。我们认为，采用逻辑验证的批评方法，对类似的译作进行一些富有说服力的评价，无疑有利于克服这种倾向。

2. 定量定性的分析方法。乍一听，评价文学翻译作品，用定量定性的分析方法，似乎不可取，因为文学翻译作品是艺术品，而艺术是靠感觉的，把感觉的东西进行定量定性的分析，岂不滑稽？实则不然。虽然文学翻译是艺术活动，但这仅仅是文学翻译过程的一个方面。事实上，即使像风格这种被人认为是"虚无难测"的要素，即使像"气""风""韵""味"这些带有强烈的主体体验性质的东西，借助现代语言学的一些新成果，也可进行较为精细的分析。如通过对作品的句子长度、节奏、标点使用等具体可辨的形式标记的分析，就可比较科学地对作品的文字风格作出明确的判断。在文学翻译批评中，不作具体的分析，只凭主观的感觉而对别人的译品进行评价，往往缺乏说服力。比如评价一部译作在风格处理方面的合理性，首先应该对原作的风格标记进行识别，再以同样的方式对译作的风格标记进行分析，进而将两者加以比较，

1　参见阎德胜，《翻译过程是思维的过程》，载《中国翻译》，1989年第2期，第22—26页。

就可得出较为客观的结论,通过“量”的比较,认识、判定译文的“性质”。

3. 语义分析的方法。科学的语义分析方法是现代语言学对翻译学的一大贡献。世界上一些著名的翻译理论专家,如奈达、纽马克、巴尔胡达罗夫、乔治·穆南等,无不借鉴这一科学的分析方法。文学翻译批评在评价译文的语义传达质量时,有必要借助这一方法。目前译评中比较普遍的正误性判别的做法,有时因为缺少对语义的科学分析,而对译文得出错误的评价。如基本词义理据的分析、多义词在特定语境中的含义的分析、词义色彩的分析等,是批评者正确评价译文的语义传达所不可缺少的。文学翻译批评工作者也有必要了解现代语言学对语义的科学分类及现代翻译理论对传达各类语义的原则和方法,这对理解译者的取舍、全面衡量译文的语义传达是大有益处的。

4. 抽样分析的方法。面对洋洋数十万甚或几百万言的译作,往往有一种难以下手评论的感觉。事实上,要对整部作品进行各个层次和各个角度的比较分析,是难以做到的。为解决这一矛盾,进行抽样分析倒不失为一种可行的评论方法。据我所知,许多出版社的外文编辑对译者寄来的译作的质量进行评价,也往往采取抽样比较分析的方法。所谓抽样分析,就是抽一章或数页译文跟原文进行各个方面的比较分析。这种比较不仅仅局限于语义传达、风格再现等具体的转换方面,而且也考虑文化、读者等因素。通过这种抽样的全面分析,发现译文一些带有倾向性的问题,从而对译文整体质量的评价提供一些可资借鉴的参数。台湾中央大学法文系金恒杰教授就采用过这种方法,对《追忆似水年华》(Ⅰ)《在斯万家那边》之第二卷《斯万之恋》进行了富有说服力的客观比较与分析。[1] 金先生在文中明确指出,“‘商榷’只及于译文6页,仅是个‘抽样’性的讨论,不敢说是对徐先生辛劳工作的评鉴”。值得着重说明的是,金先生在这个“抽样性”的比较分析中,表现出了严谨的科学作风和与人为善的批评态度。他从译文对同位语的处理、形象的再现、文化意义的传译、上下文联系的关照等方面的分析中,客观地指出了译文中的一些“可以商榷”的地方,收到了良好的评论效果。

5. 不同翻译版本的比较。一部外国文学名著,由于时代的演变和读者对译本语言的要求等原因,可能会出现几个译本。有人断言,这种复译的周期

1 参见金恒杰,《对徐继曾先生译马塞尔·普鲁斯特〈追忆似水年华〉第二卷〈斯万之恋〉的商榷》,载《中国翻译》,1991年第5期,第38—42页。

一般为四十年。近年来，我国译坛出现了复译热。产生这一现象的原因是多种多样的（如经济因素），我们在此不拟探讨。就文学翻译批评的方法而言，选择不同译本（如《红与黑》，除台湾的译本之外，大陆现已有三个汉译版本，据可靠人士透露，1993年还会有三个版本问世）进行比较，如目的正确，态度端正，方法严谨，不带主观偏见，探讨精益求精，则对完美译文的产生条件和方法肯定会有启发意义。在进行不同译本的比较批评时，应该明确区分“取旧译长处”与“剽窃旧译”的严格界限；不然，容易产生批评的副作用，生出不该有的是非争论来。

6. 佳译赏析的方法。严格地说，佳译赏析应该属于文学翻译批评的范畴。对文学翻译批评，人们或多或少总有些误会，脑子中“批评”总是与“问题”和“不足”相联系。这是一种狭隘的批评观。相反，取佳译进行评析，取前人成功之经验，在鉴赏中获益，正是文学翻译批评的主要目的之一。《中国翻译》专辟有《佳译赏析》栏目，在相当长一段时间内以袁锦翔为主笔，文中富有层次性的解剖，精当深刻的评说，令人读后不仅仅对何为佳译有了一定的评价尺度，还可对佳译中的“精妙”所在有所感悟。此种赏析的方法，可以说是值得大力提倡的。

文学翻译批评的方法应该是多样化的。应当坚持客观、公允、合理和科学的标准，鼓励不同批评方法的使用。同时，批评的视野也应该再打开些。在这方面，我们还可以借鉴与翻译相关的一些学科和现代文学批评各流派的一些成果，以丰富批评的角度，拓展批评的广度和深度。

诗歌与翻译

——《春望》法译的层次评析

近年来,对于诗歌翻译的可行性问题,大家的观点似乎越来越趋于一致:诗歌大抵上是可以翻译的,但存在着难以超越的界限。然而对于译诗的标准,则众说纷纭。最有代表性的一种说法是译诗应神形兼备。但如何做到神形兼备呢?尽管在实践上许多人作了尝试,但在理论上却缺乏深入的研究,更缺乏令人信服的分析。这里,我们以翻译层次论为指导,通过层次性的研究方法,把诗歌翻译的具体过程分解成三个层次,即思维层次、语义层次、审美层次,并按照"成功的诗歌翻译必须达到这三个层次的和谐统一"的原则,对《春望》一诗的法译及其相关问题的处理作一评价。

诗歌翻译具有翻译活动的共性,即从形式上看,任何翻译活动都是两种不同语言符号的转换。但诗歌翻译也有其特殊性,这种特殊性是由诗歌语言符号的性质、功能所决定的。法国符号学家皮埃尔·吉罗在其《符号学》一书中将语言符号分为逻辑符号和审美符号,明确了语言符号表思维、表语义、表感及表美的主要功能。[1] 从符号学角度看,诗歌翻译应该有别于一般翻

1 Guiraud, Pierre: *La Sémiologie*, Paris: PUF, 1984.

译。这首先因为诗歌语言不仅仅是一种逻辑和语义符号，而且还是一种审美符号，其次因为诗歌语言符号除了表思维、表语义之外，还具有表感、表美的功能。[1] 可见，诗歌翻译具有更高层次的要求。在这里，我们不妨从语言符号的特性与功能出发，把诗歌翻译分解为三个层次，即思维层次、语义层次和审美层次，看看在诗歌翻译中，在这三个层次分别要解决什么问题，达到什么效果。

说到底，诗歌是表达思想、感情的一种形式。诗歌有其咏唱的对象，表达一定的思想内容。不妨拿我国伟大诗人杜甫的《春望》一诗为例：

国破山河在，城春草木深。
感时花溅泪，恨别鸟惊心。
烽火连三月，家书抵万金。
白头搔更短，浑欲不胜簪。

这首诗千百年来脍炙人口，其原因多种多样，最重要的原因之一，就是诗人面对沦陷的国都、残破的城池，所抒发的爱国恋家的真切情感，引起了人们强烈的思想共鸣。这种爱国恋家之情，是所谓“人之常情”，是全人类都能理解甚至引起共鸣的感情。这种情感就其思想内容来说具有全人类的性质，可以用各民族的语言文字进行表达，而且还可以收到较为一致的效果。诗歌翻译的第一步首先应解决诗歌所咏唱的对象与主题问题，而要解决这一点，不得不从思维这一层次出发。

就《春望》这首诗而言，在思维这一层次，全诗实际上可以分解为一系列的概念，而辨清这些概念的确切含义，理清各概念之间的逻辑纽带和有意识、有目的的联结，是为正确传达原诗的语义作准备。

概念是思维活动的基础，是人的思维对客观事物的反映。语言之所以能够成为交际工具，不同语言之所以能通过翻译沟通各国人民的思想，正是使用不同语言的人的思维对客观事物的反映基本一致的缘故。因此，不少译者遇到难度较高、理解甚难、语义不易把握的文字时，往往从弄清原文的概念意义入手。比如法国华裔翻译家弗朗索瓦·程（法文名 Francois Cheng 的音

1 参见 Cohen, *Jean: Structure du langage poétique*, Paris: Flammarion, 1966。

译,原名程纪贤,在国内广为人知的是他的中文笔名程抱一)翻译中国古典诗词,往往先根据原文的概念意义,按汉诗顺序基本上字字对应译出。《春望》这首诗,他第一步译为:

Pays briser/mont-fleuve demeurer
Ville printemps/herbes-plantes foisonner
Regretter temps/fleurs verser larmes
Maudire séparation/oiseaux sursauter cœur
Flammes de guerre/continuer troisième mois
Lettres de famille/valoir mille onces d'or
Cheveux blanchis/gratter plus rares
A tel point/ne plus supporter épingle.

正因为人类的思维具有普遍性,因此,使用不同语言的人对客观事物的反映基本一致,在概念这一层次上就可能取得较为一致的对应。弗朗索瓦·程的这一做法正是为了能较为准确地把握原诗所力求反映的思想、咏唱的对象和内容。当然,并非所有翻译活动在形式上都要经历这一步骤,但把握原文的概念内容和逻辑纽带,则是每个翻译者都必须做到的。程曾厚先生在翻译雨果诗歌时,也作过类似的尝试。[1] 实践证明,这种做法对避免"以创造之名,行偏离之实"的不良倾向是有效的。

从弗朗索瓦·程翻译的第一步情况看,人们基本上可以理解原诗所要表达的思想内容,也大体上可以体会到原诗所咏唱的对象与主题。但是,这毕竟只是思维层次的概念组合,既不符合法语语言符号的运用规律,也没有完成对原诗达义传情的要求。因此,任何翻译都不应该停留在思维这一层次上。翻译者应在思维层次提供的概念基础上,按照不同语言符号达义、传情的规律,再现原诗的所指意义。而这一任务,只有在语义这一层次才能完成。大家知道,语言除了具有物理、生理等自然属性外,还有民族、心理的社会属性。语言符号的随意性、约定俗成性、民族性和系统排异性造成了不同语言符号系统之间转换的障碍。[2] 如何克服这种障碍,消除差异,取得所指意义

1 程曾厚,《雨果一首小诗的翻译过程剖析》,载《翻译通讯》,1985 年第 8 期。
2 参见许钧,《论不同语言符号系统的转换基础》,载《南京大学研究生学报》,1987 年第 2 期。

的基本一致，正是翻译活动能否成功的又一个关键问题。

那么，在诗歌翻译的语义层次，如何才能恰到好处地传达原诗的语义呢？我们首先不妨先弄清语义的范围。索绪尔早就指出，语言和言语是两个不同的概念，言语是说话人的行为和结果；语言是从言语中概括出来的规则的总和，它存在于言语之中。因此，语言也相应地分为语言意义和言语意义。前者又可分为词汇意义、语法意义和逻辑意义；后者又可分为语境意义和修辞意义。从翻译实践看，翻译活动一般以句子为基本单位，上位兼顾段落，下位兼顾词组或词。可见，翻译活动势必涉及词汇、语法、逻辑、语境和修辞这五个方面的意义。比如《春望》这首诗中，要译好“感时花溅泪，恨别鸟惊心”这两句，就应该慎重传达原文的逻辑意义和修辞意义。又如“城春草木深”一句，从思维层次看，说的是具体事物的一般景状，但从语义层次看，尤其在“国破山河在”这一具体的语境的制约下，原诗句表现的就不是一般的景象了，而是借“城春”与“草木深”的强烈对照，突出春天一幅凄惨破败的景象。可见，在处理这句诗的语义时，就不能不考虑其语境和修辞意义。基于原诗句的概念意义，“草木深”即草木高大、茂盛，淹没了城池，给人以一片荒芜的感受，我想在译文中应突出其语境和修辞意义，似可用“cacher”一词译“深”，全句的译文为：

Les herbes et arbres cachent la ville au printemps.

记得雨果《悲惨世界》的最后一节，说的是冉·阿让的坟墓无人照看，杂草丛生，一片荒芜。雨果恰恰选用了“L’herbe cache...”这一小题，突出了这种凄惨的景状。我之所以用“cacher”一词译“深”，是因为这一词既没有脱离原词的概念意义，又能比较形象地再现原诗句的语境和修辞意义，从而取得与原诗句所指意义的基本一致。

应该指出的是，在思维层次，是以人类思维具有普遍性为基础的，因此，概念的对应比较容易做到。但在语义层次，由于语言符号的性质所致，语义很难机械地一一对应。这在诗歌翻译中更为明显。如《春望》中“恨别鸟惊心”一句，一说是“鸟儿惧恨离别，心儿惊跳”，如按概念意义传达，为 haïssant la séparation, les oiseaux ont le coeur sursautant。尽管概念意义符合，但嫌无味，与原诗句所蕴含的意义相比，显得无感染力。倒不如根据原诗句的概念意义，用“blesser”一词突出鸟儿恨别的心儿欲碎的程度，传达原诗句的语义。全句似可译为：

De se séparer, les oiseaux ont coeur blessé.

虽然在词组意义上没有做到对应,但从诗句的效果看,其意义是基本上传达出来了。

一般说来,只要传达了原文的语义,翻译活动就算基本完成了。但诗歌翻译还不能停止于语义层次。有人曾把诗歌的本质特征归结为一个“美”字。一首诗之所以能称得上诗,是因为它具有“诗意”,即所谓“神韵”,而这种诗意指的正是“诗给人的强烈美感”。换句话说,凡不能给人以美感的就不成其为诗。这样看来,传达原诗的美便构成了诗歌翻译的最高层次,即审美层次。在这一层次,译文魅力的生成取决于以下几种因素:诗本身的美学特征;译者的审美力和表现力。在“翻译层次论”中我们已经着重指出,译诗必须要审美,领会原诗的美学特征,且这种领会主要取决于译者的感受力,而译者(实质上首先是个欣赏者或批评者)的感受力受到个人兴趣、需要、知识、经验、世界观、文艺修养、欣赏习惯等因素的制约。译者的表现力又要受到语义障碍、形式差异等影响。因此,在审美这一层次,差异性大于思维和语义层次是必然的。人们常说的“仁者见仁、智者见智”就是这个道理。“求大同,存小异”,可以说是人们在这一层次行之有效的手段。

这里,我们仍不妨以《春望》这首诗为例,看看这首诗有哪些美学特点,然后再谈谈如何表现所感受到的美。简单说来,《春望》这首诗美在以下三个方面:一是该诗寄情于物,感情真切,能引起读者的思想共鸣,使读者的感情与诗人的感情融为一体,难解难分;二是该诗诗意翻叠,含蕴丰富,意味无穷;三是该诗对仗工巧,格律严谨,全诗无一字不工,符合五律正格,平起仄落,浑然无痕,富有感染力。

从上面分析的三个方面看,第一个方面与第二个方面是可以传达的,这是因为爱国恋家之情为全人类所共有,有人类共同的生活体验为基础,而翻叠的诗意与丰富的含蕴也是世界诗歌艺术的普遍特征之一。关于这两个方面的传达,这里恕不赘述。关键的是第三个方面,因为这里涉及了如何传达由中国诗歌特点所生成的美的问题。上文已经说过,《春望》这首诗对仗工巧,格律严谨,音韵自然,[1] 这些特点如何传达呢?

---

1 参见萧涤非等编著,《唐诗鉴赏辞典》,上海辞书出版社,1984 年。

古今的译诗家对此有不同的看法,因此在实践上也采取了不同的方法。有的人认为译诗主要在于传达原诗的意境,韵律无关紧要,因而完全抛弃了韵律,采取自由体或散文体的形式;有的则认为译诗必须保持原诗风貌,严格韵律,在翻译中按原诗韵脚押韵,亦步亦趋。实际上,这两家意见虽然都有正确的一面,但都缺乏实事求是的态度,因而失之片面。我认为,在如何处理这个问题上,首先必须澄清两点认识:一是汉语与非汉语语音体系事实上存在着差别,汉语的双声、叠韵、平仄等是汉语语音体系的特征,翻译中亦步亦趋是不可能达到令人满意的效果的;二是在实际言语活动中,人们以音节构成的词为最小单位,在进行语义组合的同时,进行语音组合。不同民族都尽可能地发挥其语音各要素的作用,正因为如此,诗歌中的音韵具有表情、表美的功能。这样看来,传达汉诗所特有的"音韵""格律",应避免两点:一是不顾事实上的差异,硬是亦步亦趋;二是不顾其表情、表美的功能,完全弃之不顾。那么,到底应该如何传达呢?我们不妨从形式的功能入手,先感受原诗"音韵""格律"给人的美感,然后采用相异或相似的形式再现这种美感,求得与原诗比较一致的功能或效果。就"格律"来说,它的功能在于其整齐美、匀称美,而法语中虽然没有类似汉诗"七律""五绝"的格律,但法语诗歌却不乏传达这几种美的手段。翻译家何如先生就善于运用法语诗歌的手段,求得与原诗形式功能的基本一致,成功地翻译了许多唐诗。《春望》这首诗,他是这样翻译的:

La capitale est brisée, il reste monts et fleuves;
Des ronces, au printemps, recouvrent son rempart.
Les fleurs pleurent misère au milieu des épreuves,
Les oiseaux s'en vont geindre en haine du départ.
Ainsi, depuis trois mois se déchaîne la guerre
Un mot de la famille a le prix d'un trésor.
Grattant mes cheveux blancs, mes doigts n'en touchent guère.
Et l'épingle en fonçait, aussitôt en ressort.

这首译诗虽然在音韵和格律上没有同原诗亦步亦趋,但由于熟练且恰到好处地运用了法语的诗歌手段,音韵整齐而和谐,且每句诗间都有停顿,显得十分匀称。唯一遗憾的是,原诗对仗工巧,没有得到充分反映。如“国破山河在,城春草木深”两句,“国破”对“城春”,对照鲜明,为全诗创造了强烈的气氛。我想运用法语的“对称”手段,将这两句试译为:

Les monts et fleuves demeurent du pays brisé,
Les herbes et arbres cachent la ville au printemps.

这样一来,名词对名词,动词对动词,也许能传达一点原诗的对仗匀称之美。此外,何先生的译文似乎过分强调了审美层次的效果,因而在一定程度上忽视了思维层次的准确性。如译诗的最后两句,形象性比原诗增强了,但与原诗的意义有些出入。

可见,从理论上看,诗歌形式美的传达虽然有困难,但并不是不可能的。当然,就个人翻译实践而言,这种成功的可能性有大有小,因为每个人气质与修养不一,驾驭语言的能力有别,掌握方法与技能的熟巧程度也不尽相同。

综上所述,译好一首诗,应达到思维层次、语义层次和审美层次的和谐统一,忽视了任何一个层次,都难以达到令人满意的效果:忽视了思维层次,就难以把握原诗的思想内容与主题;忽视了语义层次,就可能难以再现原诗的所指意义和蕴含意义;忽视了审美层次,就谈不上传达原诗的艺术魅力。根据三层次和谐统一的原则,现试译《春望》如下:

La Vue au printemps

Les monts et fleuves demeurent du pays brisé,
Les herbes et arbres cachent la ville au printemps.
Les fleurs versent larmes avec le regret du temps,
De se séparer les oiseaux ont cœur blessé.
Un an depuis mars dernier brûle le feu de guerre,
Une lettre de famille vaut mille onces d'or.
Tant grattés, mes cheveux se raréfient alors,
Bientôt l'épingle ne les retiendra guère.

蕴含义与翻译

词义的理解与翻译，历来是翻译活动中的一大难题。尤其是蕴含义，它含在词语的所指意义之内，又区别于所指意义，是人们在使用语言时附加给语言的某种价值，主观性和表感性较强，且因人而异，因时而异，有时令人难以捉摸，因而往往被忽视，被误解，更谈不上用另一种语言准确、贴切地加以传达，这在一定程度上影响了翻译的质量。

法国翻译理论家乔治·穆南在《翻译的理论问题》一书中指出，蕴含义是指跟语符相联系的主观的补充价值。它主要取决于以下几种关系：1. 讲话者跟语符之间的关系；2. 听话者跟语符之间的关系；3. 讲话者、听话者跟语符之间的关系。下面，我们就这几种关系来看看蕴含义的特点及可能造成的理解与翻译的障碍。

1. 讲话者跟语符之间的关系。它表明了讲话者对词语所指的好恶态度，如语言中经常使用的指小词、贬义词、爱称用语、感叹词语等，听话者通过这些词语可以了解到讲话者的感情、立场、态度等附加信息。如《包法利夫人》中有这么一句话：

"J'en ai connu, des prêtres, qui s'habillaient en bourgeois pour aller voir gigoter des danseurs."

(Flaubert)

句中"gigoter"一词可以让人体会到说话者对那些所谓舞女的鄙视。李健吾先生的译文是:

"我就认识有些教士,俗家打扮,去看舞女跳蹦。"

"跳蹦"一词可谓译得传神,恰到好处地再现了说话者的感情色彩:舞女们胡蹦乱跳,不正经。从而反映了说话者的憎恶,也暗示了教士们去看的是一些不正经的舞女。

听话者对讲话者赋予词语的这种附加的主观价值,一般是较为敏感的。正因为如此,堂长反驳道:

"Allons donc!"

"Allons donc"是 aller 的命令形式,往往用于加强语气或作感叹词用。作感叹词用时,它具有较为复杂的蕴含义,既可表示怀疑,又可表示讽刺,也可表示否定。李健吾先生从上下文分析,排除了"讽刺"和"怀疑"的可能含义,选择了"否定"这一蕴含意义,译为"瞎扯!"译文可以说是准确的,但美中不足的是,李先生在选择其确切的蕴含意义时,忽视了"allons donc"属于标准词组,翻译时应充分考虑说话人的身份与文化素养等因素。从上下文看,堂长说话文雅,用语讲究,突然从嘴中冒出"瞎扯"这一属于粗俗语级的用语,恐怕不太可能,不如译为"一派胡言!"

2. 听话者跟语符之间的关系。这种关系往往导致言者无意、听者有心的客观效果,即讲话者在说某一词时,主观上并没有附加意义,但听话者却可能赋予特殊的含义,产生特殊的感情反应,由此导致说话者的原意被误解。这里举一个十分典型的例子加以说明。1960 年代初,法国"秘密军"多次企图谋杀戴高乐,骇人听闻的波蒂克拉玛事件就是其中一例。那是在一个周末,戴高乐将军和夫人及其女婿同乘一辆轿车,在警察卫队的护送下前往科隆贝度假。车行至波蒂克拉玛，忽然枪声大作，总统专车中弹数十处，但总统一行三人幸免于难。惊恐之余，戴高乐夫人当着几位警察道："Ha, mes poulets, j'espère qu'ils n'ont rien."在那危急关头，警察确实以生命保护总统一行，总统夫人的这句话很自然被人们理解成她对警察的关心。在他们看来，用俗语"poulet"来称呼警察，显得彼此关系融洽，mes 这一主有形容词更赋予了一种强烈的感情色彩。于是，当时有不少报刊就这句话大做文章，赞扬第一夫人在危急关头对卫队人员无比关怀。然而，事隔二十余年，普隆出版社于 1982 年底出版了戴高乐将军女婿撰写的回忆录《为将军效劳》，书中清楚地指出：总统夫人当时讲的是"母鸡"，并非"警察"，因为当时总统专车的后备厢确实带着几只准备周末享用的母鸡。这一例子充分说明了这样一个事实：由于某种特定的环境，听话者可以赋予讲话者的某个词语以附加的主观价值。它从反面告诫我们，在翻译活动中应力戒主观想象，望文生义，把自己的主观因素强加给作者，或因自己措辞不当给原作者的词语罩上一层原来并不含蕴的感情色彩，传给读者以不恰当的附加信息。如《包法利夫人》中卷第七章中，查理·包法利的母亲在议论儿媳时对儿子说：

> "你知道你女人需要什么？就是逼她操劳，手不闲着！只要她像多少别人一样，非自食其力不可，她就不会犯神经了。"（李健吾译）

从"你女人""犯神经"这些带有强烈贬义的用语中，读者也许会断言婆婆对儿媳十分鄙视，而且可以由此产生婆婆十分粗俗的感觉。原文是这样的：

> "Sais-tu ce qu'il faudrait à ta femme? Ce seraient des occupations forcées, des ouvrages manuels! Si elle était, comme tant d'autres, contraintes à gagner son pain, elle n'aurait pas ces vapeurs-là..."
>
> (Flaubert)

从句子匀称的结构和讲究的措辞看，包法利母亲的语气虽然强烈，但并不粗俗。将"ta femme"和"avoir ces vapeurs"译成"你女人"和"犯神经"似分寸掌握不当，这里无疑掺杂了译者的某些主观成分。基于包法利母亲一贯的言谈举止，译为"你妻子"和"神不守舍"似更贴切。

3. 讲话者、听话者跟语符之间的关系。它表明了说话者和听话者对语符所产生的共同的情感反应,以及赋予它的共同的主观价值。比如“十三”这个数字,往往能在人们心中引起“不吉利”的联想。这里的问题是:尽管有些词语带有较为普遍的社会性的蕴含意义,但由于某种历史、地理、文化、风俗等方面的原因,某一词语在甲语言中可能含有某种较强的蕴含义,而在乙语言中这种蕴含义就可能不明显或者根本不存在。《包法利夫人》中卷第六章中有这样一段对话:

—Je ne crois pas qu'il se dérange, objecta Bovary.

—Ni moi! reprit vivement M. Homais, quoiqu'il lui faudra pourtant suivre les autres, au risque de passer pour un jésuite...

包法利反驳道:

“我不相信他会胡闹。”

郝麦先生连忙接下去道:

“我也不相信!不过,除非他不怕别人把他看成耶稣会教士,否则,他将来就得同流合污……” (李健吾译)

句中 jésuite 一词除了其所指意义外,还含有“虚伪”这一附加意义。法国人很容易感觉到这一点,而我们中国人就难以从“耶稣会教士”这几个语符中得到“虚伪”这一附加信息。为了解决这一矛盾,李健吾先生加了一个注:“耶稣会教士往往被人看成伪君子。”这对中国读者领悟这个词所含有的附加意义无疑是有帮助的。但是加注是翻译者的客观语言活动,与讲话者(即作者)本身蕴含某词语一种主观价值有一定差别。所以我们认为,只要正确把握了原词语的蕴含义,为了使读者得到该词语所蕴含的附加信息,可以通过加词来处理,比如直接将“jésuite”译为“虚伪的耶稣会教士”。

从以上三对关系的分析,我们可以看到,蕴含义是十分复杂的。正因为它的形成取决于听话者或讲话者跟语符的关系,往往会产生这样的情况:讲话者借助语境或某一语言手段赋予某词以附加的意义，但由于体会这种附加意义取决于听话者的心理敏感程度和各方面的知识及文化素养程度，听话者就有可能领悟不到讲话者的意图。这种情况表现在翻译活动中就是译者领会不到作者的意图。相反，由于听话者与某一词语有着某种特殊的关系，虽然讲话者没有赋予特别的含义，听话者却有可能主观地赋予该词语一种特殊的意义。这种情况表现在翻译中就是译者掺进原文所不具有的主观成分。在翻译活动中经常出现的言犹未尽或望文生义的问题大多产生于此。为了尽量避免失误，客观而准确地领悟和翻译蕴含义，我们应充分考虑以下因素，并采取相应的处理手段。

1. 蕴含义可以出现在语言的不同平面上，如语段、句子、词语、音韵等。《包法利夫人》中有这么一段话：

> "Volià ce qui s'appelle une prise de bec! Je l'ai roulé, vous avez vu, d'une manière! ...Enfin, croyez-moi, conduisez madame au spectacle, me serait-ce que pour faire une fois dans votre vie enrager un de ces corbeaux-là, Saperlotte..." (Flaubert)

这是药剂师郝麦对爱玛的丈夫查理・包法利先生说的一番话。从该语段的总体看，句子结构短而松散，多插入语，用词粗俗，还带脏话。细心的读者除了可以领会本语段的所指意义外，还可以得到本语段的蕴含意义：郝麦性格粗野，没有什么教养。从语段中的个别词语看，如"un de ces corbeaux-là"，读者就可以从 corbeau 这一词中体会到说话者对教士的极大蔑视，这是因为 corbeau 一词在法文中除了具有借喻义"教士"之外，还可借助它的原义"乌鸦"激起听话者的联想，且可以从说话者选择这一词语的行为本身领悟到说话者的好恶态度。

李健吾先生是这样翻译的：

> "这就叫斗嘴！你看见的，我老实不客气，咬了他几口！……话说回来，听我的话，带太太去看看戏吧，哪怕单为你这一辈子，气死一回一只这样的黑老鸹，也是好的！"

从总体效果看，李健吾先生以结构松散还其松散，插入语位置安排得当，且通过“斗嘴”“黑老鸹”这些俗语，比较成功地再现了原语段的蕴含义。但从个别词语的翻译看，则可商榷，如“un de ces corbeaux-là”译为“一只这样的黑老鸹”，似乎既没有传达出原文的所指义，也没有表现出隐含在该词中的附加义。首先，“黑老鸹”在中文里没有“教士”这一含义；其次，“黑老鸹”这一语符在中国读者脑中引起的感情反应也许是“不吉利”，而不是“可恶”。李先生完全明白其中的困难，不得已加了注：“黑老鸹指教士而言，因为道袍是黑颜色。”这里附带指出，把“je l'ai roulé”译为“咬了他几口”似不妥。是“斗嘴”真的发展到了“咬了他几口”，还是想借“斗嘴”这一前提，用“咬了他几口”比喻“痛痛快快地骂了他几句”？“rouler qn”，法语中含有“欺骗、耍弄”之意，根据上下文，可译为“我好好地耍了他一番”。这样不至于引起读者误解：以为郝麦真的咬了教士几口。

2. 从语言手段去识别蕴含义。表达蕴含义的手段是十分丰富的。尤其在文学作品中，作者往往善于调动各种语言手段，赋予某词语以特殊的附加意义，以增加作品的感染力，取得特殊的艺术效果，或激起读者的共鸣，或暗示人物的心理状态、个性特征等。我们也应该善于通过作者的语言手段去识别、领悟他的用心所在。《红与黑》中有这么一段话：

—Ton mari est-il à la ville? Lui dit-il, non pour la braver, mais comporte par l'ancienne habitude.

—Ne me parlez pas ainsi, de grâce, ou j'appelle mon mari. Je ne suis déjà que trop coupable de ne vous avoir pas chassé, quoi qu'il pût en arriver. J'ai pitié de vous, lui dit-elle, cherchant à blesser son orgueil qu'elle connaissait si irritable.

Ce refus de tutoiement, cette façon brusque de briser un lien si tendre, et sur lequel il compta encore, portèrent jusqu'au délire le transport d'amour de Julien.

(Stendhal)

“你的丈夫，他在城里吗？”他向她问道。他不是故意激动她生气，实际他不知不觉的回到旧日的习惯上去了（原译文如此）。

“你不要这样对我说话，求求你，开恩吧，否则我要去叫醒我的丈夫了。我没有把你赶走，已经是罪过了。我实在可怜你。”她向他说道，她故靠找话来刺伤他的骄傲。因为她知道他的骄傲是不可刺伤的。

这种亲密的称呼的拒绝,粉碎如此温柔的连系的急遂的方式,可是他还是沉醉在这种连系里,这反而使于连爱恋的快乐达到癫狂的程度。

(罗玉君译)

读了这段译文,读者也许会感到莫名其妙,纵然绞尽脑汁,也难以理解“这种亲密的称呼的拒绝”这一句话的由来,因为于连和德·瑞那夫人的对话译文中没有暗示“这种……拒绝”。与原文一比较,不难发现译文的费解是译者处理“Tu”和“Vous”不当造成的。斯丹达尔巧妙地通过“Tu”和“Vous”这两个普通的人称代词的对立,暗示了于连和德·瑞那夫人之间的感情裂痕。分离14个月之后,于连冒险潜入德·瑞那夫人的卧室,昔日以身心相许的情人竟然用“Vous”相称,这不意味着昔日情谊一笔勾销了吗?夫人拒绝用“你”来称呼于连,这不意味着拒绝重归于好吗?毋庸赘言,夫人的那番话中,“Vous”一词具有强烈的蕴含义,不译出,便使人难以领悟夫人独特的“拒绝”方式。可见,译者稍有忽视或处理不当,都会妨碍读者通过某些语言手段去领会蕴含义。

这里应该强调指出,许多作者喜欢创造性地采用偏离语言常规的手段来赋予特殊的补充价值,如文学作品中常用的“变音”、“省音”和“缩略”等语音描述手段,“变换词性”“改造”旧习语等语法、词汇手段,翻译中应充分注意它们可能有的蕴含意义。[1]

3. 蕴含义虽然是一种主观价值,但形成这种主观价值离不开客观条件,这包括语境、上下文和逻辑关系等。翻译中,如果对形成蕴含义的客观条件缺乏认真分析,译者就可能在译文中掺入原词语所不含蕴或与其意义相反的主观意义。相反,如果能细致、认真地分析上述的客观条件,就能比较准确地把握和翻译原词语的蕴含意义。请看《萌芽》中的一句话:

—“Encore une chance, murmura Cheval, d'autre tombe sur des terres qui déboulent.”

(Zola)

1 参见许钧,《漫谈“偏离手段”的运用原则和文体价值》,载《南京大学学报》外国语言文学版,1986年第4期。

法语中“chance”一词，一般指“机遇、好运”，但在本句中，由于受定语限制及其特定的语境，却有了与该词所指意义相反的蕴含意义。黎柯译为：“又碰上容易崩塌的地方了！这可真他妈的倒霉……”将“une chance”译成“他妈的倒霉”，这可以说是胆大而恰到好处的。

又如左拉在《萌芽》第一部第四章，继一段描述之后，突然写道：

“Encore!”dit Catherine en riant. (Zola)

“encore”是个副词，所指意义是“再、又”，单独使用时，具有较为复杂的蕴含义，如表示“鼓励”，要求某演员再唱一支歌，或表示“厌烦”“愤慨”等。句中的“Encore!”，上文没有交代，一时无法理解卡特琳所云，但再往下读，作者写道：

La berline d'Etienne venait de dérailler, au passage le plus difficile. (Zola)

原来是“艾蒂安的斗车在最难走的地段出了轨”。凭此下文，encore 的所指意义已十分明了，但它到底含有什么感情意义？是“不耐烦”，还是“愤慨”，或是“鼓励”？如果是不耐烦，可译成“怎么搞的，又出轨了？”从上文的描述看，卡特琳对新下矿井的艾蒂安处处表现出关心和同情。据此，黎柯将“Encore!”译为“又出轨了吧!”这是十分贴切的。

4. 语言不同平面的交叉翻译。在处理蕴含义时，我们往往会遇到这样的困难，即甲、乙语言之间结构不对等，如法语中可用冠词表达一定的蕴含义，但汉语不具备这一手段。遇到类似的情况，我们可以大胆地采用交叉的翻译方法：如甲语言用句法传达的蕴含义，乙语言可用词汇去传达；甲语言用词组表达的蕴含义，乙语言可用句子去表现。翻译的关键是要“使读者对所传达信息的感情反应和原文读者的反应保持一致”，如果恪守原文形式，不越雷池一步，往往达不到传达原词语蕴含义的目的。

总而言之，翻译蕴含义，一要正确领悟，二要掌握分寸，三要处理得当。道理很浅显，关键在于实践。望大家在翻译中对蕴含义的传达予以充分的重视。

译者风格评析

——傅雷译文风格得失谈

翻译以信为本，这差不多已成定论。信内容，无可争议；信形式，似难顾全；信风格，则众说纷纭。举傅雷先生的译文为例。他译著宏富，译文自成一家，自不待言，但就其译文风格而论，褒贬不一。有的认为，傅雷先生"尤以译文传神取胜"，读他的译品，"有时甚至产生傅译要胜于原文的感觉"；有的则认为，"读傅氏的译品，往往使人闻到一种油腔滑调的气味，读起来不费劲，但像读的是本国小说，总觉得这里面短了一些东西，原因就在于他'要求将原作（连同思想、感情、气氛、情调等等）化为我有'，化的结果，原作者不见了，读者看到的是貌似而神离的译者在说话，所以失望了"。虽然贬之"油腔滑调"或褒之"胜于原文"，但在傅雷翻译风格确确实实存在着这一点上，两派意见是一致的。问题的焦点是：傅雷自成一家的翻译风格是再现还是损害了原作的风格？

一种译文风格的得失，应该用什么标准来衡量呢？美国翻译理论家奈达认为："翻译的任务在于寻求出发语（原作语）和目的语（译作语）在信息转换上的最贴切的自然等值，首先是意义等值，其次是风格等值。"我国的翻译界老前辈钱锺书先生提出："文学翻译的最高标准是'化'。把作品从一国文字转变成另一国文字,既能不因语文习惯的差异而露出生硬牵强的痕迹,又能完全保存原有的风味,那就算得入于'化境'。"钱锺书先生所说的"风味"无疑包含风格。他和奈达的主张是一致而又十分明确的:要求取得译文与原作风格的一致。倘若按福楼拜所说,"风格就是生命,这是思想的血液",那么,再现了原作的风格,即保存了原作的生命;反之,无异于断其生命之源——血液。再现原作风格的重要性由此可见一斑。翻译作品的不成功或失败大都因为未能再现原作的风格,或损害或歪曲了原作的风格。美国诗人兼批评家马修·阿诺德曾十分严肃地批评了荷马的两部史诗《伊里亚特》和《奥德赛》的几种译文,指出:"在节奏上荷马是轻快的;在文字和风格上荷马是清晰的;在意义上荷马总是单纯的;在做法上荷马是庄严的。考珀把他翻糟了,因为在节奏上他是迟钝的,在风格上是雕琢的;蒲柏把他翻糟了,因为在风格和文字上他是矫揉造作的……"[1]可见,一部翻译作品的成功与否在很大程度上取决于是否正确再现了原作的风格。

原作风格必须再现,首先这是翻译的性质决定的;其次因为风格是人们辨识作家、诗人的艺术个性的标记。再现了原作风格,则原作家艺术个性跃然纸上;损害了原作风格,则原作家艺术个性得不到真实反映。原作风格不仅必须再现,而且也并不是不能再现的。

风格可以再现,这是因为风格具有客观可感性。大致说来,构成一部作品的风格因素可归于两类:一是主观因素;二是客观因素。所谓主观因素,即作家作用于作品的思想、性情、气质等,如刘勰在《文心雕龙》的《体性》篇里所说的"才"与"气",以及作家的文化修养、社会地位、职业、交际的主观动机与意图、年龄与性别等。所谓客观因素,一是时代、社会、题材、体裁对风格的内在要求,二是作家思想的直接承担者——语言——在使用中作用于风格的诸方面,尤其是作家独特的遣词造句方式。无论是构成风格的主观因素还是客观因素,都是极为具体实在的,是可以感觉、辨识的。正因为如此,我们能够说"巴尔扎克健拔雄快,梅里美俊爽简括,罗曼·罗兰朴质流动"。风格是可感、可辨的,这并不意味着它是易感、易辨的。再现原作风格,首先必须基于对原作风格的正确体会,一个译者倘若不能以较为敏捷锋锐的艺术感受力去辨识、品评、体会、理解原作风格,那纵然有超人的语言表达能力,也难以

1 转引自刘重德编著,《翻译漫谈》,陕西人民出版社,1984 年,第 26 页。

正确再现原作风格。翁显良先生所批评的那种导致“形象畸变”的翻译失误，在很大程度上就是译者草率投笔，未能正确体会、辨识原作风格所致。在体会原著这一方面，傅雷先生不失为众人楷模。他说：“任何作品不去精读四五遍，决不动手，是为译事基本法门。第一要求原作连同思想、感情、气氛、情调等等，化为我有，方能谈到译。”这里，傅雷先生所谈的“化为我有”，基点是理解，即全身心地去体会原著，暂时忘却自己的思想与情感而注心于原著之中，以求彻底理解原著，仿佛成了原著的作者，以至原著的一切“化为我有”。从这一点看，傅雷先生是不容指责的。但是，翻译具有特殊性。译者在理解原作的思想、风格时必然受到自己的思想、文化修养、艺术感受力和审美情趣的影响。我们所要求的，是在理解原作风格时应力戒将自己的思想、感情或情调强加于原作，进而在翻译时掺进较多的主观成分，以至于“感到有必要改进原文、修正原文中显而易见的错误或选用自己所喜爱的词语”，因为这样一来，虽然文笔流畅、无半点翻译味，但却在某种程度上改变了原文的信息与风格，甚至可能损害原文。曹禺《日出》一剧中，八奶奶说过这么一句话：“我悲剧，我痛苦……”“我悲剧”显然文理不通，作者的本意正是通过这种文理不通的时髦用语来表现八奶奶追求时髦、附庸风雅、浅薄无知的形象。倘若哪位“好心”的外国译者未能探出其中奥妙，一心想发挥译文优势，便可修正这一显而易见的“错误”，可这样一来，岂不辜负了原作者的良苦用心？

风格可以再现，还因为世界上的各种语言都具有丰富的表达手段，“具有同等表达力”，译者可用一定的语言手段表现与原作近似的语言风格。翻开中外的修辞手册，只要稍微留心比较一下，就可发现中外的修辞手段以及各种修辞手段所产生的修辞效果是何等的相似。法国语言学家马迪纳认为，翻译是一种语言接触行动，语言的接触发生于译者的翻译活动之时。简单地说，翻译就是用一种语言去传达另一种语言所表达的内容。因此，在这一语言接触的活动中，能否选用恰当的语言形式与手段去再现原作的思想美与艺术美(形式美)高度统一的一种境界美，以及原作所反映的作家的艺术个性和特征，是衡量一部译著成败的重要标准之一。必须承认，每种语言都有独特的构词能力、语序、遣词造句方式、话语标记以及各种特殊的语言形式，但是也应该看到，各种语言间的同大于异，语言间绝对分离的情况是罕见的。况且译者的任务之一就是要善于分析比较两种语言的特殊表达手段，进行艰苦、创造性的移植工作，取人之长，补己之短。有人认为，既然翻译活动中接触的是两种不同的语言系统或信息代码系统,那么只要理解了原文的意思,用甲语言翻译出来就行了,无须多考虑乙语言的形式如何。殊不知一种思想固然可用不同的语言形式来表达,但是在具体的语言环境中,总是只有一种语言形式的表达效果最好。比如法语中的"Il a failli tomber",如没有具体的语言环境,译成"他险些儿摔倒"、"他险些儿没摔倒"、"他差点跌倒"或"他几乎没跌倒"都可以,但是在一个特定的语境中,如考虑到说话人的年龄或职业因素,考虑到原文的文体风格,这四种译文就未必都行得通。又如法语中"si"一词,可译成"倘若",可要是不分场合,都将其译成"倘若",就不一定合适。请看从傅雷先生的《高老头》和《高龙巴》译本中摘下的几个句子:

(1)"倘若对你有些作用的话,你可以想到保卫你的好天使在念着你。"

(2)"倘若警察碰到你,问你上哪儿去,你……"

(3)"倘若我是个流氓,是个小人,是个骗子,那只要张开褡裢,洋钱就会像潮水般的滚进来。"

(4)"倘若你马上要做工很好的漂亮衬衫,我们得立刻赶做……"

若无上下文,译文看不出有何不妥,但是一旦考虑到说话人或对话者的地位、年龄等因素,就会发现译文并非十全十美。第一句话,出自贵族小姐丽第亚之口,用"倘若"十分贴切;第二句是退役中尉奥索对一个只有十来岁的穷丫头契里娜说的话,用"倘若"似乎没有考虑谈话对象;第三句出自大盗勃朗陶拉岂之口,他虽然受过高等教育,但入"绿林"之后,因受环境影响,语言已经十分粗俗,因此"倘若"二字不如译为"要是";最后一句是一位毫无文化修养的乡姑给她哥哥拉斯蒂涅信中说的,"倘若"两字用在这句话的开头,显得不大协调。确实,傅先生有时偏好选用自己所惯用或喜欢的词语,"倘若"一词就是一例。如果由于自己遣词造句的某种喜好而忽视了再现原文的语言或语体风格,不能不说是个遗憾。

大家知道,对一部文学作品来说,它所表现的不仅是思想美,还有艺术美,而这一艺术美的表现与作家对语言手段的运用息息相关。文学是语言的艺术,文学作品的思想美、艺术美要靠语言来表现,刘勰所说的"情动而言形"就是这个意思。翻译一部作品,如果过分强调两种语言系统的差异,而忽视了原作的语言风格,那怎么能谈得上再现原作的风格呢?

应该承认,由于翻译是一项双语交换活动,原作风格的再现取决于译者对它的体会程度以及译者的语言表现力,因此,翻译作品会不可避免地带上译者的影子,即人们通常所说的译者风格。又因为每个译者的思想情趣、文化素养、语言能力等不尽相同,特别是对翻译的性质和任务认识不一,因此,译文的风格必然有异。正因为如此,傅雷先生在漫长的翻译生涯中形成了自成一家的翻译风格。凡是读过傅雷先生译作的都或多或少能感受到他的风格。傅雷先生译作甚丰,翻译过法国伏尔泰、巴尔扎克、梅里美、罗曼·罗兰、莫罗阿[1]等文学名家的著作。傅译"固然对名家的特色和韵味有相当体现,拿《老实人》的译文和《约翰·克利斯朵夫》一比,就能看出文风上的差异,但贯穿于这些译作的,不免有一种傅雷风格"。[2] 傅雷先生的翻译风格到底是怎样一种风格呢?拿傅先生自己的话说,那就是"将原作,连同思想、感情、气氛、情调等等,化为我有";在文字上,"译文必须为纯粹之中文,无生硬拗口之病";译笔"行文流畅,用字丰富,色彩变化"。加之他给自己定下了这样的标准:"译书的标准应当是这样:假使原作者是精通中国语文的,译本就是他使用中文完成的创造。"这样一来,他"以原作者自任,遣词造句"打上了自己的烙印。大凡读过傅译的人几乎都觉得傅先生的译文用句简短、轻快,用词丰富多彩,多四字结构,节奏感强。这一语言风格贯穿于他的译品之中,无论是梅里美的《高龙巴》,还是巴尔扎克的《高老头》,或是莫罗阿的《人生五大问题》。请比较下面的几个译例:

(1) 高龙巴带着央求的神气对哥哥瞟了一眼。奈维尔小姐早听人说过高斯的妇女能即席赋诗,渴想领教一下,便再三要求高龙巴略施小计,献献本领。奥索后悔不该想起妹妹的诗才,便竭力解释,说高斯的巴拉太枯索无味,不值一听;并且念过了但丁的名作再念高斯的诗歌,等于丢本乡的脸;但这些话反而使奈维尔小姐更心痒难熬,非听不可……

——《高龙巴》

(2) 一般人就是从这一类的交易开始,终于廉耻荡然,而今日社会上也相习成风,恬不为怪,方正清白,意志坚强,嫉恶如仇,认为稍出常规

1 莫罗阿,即安德烈·莫罗亚,又译安德烈·莫洛亚,本书保留不同译者对同一作者名的不同译名。

2 罗新璋,《读傅雷译品随感》,参见罗新璋编,《翻译论集》,商务印书馆,1984 年,第 987—993 页。

便是罪大恶极的人物,在现代比任何时代都寥落了。

——《高老头》

(3) 在外人看来,这些都很冠冕堂皇,颇为得体。但洛茜娜只觉此种保护人的口吻难以忍受。她知道他写这封信时一定自以为慈祥温厚,宽大为怀,柔肠侠骨,更有土骑士风。

——《人生五大问题》

这几个信手拈来的译例虽不能全面反映傅译风格,但傅雷先生"纯粹的中文"——流畅的行文、轻快的四字结构、丰富的用词、多变的色彩,由此可见一斑。译文读来节奏明朗,一种飘逸、清奇的风格鲜明可辨,令人赞叹不已。不过,赞叹之余,不免产生这样的疑问:梅里美、巴尔扎克和莫罗阿的语言风格竟有这般惊人的相似?暂且不提20世纪的莫罗阿,单比较19世纪的巴尔扎克和梅里美。他俩虽然都是现实主义作家,但艺术风格迥异。梅里美是一个高明的故事讲述者,他的叙述和描写既不铺张,也不繁杂,因而,整个作品呈现出明快流畅的特点;而巴尔扎克则行文如长河滔滔,气势浩瀚,不时闪现出瑰丽奇伟的灿烂色彩。不可否认的是,梅里美的"明快流畅"与巴尔扎克的"气势浩瀚"和他们大相径庭的遣词造句方式不无关系。巴尔扎克和梅里美的语言风格(文学风格中极为重要的组成部分)取决于他们各自的语言表达手段。就句式而论,巴尔扎克喜用复句、长句,大有一"句"而不可收之势,显出其浩瀚健拔的情韵、气势;而梅里美句短字洁,传达出简明质朴的风味。从上面的译例看,梅里美的风格体现得较为成功,而巴尔扎克的情韵传达得似嫌不足。傅雷先生译过巴尔扎克的许多作品,他保持了原作用字丰富多彩的特点,但原作的长句几乎都通过一定的技巧化成了短句。是否保留原文的长句就必然会有"生硬拗口"之嫌呢?傅雷先生说过:"老舍是在国内采用西洋长句而不失为中文的唯一作家。"如果老舍先生精通法语,由他执笔翻译巴氏作品,说不定他会以长句译长句,更好地再现巴氏的语言风格。

现在的翻译界,似乎有一股不好的风气,过分地强调原文和译文的文字词类不同、句法构造不同、文法习惯不同、修辞手段不同,总之,两种文字形式不同,因此认为难以也无须顾全。于是,许多译者倾向于赋予译文一种优美多彩的本语形式,却很少或根本没有考虑到费点精力去钻研外语的形式结构及其美学结构,更没想到有意识地通过创造性地运用外语的某些要素来丰富本族语。其实,无论中文还是西文,许多相同的语言手段可产生相似的修辞风格。就说句法结构吧,长句表缜密,短句显轻快,中、西文如出一辙。再说修辞格中的比喻,汉语和法语都有明喻和暗喻之分,格式相同,且暗喻产生的意境都比明喻更为深远。在《高龙巴》的第三章,一位把舵的水手在静寂的夜晚,唱起一首情绪昂烈的歌,其中唱道:

Il est le faucon ami de l'aigle
miel des sables pour ses amis,
pour ses ennemis la mer en courroux.

原文连用了三个暗喻,把一位勇士喻为鸷鸟,对友亲,对敌恨,且句式整齐,意义深远。著名诗人、翻译家戴望舒先生译为:

他是苍鹰的朋友巨鹫,
对朋友他是沙漠中的蜜,
对敌人他是暴怒的海。

傅雷先生的译文是:

他是鸷鸟,老鹰的伴侣,
对于朋友,他甘美如蜜,
对于敌人,他却是狂怒的海洋。

简单的三句歌词,译文竟有不小的差异。既然可用暗喻译暗喻,且更能引起读者的联想,又何必用不免落入俗套的"甘美如蜜"来表达呢?就传达原文的形式、结构美及意境美来说,戴先生的译文似乎更可取。我们认为,如果在传达原文内容的前提下,能够吸收原文的表达形式,就应该尽量吸收。绝不能只顾内容,忽视形式,因为风格是思想内容与艺术形式高度统一的产物。如果忽视了形式(不管是有意还是无意),不尽力去传达原文的形式美,那风格的再现是不完全的。

译者固然有其风格,但再现原作风格,应以原作的标准为标准。陈西滢先生早就提出应“把轻灵的归还它的轻灵,活泼的归还它的活泼,滑稽的归还它的滑稽,伟大的归还它的伟大”。西方现代派的作品并不流畅,用“流畅”的行文还原,岂不伤其风貌?新小说派用词并不丰富,若译文过分多彩,怎能完全保存其风味?一个称职的译者,应辨别原作者特殊的艺术个性及原作特殊的风格,尽量排除自己的艺术个性与风格,以更好地再现原作的风格,就像一位高明的演员,尽量消除自己与人物不相容或有差异的个性,以更充分地表现人物的个性。因此,若不顾作品的特殊性,一味要求“行文流畅、用字丰富、色彩变化”,似有不可取之处。正如陈西滢先生所说:“……译者在译书之前,不应当自己先定下一个标准,不论是雅,是达,是高古,是通俗,是优美,是质朴,而得以原文的标准为标准。”[1] 傅译风格容易引起后人诟病,也许正是因为他的艺术个性在译作中表现得过于充分,以致部分遮掩了原作风格。傅雷先生自己也承认:“即使是最优秀的译文,其韵味较之原文仍不免过或不及,翻译时只能尽量缩短这个距离,过则求其勿太过,不及则求其勿过于不及。”[2] 这里,他道出了再现原作风格的困难,承认困难,绝不等于放弃努力的方向——尽量缩短译作风格与原作风格的距离。在提倡“翻译风格各放异彩”的同时,确有必要强调指出:翻译以信为第一标准,各放异彩的翻译风格必须扎根于“信”的土壤;再现风格的最低标准是译作风格不能有损于原作风格,最高标准还是钱锺书先生说的那句话——译作必须“完全保存原有的风味”。[3]

1 详见陈西滢,《论翻译》,载罗新璋编,《翻译论集》,商务印书馆,1984 年,第 400—408 页。
2 详见傅雷,《〈高老头〉重译本序》,载罗新璋编,《翻译论集》,商务印书馆,1984 年,第 558—559 页。
3 详见钱锺书,《林纾的翻译》,载罗新璋编,《翻译论集》,商务印书馆,1984 年,第 696—697 页。

名著汉译不同版本比较

——《红与黑》汉译漫评

外国名著复译,是文学翻译中一个值得探讨的课题。法国翻译理论家安托瓦纳·贝尔曼认为,文学翻译中十分普遍的名著复译现象是世界文化交流中一个值得关注与研究的问题。它不仅仅说明了具有独特艺术魅力与美学价值的世界名著对世界各民族一代又一代的读者经久不衰的吸引力,而且也证明了文学在世界各国文化碰撞与交流中所处的重要地位。同时,人们也可以从中看到不同时代的读者对译文的不同要求。[1]这些问题,虽然属于广义上的文化比较研究范畴,但与翻译理论研究也有着十分密切的关系。就文学翻译批评而言,对同一名著不同译本的比较研究,不仅是一种较为常见的批评样式,而且也在实践和理论上具有值得重视的特殊意义。通过对不同译本的比较分析,可以考察涉及文学翻译的一系列重大问题,如翻译的时代因素,译者风格的客观存在及表现,翻译方法与效果,译者对原文的阐释角度与价值取向等,从中发现一些带有规律性的东西,给人们以启迪。这里,我们从几个不同的侧面对《红与黑》两个较有影响的汉译本进行比较分析。

---

1 参阅 Berman, Antoine: *L'épreuve de l'étranger: Culture et traduction dans l'Allemagne romantique*, Paris: Gallimard, 1984.。

《红与黑》最早的汉译本出自诗人、翻译家赵瑞蕻先生之手,于1944年由重庆作家书屋印行;1954年,平明出版社出版了罗玉君的译本,1979年,上海译文出版社重版发行该译本;1986年,上海译文出版社又推出了郝运先生的新译本;闻家驷先生移译的《红与黑》于1988年9月由人民文学出版社出版。在此,我们主要依据上海译文出版社出版的两个译本,就其中某些译文进行分析与比较,结合有关翻译的带有共性的问题作一探讨。为方便起见,我们将罗玉君和郝运先生的译本分别简称为"罗译"和"郝译"。

即使粗略地阅读一番,我们也不难发现罗译与郝译之间似乎存在着很大的差异。请读第三章《穷人的财产》中的一段话:

> 罗译:德·瑞那夫人生性怯懦腼腆。表面看来,她的性格,也有些特别古怪的地方。比如哇列诺先生的高声狂笑,轻举妄动,就使她惊骇不安。在维立叶人人觉得是欢欣娱乐的事情,她就远远地离开它。因此在她少年时代,人家说她十分骄傲自己出身的门第,获得了尊敬。(第17页)
>
> 郝译:德·雷纳尔夫人非常害羞,表面看起来很容易起变化,她特别讨厌瓦尔诺先生的不停的动作和响亮的嗓音。她厌恶维里埃尔人所谓的快乐,这给她招来了为自己的出身感到十分自豪的名声。(第18页)

两段译文的差别是显而易见的,这种差异表现在意义、美感等各个层次。这里,我们无意评判两种译文孰优孰劣,只是想提出这样一个问题:为何同一原文,会出现相异甚殊的译文?我们不妨先看一下原文:

> Mme de Rênal, fort timide, et d'un caractère fort inégal, était choquée au mouvement continuel et des éclats de voix de M. Valenod. L'éloignement qu'elle avait pour ce qu'à Verrières on appelle la joie, lui avait valu la réputation d'être très fière de sa naissance. (Folio, p.35)

与原文对照之后,我们可以进一步看到,罗译与郝译之间除了掺入译者风格造成的遣词造句的形式差异之外,更重要的是两种译文意义不尽一致,甚至出现彼有此无或相互抵牾的地方。窃以为这一现象的产生源于译者对原文的不同阐释。杨武能先生曾提出,文学翻译是一个“阐释、接受与再创造的循环”活动。[1]在这个活动中,翻译家的阐释是关键的一步,对原文的阐释不同势必产生不同的译文。也许罗玉君先生过分着力于探寻、阐释原文的“深蕴”,于是将原文的“字面意义”一概深化,如“timide”译成了“怯懦腼腆”,“mouvement continuel”译为“轻举妄动”,“éclats de voix”译作“高声狂笑”,“choquée”则译为“惊骇不安”等等,原文并不含有特别的感情色彩的字眼经她一处理,几乎全都带上了强烈的贬义。此外,也许译者觉得原文意义不够明确、完整,又添加上“少年时代”“获得了尊敬”等词句,让人觉得未免过分大胆。经初步统计,罗译与郝译之间由于对原文阐释不同而产生的意义差别所占比例确实不小。仅第十一章“Une soirée”,原文只有短短的五页,但两者之间出现的意义差别(有大有小)竟达二十余处。这里仅举两例:

原文:...il désira avec anxiété, et sans pouvoir songer à rien autre chose, que Mme de Rênal voulût bien lui laisser sa main. (p.92)

罗译:他很热心地盼望达到目的,他整个的注意都在那只手上。德·瑞那夫人十分愿意她自己的手落在他的手里。(第86页)

郝译:他什么别的事也不能想,焦急地盼望着德·雷纳尔夫人肯把手让他握着。(第84页)

原文:...à vingt ans, l'idée du monde et de l'effet à y produire l'emporte sur tout. (p.94)

罗译:二十年以来,对于宇宙一切的观念,一切的事实,都在这本书里去寻找解释,这本书支配着他的一切行动。(第88页)

郝译:一个人在二十岁上,对世界的想法以及对他可能在这个世界上产生的影响的想法胜过了别的一切。(第86页)

一般来说,同一原文,出现意义大相径庭的两种不同译文,肯定是哪位译者对原文的阐释出了差错。从上面两个例子看,第一例,差错出在“désirer”

1 参见杨武能,《阐释、接受与再创造的循环——文学翻译断想》,载《中国翻译》,1987年第6期,第3—6页。

一词引出的从句中,该动词表达的是一种愿望,从句所表现的是这一愿望的内容,从句动词的虚拟式完成时就十分明确地说明了这一点,遗憾的是罗译将愿望错当作结果。第二例,从状语到主语,以及句子的补语,罗译似都完全脱离了原文,也许是一时疏忽吧。大凡阐释错误而造成的差错,原因都在译者身上,轻的如译者的不慎或疏忽,重的如译者的自以为是甚或不懂装懂。其结果是产生与原文背道而驰或风马牛不相及的译文,这无论对原作者还是对读者都是极不负责任的。我们欣喜地看到,除个别例外情况,《红与黑》这两个汉译本中凡出现意义不同之处,郝运先生的译文明显具有忠实于原文的优势。也正是鉴于这一点(当然也有其他方面的原因),上海译文出版社才又推出郝运先生的译本吧。奈达先生论及翻译问题,每每强调译者必备的基本条件和基本品质,其意义不可低估,而我们目前的翻译批评,对这一点强调的是不太够的。

陈宗宝教授以自己丰富的翻译经验为依据,从理论上阐述了"词义精当,是翻译的一个重要环节"的观点,并探讨了如何在翻译中达到词义精当的六条途径[1],这对我们的翻译实践具有较大的指导意义。在学习和比较《红与黑》两个译本的过程中,我对两个译本在选择与传达词义中出现的差异感到惊诧。就说上文中提及的第十一章的章目"Une soirée",郝译为"一个晚上",罗译为"一夜",中国读者大概不会忽视这两者之间的巨大差异吧。请再比较下面几例(均摘自原文第七章第 59—60 页):

原文:le bel habit/l'air extrêmement propre
罗译:华丽的黑色礼服/极端斯文温雅的仪表
郝译:漂亮的黑衣服/极其整洁的外貌

原文:le mépris sincère/tant de coquetterie
罗译:真实的轻蔑/风流轻浮的态度
郝译:毫不掩饰的轻蔑/这样爱打扮

这里,我们暂且不论孰是孰非——对此感兴趣的读者不妨对照原文作一

1 参见陈宗宝编著,《法汉翻译教程》,上海译文出版社,1984 年,第 55—72 页。

分析——但可以看到这样一个事实：两种译文是不对等的，或者至少可以说是不完全对等的，如“整洁的外貌”不等于“斯文温雅的仪表”，“爱打扮”也不一定就是“风流轻浮”。这种不对等译文的产生在很大程度上与词义的选择和表达是否精当有关。翻译文学作品固然要考虑整体效果（下面还要论及），注意通篇的神似，但是，一篇作品终归是由一个个词所组成的，如果连最基本的词的意义都把握不准，传达有偏差，那怎能谈得上通篇的“神似”呢？历来译家对词义的翻译都十分重视，严复的“一名之立，旬月踌躇”之说，恰好说明了他对传译词义所持的态度之严肃。若孤立地去看，一个单词的翻译似乎很简单，但要真正把握它的意义，则不得不考虑不同语言的文体职能、言语环境以及不同语义层次等诸方面的因素。[1] 确实，在翻译活动的词义传达中，经常会遇到某一词或句兼含两种甚或两种以上意义的情况。这时，译者就面临着选择的问题。这种选择不可避免地会渗入译者的主观因素，但是译者的主观作用应该基于对原作语言符号及与其相关的各个方面的客观分析之上，切忌主观随意性。这正是奈达所指出的，译者应当尽一切努力，把不合作者和信息原意的主观因素限制在最小范围内。然而，我们不无遗憾地看到，罗译中，在有关词句的处理上所渗入的主观随意性似乎太多了些。请看下例：

原文：Quels éloges de la probité ! s'écria-t-il, on dirait que c'est la seule vertu, et cependant quelle considération, quel respect bas pour un homme qui évidemment a doublé et triplé sa fortune, depuis qu'il administre le bien des pauvres ! Je parierais qu'il gagne même sur les fonds destinés aux enfants trouvés, à ces pauvres dont la misère est encore plus sacrée que celle des autres ! Ah ! monstres ! monstres !...(p.59)

罗译：他忍不住私自咒骂道：“正直诚实的颂赞！人人都说这是世界上唯一的美德，然而这是怎样的一种现实呀！自从他照管穷人的救济事业以后，他私人的产业，顿时增加了两倍到三倍之多，这是怎样公开的贪污，这是怎样卑鄙的荣耀啊：我敢打赌，他赚钱甚至于赚到最悲惨的孤儿弃婴的身上去了。对于这些可怜的无父母的小孩来说，他们的痛苦

1　参见许钧，《论翻译的层次》，载《中国翻译》，1987 年第 5 期，第 12—16 页。

和牺牲,比旁的穷人还要更多！啊,社会的蠹贼啊！杀人不眨眼的刽子手啊！……”(第46页)

郝译:“对正直的颂扬是何等动听啊!”他高声嚷道,“简直就像世上仅有这个美德;然而对一个自从掌管穷人的财产以后,把自己的财产显然增加了两三倍的人,又是怎样的尊敬,怎样的阿谀奉承啊！我敢打赌说,他甚至连支供弃儿用的经费都要赚！而弃儿这种穷苦人的困难比别的穷苦人还要神圣得多。啊,这些恶魔！恶魔！……”(第46页)

原文摘自第七章《亲和力》首段的结尾部分。这一段说的是主人公于连在市长家当家庭教师十分称职,受到了敬爱,但他对周围的一切极为厌恶。尤其当贫民收容所所长瓦尔诺先生在市长面前夸夸其谈时,于连“借口去看看孩子们,逃到花园里”,咒骂瓦尔诺之流。上面这段话中的“他”正是指瓦尔诺。如果不看原文,单就两种译文作一比较,可以发现前者与后者的差别不仅仅反映在遣词造句所体现的文体特征上,更表现在译文所体现的思想性上。读了罗玉君的译文,不禁会对原作者如此深刻的思想和如此激烈的批评精神产生由衷的敬佩之感,无论是对“这是怎样的一种现实”的感叹,或者是对弃儿“痛苦和牺牲”的同情,还是对“公开的贪污”的愤恨,对“社会的蠹贼、杀人不眨眼的刽子手”的痛斥,无不表现出主人公(亦即作者斯丹达尔)十分进步的立场,这也就不可避免地赋予了作品以强大的批评力量！但是,读了原文之后,我心中顿起疑窦:译文中那些具有强烈批评色彩的字眼原文中难以找到。我想恐怕罗玉君和郝运先生依据的版本不同吧！我找了巴黎Champion 1923年版,也核对了罗译所依据的巴黎Fernand Roches 1929年版,几种版本的原文完全一致,从中无法捕捉到译文中那些字眼的影子。也许影子还是有的,如“misère”可能就是“痛苦和牺牲”的根据(顺便提上一句,郝运先生将该词译成“困难”不甚妥帖,不如干脆译为“困苦”),而“monstres”一词也就是“社会的蠹贼”和“杀人不眨眼的刽子手”的由来。这里,我们怀疑译者凭着自己的主观性,从自己的立场、观点出发,给这些并不蕴含着如此深刻的思想内涵的字眼添加了不必要的、中国人特别敏感的主观成分。类似的情况在当今盛行的译作中较为普遍,有必要引起翻译批评的足够重视。此风一旦蔓延到美学、哲学等学科著作的翻译中去,其害无穷。

在比较罗译与郝译中,我还发现了一个极为有趣的、当今译作中较为常见但不宜提倡的现象，即当出发语中某个词，特别是形容词，在目的语中有几个对应词时，译者一时难以选择，往往会采取以下两种态度：一是不顾上下文与该词的确切意思，只要译文通顺，随便选上一词；二是干脆回避困难，将几个（一般是两个）对应词全都搬到译文中去。这里再摘第七章中的几例：

原文：galanterie/hypocrisie
罗译：风流的举止、殷勤的言辞/虚伪妄诞
郝译：献殷勤/伪善

原文：timide/saisissement
罗译：怯懦腼腆/惊慌失色、十分痛心
郝译：害羞/激动

限于篇幅，我们无法抄录上面四个词的上下文，在此进行详尽的分析，得出哪一种译文比较贴切的结论。但有必要指出的是，类似的情况译文中很多，几乎形成了各自的风格与习惯。相比之下（经与原文比较），郝先生能考虑到上下文、言语情景及搭配关系等各个方面的因素，取义、选词较为慎重，且只择一词，无堆砌之嫌，就我们的分析看来，比较妥当；而罗先生则倾向于用两个词（或更多，但较为少见）表达原文中的一个词，而且具有一定程度的随意性，只注意了译文的华丽与流畅，无意中忽视了原文的确切含义与感情色彩，这不能不说是个遗憾。为了强调选词准确的重要性，我们不妨转录法国作家莫泊桑的一段话："不论人家所要说的是什么，只有一个字可以表现它，一个动词使它生动，一个形容词可以限定它的性质。因此我们寻求着，直到发现了这个字、这个动词和形容词为止，决不要安于大致可以，决不要为着躲避困难而求援于一些诈伪的字句，即便是巧妙的诈伪也不行，也不要求援于一些谐谑的语言。"[1]这对翻译来说也许是一种苛求，但要求译者传达词义要恰如其分，至少不歪曲原意，是怎么也不过分的。

我们在《翻译层次论》中已经指出，文学作品，包括小说、散文、诗歌等的翻译，除了思维层次和语义层次的活动外，有着更高层次的要求，这就是文学

1　转录于陈宗宝编著，《法汉翻译教程》，上海译文出版社，1984年，第55页。

翻译的最高层次,即审美层次。一部文学作品本身的美是多方面的,而诸多方面的美的因素的实现都必须借助于语言。《红与黑》这部杰作极富于艺术美。斯丹达尔的语言具有简约与质朴的特征,《红与黑》也恰恰体现了这一语言风格。可以说,郝运先生在再现这一语言风格,尽量体现原文简约与质朴的美感方面,付出了极大的努力。他的译文从头至尾风格较为统一,无雕琢之痕,显得自然、朴素。而罗先生的译文则给人一种不稳定的,时而华丽、时而淡朴的感觉,在一定程度上没有表现出原作语言风格的统一性及其美感。我们的这种感觉不知是否可靠,请看罗译的三段译文:

(1) 她平常苍白的面色,这时候改为鲜艳的容光。这个天真活泼的女子,确实激动着。一种内心矛盾的心情,甚至愠怒的心情,损坏了她的深沉、谧静的表情。而她这表情是超于一切人世庸俗鄙野的利欲之上的,所以给了这天使般的容颜,增添了多少妩媚。(第 91 页)

(2) 当德·瑞那夫人做着这桩意外事促成的、可怕的激情的最残酷的忧伤的牺牲品时,于连正在很快乐地走着路,他走在万山的青翠里。(第 94 页)

(3)“我既然耽心为挣取面包的八年光阴会消磨了我创造丰功伟绩的崇高的毅力,我恐怕不是制造大人物的好木头。”(第 98 页)

这三段译文均摘自《红与黑》的第十二章,细读之后,真不敢相信出自同一位译家之手。请原谅我们暂且避开原文精神、气势或神韵,就译文而言,例(1)出笔不凡,除个别搭配,如“鲜艳的容光”“确实激动着”,如今看来显得不大协调之外,其他部分文笔流畅,风格俏丽;例(2)意思基本明晓,但译笔拘谨,一连五个“的”字,读起来给人以佶屈聱牙之感;例(3)除了存在例(2)的不足以外,还显得不连贯,文字也嫌干瘪,尤其是以“好木头”结尾的主句部分。我们对照了原文(分别在 Folio 版的第 96、99、103 页),三处原文语言风格是统一、连贯的。为方便读者进行比较,兹抄录如下:

(1) Sa pâleur habituelle avait fait place aux plus vives couleurs. Cette femme si naïve était évidemment agitée: un sentiment de contrainte et même de colère altérait cette expression de sérénité profonde et comme au-

dessus de tous les vulgaires intérêts de la vie, qui donnait tant de charmes à cette figure céleste.

(2) Pendant que Mme de Rênal était en proie à ce qu'a de plus cruel la passion terrible dans laquelle le hasard l'avait engagée, Julien poursuivait son chemin gaiement au milieu des plus beaux aspects que puissent présenter les scènes de montagnes.

(3) Je ne suis pas du bois dont on fait les grands hommes, puisque je crains que huit années passées à me procurer du pain ne m'enlèvent cette énergie sublime qui fait faire les choses extraordinaires.

与罗玉君的译文相比,郝运先生的译文就显得较为和谐,对原文的处理也比较得体。请看郝译:

(1) 她平时的苍白的脸色泛起了最鲜明的红色,这个如此天真的女人显得很激动;一股自我克制的,甚至是愤怒的感情改变了她的安详表情;平时正是这种深刻的、仿佛超越人世一切庸俗的利益之上的安详表情,给她这张天仙般的脸带来了如此的魅力。(第 89 页)

(2) 偶然的命运使德·雷纳尔夫人陷在可怕的热情中,正当她遭受着这热情最残酷的折磨时,于连在山区能见到的最美丽的景色中愉快地赶路。(第 92 页)

(3) "我不是用来造就伟大人物的材料,因为我总是提心吊胆,害怕用来挣面包的这八年时间会从我这儿夺走使人干出一番不寻常事业来的那种崇高的力量。"(第 96 页)

这三段译文除极个别处不甚妥当之外,就整体而言,显得简明而利索,毫无斧凿之痕,不仅与原文意义吻合(我对照了原文),而且传达原文气势与风格也较妥帖,这里恕不进行详细的分析。我想指出的是,由于译笔不连贯,时显突兀,从而损坏了原著风格的整体美,这一问题在目前的一些译作中相当普遍。究其原因,这自然与译者的文化素养与驾驭目的语的能力有关,但在很大程度上还是由于对原文的精神与风格把握不准。若原文结构简单,意义明晓,译者处理起来也许还能得心应手,译文也较流畅;一旦原文结构变化较多,用词比较讲究色彩差别,阐释有一定困难,译者就可能乱了方寸,陷入原文而无法自拔,造出些佶屈聱牙的东西来。能否避免这种情况的出现,除了在理论上有些问题亟待解决外,主要还是取决于译者本身的能力以及所作的努力。

《红与黑》汉译本洋洋五十万字,要从理论的高度论及有关汉译的各方面的问题,并对两个版本进行系统的比较与研究,恐怕需要一部专著,非笔者浮光掠影、东鳞西爪所能讲清。关于翻译本身的限度所造成的某些不可为而为之的东西,这里概未涉及。我们只是试图通过对《红与黑》汉译中某些侧面和一些例子的粗浅对比与分析,引起人们对目前翻译界存在的一些带有普遍性问题的足够重视,尽量避免不该出现的问题,目的无非就是为了促进翻译质量的提高。

文学翻译的自我评价
——《追忆似水年华》卷四汉译札记

在前文中，我们已经谈过文学翻译理论与批评这两者之间相对独立而又相互渗透的关系。在许多译家撰写的译序或译后记中，往往包含着对翻译的理论探讨以及对自己译文的基本评价这两方面的内容，有时两者甚至融为一体，在对译文进行自我评价的同时，探索翻译的得与失以及一些具有普遍意义的理论问题和技巧方法。在 1991 年法国伽利玛出版社"七星文库"推出的《西游记》法译本[1]中，法国翻译家雷威安写了一篇长达 79 页的译序，其中除了对《西游记》的思想、语言与艺术特色进行了独到的分析，对《西游记》西传的历史作了具体的介绍之外，大部分篇幅都用于自己的译文与原文的比较和分析。在罗新璋编的《翻译论集》中，真正纯理论的研究文章并不多，而翻译的自我评价和经验性的总结与探讨倒占有相当大的比例。从本质上看，这种译文的自我评价当然属于文学翻译评价的范畴。

对自己的翻译进行评价与对他人的翻译进行批评，既有共同的一面（这是本质性的），也有不同的一面。所谓不同，批评的主体也是翻译的主体，这

1 Wu Cheng'en: *La Pérégrination vers l'Ouest*, texte traduit, présenté et annoté par André Lévy, Paris: Gallimard, 1991.

种身兼两种使命的特殊性要求人们具有清醒的头脑、客观的态度、实事求是的精神。摆功没有必要,饰过更不允许。这里,我想以尽量客观的态度,以自己参加翻译《追忆似水年华》卷四的实践为依据,结合翻译中的一些实例,对自己的翻译作一剖析和探讨,有所侧重地谈谈世界名著翻译中的“变通”与“再创造”的有关问题,并对译文所依据的处理尺度是否合适作一自我评估。

一

从理论上讲,一部成功的译作,无论形式还是内容,都应该尽可能贴近原作,反映原作的面貌与神韵。只是当原文形式与译文形式无法一一对应(这是必然的,因为原语与异语之间事实上存在着差异),在表达上遇到难以逾越的障碍时,才允许有所“变通”(adaptation),此实为不可为而为之。而若“变通”得体,恰到好处,便是一种成功的“再创造”。经验告诉我们,原作个性愈强,价值愈高,翻译的难度就愈大,就愈要借助于“变通”式的再创造手段。

英国的艾莉森·芬奇博士在评价《追忆似水年华》的语言特征时指出:“普鲁斯特是运用格言式短句的大师,也长于运用故意不协调的重复句子。但是,他更有名的方面还是他那些可以再度唤起肉体知觉和内心联想的多层次的曲折复杂的长句,那些似乎既是精辟评论又是欢快奢想的明喻暗喻的妙笔,以及几乎每一页上都有的那些对人类本性的概括手法——这种概括是通过具体文字和华丽的修饰来表达的,和其他许多伟大的作品相比,更能与故事融为一体。”[1]这段评价甚为精辟,其中指出的“多层次的曲折复杂的长句”和“明喻暗喻的妙笔”,无疑会给翻译带来巨大的障碍。请读下面这段话:

> ...Perdue pour toujours: je ne pouvais comprendre, et je m'exerçais à subir la souffrance de cette contradiction: d'une part, une existence, une tendresse, survivantes en moi telles que je les avais connues, c'est-à-dire faites pour moi, un amour où tout trouvait tellement en moi son complément: son but, sa constante direction, que le génie de grands hommes, tous les génies qui avaient pu exister depuis le commencement du monde n'eussent pas valu pour ma grand-mère un seul de mes défauts; et

1 贾斯廷·温特尔编,《现代世界文化词典》,祁阿红等译,江苏人民出版社,1988年,第534页。

d'autre part, aussitôt que j'avais revécu, comme présente, cette félicité, la sentir traversée par la certitude, s'élançant comme une douleur physique à répétition, d'un néant qui avait éffacé mon image de cette tendresse qui avait détruit cette existence, aboli rétrospectivement notre mutuelle prédestination, fait de ma grand-mère, au moment où je la retrouvais comme dans un miroir, une simple étrangère qu'un hasard a fait passer quelques années auprès de moi, comme cela aurait pu être auprès de tout autre, mais pour qui, avant et après, je n'étais rien, je ne serais rien. (p.758)

这是一个典型的普鲁斯特风格的长句,见于卷四中一个精彩的片段。该片段写的是主人公在第二次抵达避暑胜地巴尔贝克的当天晚上,当他忍着心脏病痛苦的折磨,小心翼翼地弯腰脱鞋的时候,心中突然出现了一个熟悉而陌生的老人的形象,原来是几年前去世的外祖母那张不安、失望、慈祥的面孔,对他的疲累倾尽疼爱。然而,正当他渐渐地回想起外祖母的过去,自她去世后第一次真切地看到了外祖母活生生的形象,与她重逢的时刻,他清楚地明白他已经永远失去了她。上面的这个长句由两个分句组成:第一个分句极短,只有三个词,如芬奇博士所说,是个"格言式"的短句:"永远失去了";第二个分句则很长且复杂,首先是结构复杂,若细加分析,足有六个层次,可谓从句套从句,有原因状语从句、时间从句、结果从句、比较从句、名词性从句,其次是语式时态复杂,其中语式有直陈式、条件式、虚拟式,用的时态有直陈式复合过去时、未完成过去时、愈过去时、条件式现在时、虚拟式愈过去时,还有动词不定式、现在分词等。如此曲折复杂的句子,理解不易,传达更难。难就难在汉语和法语有着各自独特的语言符号系统和传情达义的手段,无法进行完满的转换,况且普氏笔下的长句有其创造性的成分,非一般文化水准的法国人所能驾驭,而现代汉语恰恰又很难接受法语中那种从句套从句的多层次长句。怎么处理这一矛盾、这种障碍呢?茅盾在全国文学翻译工作会议上曾经说过:"文学的翻译是用另一种言语,把原作的艺术意境表达出来,使读者在读译文的时候能像读原作时一样得到启发、感动和美的感受。这样的翻译,自然不是单纯技术性的言语外形变易,而是要求译者通过原作的语言外形,深刻地体会了原作者的艺术创造的过程,把握住原作的精神,在自己的思想、感情、生活体验中找到最合适的印证,然后运用适合于原作风格的文学语言,把原作的内容与形式正确无遗地再现出来。”[1] 茅盾的这番话是把钥匙,它告诉我们首先要透过“原作的语言外形”,捕捉、把握“原作的精神”,再使用“适应于原作风格”的语言,着力于传达原作的“艺术意境”。在翻译的实际过程中,这确是不可缺少的几个环节,上面那段原文,我是这样翻译的:

永远失去了;我简直无法理解,于是我试着承受这一矛盾带来的痛苦:一方面,这是一个存在,一份慈爱,正如我过去感受过的那样幸存于我的心中,也就是说这是生就为我准备的,这是一份爱,在这份爱中,一切都在我心间获得完善,达到目的,认准其始终不渝的方向,此情之烈,以至在我外祖母看来,伟人们的天才,自创世纪以来一切可能存在过的聪明才智,简直不如我的一个小小的缺点;而另一方面,我一旦重温了仿佛现时出现的这份至福,便确确实实地感到了它的来临,感到它像一种旧病复发的痛苦,从子虚乌有中飞跃而出,虚无曾抹杀了我保留的这一慈爱的形象,摧毁了这一存在,回首往事之时,消除了我们相互注定的命运,在我仿佛在镜中重新见到我外祖母的时刻,将她变成了一个普通的外人,只是一次偶然的机会,使她得以在我身边生活了若干年,就像这一切也可以在任何他人身边发生一样,但这在另一人看来,我过去不过是子虚,将来也只能是乌有。

以茅盾提出的“把原作的内容与形式正确无遗地再现出来”这一标准加以衡量,译文距理想的佳境很远。第一,形式不如原文精练、紧凑(原文虽复杂,但不失精练),增添了原文省略的词语,如译文中两次使用的“这是”,原文中名词性从句的先行词,在译文中也多有重复,如“这份爱”“虚无”等;第二,语气似乎不如原文那样贯通,有的地方读起来显得不怎么通畅,译文中的“失”固然与译者水平有关,但有时确也是不得已而为之,如不“变通”,重复先行词,就无法翻译法语中的解释性名词从句。总的自我感觉是,译文比较尊重原文的行文形式与结构,如原文中的分句形式、从句结构等都尽可能有所反映,原文中的气势和神韵,如条件和虚拟语气,也基本传达了出来。还是茅盾说得对,想要反映原作的面貌与风采,好的翻译应该“一方面反对机械地

---

1 见罗新璋编,《翻译论集》,商务印书馆,1984 年,第 551 页。

硬译的办法，另一方面也反对完全破坏原文文法结构和词汇用法的绝对自由式的翻译”。确实，要传达原文之神韵，不能不尊重原文的形式。作为一个有责任感的译者，理应尽可能地用译语所允许的表达形式与手段，再现原文的形式价值及与形式紧密相依的意境和精神。

普鲁斯特笔下的长句，有三个明显的特征：一、插入句多；二、比较从句多；三、时态多。这三多与普氏所意欲表达的思想及着力传达的意境是息息相关的。我们知道，《追忆似水年华》是“以追忆为手段，借助超越时空概念的潜在意识……交叉地重现已逝去的岁月”[1]。普鲁斯特所采用的独特的句法手段，正是为了适应这种意识流动过程之描述的需要。人的潜在意识的流动往往不定向，常常会在对一件事的回忆中，突然浮现出与之相关联或根本无联系的往事，插入句的表现功能正满足了描述这种潜意识流动的需要；而为了“揭示某一陌生事物或某一难以描写的感情与一些熟悉事物的相似之处”，让读者能够想象作者那种深奥而又难以捕捉的意识流中所出现的陌生形象或事物，比较从句之形式便有了其用武之地，显示出其激发读者想象力的功用；至于时态丰富，这也与表现意识流动的连绵及交叉特征有关，是普鲁斯特“摆脱线型时序的束缚”的有力手段。因此，在译文中能否调遣对应或相似的句法手段，传达原文形式所蕴含的独有的色彩与神韵，是翻译成败的关键之一。下面，我们再看一段原文：

> Mais je ne pus supporter d’avoir sous les yeux ces flots de la mer que ma grand-mère pouvait autrefois contempler pendant des heures; l’image nouvelle de leur beauté indifférente se complétait aussitôt par l’idée qu’elle ne les voyait pas; j’aurais voulu boucher mes oreilles à leur bruit, car maintenant la plénitude lumineuse de la plage creusait un vide dans mon cœur; tout semblait me dire comme ces allées et ces pelouses d’un jardin public où je l’avais autrefois perdue, quand j’étais enfant: “nous ne l’avons pas vue”, et sous la rotondité du ciel pâle et divin, je me sentais oppressé comme sous une immense cloche bleuâtre fermant un horizon où ma grand-mère n’était pas. (p.762)

---

1 见马塞尔·普鲁斯特，《追忆似水年华》，李恒基、徐继曾等译，译林出版社，1989 年，“编者的话”。

就理解而言,只要细细琢磨,抓住作者的思绪,意义是明了的;但要恰如其分地加以传达,难度还是相当大的,因为句子复杂,容量大,现时的经历交叉着对往事的回忆,当前的感觉("波浪这泰然自若的美妙而新颖的形象")与重新涌现的记忆(小时候在公园与外祖母走散了,四处寻找外祖母,公园里的小径与草坪仿佛都对他说"我们没有见到她")组合在一起,富有立体感。我是这样翻译的:

> 但是,我无法忍受眼前这滚滚的海浪,然而在昔日,外祖母却可静静地观潮,一看就是几个小时;波浪这泰然自若的美妙而新颖的形象遂使我产生了这样的念头:这波浪,外祖母是看不到了;我恨不得堵上耳朵,不听这滚滚涛声,因为此时此刻,海滩上金光普照,在我心间拓展了一片空虚;昔日,我还是个孩子时,曾在一个公园里与外祖母走散了,此时,这儿的一切犹如那座公园的小径与草坪,仿佛都在对我说:"我们没有见到她",在这苍茫、神妙的穹隆下,我像笼罩在一只浩大的灰蓝色的巨钟里,感到透不过气来,巨钟遮住了一角视野,我的外祖母已经不在了。

由于法语和汉语的时态表达手段不一,原文立体交叉式的句法结构特征,译文难以再现,但借助汉语中类似"曾经""昔日""过去""此时此刻"这些时间状语,通过"变通"手段,原文的时间层次在译文中是有所表现的,而蕴含其中的立体感,读者恐怕也会有所感受。

二

上面谈了普鲁斯特笔下那些"多层次的曲折复杂的长句"的翻译,这里再来采摘几束在普氏的文学花园中盛开的"新鲜的形象花束",看看翻译中该如何传达他"那些似乎既是精辟评论又是欢快奢想的明喻暗喻的妙笔":

> Tout en marchant à côté de moi, la duchesse de Guermantes laissait la lumière azurée de ses yeux flotter devant elle, mais dans le vague, afin d'éviter les gens avec qui elle ne tenait pas à entrer en relations, et dont elle devinait parfois, de loin, l'écueil menaçant. (p. 668)

读了这段文字，谁都会对盖尔芒特夫人那“蓝色的目光”留下深刻的印象。原文中“azurée”“flotter”“écueil”等词令人想到“蓝天”“波浪”“大海”。此外，文中“le vague”一词，虽然其意义与大海的一切均无关联，但其形态与“la vague”（海浪，波浪）一词相同，只是词性有别，就我的理解，作者在此用“vague”一词，也许用意正是让读者通过“le vague”的词形，联想到“la vague”的形象。考虑到这些因素，我将译文处理为：

> 盖尔芒特公爵夫人在我身旁走着，一任她那天蓝色的目光在前方波动，但波光茫茫，以避开她不愿结交的人们，远远望去，她不时猜测，他们兴许是充满危险的暗礁。

从严格意义上讲，“dans le vague”译成“波光茫茫”有些牵强，但考虑到“le vague”与“la vague”形似，可以让人产生联想，由“茫然的目光”让人想到“茫茫的波浪”，如此处理，兴许能传达一点原文形式所蕴含的意境。

就文学的形象语言而言，法语和汉语在形象的选择和比喻的提炼方面有许多相通之处，构成了翻译的可行性。比如在翻译中，我就常常遇到类似下面这样的暗喻式形象说法：

> (1) Elles (les soirées de la princesse de Guermantes) explosaient au moment où on les attendait le moins, et laissaient appel à des gens que Mme de Guermantes avait oublies pendant des années. (p. 648)
>
> (2) Puis aussitôt le (l'invité) rejetant à la rivière, elle ajoutait: "Vous trouverez M. de Guermantes à l'entrée des jardins"... (p. 636)

原文中的“explosaient”和“le rejetant à la rivière”在汉语中有着相似的形象说法，所以译起来比较顺手：

> (1)（盖尔芒特亲王夫人的）晚会往往出人意料，爆出冷门，邀请一些被德·盖尔芒特夫人冷落了数年的客人。
>
> (2)（谢罢），她遂又把来宾打发到客流中去，补充说道：“德·盖尔芒特先生就在花园门口，去吧”……

但是,出发语语言形象与目的语语言形象及该形象所蕴含的意义往往存在着差异,这就给传达原文文学形象造成了一定困难。比如有这么一段文字:

> Chaque port a bien la sienne (la maison publique), mais bonne seulement pour les marins et les amateurs du pittoresque que cela amuse de voir, tout près de l'église immémoriale, la patronne presque aussi vieille, vénérable et moussue, se tenir devant sa porte mal famée en attendant le retour des bâteaux de pêche. (p.785)

这是一段极为精彩的文字,寓讽刺于形象之中。一位年迈的鸨母,站在声名狼藉的院门前,旁边是座古教堂,古教堂的门面布满青苔,令人肃然起敬。而令我们中国读者费解的是,作者竟把鸨母与教堂相比,说她"几乎与教堂一样古老、可敬、布满青苔",读后难以弄清这一形象比较到底蕴含着何种意义。全文可直译为:

> 当然,每座港口都有其妓院,但光顾的仅仅是海员和性喜猎奇之徒,看去煞是有趣,就在古教堂附近,几乎与古教堂一样古老、可敬、长满青苔的鸨母站在声名狼藉的院门前,等待着渔船归来。

这段译文至少有两处欠妥:一、可以说教堂"古老、可敬、长满青苔",但用以形容鸨母,就不妥当了;二、形象模糊,难以引起读者的共鸣。直译行不通,无法贴切地传达原文的形象寓意,只能来一番"变通"。首先,原文能否这样理解:以教堂的古老比鸨母的人老,以古教堂门面长满青苔喻鸨母脸皮厚,而"令人肃然起敬",则是一种反讽。基于这样的理解,我将上面的译文修订为:

> 当然,每座港口都有其妓院,但光顾的仅仅是海员和性喜猎奇之徒,看去煞是有趣,就在古教堂附近,鸨母老脸皮厚,却又令人肃然起敬,可与古教堂长满青苔的门面相比,只见她站在声名狼藉的院门前,等待着渔船归来。

上面说的是通过“比喻浅化”的变通方式，再现原文文学形象，传达其寓意的，可有时遇到与神话传说或典故有关的形象比喻，变通的“意译”反而行不通，只有硬着头皮直译，仰仗历史知识渊博的读者自己去捕捉原文形象，体味其含义。不过，遇到这种情况，最好还是采取一点补救措施，加个注释，这样，多少可以给读者提供一点方便：

> …Le comte Arnulphe, avec une voix zézayante qui semblait indiquer que son développement, au moins mental, n'était pas complet, répondait à M. de Charlus avec une précision complaisante et naïve: "Oh! moi, c'est plutôt le golf, le tennis, le ballon, la course à pied, surtout le polo." Telle Minerve, s'étant subdivisée, avait cessé, dans certaine cité, d'être la déesse de la Sagesse et avait incarné une part d'elle-même en une divinité purement sportive, hippique, "Athène Hippie". (p.704)

这段文字的前面一部分不难理解，说的是“阿尼勒夫伯爵语音不准，SZ不分，似乎表明至少他的智力还没有彻底发育成熟，他讨好而幼稚地准确回答德·夏吕斯先生的提问：‘噢，我呀，我倒更喜欢高尔夫球、网球，爱打球，爱跑步，尤其爱马球。’”问题在后一部分，又是“米涅瓦”“智慧女神”，又是“保护神”“马术雅典娜”。对普通读者来说，要弄清来龙去脉，理解联结阿尼勒夫与这些神话的比喻纽带，还是比较吃力的。为了方便读者，我们不妨先直译原文：

> ……恰似米涅瓦，分身之后，在某城不再是智慧女神，而把自己身子的一部分化为纯体育、纯马术运动的保护神，成为“马术雅典娜”。

然后，在直译的基础上加一注，说明上文所说的“米涅瓦”“智慧女神”“保护神”“马术雅典娜”实指同一个神。米涅瓦为罗马神话中的智慧女神，亦即希腊神话中的雅典娜，她与海神波塞冬相争，因出示第一根橄榄枝而获胜，遂成为雅典城的保护神。弄清了神话传说的来龙去脉，再结合上下文，便不难理解作者用喻的意义所在：阿尼勒夫说话SZ不分，似乎大脑发育尚未成熟，自然不是“智慧”之神了，而他谈起体育来滔滔不绝，兴趣浓厚，对马球尤为喜爱,岂不像是个"纯体育、纯马术运动的保护神"了?! 看来,作者如此用典,不无讽刺意味,细心的读者自可体味。

在普氏的作品中,还有大量的"作为任何艺术的首要成分的动植物形象",如安德烈·莫罗亚在该书的序中指出的那样,将夏吕斯变成大黄蜂,絮比安化成兰花,等等。处理这样的形象,如形象之于译语是全新的,最好直接移植,以再现形象的新鲜或奇妙,但如原文形象的蕴含意义在译语中产生的效果不一样甚或相悖,那根据译语读者的欣赏习惯来一番改造,也是允许的。但一般来说,有上下文的限制或提示,即使出发语文学形象的蕴含意义与目的语同一形象的蕴含意义有差异甚或相悖,读者借助上下文和语境,也可捕捉到原形象的寓意或意味。基于这些考虑,遇到这一类的明喻暗比,我基本上都是直接移植。请比较:

> Je ne vis plus de quelque temps Albertine, mais continua, à défaut de Mme de Guermantes qui ne parlait plus à mon imagination, à voir d'autres fées et leurs demeures, aussi inséparables d'elles que, du mollusque qui la fabriqua et s'en abrite, la valve de nacre ou d'émail ou la tourelle à créneaux de son coquillage. (p.741)
>
> 在一小段时间里,我再也没有见阿尔贝蒂娜,但是,由于德·盖尔芒特夫人再也激不起我的半点兴趣,我便继续去看望其他一些天仙美女,看看她们的洞府,仙人与仙居不分,犹如软体动物长出了珠贝或珐琅壳,或螺形贝壳塔,却又躲在里面,深居简出。

文学形象的再现问题是文学翻译"审美层次"中的一个关键问题,十分微妙、复杂,我们将在下面的《形象与翻译》中作一定的探讨。这里需要强调说明的是:对翻译来说,"审美"与"表美"是不可分割的两个方面。译者首先应该识别原形象的表美手段,把握其美学特征,领悟其艺术魅力,然后再考虑译语读者的审美习惯和传达效果,调遣译语相似或不同的表现手段,予以再现。

三

在翻译《追忆似水年华》卷四时,最棘手、最伤脑筋也最没有把握的是对人物语言特征的处理。“普鲁斯特具有非凡的喜剧天才,并能将其运用自如,可以说是嬉笑怒骂,皆成文章”[1],他善于借助人物独特的言语风格来暗示人物的身份、文化修养,反映人物的性格,语言生动、诙谐、丰富而有表现力。比如下面这段文字:

> Il (le directeur de l'hôtel) m'annonça qu'il m'avait logé tout en haut de l'hôtel. “J'espère, dit-il, que vous ne verrez pas là un manque d'impolitesse, j'étais ennuyé de vous donner une chambre dont vous êtes indigne, mais je l'ai fait rapport au bruit, parce que comme cela vous n'aurez personne au dessus de vous pour vous fatiguer le trépan (pour le tympan)...” (p.751)

话一出口,说话者的文化修养之差便暴露无遗。堂堂的饭店经理,说起话来语法混乱,用词不当,把“un manque de politesse”(失礼)说成“un manque d'impolitesse”(没有失礼),把“une chambre qui est indigne de vous”(一间不配您的房间)说成“une chambre dont vous êtes indigne”(一间您不配的房间),甚至把“tympan”(鼓膜)说成“trépan”(钻环)。从翻译原则上讲,遇到这类表现人物性格特征或暗示其身份、地位、文化修养的语言,译文理应再现其特色。问题的关键在于,作者在借用这类语言时,往往充分调遣语言的“音、形、义”各要素,比如用词混淆,有词义混淆、词形混淆、词音混淆等情况。如上面那段文字中经理把“tympan”说成“trépan”,这是音似而混淆,又因法语是拼音文字,因音似而形似,混淆是可能的。如直接译成汉语,“鼓膜”与“钻环”音不近,形不似,意义也风马牛不相及,除非经理神经有毛病,不然也不会将鼓膜说成钻环。原因在于法语与汉语具有不同的“音、形、义”结合系统,而翻译的任务正是要克服这种差异,以达到不同语言读者之间的交流。然而,为了全面传达原文的精妙之处,在克服这种差异的同时,又不得不表现这种差异。换言之,在一般交流中不必译的因素,如“音、形”因素,在特殊交流中却要设法传达出来,因为它们具有附加价值,比如普鲁斯特就善于利用俗语、谐音、双关、文字游戏等特殊手段来创造意在言外的效果。一般

1 贾斯廷·温特尔编,《现代世界文化词典》,祁阿红等译,江苏人民出版社,1988 年,第 534 页。

来说,如果上述手段的运用机制建立在词义相似上,传译是有可能的,但如建立在音、形相似之上,就不可译了。因此,只得另想办法,以相似的手段去传达原文类似的效果。如上文中,既然"tympan"与"trépan"的混淆不是因为义近,而是因为音似,所以,就不必把"trépan"译成"钻环"了,倒不如根据其混淆产生的原因,把它译为"耳膜",这样,把"鼓膜"说成"耳膜",对一个缺乏文化修养的人来说,倒是可能的,基于这一考虑,我们把上面这段话译为:

他(饭店经理)向我宣布,把我安置在饭店最高层,"我希望,"他说,"希望您别把这看作不失礼,我为给您安排了一间您不配的房间感到过意不去,不过,我将这与噪声作了权衡,因为这样,您头上就不会有人吵得您耳膜(指鼓膜)发胀了……"

记得我在一篇谈翻译的随笔中说过,普氏是位语言大师,无论写物状景,还是议论说理,都极讲语言气势,富于表现力,透着一种动态的美。翻译中,我们也尽可能注意传达这一点。如下面两段文字:

A. Elles (les gouttes d'eau) contrariaient de leurs hésitations, de leur trajet inverse, et estompaient de leur molle vapeur la rectitude et la tension de cette tige, portant au-dessus de soi un nuage oblong fait de mille gouttelettes, mais en apparence peint en brun doré et immuable, qui montait, infrangible, immobile élancé et rapide, s'ajouter aux nuages du ciel. (p.657)

B. Mais il faut savoir aussi ne pas rester insensible malgré la banalité solennelle et menaçante des choses qu'elle dit, son héritage maternel et la dignité du "clos", devant une vieille cuisinière drapée dans une vie et une ascendance d'honneur, tenant le balai comme un sceptre, poussant son rôle au tragique, l'entrecoupant de pleurs, se redressant avec majesté. (p.778)

A 段是状景,B 段是议论。两段文字结构相似,气势相仿,读后都感到有一种一气呵成、一贯到底的气韵,这就要求译文不仅要行文流畅,用词精当,而且要注意传达原文的动感。我的译文是这样的:

A. 小水珠犹犹豫豫，反向而行，与笔直上升、刚劲有力的水柱分庭抗礼，给它周围布上一片迷蒙而柔弱的水雾，水柱顶端一朵椭圆形的云彩，由千万朵水花组成，表面像镀了一层永不褪色的褐金，它升腾着，牢不可破地死死抱成一团，迅速冲向天空，与行云打成一片。

B. 但是，如果面临一位老迈的厨娘，神气活现，洋洋得意，手握扫把如执权杖，老娘天下第一，常常哭闹着甩手不干，干起来又威风凛凛，对这样的人，尽管她说起话来小题大做，咄咄逼人，尽管她自恃是母亲身边来的人，也是“小圈子”的尊严，你也要善于对她作出反应，切勿听之任之。

译文是否得体，原文的气势、动态美是否有所传达，译者实在没有多大把握，尚望读者指教。

上面谈了一些翻译普氏作品的难处，也坦诚地将自己如何采取“变通”的办法、“克服”这些难处向大家作了交代。我曾经说过，翻译普氏的作品，总是对作者怀有一种沉重的负罪感，事实上我也有负于原作。本来一部光彩四溢的世界名著，由于自己的功力不足，水平有限，经我传译的那部分有不少地方恐怕已是面目全非，黯然失色了。所谓的自我评价，严格地说，是一种忏悔，一份检查。

译本整体效果评价

——评《追忆似水年华》卷一汉译

一部新的文学作品问世，往往伴之以评论，有时还可引起极大的“轰动效应”。然而，文学翻译作品与读者见面，除某些商业性的宣传活动（如“新书发布会”、签名销售活动等）之外，很少会有对翻译本身进行比较及研究的评论与之进行配合。产生这一现象的原因有多种，但最重要的一条，是人们对批评新译本的重要性认识不足，同时，对翻译评论的作用的看法也不全面。在目前阶段，仿佛文学翻译仅仅局限于原文与译文的正误判别与总体感觉，很少从文化、语言与审美等各个层次去进行多角度的发掘。此外，一篇翻译批评文章，似乎最顾及的是对译本的“优”与“劣”下个结论，而不是通过科学的比较与分析，探讨翻译的障碍与可行性，为翻译质量的提高提供可资借鉴的方法。至于译评对文学作品本身的透视以及对译者的价值取向和依据的探讨，就更容易被忽视了。我们认为，对富有价值的新译作的问世，有必要积极开展评论，主要目的除上面所述的两点之外，还有重要的一个方面，那就是通过翻译批评，给读者阅读作品提供新的视角。《追忆似水年华》是一部“超时代，超流派”的杰作：它“空前大胆地运用了客观第一人称的叙事手法；它强调了知觉过程的相对性；它离经叛道，摆脱了线性时序的束缚；它通过形象、关联和巧合安排了宏丽的布局”。[1]这样一部作品,艺术手段独特新奇,笔触细腻至极,其中蕴含之奥秘必经细细研读,方可捕捉、领悟,被法国文学界视为“不可移植”的民族文化精华,也被国际译坛称为“表明翻译之限度”的典型作品。1989年6月,译林出版社推出了该书的卷一《在斯万家那边》,由驰名中国译界的两位译家李恒基、徐继曾先生执译。这里,我们从几个具有代表意义的侧面来看全卷翻译的整体效果和有关问题,探讨一下译本的成功因素,并为读者释读作品提供一点方便。

译普鲁斯特之难,首先难在理解。《追忆似水年华》在法国文坛有“最深奥细腻”的文学精品之称,一般的法国大学生也很难尽悟其中之奥妙。小说开头一句是这么写的:

Longtemps, je me suis couché de bonne heure.

这句话看似十分简单,句子简短,用词通俗,我曾见过两种译文:

(1)很久以来,我就早早地睡觉了。
(2)我很久就早早地躺下了。

细作推敲,这两种译文都不合逻辑,问题的关键在于 longtemps 一词与全句的关系不明,而且句中 se coucher 一词的时态用法也有些特殊之处。实际上,se coucher 的复合过去时表示动作完成,而 longtemps 一词又限定表示了过去很长一段时间里,每天都是“早早地躺下了”这一动作的重复性。李恒基先生据此译为:“在很长一段时间里,我都是早早就躺下了。”这是再贴切不过了。

这是一个极其简单的句子,稍不留心,却会出现传译之误。然而,在普氏的这部巨著中,这句话可算是最易理解的了。《追忆似水年华》以追忆为手段,借助超时空概念的潜在意识,凭借现时的感觉与昔日的记忆,通过嗅觉、味觉、听觉和触觉,立体、交叉地重现似水年华,追寻生命之意义。为了表达的需要,作者调遣了独特的句法手段,其中突出的一点就是采用或连绵,或并

1 贾斯廷·温特尔编,《现代世界文化词典》,祁阿红等译,江苏人民出版社,1988年,第532页。

列、交错的立体句法结构,句子长、容量大、结构巧,形成了为表达原作复杂、连绵、细腻的意识流动过程,为创造意在言外的微妙意境或起伏跌宕的思维运动而刻意追求的独特风格。小说中多复合句,长达十余行的“连环”句比比皆是,有的甚至长达数十行,卷一那个描写卧室的名句竟长达56行,共计222个音义单位(原文见 Folio 版,第14—15页),按法国著名文体学家孔拉·毕罗的解释,其中最复杂的部分达11级,理解之难可想而知,传译之难自不待言。在这一方面,李恒基和徐继曾两位先生都在力求吃透原文精神,理清原作脉络,领悟原文所意欲追求的风格和意境,以及掌握原文所特有的表达色彩的基础上,通过调遣汉语系统中相应的句法、词汇手段,将原文所蕴含的奥妙逼真、自然地传达出来。

Sans doute, dans le Swann qu'ils s'étaient constitué, mes parents avaient omis par ignorance de faire entrer une foule de particularités de sa vie mondaine qui est cause que d'autres personnes, quand elles étaient en sa présence, voyaient les élégances régner dans son visage et s'arrêtait à son nez busqué comme à leur frontière naturelle; mais aussi ils avaient pu entasser dans ce visage désaffecté de son prestige, vacant, spacieux, au fond de ces yeux dépréciés, le vague et doux résidu-mi-mémoire, mi-oubli-des heures oisives passées ensemble après nos dîners hebdomadaires, autour de la table de jeu ou au jardin, durant notre vie de bon voisinage campagnard. (p.28)

这是描写小说主要人物之一斯万的面部形象的一个复合句,用并列句、串句的交错结构构成,虽然句法复杂,但文理自然,一气呵成。李恒基先生是这样译的:

也许,我的姨祖母、外祖父和外祖母在勾画斯万的形象时,由于无知而删略了他在社交场合中所具备的许多特点,而在别人看来,他的眉宇间充满了一股风流倜傥的英俊气息,只是这般潇洒之气,遇到他的鹰嘴鼻,就像遇到了天然屏障那样驻足留连;但是,他们也能在斯万那张失去了魅力的脸盘上,在那片空荡荡的、开阔的眉宇间,在那双已经贬值的眼睛的深处，堆积起半是记忆半是遗忘、模糊而亲切的残迹，那是我们在乡居期间与芳邻每周一次共进晚餐之后，在牌桌边或花园里一起度过的闲暇时光所留下的残迹。（第 20 页）

对照原著和译文，可以看到，不仅句式气势相当，神韵情调相仿，而且词义选择精当、贴切。

通读李、徐两位先生的译文，感到他们有一个突出的共同点：在处理作品的长句时，充分捕捉原文句法及其他形式因素所蕴含的意义或美学价值，尽量采用符合汉语规范的句法结构和修辞手段，注意照顾汉语读者的欣赏习惯，尊重汉语这一符号系统特有的达意、传情规律，比较理想地实现了语义层次的传译。就翻译技巧而言，他们可谓技艺娴熟，充分调遣法译汉各种可行的方法与技巧，如词类转换、逆序译法、分拆译法、拟意译法，尤其采用了重叠与反复的手段，如法语关系从句先行词的重复，较为圆满地处理了原文中大量关系从句的翻译。请比较下面一句原文和译文：

La simple gymnastique élémentaire de l'homme du monde tendant la main avec bonne grâce au jeune homme inconnu qu'on lui présente et s'inclinant avec réserve devant l'ambassadeur à qui on le présente avait fini par passer, sans qu'il en fût conscient, dans toute l'attitude sociale de Swann, qui vis-à-vis de gens d'un milieu inférieur au sien comme étaient les Verdurins et leurs amis, fit instinctivement montre d'un empressement, se livra à des avances, dont selon eux un ennuyeux se fût abstenu. (p.244)

社交界人士在向别人介绍给他们的不相识的年轻人优雅地伸出手来，或者是向别人为之介绍的一位大使不卑不亢地躬身时，那简直是一种基本的体操动作，在不知不觉之间，渗透到斯万的整个社交活动中，因此让他面对像维尔迪兰夫妇和他们的朋友这些地位比他低下的人时，本能地表示出一种殷勤，主动接近他们，而这在他们看来，一个"讨厌家伙"是绝不会如此的。（第 202 页）

原文句子较长，且 qui，que，dont 等关系代词和关系副词齐全，并用了串句等形式,译文顾及汉语的文理和表达习惯,处理得体。从总的效果看,神韵与形貌都很接近原文,译文准确、流畅。

特别值得一提的,是李、徐两位先生的译文,丝毫没有洋腔洋调,译笔自然,韵味浓郁,文字精练传神。且读下面一段译文:

> ……我想起了夏天的房间。那时人们喜欢同凉爽的夜打成一片。半开的百叶窗上明媚的月亮,把一道道梯架般的窈窕的投影,抛到床前。人就像曙色初开时在轻风中摇摆的山雀,几乎如同睡在露天。(第8页)

暂且不谈译文是否准确传神,单就译笔之酣畅,行文之优美(原文亦美)而论,足见译者驾驭汉语能力之高超,艺术修养之深厚。

《追忆似水年华》富有艺术魅力,语言生动、形象,作者"比同时代任何作家都更加理解形象的'至上'的重要性;他知道形象借助类比使读者窥见某一法则的雏形,从而得到一种强烈的智力快感;他也知道使形象常葆新鲜"。[1]语言的形象化通常借助于比喻这一手段,因此,在普鲁斯特的作品中,比喻异常丰富;同时,由于普氏强调比喻应该在事物后面唤起读者味觉、嗅觉、触觉这一类永远真实的基本感觉,以增加作品的艺术感染力,所以这部作品中布满新奇的"形象花束"。

> ...Puisque cette salle à manger interdite, hostile, ou il y avait un instant encore, la glace elle-même—le "granité"—les rince-bouches me semblaient recéler des plaisirs malfaisants et mortellement tristes parce que maman les goûtait loin de moi, s'ouvrait à moi et, comme un fruit devenu doux qui brise son enveloppe, allait faire jaillir, projette jusqu'à mon coeur enivré l'attention de maman tandis qu'elle lirait mes lignes. (p.41)

文中将门比作水果,把门即将敞开,比作水果熟透了皮,比喻大胆,写物穷情,把象、情、义有机地融为一体。李恒基先生的译文是这样的:

---

1 安德烈·莫罗亚,"序",施康强译,见马塞尔·普鲁斯特,《追忆似水年华》,李恒基、徐继曾等译,译林出版社,1989年,第13页。

一秒钟之前，我还觉得餐桌上的冰冻甜食——“核桃冰激凌”以及漱口盅之类的享受无聊透顶，邋遢可憎，因为我的妈妈是在我不在场时独自享受的。可现在，那间原来对我极不友好、禁止入内的餐厅，忽然向我敞开了大门，就像一只熟得裂开了表皮的水果，马上就要让妈妈读到我便条时所给予我的亲切关注，像蜜汁一般从那儿流出来，滋润我的心房。（第 32 页）

这段译文词明意达，与原文铢两悉称，把原文以比喻所着意渲染的孩童心情，以及字里行间的神韵与意趣，传达得自然、贴切、活脱。

在《追忆似水年华》中，普鲁斯特特别注意运用隐喻，以揭示某一陌生事物或某一难以描写的感情与一些熟悉事物的相似之处，帮助读者想象这一陌生事物或体味这一感情。作品中有这么一段文字，借助隐喻手段，以形象的语言，描绘教堂彩绘大玻璃的光彩：

…Mais soit qu’un rayon eût brillé, soit que mon regard en bougeant eût promené à travers la verrière, tour à tour éteinte et rallumée, un mouvant et précieux incendie, un instant d’après elle avait pris l’éclat changeant d’une traîne de paon, puis elle tremblait et ondulait en une pluie flamboyante et fantastique qui dégouttait du haut de la voûte sombre et rocheuse, le long des parois humides …(p.76)

……但是，也许因为有一道光芒倏然闪过，也许因为我的转动的目光透过那面忽明忽暗的彩色长窗，看到了一团跃跃蹿动、瑰丽无比的烈火，顷刻间那面彩色长窗忽然迸射出孔雀尾那样变化多端的幽光，接着它颤颤悠悠地波动起来，形成一丝丝亮晶晶的奇幻的细雨，从岩洞般的昏暗的拱顶，淅淅沥沥地沿着潮湿的岩壁滴下。（第 62 页）

这是一幅多么瑰丽而又奇幻的图景，语言富有动感，译者充分抓住这一特点，以动态还其动态，将文中“bougeant”“mouvant”“changeant”“tremblait et ondulait”“dégouttait”分别译为“转动”“跃跃蹿动”“变化多端”“颤颤悠悠地波动”“淅淅沥沥地……滴下”，原文的词汇动态色彩得到了充分传达，自然而又贴切地完成了从“烈火”到“幽光”，继而又到“细雨”的形象变化，文字刻意求工,而又不失自然,绝无雕琢之痕,激发了读者的遐思,给人以愉悦的艺术享受。

普氏文笔细腻,比喻新奇,要自然地再现原文所精心刻画或描绘的文学形象,难度很大。令人欣喜的是,译者没有回避困难,采用情有可原的变具体为抽象的转换译法,而是尽量探索各种行之有效的积极手段,将原文新鲜、多彩而又富于变幻的图景完整地呈现在读者眼前,同时,各种形象所蕴含的意趣和情感在译文中也曲尽其妙。

> Un petit coup au carreau, comme si quelque chose l'avait heurté, suivi d'une ample chute légère comme de grains de sable qu'on eût laissés tomber d'une fenêtre au-dessus, puis la chute s'étendant, se réglant, adoptant un rythme, devenant fluide, sonore, musicale, innombrable, universelle: c'était la pluie. (p.125)
>
> 窗户上好像有什么东西碰了一下,接着又像有人从楼上的窗户里撒下一把沙子,簌簌地往下落,后来这落下的声音扩散开去,规整得有板有眼,变成了潺潺的水声,淙淙地响起来,像音乐一般,散成无数小点,到处盖满,下雨了。(第 104 页)

原文语言形象,用词简短,最后一连五个形容词使人未见雨点,先闻其声,意味隽永。译者没有亦步亦趋地一字一字对应译出,而是抓住全句用词的动态与形象色彩,按照汉语的行文规律和汉语读者的审美旨趣,采用词类转换的译法,创造性地用五个精练的短句,再现原文流畅、新奇的文字所描绘的优美意境,译笔文理自然,如行云流水,美不胜收。

为了节省篇幅,请读者自己比较与欣赏下面几个译例,看看译者是如何忠实而富有创造性地再现原作形象的:

> A la fin, elle (la note) s'éloigna, indicatrice, diligente, parmi les ramifications de son parfum, laissant sur le visage de Swann le reflet de son sourire. (p.254)
>
> 最后,这个不倦的指路明灯式的乐句随着它芳香的细流飘向远方,在斯万的脸上留下了他微笑的痕迹。(第 211 页)

Elle (la note) passait à plis simples et immortels, distribuent çà et là les dons de sa grâce, avec le même ineffable sourire … (p.262)

这个乐句以单纯而不朽的步伐向前移动,带着难以用言语形容的微笑,将它的优美作为礼品向四面八方施舍……(第 218 页)

Mais à ce nom de Guermantes, je vis au milieu des yeux bleux de notre ami se ficher une petite encoche brune comme s'ils venaient d'être percés par une pointe invisible, tandis que le reste de la prunelle réagissait en sécrétant des flots d'azur. (pp.154 – 155)

但是,我发现我的好朋友一听到盖尔芒特这个姓氏,他的蓝眼珠中央立刻出现一个深褐色漏洞,好像被一根无形的针尖捅了一下似的,眼珠的其他部分则泛起蔚蓝色的涟漪。(第 219 页)

类似的例子不胜枚举,无论原文比喻多么新奇,拟人多么大胆,隐喻多么巧妙,译文都尽可能准确而又完美地加以再现,而且遣词分寸得当,色彩浓淡相宜,这不能不说是这部汉译本的主要成功因素之一。

《马氏文通》的作者马建忠先生曾经提出"善译"的标准。他以为译者必须对出发语与目的语"深嗜笃好",深谙其"同异之故",要对"所有相当之实义,委曲推究,审其之高下,析其字句之繁简,尽其文体之变态,及其义理情深奥析之所由然"。只有"确知意旨之所在",才能"摹写其神情,仿佛其语气","心悟神解,振笔而书",做到"能使阅者所得之益与观原文无异"。按照马建忠先生提出的标准,衡量李、徐两位先生的译文,可以说是"善译"的一个积极证明。

应该指出,这部汉译本的成功,也渗透着编者的心血和集体的智慧。据笔者所知,为了保证译文质量,尽可能保持全书风格和体例统一,编者曾采取许多积极措施,如开译前制定了"校译工作的几点要求",印发了各卷内容提要、人名地名译名表及各卷的注释;开译后又多次组织译者经验交流,相互传阅和评点部分译文,就此书的译名,还专门在北京大学组织了我国法国语言文学界的有关专家和参加全书翻译的同志进行专题讨论。这种严肃、认真的态度和采取的相应措施对把握原著的文笔与风格特色,尽可能使译文既保持原著的内容又再现原作的丰姿，无疑有着不可低估的积极作用。但是，更重要、更直接的是，译者丰厚的艺术功力，驾驭法汉两种语言的高超能力，娴熟的翻译技巧和认真负责的译风，使这部译作达到了较高的水准。无论从整体效果上，还是对具体的译文进行细析，译者呈现在我们眼前的是一个比较忠实、可信的普鲁斯特的形象。

当然，译文也不可避免地带有译者的影子，尤其在文字风格方面。李恒基、徐继曾两位先生的译文有着特征明显的差异：李先生文字细腻而凝练，徐先生译笔流畅而多姿。但是，他们的译文都力求达到，也确实达到了这样一个境界：刻意求工，自然传神。因为他们深知“最优秀的普鲁斯特，本色的普鲁斯特，都在风格上刻意求工的同时不失自然”。

世界上没有绝对意义上的十全十美的艺术精品。同样，这部汉译本也不可能绝对完美无瑕。由于原著含义深奥，用词奇特，理解难，传达更难，所以译文中也难免有失误之处，如上文提到的那个描写卧室的著名长句是这么结尾的：

> Tandis que j'étais étendu dans mon lit, les yeux livrés, l'oreille anxieuse, la narine rétive, le cœur battant, jusqu'à ce que l'habitude eut changé la couleur des rideaux, fait taire la pendule, enseigne la pitié à la glace oblique et cruelle, dissimulé, sinon chassé complètement, l'odeur du vétiver, et notablement diminué la hauteur apparente du plafond. (p.15)
>
> （我）只是直挺挺地躺在床上，忧心忡忡地竖起耳朵谛听周围的动静，鼻翼发僵，心头乱跳，直到习惯改变了窗帘的颜色，遏止了座钟的絮叨，教会了斜置着的那面残忍的镜子学得忠厚些。固然，香根草的气味尚未完全消散，但毕竟有所收敛，尤其要紧的是天花板的表面高度被降低了。（第 8 页）

对照原文和译文，最后两个分句的译文似乎与原文有出入，而且在中间断句也恐怕有伤原句的气势，是否可以稍作改动，这样处理：

> ……一直到习惯终于改变了窗帘的颜色，遏止了座钟的吵闹，教会了斜置着的那面残忍的镜子学得忠厚些，淹没了，如果不是完全驱散了

的话，香根草的味道，特别是减低了天花板显眼的高度。

另外，在地名的翻译上也有个别失误之处，如把 le prince de Galles 译为“高卢公爵”，“le prince”非“公爵”，Galles 也不是“高卢”，按法国权威的《罗贝尔人地名词典》，Galles 的英文写法为 Wales，即“威尔士”，为英国本土的一部分，位于大不列颠岛西南部。令人惊喜与欣慰的是，三十余万字的译文中，类似的失笔之处极少。如果按“思维、语义、美感三层次和谐统一”的标准加以衡量，那么这的确是一部体现当代译界水平的上乘译作。写到这里，想起了法国翻译理论家乔治·穆南那语不惊人却深谙翻译之真谛的论断：“翻译是可行的，但是有限度。”这种可行性及限度固然与翻译的客体特性有关，但具体到某部作品而言，一位高明的译家也许可以使翻译的可行性提高，其限度得以降低，《追忆似水年华》卷一汉译本的两位译家就提供了一个令人信服的佐证。

句子与翻译

——评《追忆似水年华》汉译长句的处理

文学翻译,有个创造性的问题。但创造的度若把握不好,就会弄巧成拙,变创造为叛逆。一般来说,翻译一部文学作品,人们大都在词的精译妙译上下功夫,相比之下,在句子的处理上,往往会出现疏忽原文结构及其表达功能的倾向。

读我国翻译大师的译作,也许会发现这样一个带有普遍性的问题:原文本来是一段,到了译文中成了几段;原文的一个长句,译文中化成了几个短句。总之,在句子以及段落的处理上比较自由,标点改动就更不乏其例了。倘若要探究这一现象的原因,恐怕不是一两句话就可说明的,但归结起来,从译者的主观方面看,主要有两条:一是为了尊重汉语读者的阅读习惯;二是为了符合汉语的行文规律。一个译者,处理译文想到这两个方面,是必要的,也是有益的;但是,如果处理译文仅仅依据这两个因素,就可能会事与愿违,违背了原文的意旨,达不到传达原文独特的韵味、气势的目的。

就说《追忆似水年华》的翻译,句子的处理就极为微妙、棘手。普鲁斯特是个擅写长句的天才。在《追忆似水年华》中,长达七八行的句子比比皆是,十余行的长句不足为怪,最长的达56行(见collection folio 1980年版*Du côté* *de chez Swann* 第 14—15 页)。这里,暂且不论这些长句的神韵、魅力和美感,单就其客观存在而言,起码可以说是普氏作品的一种特殊编码,一种有别于他人的风格标志。若为汉语行文方便,把普鲁斯特的长句简单地化为短句,那恐怕连最基本、最具体的普鲁斯特也不复存在了。

普鲁斯特的作品多长句,有着两个方面的因素:一是个性使然;二是表达需要。据法国最权威的普鲁斯特研究专家之一,巴黎第三大学教授米伊先生在中国首次举办的普鲁斯特国际学术研讨会(1991 年 11 月于北京)上介绍,普鲁斯特从小就有写长句的倾向,在他中学时代写的日记里,长达数十行的句子并不鲜见。就此而言,长句是普鲁斯特文字风格的一个明显的区别性特征。在法国文学家中,有两位公认的长句作家:一位是当代新小说派作家,诺贝尔文学奖得主克洛德·西蒙;另一位就是普鲁斯特。

诚然,普鲁斯特的长句有着习惯使然的成分,但作为一个作家,他更善于探索一种能贴切而自然地传达自己思想的文学风格,利用句法的优势,借用连绵、并列或交错的大容量立体句法结构,以表现其复杂、连绵、细腻的意识流动过程,将句法结构手段与意识流动的特征有机地结合起来,形成独特的风格,达到形与神的完美化境。那么,《追忆似水年华》的汉译者们是否传达了原文中这种形与神完美结合所创造的特有意境与神韵呢?他们采取的是何种手法?在长句处理与传译中,又有哪些障碍与局限呢?

回答这些问题之前,我们不妨先探索一下普鲁斯特的长句在构建上采用了哪些手段,具有哪些功能和价值。

1. 大量使用主从复合句形式。一般来说,要写长句,离不开复合句形式,而这种形式所表示的主从关系,可以是明示的,也可以是暗示的。主从复合句形式少不了关系代词,通过关系代词、关系副词等,句子不断拉长,形成不同的层次。如第一卷的第 24 页有这么一句话:

(1) L'ignorance où nous étions de cette brillante vie mondaine que menait Swann tenait évidemment en partie à la réserve et à la discrétion de son caractère, mais aussi à ce que les bourgeois d'alors se faisaient de la société une idée un peu hindoue, et la considéraient comme composée de castes fermées où chacun, dès sa naissance, se trouvait placé dans le rang qu'occupaient ses parents, et d'où rien, à moins des hasards d'une carrière

exceptionnelle ou d'un mariage inespéré, ne pouvait vous tirer pour vous faire pénétrer dans une caste supérieure. (*Du côté de chez Swann*, p.24)

我们对斯万在交际场中豪华生活一无所知,显然部分原因是他本人守口如瓶、性格矜持,但还有部分原因是由于当时的布尔乔亚对整个社会抱有一种印度种姓式的观念,总认为社会是由封闭的种姓阶层组成的,一个人自呱呱坠地那天起,就永远属于他父母所在的阶层,除掉某些偶然情况外——譬如在某个行业中出人头地,或者同门第不相当的家庭联姻,此外再没有别的途径能跻身到高一等的阶层中去。(《在斯万家那边》,李恒基、徐继曾译,第 16 页)

在这个句子中,关系副词 où 使用了三次,关系代词 que 用了两次,另外还有过去分词引出的限定成分。从句子的从属性延伸的层次看,全句的级数为六。这类句子在《追忆似水年华》中占有很大的比例。

2. 借用插入或括号、破折号等手段,加大句子容量,力求文笔多变。读《追忆似水年华》,不难发现普鲁斯特经常借用( )或—...—的形式,或干脆用逗号等,插入补充性的或解释性的、次要的语言信息。如卷一第 19 页:

(2) Quand ces tours de jardin de ma grand-mère avaient lieu après dîner, une chose avait le pouvoir de la faire rentrer: c'était—à un des moments où la révolution de sa promenade la ramenait périodiquement, comme un insecte, en face des lumières du petit salon où les liqueurs étaient servies sur la table à jeu—si ma grand-tante lui criait:"Bathilde! viens donc empêcher ton mari de boire du cognac!" Pour la taquiner, en effet (elle avait apporté dans la famille de mon père un esprit si différent que tout le monde la plaisantait et la tourmentait), comme les liqueurs étaient défendues à mon grand-père, ma grand-tante lui en faisait boire quelques gouttes. (*Du côté de chez Swann*, p.19)

倘若我外祖母的这类园内跑步发生在晚饭之后,那么只有一件事能让她像飞蛾扑火一样立刻回来。小客厅里亮灯的时候,准是牌桌上已经有饮料侍候,这时姨祖母大叫一声:"巴蒂尔德!快来,别让你的丈夫喝白兰地!"在园内转圈儿跑步的外祖母就会争分夺秒地赶回来。为了故意逗她着急(外祖母把一种完全不同的精神带进了我们的家庭中来,所以大伙儿都跟她逗乐,存心作弄她),我的姨祖母还当真让我的外祖父喝了几口他不该喝的酒。(《在斯万家那边》,李恒基、徐继曾译,第12页)

这个句子结构并不复杂,但括号与破折号引出的句子给句子增添了外在的、解释性的内容。从严格意义上来说,括号与破折号里的成分一般均为注释性的,与正文的文意不一定连贯,往往用以表示语意的转换、跃进、中断或延伸。从叙事角度上,有变换与移动叙事角度的功能。

3. 多分词句。普鲁斯特在运用分词句方面,可谓新奇大胆,一个句中,有时可见数个分词句,有现在分词,也有过去分词,或用于限定,或用于解释。请见下面一例:

(3) Cependant, ces jours de goûter, m'élevant dans l'escalier marche à marche, déjà dépouillé de ma pensée et de ma mémoire, n'étant plus que le jouet des plus vils réflexes, arrivais à la zone où le parfum de Mme Swann se faisait sentir. (*A l'ombre des jeunes filles en fleurs*, p.98)

每次去喝茶时,我一级一级地爬上楼梯,来到散发着斯万夫人香水气味的地区。我已失去思维和记忆,仅仅成为条件反射的工具。(《在少女们身旁》,桂裕芳、袁树仁译,第66页)

例(3)的主句很短,只有三个词,而全句通过两个现在分词句和一个过去分词句,把整个重心引向了对全句主语“我”的状态描述。

4. 多比较成分。在《追忆似水年华》中,最突出的句型之一是比较句,利用 comme, de même que 等连词或连词短语,在不断扩充句子和加大容量的同时,对事物的特征进行别具一格的描绘或渲染,给读者以鲜明、深刻的印象。应该说,comme 一词在普鲁斯特的笔下具有特殊的功能,使用频率也很高。《追忆似水年华》的开头一段,comme 就出现了五次,其中一句写道:

(4) Je me demandais quelle heure il pouvait être; j'entendais le sifflement des trains qui, plus ou moins éloigné, comme le chant d'un oiseau dans une forêt relevant les distances, me décrivait l'étendue de la

campagne déserte où le voyageur se hâte vers la station prochaine ... (*Du côté de chez Swann*, p.10)

我不知道那时几点钟了;我听到火车鸣笛的声音,忽远忽近,就像林中鸟儿的啭鸣,标明距离的远近。汽笛声中,我仿佛看到一片空旷的田野,匆匆的旅人赶往附近的车站……(《在斯万家那边》,李恒基、徐继曾译,第3页)

句中的comme引出了"林中鸟儿的啭鸣",这种比喻的功能暂且不论,值得注意的是,comme及其引出的语言成分在普鲁斯特的神笔的调遣下,具有无比的灵活性和伸缩性。所谓灵活,是指位置灵活,作者可随意将之安置在某个可比较的成分之后;而伸缩性,是指容量可大可小,有时comme后面,只跟短短的一两个词,如《追忆似水年华》第一段中的"...à qui elle apparaissait comme une chose sans cause, incompréhensible, comme une chose vraiment obscure",可有时借助于关系代词或关系副词,可以不断延伸并扩展。

普鲁斯特的长句的构成除这四个最明显的特征之外,还有不少辅助手段。有必要说明的是,普鲁斯特常常是交叉使用这些构建方式,使句子显得起伏多变。那么,这些方法与句式的运用,到底有着何种价值呢?

我们知道,《追忆似水年华》"第一主题,是时间"(莫罗亚语)。作者试图以艺术手法,追寻已经失去的时间,重现生命之春,而这种追寻的过程,离不开"回忆"这一手段。正是在这个意义上,莫罗亚在他为《追忆似水年华》作的"序"中指出:"普鲁斯特的主要贡献在于他教给人们某种回忆过去的方式。"要回忆过去,人们可以借助智力与推理。但对普鲁斯特来说,他凭借的是现时的感觉与过去的记忆重新涌现的偶合。为了再现这种回忆往事的潜意识流动过程,普鲁斯特充分发挥了他的语言天才,将语言形式与表达的内容融为一体。我们发现,他的独特的句法手段与他描述潜意识流动过程的需要是不可分的:他大量使用关系代词,形成长河式的句式,恰恰是为了表现潜意识流动的连绵性;句中复杂多变的时态与他回忆过去的交叉思维特征也是息息相关的;至于插入句和括号、破折号引出的句子成分,与潜意识流动的不定向性、叙事者与回忆者的角度变换等无不密切相连。因此,这就要求译者在传译中要尽量调遣对应或相似的句法手段,传达普鲁斯特借用其独特的句法手段所着意表现的意韵。那么,《追忆似水年华》汉译本的译者们是怎样处理普鲁斯特的长句的呢？

《追忆似水年华》汉译本是个集体合作翻译的成果，参加翻译的译家有十余位。由于每位译家对原文句法结构所蕴含的价值理解深度不一，对中法文句法手段之间存在的差异认识有别，更由于对如何处理长句的观点不尽一致，因此，在具体的翻译中，遵循的原则和采取的方法也必然有别。但从上文的四个例句看，我们不难发现一些比较普遍、具有共性的处理方法：一是变动语序，如例(2)，将破折号内的修饰成分提前，打乱整个语序，重新组织；又如例(4)，将主语提前，将由过去分词和现在分词引出的成分置后。二是变动标点，如例(1)中加了单破折号；例(2)中去掉了破折号，将原文的一个长句变成三个句子；例(3)将原句割成两个短句；例(4)也采取同样方法，将长句切短，化一为二。

从《追忆似水年华》其他各卷的翻译情况看，这种变换标点、将长句化短，同时打乱原文次序、重新组织的译法相当普遍。如：

(5) A l'âge où les Noms, nous offrant l'image de l'inconnaissable que nous avons versé en eux, dans le même moment où ils désignent aussi pour nous un lieu réel, nous forcent par là à identifier l'un à l'autre, au point que nous partons chercher dans une cité une âme qu'elle ne peut contenir mais que nous n'avons plus le pouvoir d'expulser de son nom, ce n'est pas seulement aux villes et aux fleuves qu'ils donnent une individualité, comme le font les peintures allégoriques, ce n'est pas seulement l'univers physique qu'ils diaprent de différences, qu'ils peuplent de merveilleux, c'est aussi l'univers social: alors chaque château, chaque hôtel ou palais fameux a sa dame ou sa fée, comme les forêts leurs génies et leurs divinités les eaux. (*Le côté de Guermantes*, p.11)

这个句子长达十余行，其中较为突出的是 l'âge 一词的限定成分，由关系副词 où 带出，占了全句三分之二的篇幅。潘丽珍与许渊冲先生的译文作了处理，先译 l'âge 一词的限定成分，作为一个独立的句子，然后再用指示形容词“这个”作为与原句中主句的连接，构成第二个句子：

我们把不可知给了名字,因而名字为我们提供了不可知的形象,同时,也给我们指明了一个实体,迫使我们把名字和实体统一起来,甚至我们可以动身去某个城市寻找一个为该城市所不能容纳、但我们不再有权剥夺其名称的灵魂。在这样一个时代,名字不仅像寓意画那样使城市和河流有了个性,不仅使物质世界五光十色,绚丽多姿,而且使人类社会呈现出光怪陆离的画面:每一个城堡、公馆或宫殿,都有它们的女主人或仙女,正如森林有森林神,水域有水域神一样。(《盖尔芒特家那边》,潘丽珍、许渊冲译,第 2 页)

又如卷二《在少女们身旁》原文第 265—266 页,有一个近 20 行的长句:

(6) Mais enfin le plaisir spécifique du voyage n'est pas de pouvoir descendre en route et s'arrêter quand on est fatigué, c'est de rende la différence entre le départ et l'arrivée non pas aussi insensible, mais aussi profonde qu'on peut, de la ressentir dans sa totalité, intacte, telle qu'elle était en nous quand notre imagination nous portait du lieu où nous vivions jusqu'au cœur d'un lieu désiré, en un bond qui nous semblait moins miraculeux parce qu'il franchissait une distance que parce qu'il unissait deux individualités distinctes de la terre, qu'il nous menait d'un nom à un autre nom, et que schématise (mieux qu'une promenade où, comme on débarque où l'on veut, il n'y a guère plus d'arrivée) l'opération mystérieuse qui s'accomplissait dans ces lieux spéciaux, les gares, lesquels ne font presque pas partie de la ville mais contiennent l'essence de la personalité de même que sur un écriteau signalétique elles portent son nom. (*A l'ombre des jeunes filles en fleurs*, pp.265 - 266)

袁树仁先生的译文是这样的:

但是归根结底,旅行特有的快乐并不在于能够顺路而下,疲劳时便停下,而走使动身与到达地点之间的差异不是尽量使人感觉不到,而是使人尽可能深刻感受到;在于完全地、完整地感受这种差异,正如我们的想象一个跳跃便把我们从自己生活的地方带到了一个向往地点的中心时,我们心中所设想的二者之间的差异那样。这一跳跃,在我们看来十分神奇,主要还不是因为穿越了一段空间距离,而是它把大地上两个完全不同的个性联结在一起,把我们从一个名字带到另一个名字那里,在火车站这些特别的地方完成的神秘的过程(比散步好,散步是什么地方想停下来就可以停下来,也就不存在目的地的问题了)将这一跳跃图像化了。火车站几乎不属于城市的组成部分,但是包含着城市人格的真谛,就像在指示牌上,车站上写着城市名一样。(《在少女们身旁》,桂裕芳、袁树仁译,第 186 页)

这是一个较为典型的普鲁斯特长句,一环紧扣一环,主句的结构十分简单,但通过各种从属性成分,使句子不断延伸,形成了似乎难以中断的滔滔长河之势,迫使读者跟随着作者思辨推理的轨迹向前走,不容你有半点喘息的机会。因此,这个长句有着其特有的表达功能。而读译文则有一种时断时续的感觉,原文一个长句,被译者处理成了三个句子(尽管如此,切断的句子也不算短),失去了原文那种一贯到底(但有转折)的语势。

如果与原文作一比较,我们还可发现,《追忆似水年华》的汉译本中的标点比原文要多得多,除了将长句化为短句,把逗号改为句号之外,更多的是将原文中并未标点的语言成分割开,标上逗号。这里仅举一例:

(7) Malheureusement ces lieux merveilleux que sont les gares, d'où l'on part pour une destination éloignée, sont aussi des lieux tragiques, car si le miracle s'y accomplit grâce auquel les pays qui n'avaient encore d'existence que dans notre pensée vont être ceux au milieu desquels nous vivrons, pour cette raison même il faut renoncer, au sortir de la salle d'attente, à retrouver tout à l'heure la chambre familière où l'on était il y a un instant encore. (*A l'ombre des jeunes filles en fleurs*, pp.266 – 267)

这个句子共有六个逗号和一个句号。袁树仁先生的译文是这样的:

人们从车站出发,到遥远的目的地去。可惜车站这美妙的地点也是悲剧性的地点。因为,如果奇迹出现,借助于这种奇迹,还只在我们思想中存在的国度即将成为我们生活其中的国度,就由于这个原因,也必须在走出候车室时,放弃马上就会又回到刚才还呆在里面和那个熟悉的房间的念头。(《在少女们身旁》,桂裕芳、袁树仁译,第 187 页)

从形式的角度看,原文的六个逗号增加到七个;句号由一个变成三个,即化一为三,长句形式不复存在。从表达的角度看,原句的严密让位给了译文的明快。

我曾经就标点的使用作过抽样统计,总的情况是,译文的标点多过原文。从七卷十五位译者的译文看,最多的为 3.2 比 1,最少的为 1.8 比 1,也就是说,译文的标点至少也比原文多近一倍。从这个意义上说,普鲁斯特的句子在译文中相应地变短了。

除了标点增多之外,原文的句子结构、词语搭配在译文中也有较大的变动。从七卷译文看,变动的幅度与方法是有一定差异的。卷四《索多姆和戈摩尔》的译者之一杨松河先生在如何再现原句气势方面作了有益且有效的尝试。他认为,要让汉语读者真正品味到普氏长句的神韵与意蕴,感到普氏长句变化多样的结构所表现的一气贯通或跌宕起伏的气势,作为译者,应该尽可能调遣汉语相应的句子结构和句式,把原文的句子结构美传达过来。这里随便举一例:

(8) Je fus monté en ascenseur jusqu'à mon étage non par le liftier, mais par le chasseur louche, qui engagea la conversation pour me raconter que sa sœur était toujours avec le monsieur si riche, et qu'une fois, comme elle avait envie de retourner chez elle au lieu de rester sérieuse, son Monsieur avait été trouver la mère du chasseur louche et des autres enfants plus fortunés, laquelle avait ramené au plus vite l'insensée chez son ami. (*Sodome et Gomorrhe*, p.429)

我们再来看看杨松河先生的译文,就句子语序与原文作一比较分析:

我乘电梯直达我住的那层楼,电梯不是由电梯司机驾驶,而由斜眼服务员掌握，他攀谈起来，告诉我说，他的姐姐一直同极富有的先生一起过，有一回，她想回自己的娘家来，过腻了一本正经的生活，她的先生就来找斜眼服务员的母亲，母亲另有几个孩子，更有些福气，母亲二话没说，当即把不知好歹的女儿追回她的朋友家。（《索多姆和戈摩尔》，许钧、杨松河译，第 371—372 页）

若以翻译方法而论，这是地地道道的直译。令人惊叹的是，译者不仅词词对应，连语序和句式也基本一致。拿杨先生自己的话说，他是尝试顺原文语序而译，尽量不作变动。这里再看一句：

（9）L'attelage du sommeil, semblable à celui du soleil, va d'un pas si égal, dans une atmosphère où ne peut plus l'arrêter aucune résistance, qu'il faut quelque petit caillou aérolithique étranger à nous (dardé de l'azur par quel inconnu?) pour atteindre le sommeil régulier (qui sans cela n'aurait aucune raison de s'arrêter et durerait d'un mouvement pareil jusque dans les siècles des siècles) et le faire, d'une brusque courbe, revenir vers le réel, brûler les étapes, traverser les régions voisines de la vie—où bientôt le dormeur entendra, de celle-ci, les rumeurs presque vagues encore, mais déjà perceptibles, bien que déformées—et atterrir brusquement au réveil. (*Sodome et Gomorrhe*, p.431)

从我们在上文介绍的普鲁斯特长句的特征看，这个句子可谓典型，各种形式并举，有关系从句、结果从句，还有括号成分和破折号成分。杨松河先生基本按照原文形式，一一对应译出。然而，人们一般都认为，由于汉法语言的基本句法之间存在着差异，如照搬法语结构形式进行传译，势必造成语句不顺、气势不畅的现象。可是，在杨松河的译文中，我们却没有发现这种因形似而神离的情况。还是请有心的读者自己去作一番比较吧，这里将杨松河的译文抄录如下：

睡眠之车，活像太阳之车，在任何干扰都无法阻挡的气氛中稳步前进，以至于需要有一块天外陨石（被哪位陌路神仙从蓝天外？）向我们射

> 击过来,才会打中正常安稳的睡眠(否则,它绝无任何理由止步,而是步步深入循序渐进,持续千年万年不肯苏醒),使它来个急转弯,回转到现实中来,十万火急,迅速穿越一个个与生活毗邻的地区——在那里,睡眠者顿时听到生活的嘈杂声,虽然不伦不类,仍然隐隐约约,但却依稀可辨——冷不防在清醒之地着陆。(《索多姆和戈摩尔》,许钧、杨松河译,第 373 页)

值得探讨的是,人们普遍认为必须变换的语序与结构,甚至标点,在这段译文中几乎没有作任何变动,如括号与破折号的运用,同时,译文读来通畅而传神(有个别词句的传译还值得商榷,如 étranger à nous)。无论就原文的形还是神而言,译文都在一个“似”字上显示出了功夫。这里也提出了一个翻译时值得讨论的问题,即译文对原文的变动应基于什么基础与何种考虑。

从上面列举的为数有限的九个例子的分析比较中,我们似乎可以得出这么几点结论:

1. 普鲁斯特的句子结构有其鲜明的风格标志,而且其形成与他所意欲表现的内容是一致的。

2. 汉译文与原文在句法结构的形式上有一定差异,如标点增多,一个长句化为几个句子等。由于形变,在句子神韵与气势上,特别在节奏感方面,似乎也发生了功能性的变化。

3.《追忆似水年华》的汉译者在对句子的处理上有着共性的一面,也有着不同的做法,效果自然也就有别。就此而言,每个译家向我们呈现的普鲁斯特在文字风格方面是有差异的。

如果说上面几点结论是基于对原文与译文的比较分析,具有一定的客观性的话,那么下面所要探讨的问题则可能是一家之言,智者见智,仁者见仁了。

上文,我们就普鲁斯特的长句处理问题,作了一些形式上的比较和浅层次的分析与评价,由此给我们提出了另一个更直接、更深刻的译文评价问题:既然不同译家笔下的普鲁斯特长句存在着一定差异,那么,哪一种更贴近原文,更能传达原文的价值呢?在正面回答这一问题之前,我们恐怕有必要先在以下几个方面达成共识:

1. 汉语与法语的句法手段与结构存在着差异,汉语重意合,在形式与形态上受约束力较小，而法语重形合，往往由形式决定语义关系。特别在句子的语序方面，两者差异更为明显，尤其是定语性修饰语，汉语一般都是“逆线性”的，如限定性成分太长，会形成头重脚轻，因此，句子不可能太长；而法语则基本是“顺线性”的，限定性成分一般在被限定性成分的后面，因此具有较大的伸展性。我们在上文中可以看到，除了解释性成分外，普鲁斯特往往借助法语的这种灵活的“顺线性”语序，使句子得以延展。

2. 无论是法语还是汉语，都有长句与短句、整句与散句之分，不同的句式都有不同的表达功能，译文的处理应该着重于传达原文句子的表达功能。若既能形似也能神似，为佳；以形变达到神似，次之；切忌貌合神离或形似而神离。

3. 不论法语还是汉语，都有句子的扩展与组合的关系及其功能问题。翻译中不仅应该搞清原文的扩展脉络和句子成分的组合构建方式，还应该探究如何避免句子成分的位置变化所可能引起的功能转变，使译文能够基本做到不改变原句信息重心，不减弱原句表达色彩和功能，不偏离原句行文气势和神韵。

基于以上几点共识，我们不妨再回过头来进一步分析一下上文列举的几个例句：

例(1)与例(2)的译文均出自李恒基先生之笔，有趣的是，从句子形式变化角度看，两句译文的处理方式差异较大。例(1)的原文与译文在句式、结构语序等方面都极为近似，而例(2)则作了相当大的变动：译者取消了原句中的双破折号，将破折号中的解释、交代性内容融入了主句之中，由于这一结构上的变化，叙事方式与角度也跟着起了变化，译文信息的重心与原句也因此不尽一致。应该看到，从翻译角度看，例(2)要比例(1)难处理，首先是c’était引出的这一部分结构较为特殊，汉语中难以对应译出；其次是若不变动原文语序，译文中就会出现头重脚轻的非平衡句式，为汉语行文造句规律所不容。因此，例(2)的变动是基于汉法结构的客观差异，有不得不为的因素。

这种由于语言结构差异而造成的译文与原文句子结构形式的必然的非对应性，在例(5)中更为明显。例(5)这一句子以状语开始，âge 一词引出一限定性关系从句，从句中又套从句，致使整个限定成分长达七行，如果译为汉语，将这七行机械地置于 âge 一词之前，作为该词的限定语，结果可想而知，不仅结构上不允许,而且也不可能表达原文的意义。因此,译者将这一限定成分抽出,单独成句,代替原文的环扣式限定性从句,是必要的。确实,我们发现在翻译限定性从句时,如从句过长,译文大都采取重复关系代词的先行词,变从句为独立句或平行句的方法,这样一来,也就出现了译文比原文长句短的现象。

由于汉语与法语两种语言之间的差异而采取变通的方式,自然可以为读者所理解,但是,作为译者,还有一个积极或消极地对待原文句法结构及其功能传达的问题。不考虑原文的句法手段的独特性,忽视这种独特性所蕴含的表达及美学价值,一味地按照译者本人的行文造句习惯来传译普鲁斯特的长句,恐怕不能说是积极的态度。如果说译者应该尽可能全面地再现原文的个性,并吸收一些出发语的新鲜的表达方式,甚或句法形式的话,那么,如何尽量使目的语的语义在结构上与出发语获得对应,就是译者分内之事了。正是因为译者的这种努力,汉语吸收了不少外语的句法形式,如条件从句、让步从句,以及将从句置后的方式等。

又如例(3),译文将原句一化为二,由于句子结构的这一变化,译文的意义与信息重心恐怕与原文都有不吻合的地方。从原文看,全句强调的似乎是主语动作的状况,亦即在“我是”一种什么样的状况下,以什么方式到达“散发着斯万夫人香水气味的地区”的,尤其是突出了“我”如何在爬楼梯的时候,已整个失去了思维和记忆,动作机械,“仅仅成为条件反射的工具”。如读译文,也许会产生不同的理解:由于原句变成了两句,并标明了句号,因此,有叙述前后之分,后句自然成为前句的继续或结果,给人以先“到了散发着斯万夫人香水气味的地区”,然后“我”失去了思维与记忆,成为条件反射的工具。可见,句子结构一变,表达色彩及语义都会发生有悖于原文的变化,这是我们在处理长句时应该时刻注意避免的一点。

现代翻译理论认为,句子是意义转换的最大的基本单位,如何处理好句子的翻译,关系到一部翻译作品的成败。从上面的粗浅分析中,我们可以看到,要尽可能贴近普鲁斯特,传神而全面地再现普鲁斯特,对长句的处理是个关键。若要评价哪种译文与普鲁斯特的原文更相近,传达得更完善,那首先必须认识普鲁斯特,理解普鲁斯特,抓住他的长句的特征,领会其功能,然后再采取对应、变通等手段,去加以传达、再现。普鲁斯特的长句给译者提出了一个复杂的难题，正因为其复杂、困难，也就给译者提供了更宽广的用武之地。也许细心的读者已经发现，我们评价《追忆似水年华》汉译长句的处理，目的并不在于仓促地得出谁优谁劣的结论，而在于通过对原文与译文的对比分析，引起人们对句子翻译所涉及的诸多问题的关注，同时，也为人们如何合理、客观、科学地评价译文，提供可作参考的某种方法与途径。

形象与翻译

——评《追忆似水年华》汉译隐喻的再现

就本质而言，文学语言是一种形象化的语言。它借以反映外部世界、表达思维的不是抽象的理念，而是具体的意象（或称为形象）。所谓形象思维，就是指这种以具体的形象表达思维的方式。文学作品成功与否，在很大程度上取决于其创造的艺术形象是否新颖与丰富。而翻译一部文学作品，忠实而传神地再现原文所创造的形象，其重要性便毋庸赘言了。这里，我们所关注的问题是译者在再现原作形象方面是否存在一些可资借鉴的原则与方法，具体到文学翻译批评，那就是应如何判别与评价一部译作再现文学形象的成功与否。

所谓"文学形象"，我们是指作者借助感觉、知觉、联想和想象，通过比喻、隐喻等语言修辞手段所创造的一种生动、深刻、艺术化的映象，从而给读者"一种强烈的智力快感"（安德烈·莫罗亚语）。所谓再现文学形象，顾名思义，那就是译者通过相应的手段，将原文所创造的形象在译文中重新表现出来。我们先看看《追忆似水年华》卷四《索多姆和戈摩尔》中的一个例子：

(1) Or, Jupien, perdant aussitôt l'air humble et bon que je lui avais toujours connu, avait—en symétrie parfaite avec le baron—redresse la tête, donnait à sa taille un port avantageux, posait avec une impertinence grotesque son poing sur la hanche, faisait saillir son derrière, prenait des poses avec la coquetterie qu'aurait pu avoir l'orchidée pour le bourdon providentiellement survenu. (*Sodome et Gomorrhe*, Folio, Editions Gallimard 1954, p.11)

絮比安呢,我平素十分熟悉的那副谦逊、善良的样子瞬间荡然无存——与男爵完美对应——抬起了脑袋,给自己平添了一种自负的姿态。怪诞不经地握拳叉腰,翘起屁股,装腔作态,那副摆弄架子的模样,好似兰花卖俏,引诱碰巧飞来的熊蜂。(《索多姆和戈摩尔》,许钧、杨松河译,第4页)

这里,普鲁斯特通过明喻暗比的生花妙笔,给读者描绘了一幅生动真切的图像。在普鲁斯特的笔下,男爵成了一只巨大的熊蜂,而絮比安则如一朵"卖俏"的兰花。通过寥寥数语,普鲁斯特不仅充分揭示了絮比安与兰花、男爵与熊蜂之间的相似性,而且还同时隐指了絮比安与男爵和兰花与熊蜂之间的微妙关系的有机性。就此而言,译文似乎已经完成了其再现原作形象的使命。从语言与修辞角度看,译文与原文基本对应,这为形象的再现提供了成功的基础。确实,概括地说来,文学形象的再现有着两大方面的基础:一、人类思维存在着的共性,无论东方人还是西方人,都有抽象思维与形象思维之分;二、人类使用的语言之间存在着的共性,如法语和汉语中,有着一系列相似或一致的语言修辞手段,像比喻、隐喻、借代等,都同为创造文学形象所不可缺少的手段。正是基于这两点共性,例(1)的译文在一定程度上可为译入语读者所接受。但是,普鲁斯特的伟大在于不仅仅要通过用人们熟知的事物来解释未知的事物,借用共同形象揭示甲与乙之间的相似之处,还着力唤起人们对这种相似性的基本感觉。具体地说,普鲁斯特的目的在于以其独有的方式和敏锐的观察力,去理解、揭示世界上那些表面上毫无关联但实际上存在着千丝万缕联系的事物,同时,通过发掘甲、乙两事物之间一种内在与有机的关系,用微妙、新奇与贴切的明喻暗比,为读者理解事物、感受它们之间的微妙关系提供富有感官刺激效应和领悟性的启迪。以此衡量,仅仅通过相应或相似的语言修辞手段,再现原文形象,使译文形象与原文形象基本一致,只能说是翻译的第一步,因为作者的真正目的在于通过形象唤起读者的感觉。因此,要成功地再现原文的形象,还要力求达到效果的统一,亦即译文形象给译入语读者造成的感觉与原文形象给译出语读者造成的感觉相一致。同样,评价文学形象的再现,我们不仅应该衡量译文形象与原文形象的统一性,还应衡量译文形象与原文形象给读者激起的美的感受的一致性。那么,例(1)的译文是否达到了审美因素传达的等值呢?我们不妨将原文中形象的相互关系简单图示如下:

絮比安——兰花
|　　　　|
男　爵——熊蜂

作者在这一句子中首先表现的是絮比安与兰花及男爵与熊蜂的相似性,基于这一单向的关联,又揭示了絮比安与男爵的关系和兰花与熊蜂之间关系的相似性。孤立地看,将絮比安喻为兰花,汉语读者似乎难以接受。我曾经就兰花这一形象问询过多位汉语读者,他们的感觉基本是一致的,兰花在他们脑中引起的联想是“清雅”“高洁”;相反,当我以同样的问题问及法国人时,他们基本上都认为兰花是一种“邪恶的花”(une fleur ténébreuse),特别在普鲁斯特的书中,兰花隐指同性恋关系,几乎成了同性恋的象征。由此,我们不难发现汉语读者与法语读者对“兰花”的感觉在客观上存在着差异。这种差异不属于语言层次,而属于民族文化、心态与审美习惯的层次。我们在翻译中,类似的情况经常遇到。从语言修辞层次看,通过不同的语言符号再现的形象与原文完全等值,但由于出发语读者与目的语读者在文化、审美等方面存在着客观的差异,同一形象引起的联想与感觉有别,这就给文学形象的再现构成了难以逾越的障碍。把絮比安喻作兰花,在法语读者中引起的是一种复杂的感觉,而在汉语读者中,这种感觉相对来说就不那么强烈。从这个意义上讲,例(1)的译文没有达到理想佳译即反应等值的高度。

必须承认,造成这一传译的限度的根本原因在于不同民族文化、心态与审美习惯的差异,这种差异是译者本身无法克服的,不管译者的修养有多高,气质有多好。当我们评价一篇译文的形象再现是否成功时,应该充分认识这一客观差异的存在。如果说在逻辑意义传达层次,只要转换语言符号,如音、形、义重新结合，便可达到相当完美的传译高度的话，那么，在形象再现这一层次，由于掺入了不同民族读者的文化、心态与审美习惯因素，仅仅靠机械地转换语言符号来表现同一形象显然是不够的。在形象再现这一层次，简单的语言外形转换往往达不到传译的目的，因为在这一层次，其语符承载着特有的文化与审美价值。作为一个译者，若只限于甲语言到乙语言的音、形、义重新组合，而不考虑甲、乙读者的不同反应因素，其意义的语际转换必然是不完美甚或不准确的。鉴于此，我们也许可以首先提出这样一条原则：评价一个文学形象的再现是否成功，不仅应该看译文与原文的形象是否吻合，还要衡量目的语读者与出发语读者对这一形象的反应是否一致。

我们看到，在形象再现这一层次，存在着起相互影响作用的语符、语符创造的形象与读者对这一形象的反应三大因素。显然，最完美的再现是后两者的和谐等值（语符是必然要转换的）。由于人类思维、文化心态、生活经验与审美习惯既存在着共性，也存在着差异，因此，也就相应地造成了翻译活动的可能性与限度。倘若把这种客观的限度归咎于译者的无能，那这种评论自然也就不公允了。

从形象与反应的等值看，我们在翻译中遇到的实际情况千变万化，可能性与限度因不同实例而有异，但总的来说，我们大致可以将之分成三大类：

第一类是完全等值。也就是说，目的语和出发语的相应语言符号所创造的形象与这些形象引起的读者的反应完全一致。如下面这个例子：

> （2）Le pauvre M. de Vaugoubert, devenu cette fois-ci de trop lambin joueur de tennis une inerte balle de tennis elle-même qu'on lance sans ménagements, se trouva projeté vers la duchesse de Guermantes, à laquelle il présenta ses hommages. Il fut assez mal reçu…（*Sodome et Gomorrhe*, p.91）

这是外交官德·福古贝先生在盖尔芒特亲王夫人举办的晚会上的一个情景。在一般的社交场合，德·福古贝先生总是自以为了不起，怠慢他人，当别人向他道安时，他往往爱搭不理的，似乎反应很慢，像个“总慢半拍的网球手”；可到了盖尔芒特亲王夫人的府上，特别是遇到对所有外交官都不屑一顾的盖尔芒特公爵夫人的时候，德·福古贝便从一位怠慢他人的“总慢半拍的网球手”变成了一只被人蔑视的泄气的“网球”,“有气无力”,“任人无情击打”。网球是法国上流社会时髦的体育项目之一。普鲁斯特信手拈来,以网球手与网球的生动隐喻揭示了德·福古贝先生在不同交际场合的笨拙而可怜的表演,在描述德·福古贝的尴尬场面的同时,充分展示了德·福古贝的双重人格。对这一贴切、自然而又精妙的隐喻,汉语读者自然不会不受到触动,尤其是在中国较为盛行的“踢皮球”现象,可使汉语读者更深切地理解德·福古贝那一笨拙而又可怜的形象。对于这类形象与反应可以达到完美等值的情况,译者自然可以毫无障碍地直接传译:

可怜的德·福古贝先生这一次不再是一位总慢半拍的网球手,简直成了只有气无力的网球,任人无情击打,被抛到了盖尔芒特公爵夫人面前,向她表示敬意,可他得到的却是相当无礼的对待……(《索多姆和戈摩尔》,第 73 页)

无论从语言修辞层次,还是从读者反应层次看,例(2)的原文与译文都是对应的、等值的。法语和汉语读者都不难从那只任人无情击打的有气无力的网球联想到德·福古贝尴尬、可怜、任人摆布而又不受欢迎的形象,发出会心的感慨。

第二类为部分等值。这类情况比较复杂,有语言因素造成的,也有文化差异造成的障碍,大致有如下三种情况:一、对应的语言符号无法再现出对应的形象;二、对应的语言符号再现出了对应的形象,但出发语与目的语的读者反应有一定差异;三、对应的语言符号再现了原文形象,但目的语读者对这一形象几乎毫无反应,当然,这里说的读者指的是一般读者。

(3)“Vons aimez entendre cela, de la musique? Ah! mon dieu, cela dépend des moments. Mais ce que cela peut être ennuyeux! Ah! Beethoven, la barbe!” Pour Wagner, puis pour Franck, pour Debussy, elle (la duchesse de Guermantes) ne se donnait même pas la peine de dire “la barbe” mais se contentait de faire passer sa main, comme un barbier, sur son visage. Bientôt, ce qui fut ennuyeux, ce fut tout. “C’est si ennuyeux les belles choses! Ah! les tableaux c’est à vous rendre fou...Comme vous avez raison, c'est si ennuyeux d'écrire des lettres!" Finalement ce fut la vie elle-même qu'elle vous déclara une chose rasante, sans qu'on sût bien où elle prenait son terme de comparaison. (*Sodome et Gormorrhe*, p.104)

"您喜爱听这种玩意儿,听这种音乐? 啊,我的主,这要因时而论。可这该是多么烦人! 啊! 贝多芬,讨厌的老胡子!"对瓦格纳、弗朗克、德彪西,她(盖尔芒特公爵夫人)甚至都不屑说一声"老胡子",而只是像剃须匠,轻蔑地用手往脸上一刮,不屑一顾。顿时,讨厌一事成了讨厌一切。"漂亮的东西都是那么讨厌! 啊! 那些油画,简直让您发疯……您说得在理,写信是多么烦人啊!"末了,她会向您宣称,生活本身就是像刮胡子一样烦人的玩意儿,真弄不清她从哪儿找来这种比喻。(《索多姆和戈摩尔》,第84—85页)

在这个例子中,译者首先遇到的是一个语言层次的障碍。普鲁斯特使用了"la barbe"(胡子)、"faire passer sa main,comme un barbier, sur son visage"(像剃须匠往她脸上一刮)和"une chose rasante"(剃须一样的东西)等一系列形象的语言,以表示盖尔芒特夫人对音乐、对油画以及对世间一切的厌恶感。法语中,"la barbe"(胡子)具有隐喻性意义。据《拉鲁斯词典》和《莱克西斯词典》,这是一种表示"对某人或某事厌烦"的形象用语。笔者曾就这一用语的来源请教过法国专家,他们说这一用语最早见于19世纪初,当时法国上流社会人士模仿英国绅士,蓄起胡子,时髦一时,但渐渐招致了人们的反感,所谓用"胡子"一词表示厌恶感即出于此。不管这一解释是否准确,用"la barbe"一语表示厌恶的感觉却是有据可查的。然而,在汉语中,却找不到相应的用语,如直译原文,"胡子"一词无法在汉语读者中引起厌恶的同感;如果不直译,紧接这一用语的一系列形象的用法便失去连贯性。从例(3)的译文看,译者基本上采用原文的用语与形象,但有所变通,把"barbe"译成"讨厌的老胡子",把"une chose rasante"译为"像刮胡子一样烦人的玩意儿",亦即在保留原文形象说法的同时,点明这一形象用语的隐喻意义,以引起汉语读者的共鸣。从这一角度上看,译者的变通虽是不可为而为之,但不仅是必要的,也是有益的。若以"与原文不符,添加了原文不存在的成分"评价这一译文,恐怕有失偏颇。

在西方不少文学名著中,尤其在普鲁斯特的《追忆似水年华》中,作者借用了大量希腊神话和《圣经》人物,来隐指或突出某个人物的个性。由于汉语读者对西方文化,特别是古希腊文化了解不多,对《圣经》人物知之甚少,因此,对译者传译的有关形象很少会产生与原文读者同样的联想。对于原文中这类隐喻或比喻创造的形象,一般来说,译者大都采用直接引入的做法。同时,为了使目的语读者对这一引入的形象有个基本的了解,或多或少产生一点联想,译者往往采取加注的做法,这在《追忆似水年华》中尤为明显。记得法国翻译评论家西莱尔说过,翻译中文化的差异最难克服。对于东方人来说,希腊神话的内涵与魅力是难以真正理解和感受到的,因此,这一文化层次的障碍为西方许多名著的翻译造成了难以克服的限度。他还说,加注是译者一种承认自己"无能"的补救方法。尽管加注是译者一种"无能"的补救办法,但译者给目的语读者提供一点理解与感受原文形象的基础,这至少可以说是一种积极的做法。如卷二结束处有这么一段话:

(4) Et sur le mur qui faisait face à la fenêtre, et qui se trouvait partiellement éclairé, un cylindre d'or que rien ne soutenait était verticalement comme la colonne lumineuse qui précédait les Hébreux dans le désert. (*A l'ombre des jeunes filles en fleurs*, p.630)

这是《在少女们身旁》倒数第二段中的一句话:小说的叙述者初次到巴尔贝克海滩度假,海滩上阳光灿烂,柔和的涛声和如花似玉的女友们欢快的笑声不时传入他的耳朵,但因他身体有恙,被迫待在"没有壁炉和取暖器的旅馆"房间里,房间的窗帘始终紧闭,他感受到了极大的敌意,可外面的阳光召唤着他,只见"对着窗户的那面墙,已被局部照亮。墙上,没有任何支撑的一个金色圆柱体垂直地立在那里,像在荒漠中作为希伯来人前导的光柱一样缓缓移动"(《在少女们身旁》,桂裕芳、袁树仁译,第518页)。

在一个对《圣经》文化毫无了解的汉语读者看来,这一光柱恐怕并没有特别的含义,也难以在他们脑中引起丰富的联想,至多是一道手电筒射出的光柱而已。但对西方读者而言,反应会强烈得多:从这个句子,从这一光柱慢慢移动的形象,西方读者也许能体味出小说叙述者那种渴望光明的心境,从那束光柱中看到把他引向海滩的神圣力量。正是为了使汉语读者理解并体味这一形象的奥妙所在,译者并不满足于语言转换与形象的再现,而是以积极的传译态度，查阅《圣经》，加了这样一个注："见《旧约·出埃及记》第十三章：日间耶和华在云柱中领他们的路，夜间在火柱中光照他们，使他们日夜都可以行走。日间云柱，夜间火柱，总不离开百姓的面前。"（见《在少女们身旁》第518页，注①）客观地说，这个注为读者阅读提供了便利。通过加注，多多少少可以刺激一下读者的想象力。

第三类为完全不等值。亦即，出发语与目的语中的形象完全吻合，但读者反应则截然相反，这类情况比较少。比如对"龙"这一形象，东西方人的反应差异极大。记得《语言与翻译》杂志中文版的主编李绍年在中国首届研究生翻译理论研讨会上介绍过这样一个例子：维吾尔语文学作品中，常以"骆驼一样的眼睛"来形容维吾尔族姑娘的眼睛，维吾尔语读者读了，可以联想到姑娘的眼睛大而美。可若直接译入汉语，汉语读者的反应可想而知："骆驼一样的眼睛"，简直是太丑了。这种美与丑截然相反的反应，从客观上要求译者在处理这类文学形象时要作出选择：保留原有形象还是以目的语中能够引起读者相应的联想和反应的形象取而代之。对这类形象的处理，译界向来存在着观点不一的争论。一种观点认为文学翻译要顾全原文的形象，引入原文的形象，这是扩大目的语读者眼界、丰富目的语文化所要求的。坚持这一观点的人们认为，翻译不是一项个人的活动，而是一种社会交际、文化交流的形式，因此带有异国特有的文化意义和文学形象应该直接引入。再者，即使形象同一，反应相悖，至少可以使目的语读者了解到出发语读者不同的审美习惯和文化心态。另一种观点认为，文学作品不是以认知为目的的，它所创造的文学形象的价值在于能刺激读者的想象力，使读者通过这一形象得到感官上的愉悦和顿悟，同时升华到一种更为广阔而深刻的、融感觉与理性为一体的精神境界。因此，文学翻译要注意与原文效果的统一，如果作者期望读者得到的是一种美的感受，可读者感觉到的却是丑，那岂不是在根本意义上背叛了原作者？这两种观点的交锋，两种翻译方法的争论，其本质是人们对文学作品的功能与文化的可容性的总体看法之分歧。对于文学翻译评论者来说，也同样有一个认识问题；对文学作品的功能、文学翻译的目的、吸收外来文化的原则看法不一，对具体翻译的评价自然有异。可见，文学翻译批评绝不能只限于从文本到文本的批评。

在《追忆似水年华》的翻译中，我们看到译者在处理原文形象方面总的来说认识比较一致，原则和方法也无大的差异。处理第一类形象，采用的是直接引入的方法,这里不拟评论。下面就第二类与第三类的形象再现问题,我们通过一些实例,对译文作一比较分析。

上面,我们浅谈了三类形象的一般处理原则和通常采用的再现方法,并从语言、文化、审美习惯等方面,探讨了再现原文文学形象可能遇到的一些障碍和克服这些障碍的不同认识与方式。

我们从上文的客观分析中,更清楚地看到了文学形象的再现不只是个简单的语言外形的变异问题。从宏观角度看,它涉及作者、原文、原文读者、译者、译文、译文读者与世界等因素,不仅有语言的问题、修辞的问题,还有文化、审美习惯等因素对传译活动的制约和影响。我们知道,翻译活动有三大层次:一是思维层次;二是语义层次;三是美学层次。文学形象的再现涉及这三个层次的诸因素,尤其是审美层次的读者接受因素,因此,它是一个复杂的多层次活动。评价这一活动,首先要避免认识的简单化,把文学形象的再现仅仅视作语言修辞层面的操作;其次要力戒评价的片面性及忽视这一活动的整体性效果;再次要注重各种因素的综合衡量,尤其是译者的创造性和读者的无形参与因素。

那么,我们探讨文学形象再现的评价原则有哪些呢?

1. 整体性评价原则。我们知道,翻译一般以句子为轴心,但文学形象的创造往往突破句子这一单位,而是在句段、篇章中有机地表现出来,有的形象甚至贯穿全篇。鉴于此,评价译文对原文形象的处理,不要以局部效果下定论。比如在例(1)中,对兰花这一形象的反应,法语读者与汉语读者的反应是不一样的。按照翻译等值的原则,在翻译的美学层次,效果等值最为重要,因此,原则上,应该调整兰花这一形象,在译文中用汉语读者可以接受的形象加以改造,以期得到与原文读者相似的反应。但是例(1)的译文为何仍然保留兰花的形象呢?这里就有个局部效果服从于整体效果的问题:原文中的兰花是个反复出现的形象,与之相关联的有熊蜂形象,若只从局部考虑,改造兰花形象,那势必牵动全局,影响原有形象的有机结合。普鲁斯特的作品整个就是一个隐喻世界,有着其统一与和谐的布局,况且每个形象的塑造不仅仅是描述世界的一种方式,还是他个人体验世界具体事物的一种方式,是他的一种思考与生活方式,是对事物真谛的揭示,更是一个各形象间相互联系、渗透、影响的和谐统一过程,这个过程需要读者的参与。孤立地看兰花这一形象,汉语读者的反应也许与作者的期望不符,但是,随着读者一步步深入原作者的隐喻世界，也许能慢慢理解原作者意欲揭示的形象内涵，得到与原文读者相似的感受。比如，在原文中，普鲁斯特多次描写与兰花相关联的形象：

(5) Je trouvais la mimique, d'abord incompréhensible pour moi, de Jupien et de M. de Charlus aussi curieuse que ces gestes tentateurs adressés aux insectes, selon Darwin, par les fleurs dites composées, haussant les demi-fleurons de leurs capitules pour être vues de plus loin, comme certaine hétérostylée qui retourne ses étamines et les courbe pour frayer le chemin aux insectes, ou qui leur offre une ablution, et tout simplement même comparable aux parfums de nectar, à l'éclat des corolles qui attiraient en ce moment des insectes dans la cour. (*Sodome et Gomorrhe*, pp.39 – 40)

絮比安和德·夏吕斯的手势，我开始理解不了，觉得有趣极了，就像那些称为菊科的花卉向昆虫作出的引诱性的举动，据达尔文介绍，这些菊科花卉翘起头状花序上的半花叶，以便更远的地方都能发现，犹如某种异柱花倒转雄蕊，使其弯曲，为昆虫打开通道，或为昆虫奉上蜜雾，就像此时院中的鲜花正释放花蜜的芬芳，张开花冠，引诱昆虫。(《索多姆和戈摩尔》，许钧、杨松河译，第 28 页)

读了这段文字，读者必定会对兰花的印象加深，并从兰花引诱昆虫的"花招"中形象地意会到絮比安与德·夏吕斯(即男爵)之间的同性恋关系。从这个例子，我们可以看到，某些形象从某个局部孤立地看，直接引入也许收不到原文的效果，可从整体效果看，却可以弥补局部的不足。因此，在评价这类形象的处理时，要重整体效果，这可称为译文评价的整体性原则。

2. 层次性评价原则。《追忆似水年华》中隐喻之丰富，是一般作品所难以相比的。普鲁斯特不追求佐料式、化妆品式的隐喻，而是十分注重开掘形象与形象之间的内在、有机的联系，通过熟悉与陌生的两种成分的结合，为形象的语言增添魅力与个性，而所谓魅力，来自他所揭示的两个事物内在的相似点带来智力上的快感；个性则源于某些相似点中出人意料的成分，以形象、色彩和声音给读者以触觉、味觉，特别是视觉的全面愉悦感。普鲁斯特还不满足于此,不仅仅止于感官的调动,往往升华到更为深刻的寓言的、精神的境界。因此,他所使用的比喻,尤其是隐喻,具有多个不同层次的意义。比如下面一例:

(6) Puis ç'avait été la terre héréditaire, le poétique domaine où cette race altière de Guermantes, comme une tour jaunissante et fleuronnée qui traverse les âges, s'élevait déjà sur la France, alors que le ciel était encore vide là où devaient plus tard surgir Notre-Dame de Paris et Notre-Dame de Chartres; alors qu'au sommet de la colline de Laon la nef de la cathédrale ne s'était pas posée comme l'Arche du Déluge au sommet de mont Ararat, emplie de patriarches et du Justes anxieusement penchés aux fenêtres pour voir si la colère du Dieu s'est apaisée, emportant avec elle les types des végétaux qui multiplieront sur la terre, débordante d'animaux qui s'échappent jusque par les tours où des bœufs, se promenant paisiblement sur la toiture, regardant de haut les plaines de champagne… (*Le côté de Cuermantes*, pp.14 – 15)

这是《盖尔芒特家那边》第一卷第四段中的一个句子(准确地说,只是一个分句)。小说主人公"我"在回忆自孩提时代起盖尔芒特这个名字在他脑中出现过的七八个迥然不同的形象,最先出现的是"最甜美"的形象,这个分句所描述的就是这类最甜美的形象之一。然而,初读这段原文,由于语言层次的困难(如 emplie 所修饰的是 la nef 还是 l'Arche du Déluge),特别是一系列城堡名、山丘名,很难抓住普鲁斯特意欲表现的形象,更难体味这些形象所蕴含的象征的、寓言性的意义。我们先看看这个分句的译文:

这是一块世袭的土地,一座充满诗情画意的城堡:高傲的盖尔芒特家族,犹如一座经历了漫长岁月、饰有花叶的古老苍黄的塔楼,高高地矗立在这块土地上。在这一家族兴起的时候,法兰西巴黎圣母院和夏尔特尔圣母院的上空还一无所有,后来才建造了这两座教堂;朗市山顶的圣母大教堂尚未问世,现在,那高高屹立的教堂中殿,就像停在阿拉拉山上的挪亚方舟,墙上画满了族长和他们的家人,一个个忧心忡忡,俯身窗口,观察上帝是否已经息怒;他们带着各种各样的植物,准备在大地上种植,还带了各种动物。这些壁画上的动物像是要从钟楼逃出去似的,牛在钟楼的屋顶上安详地闲步,居高临下,眺望着香巴尼平原……(《盖尔芒特家那边》,潘丽珍、许渊冲译,第 5 页)

多么丰富的联想!多么生动的形象!但是,对比原文和译文,似乎两者所表现的形象的重点有所差异。从原文看,突出的是盖尔芒特家族的古老与神圣。随着作者的笔触,读者仿佛看到普鲁斯特家族经历了漫长的岁月,可追溯到《圣经》记载的洪水时代,可与挪亚家族相媲美,搭救了世间的"动物和植物"。在整个形象中,巴黎圣母院、夏尔特尔圣母院和朗市山顶的圣母大教堂起着烘托的作用,目的在于引出挪亚方舟停在阿拉拉山顶的情景,以及在方舟上的义人挪亚家族(文中象征盖尔芒特家族)带着动物和植物,将在地上重新繁衍生殖的图景。可从译文看,突出的为朗市山顶的圣母大教堂,还具体描写了教堂中殿的"墙上画满了族长和他们的家人","壁画上的动物像是要从钟楼逃出去似的",等等。为何会出现形象的偏差?先从逻辑层次分析,译文中"在这一家族兴起的时候,法兰西巴黎圣母院和夏尔特尔圣母院的上空还一无所有,后来才建造了这两座教堂"这一句存在着逻辑上的矛盾,因为"这两座教堂"并不是建造在"巴黎圣母院和夏尔特尔圣母院的上空";从语言层次看,译者把 emplie 与 débordante 两个词理解为 la nef(教堂中殿)的修饰语,把 emportant 的主语又理解为"族长及其家人",把 les tours 理解为钟楼,并把"族长及其家人"和"动物"判定为壁画中的人与动物;从形象层次看,译文中的各个形象失去有机的关联,尤其是原文中盖尔芒特家族与义人挪亚家族的深刻联系没有表现出来;从形象隐含的意义层次看,译文中盖尔芒特家族的古老与神圣并不突出。我认为,原文中的 emplie, emportant, débordante 三个并列的词的主语均为方舟,而不是译文所表现的中殿与"族长和他们的家人"。如果读一读《圣经·旧约·创世记》中的第 6—8 章,也许可以作出更为准确的判断,加深对全句的理解:由盖尔芒特这一名字,小说主人公"我"联想到了"世袭的土地"、"充满诗情画意的城堡"和在这一城堡中生活的"高傲的盖尔芒特家族"。在"我"的联想中,盖尔芒特家族像"经历了漫长岁月的"塔楼(比巴黎圣母院、夏尔特尔圣母院、朗市山顶的圣母大教堂更古老),如同停在阿拉拉山上的挪亚方舟,由此,盖尔芒特家族与挪亚家族连成了一体,“动物”走出方舟,牛俯瞰着香巴尼平原。各个形象有机地联系在一起,整幅画面浑然一体,意味深长。从上面粗浅的分析中,我们不难看到,要客观而合理地评价译文对原文形象的处理,光凭感觉是远远不够,也是不可靠的。只有充分利用各种方法和手段,深入到译文的各个层次去,才可能尽量地贴近批评的对象,发现问题所在,得出较为公允的评价。

3. 多因素权衡的评价原则。人们都说翻译的艺术是平衡的艺术,喻之为“踩钢丝”。由于要讲究“信”,译者既要忠实于原作与作者,又要尽量不失信于目的语读者,既要尽量求得译文与原文的形式对应,又要设法做到两者内容的等值。但是,由于在客观上存在着各个方面的差异,完全的对应和等值只能是一种理想,实际上是无法达到的。译文与原文相比,有得有失,尤其是当形式与内容难两全,就有一个得失的权衡问题,以尽量做到公允的传译。从这个意义上说,译者在翻译过程中往往要进行价值的权衡,作出选择,因此,文学翻译批评要充分考虑译者的选择因素在译事活动中所起的作用,在评价译文时要对在译者选择时起影响作用的诸多因素进行权衡,再作出这种选择是否合理的评价。

若仔细观察《追忆似水年华》汉译中比喻或暗喻的处理,我们还可发现一个一般翻译批评往往忽视的现象,这一现象虽然并不普遍,但却值得重视。通常,在评价译文时,人们的注意力总是投向译文之于原文的“失”,亦即原文表达的语义或美学价值,由于种种原因在译文中没有传达出来的部分。然而,翻译中却存在着问题的另一面,那就是原文中本不含有或色彩并不浓重的价值,在译文中出现或突出了。比如简单的“libre”一词,在译者笔下成了“如鱼得水、自由自在”;“rentrer…comme un insecte attiré par la lumière”(像虫子被灯光吸引一样赶回家)译为“飞蛾扑火一般地赶回家”;“une ville ouverte”(敞开的城市)大胆地处理为“开了膛破了肚的城市”等。以等值标准衡量,这样的处理方法恐怕不足取。有兴趣的译评工作者,不妨留心这一方面的问题,作一探讨。

文学形象的再现是一项复杂而微妙的活动。上面,我们结合《追忆似水年华》中比喻,尤其是隐喻的汉译问题,探讨了译者在语言、文化、审美习惯等层次可能遇到的障碍,提出了克服这些障碍的若干原则与方法(如直译、保留原形象加拟意、部分改造原文形象、加注等)，并就形象再现的评价问题谈了几点原则性的看法。这里需要强调一点，那就是客观、科学的批评，应该基于对影响翻译活动的诸要素的深入了解和全面把握。

风格与翻译

——评《追忆似水年华》汉译风格的传达

风格的传达，是文学翻译中最敏感而又最复杂的问题之一。从纯理论角度看，风格一词的含义本身就没有得到严格的科学界定。它似乎无所不包，从大的方面讲，有时代的风格、民族的风格、阶级的风格；从小的方面看，作家笔下选择的一个音节、一个词或一个句式，都无不标志着风格的特征。总之，风格体现在文艺作品内容和形式的各种要素之中，体现出不同作家、艺术家迥异的艺术特色和创作个性。像这样一个涵盖面如此之广泛、层次如此之复杂、涉及方面如此之多的问题，要进行透彻、全面而又科学的探索，非笔者的功力所能胜任。同样，要想富有说服力地说清文学翻译中风格传译的关键所在，也是十分困难的。就《追忆似水年华》汉译的风格再现问题而言，要说深说透，说清道理，最起码的条件之一，就是要全面地研读原文和译文，那密密麻麻的七卷原文，洋洋洒洒二百五十余万字的译文，真正有勇气读完的人就不多，更何况要读个明白，品出味道，悟出普鲁斯特的风格来呢？因此，探讨风格传译，评价普鲁斯特的风格的汉译再现问题，目的并不在于草率地下个结论，而在于引起人们对这一问题的关注和思索，从而对风格再现的评价有个较为客观的认识。

我们知道，要传达原作（作者）风格，首先必须感受、体悟、领会原文的风格。我国古典的风格论对风格的论述采用的都是印象性的说法，如刘勰在《文心雕龙》的“体性”篇里将文章风格分为“典雅”、“远奥”、“精约”、“显附”、“繁缛”、“壮丽”、“新奇”和“轻靡”八类。实际上，这是对文章总体风格的一种感觉性评价。具体到一部文学作品，若读者缺乏认真的阅读、细心的体悟，这种感受式的评价往往会显得主观而欠可靠。我们认为，无论“典雅”还是“壮丽”，一部文学作品的风格（或曰神韵、气势、气质）必然附丽于具体的形体之上，附丽于作者对语音、词语、句法、修辞等各个具体的方面独具个性的选择。因此，要突破对原文总体风貌感觉性的领悟，必须借助现代语言学理论，通过科学的手段，对原文的形式进行分析，以识别原文的风格标记，领会其美学价值。

读普鲁斯特的《追忆似水年华》，很难用刘勰提出八类风格中的哪一类来涵盖全书的风貌。是“典雅”“精约”，还是“远奥”“新奇”？迄今为止，在我国学者介绍研究普氏《追忆似水年华》的文章中，还很少有人提起过普氏的风格特征，更没有人作过系统的探索。就我所知，法国在这方面倒是出过不少分析深刻、评论精辟、观点新颖的专著，比如，涉及普氏风格的有吉尔·德勒兹的《普鲁斯特与符号》（1970）；对普氏风格作专门研究的首推世界公认的普鲁斯特专家、巴黎第三大学教授让·米伊的《普鲁斯特与风格》（1970、1991）和《普鲁斯特的句子》（1975、1983）两部书；另外，法国著名文学批评家热拉尔·热奈特在《辞格三集》（1972）的“叙事话语”一篇中，以结构主义的观点对《追忆似水年华》的叙事风格也作过独到的分析。

那么，以《追忆似水年华》作为具体体现的普氏风格到底是怎样一种风格呢？为了回答这个问题，我们还是先看看我国当代翻译理论对风格识别提出的一些富于创见和指导性的观点。刘宓庆在《现代翻译理论》中指出：“风格既然不是什么‘虚无缥缈’的素质，那就应当可以见之于‘形’，表现为风格的符号体系。风格的符号体系就是在原文的语言形式上可被我们认识的风格标记。因此掌握风格标记，使我们能认识原文风格，就成为在译文中表现风格意义的最基本一步。”[1] 刘宓庆把风格标记分为“非形式标记”与“形式标记”两类，并提出了三个分析层次，根据他的分类和层次分析方法进行认真分

1 刘宓庆，《现代翻译理论》，江西教育出版社，1990 年，第 246 页。

析,我们也许可对普鲁斯特的风格达到如下一些基本的认识:

1. 在词语标记方面,普鲁斯特用词讲究词的视觉和听觉联想,给人以遐想和音乐美。

2. 在句法方面,最具特征的是普鲁斯特的曲折复杂的长句和立体交叉的句法结构,比如,艾莉森·芬奇博士就曾指出,普鲁斯特"更有名的方面还是他那些可以再度唤起肉体知觉和内心联想的多层次的曲折复杂的长句"。[1]

3. 在章法标记方面,特别在段落与段落的关系上,连接标记不明显,有错位、重叠甚或空缺的倾向,特意给人造成一种不连贯、不协调或重复的感觉,而这与潜意识流动的特征不无联系。

4. 在修辞标志方面,普鲁斯特的明喻暗比最为突出,尤为重要的一点,就是普鲁斯特的隐喻和比喻不仅仅是"给人造成智力快感"的一种手段,或只是用来装点一下言辞的"意蕴",而是他理解世界、体验生命、追寻生命之意义的一种方式,把感觉与现实相融合所开创的新空间纳入语言之中,拓展人类体验的新疆域。

5. 在语域标记方面,普鲁斯特善于用适当的词语来毕肖人物的修养、性格,作品中不乏"滑稽的逗笑"、"猥亵的怒骂"、"陈腐的辞藻"和"粗俗的俚语"。

6. 叙事风格。叙事是文学作品一种主要的组织手段,是作品的结构性基础。普鲁斯特的叙事风格是多维的,主要是通过时态的交叉混合运用,既有纯粹意义上的现在时,具有"超越时间"的叙事特征,又有起着回忆投影作用的简单过去时,也有标志着现时经历与往日记忆相融合的复合过去时。在《追忆似水年华》一书中,没有严格意义上的描写,正如热拉尔·热奈特在《叙事话语》一书中指出,"普鲁斯特的'描写'与其说是对被凝视物品的描写,不如说是对凝视者的感知活动、印象、一步步的发现、距离与角度的变化、错误与更正、热情与失望等等的叙述和分析"。[2] 另外,普鲁斯特的叙事中有明显的省略倾向。

以上六个方面是普鲁斯特风格比较明显而典型的形式标记,通过这些标记,我们可以比较客观地认识其艺术表现手段及功能。确实,深层的普鲁斯特正是借助这些表层的、可供识别的标志来体现的。他的创作思想、意图、艺

---

1 贾斯廷·温特尔编,《现代世界文化词典》,祁阿红等译,江苏人民出版社,1988 年,第 534 页。

2 热拉尔·热奈特,《叙事话语·新叙事话语》,王文融译,中国社会科学出版社,1990 年,第 65 页。

术倾向和追求也无不附丽于这些实在的、具体的形式之上。“追忆似水年华”的原文如直译过来，应该为“寻找失去的时间”。这个书名富有哲学意义，“准确无误地概括与标明了整部作品的目的、主旨与内涵”[1]。为了寻找失去的时间，重现生命之春，普鲁斯特以“追忆”为手段，通过现时的感觉与往日的记忆的偶合，任超越时空概念的潜在意识自由流淌，交叉而富有立体感地重现“逝水年华”。而他遣词造句、布局谋篇无一不为这一主旨服务，形式与内容浑然一体，达到了非凡的艺术高度，形成了其独特的叙事风格、新奇的意识流手段、激发读者“视觉、触觉、听觉和味觉”的壮丽文采和富于形象性、隐喻性的远奥意境。如果说“普鲁斯特最先懂得，任何有用的思想的根子都在日常生活里，而隐喻的作用在于强迫精神与它的大地母亲重新接触”，并通过他的智力和他特有的手法“把属于精神的力量归还给”[2]大地母亲的话，那么，我们也可以说，普鲁斯特深谙形式与内容的统一力量，他的思想决定他的表达形式，而他所刻意追求的表现手段又反过来服务于他的创作目的，表现了他的深层次的精神气质、整体的行文气势和作品风貌。

识别原文的风格标志，领悟原文的精神风貌、行文气势和神韵，这是再现原文风格的第一步。从参加翻译《追忆似水年华》的人员组成情况看，无论就译者的翻译态度、驾驭原文和译文的功力，还是艺术素养看，是可以做到这第一步的，而且事实上，他们对普氏风格的整体把握和具体标记的识别也是下了功夫的。《追忆似水年华》的责任编辑韩沪麟先生在“编者的话”中这样写道：“在选择译者的过程中，我们做了很多努力。现在落实下来的各卷的译者，都是经过反复协商后才选定的……我们可以欣慰地告诉读者，其中每一位译者翻译此书的态度都是十分严谨、认真的，可以说，都尽了最大的努力……”确实，在理解普鲁斯特、捕捉普鲁斯特的风格特征方面，《追忆似水年华》的译者是无愧于目的语读者的。但是，他们是否将他们领悟、捕捉住的普氏风格传神地再现出来了呢？

对风格的再现，我国译界一度曾经流传过“译巴尔扎克，还巴尔扎克”的说法，也就是说，翻译巴尔扎克的作品，就要完整地再现出巴尔扎克作品的风貌。然而，在翻译实践中，偏偏在这个本来就十分微妙的问题上，不可避免地

1　见柳鸣九，《普鲁斯特传奇——〈寻找失去的时间〉》，载《世界文学》，1991 年第 1 期，第 258 页。

2　安德烈 · 莫罗亚，“序”，施康强译，见马塞尔 · 普鲁斯特，《追忆似水年华》，李恒基、徐继曾等译，译林出版社，1989 年，第 14 页。

掺入了译者的个性和创造,使风格再现的问题变得愈发复杂。

理解了作者的风格,如何再现呢?作者的文字风格是由词语的调遣特征与倾向、句子的组合结构与手段、修辞手段的选择与使用等等表现出来的,而要再现作者的风格,译者自然要从炼字、遣词、造句去做。可是,转换原文的符号系统,将原文的风格传译到目的语中来,不可避免地会遇到语言差异所造成的障碍,而为了克服这些障碍,译者便各显神通,充分地发挥自己的创造性,寻求各种手段来变通原文与译文之间难以对应的形式。这么一来,对变通手段的选择、词语的处理、句子的重构、修辞色彩的再现等,都无不打上译者的个性标记,因此而客观地形成了译者的风格。问题便由此而产生:如何协调作者风格与译者风格?

应当承认,译者风格(主要为文字风格)是不可避免的。作为翻译的主体,译者的个人气质、艺术功力、行文习惯自觉不自觉,或多或少地会在翻译过程中反映出来,直接影响到译文的形成。对译者风格的地位,我国译界向来存在着两种对立的观点:一是认为译者应以再现作者风格为己任,克服个性,避免形成自己的风格;二是认为译者作为翻译活动的主体,在艺术上应该有所创造,以鲜明的风格取信于目的语读者,要"超越原文"的主张可以说是这一观点的极致。这里,我们暂且不去评论这两种观点的孰是孰非,只是想说明这一点事实,那就是对译者风格的不同认识必然体现在再现作者风格的具体做法上。问题的关键在于,作为译者,应在何种限度之内去发挥自己的创造性,以自己独特的文学风格为自己的译文赢得读者?我们认为,文学翻译不同于创造,译者的所谓创造,实际上是在语义、审美等层次无法与原文在形式上求得对应而采取的种种变通手段,因此,译者的创造要以不违背、不损害原作的意蕴、风貌为本。就连傅雷这样极具文化素养和个性的艺术家也强调"在最大限度内我们是要保持原文句法的"。[1] 他之所以说要"保持原文句法",是因为他认为"风格的传达,除了句法以外,就没有别的方法可以传达"。在这个意义上说,译者应当尽可能地让自己的风格与作者的风格协调一致。

参加译林出版社版《追忆似水年华》翻译的有十五位译者,更严格地说,总共有十六位译者,因为施康强先生翻译了莫罗亚的"序"。在这十五位译

---

1 傅雷,《致林以亮论翻译书》,见罗新璋编,《翻译论集》,商务印书馆,1984 年,第 548 页。

者中，有驰名当今译坛的老翻译家，也有译作甚丰、功力不凡的中年译家。总之，大多是有自己个性的翻译家，其中有的还有着自己独到的译论和明确的翻译原则与主张，比如，卷二的译者之一许渊冲先生就认为“文学翻译等于创作”，要“发挥译文优势”，力争“胜过原文”[1]；又如卷四的译者之一杨松河先生对“译者风格和作者风格”作过专门研究，十分强调译文应该案本，以传达作者风格为首要任务。对翻译本质、译者作用、译文风格的不同认识，必然在具体的翻译过程中表现出来。这就引发了下面一个问题，也是广大读者十分关心的一个问题：由十五位译者翻译的《追忆似水年华》风格能统一吗？

早在组织翻译班子，开始着手全书的翻译之前，译林出版社负责翻译编辑的韩沪麟先生、应邀参加翻译的同志和国内法国文学评论界的同人就考虑到了这一问题。对此，韩沪麟先生在“编者的话”中有这样的说明：“为了尽可能保持全书译文风格和体例的统一，在开译前，我们制定了‘校译工作的几点要求’，印发了各卷的内容提要、人名地名译名表及各卷的注释；开译后又多次组织译者经验交流，相互传阅和评点部分译文。”[2]在这些措施中，有的是纯技术性的，但有的也是学术性的。总之，译文风格的统一被提到了关系到全书翻译质量的高度来认识。记得 1987 年 9 月在北京大学举办的由编者、译者和评论家三方参加的有关《追忆似水年华》翻译的专题讨论会上，大家还就书名的翻译展开了讨论，讨论中表现出了译者之间不同的翻译观和翻译原则。

从现在已经问世的《追忆似水年华》七卷的译文看，应当承认，十五位译者的译文与原文相比，都有不少“失”，原文的特色和作者精心营造、刻意追求的风格都不同程度地有些“走样”或者“不吻合”的地方；而对比各位译者的译文，也不难发现他们在遣词造句、形象再现和段落处理上有着某些差异，这就在一定程度上影响了全书译文风格的统一与和谐。

这样的差异，主要体现在以下六个层面。

1. 遣词层面。法国著名符号学家皮埃尔·吉罗在《符号学》一书中指

1　许渊冲，《翻译的艺术》，中国对外翻译出版公司，1984 年。详见《扬长避短、发挥译文优势》《译文能否胜过原文》《文学翻译等于创作》等篇。

2　参见马塞尔·普鲁斯特，《追忆似水年华》，李恒基、徐继曾等译，译林出版社，1989 年，“编者的话”，第 2 页。

出,语言符号可分为两类,一是逻辑符号,二是美学符号,前者的功能为表义,后者的功能为表感[1]。从普鲁斯特笔下的词语符号看,逻辑词语符号精练而准确,而美学词语符号则细腻而多彩。对逻辑词语符号的转换,《追忆似水年华》的译者所采取的方法基本上是一致的,达到的效果也无大差别。值得探讨的是在美学词语符号的翻译中每位译者所表现出的个性和相互的差异。请看从《追忆似水年华》卷一译文中随意摘出的两个例子:

(1) Le feu étant entretenu toute la nuit dans la cheminée, on dort dans un grand manteau d'air chaud et fumeux, traversé de lueurs de tisons qui se rallument, sorte d'impalpable alcôve, de chaude caverne creusée au sein de la chambre même... (*Du côté de chez Swann*, p.14)

况且那时节壁炉里整夜燃着熊熊的火,像一件热气腾腾的大衣,裹住了睡眠中的人;没有燃尽的木柴毕毕剥剥,才灭又旺,摇曳的火光忽闪忽闪地扫遍全屋,形成一个无形的暖阁,又像在房间中央挖出了一个热烘烘的窑洞……(《在斯万家那边》,第7—8页)

(2) D'un rythme lent, elle le dirigeait ici d'abord, puis là, puis ailleurs, vers un bonheur noble, inintelligible et précis. (*Du côté de chez Swann*, p.252)

这个乐句以缓慢的节奏把他领到这里,把他领到那里,把他领向一个崇高、难以理解,然而又是明确存在的幸福。(《在斯万家那边》,第209页)

这两个例子分别出自《追忆似水年华》卷一的译者李恒基和徐继曾先生之笔。对比原文和译文,不难发现两位译者在词的传译上(暂且不论句子的整体效果),存在着明显的差别。例(1)的译文讲究词语色彩,而且富于动感;例(2)的译文则显得质朴、清淡。从遣词的习惯看,两者也有着各自的个性,如例(1)的译文中"熊熊的火""热气腾腾的大衣""毕毕剥剥""忽闪忽闪""热烘烘"等词语的习惯选择,形成了译者鲜明的文字风格。

1 Guiraud, Pierre: *La Sémiologie*, Paris: PUF, 1984.参见"逻辑密码"与"美学密码"两章。

确实，比较《追忆似水年华》各位译者的遣词，可以明显地感觉到各自的特点，有的华丽，有的淡雅，有的质朴，有的则精约。下面再举几例译文，请读者自己去细作比较，悉心领悟：

(3) 母亲控制住一阵战栗，因为她比父亲敏感，她已经为他即将感到的不快而担忧。(《在少女们身旁》，桂裕芳译，第 31 页)

(4) 某些日子，她身材纤弱，面色发灰，神态抑郁，紫色的半透明的光斜下她的双眸深处，如同大海有时呈现的颜色，她似乎忍受着放逐者之悲哀。(《在少女们身旁》，袁树仁译，第 510 页)

(5) 街上初起的喧闹，有时越过潮湿凝重的空气传来，变得喑哑而岔了声，有时又如响箭在寥廓、料峭、澄净的清晨掠过空旷的林场，显得激越而嘹亮……(《女囚》，周克希译，第 1 页)

(6) 这片红色如此新奇，如此罕见于温柔抒情、圣洁天真的奏鸣曲，一如朝霞，给天穹染上了一片神秘的希望之光。(《女囚》，张寅德译，第 243 页)

(7) 也许正是这种像使人麻木的寒冷一样的悲伤构成了这支歌的魅力，那种绝望而又慑服人的魅力。歌者的声音用几乎是肌肉的力量和炫耀掷出的每一个音符都是对我的当脑一击。(《女逃亡者》，陆秉慧译，第 234 页)

(8) 过去，散步归来时看到紫红色的天空映衬着耶稣受难像或是沐浴在维福纳河之中是一种乐趣，现在，在夜幕降临之时出去散步，在村里只看到形状如移动着的不规则三角形的淡蓝色的牧归羊群，也感到十分愉快。(《重现的时光》，徐和瑾译，第 1 页)[1]

2. 句法层面。句法是译者贴近、传达原文风格的最主要的手段之一。美国著名美学家苏珊·朗格在《情感与形式》一书中指出，“有韵句子的长短同思维结构长短之间的关系，往往能使思想变得简单或复杂，使其中内涵的观念更加深刻或浅显直接”。[2] 这里说明了句子结构形式之于所表达内容的重要性，而内涵观念表达的深刻或浅显，直露或间接，自然是一种风格倾向。关于普鲁斯特的句法特征、风格含义以及《追忆似水年华》译者的处理方法与

1 这里列举的六个例子具有一定的随意性，并未经过精心的挑选，目的在于使选例本身尽可能客观些。
2 参见苏珊·朗格，《情感与形式》，刘大基、傅志强、周发祥译，中国社会科学出版社，1986 年，第 299 页。

效果,在前面的《句子与翻译——评〈追忆似水年华〉汉译长句的处理》中已作了较为系统的探讨和评价,这里不拟展开,仅仅想就译文句法风格的统一问题指出一个值得注意的现象。这个现象就是译文的句子节奏在整体上不统一。从《追忆似水年华》各卷的译文看,在句子的处理上有统一的一面,也有相异的一面。如对关系从句的处理,采用的方法基本一致,像重复先行词,将从句切开等;不同的一面,突出地表现在对修饰限定性成分的处理,有的将不同的修饰限定性成分拆开,单独成句,显得节奏明快,而有的则基本保持原文的结构形式,修饰限定性成分位置不变,节奏显得凝重。请看下面两例:

(9) L'habit noir était défendu parce qu'on était entre "copains" et pour ne pas ressembler aux "ennuyeux" dont on se garait comme de la peste et qu'on n'invitait qu'aux grandes soirées, données le plus rarement possible et seulement si cela pouvait amuser le peintre ou faire connaître le musicien. (*Du côté de chez Swann*, pp.228 - 229)

晚礼服是不许穿的,因为大家都是"亲密伙伴",不必穿得跟被他们避之若瘟神,只是在尽可能少举办而仅仅是为了讨好那位画家或者把那位音乐家介绍给别人时才组织的盛大晚会上邀请的那些"讨厌家伙"一样。(《在斯万家那边》,徐继曾译,第185页)

(10) Or, au contraire, chacun des moments qui le composèrent employait, pour une création originale, dans une harmonie unique, les couleurs d'alors que nous ne connaissons plus et qui, par exemple, me ravissent encore tout à coup si, grâce à quelque hazard, le nom de Guermantes ayant repris pour un instant après tant d'années le son, si différent de celui d'aujourd'hui, qu'il avait pour moi le jour du mariage de Mlle Percepied, il me rend ce mauve si doux, trop brillant, trop neuf, dont se veloutait la cravate gonflée de la jeune duchesse, et, comme une pervenche incueillissable et refleurie, ses yeux ensoleillés d'un sourire bleu. (*Le côté de Guermantes*, pp.12 - 13)

然而恰恰相反,过去的每一时刻,作为独到的创作,使用的色彩都带有时代特征,而且十分和谐,这些色彩我们已不熟悉了,可是仍会突然使我们感到心醉。我就有过这种体会。贝斯比埃小姐结婚已经多年,可是,一次偶然的机会,盖尔芒特这个名字又突然恢复了我在她喜庆之日所听到的声音,与今天的声音迥然不同,此刻心里高兴得发颤,它使我又看到了年轻的公爵夫人佩戴的鼓鼓囊囊的领结,淡紫的颜色柔美悦目,光辉灿烂,新颖别致;还有她那双炯炯有神的眼睛,闪烁着蓝晶晶的微笑,宛若一朵永开不败的不可采撷的长春花。(《盖尔芒特家那边》,潘丽珍、许渊冲译,第3—4页)

我们暂且不去比较例(9)与例(10)的译文和原文在结构上、风格上的相似或差异,只请读者高声朗读一下两段译文,感觉一下两者节奏上的差别。

3. 章法层面。我们这里说的章法,主要指作品段落与段落之间的衔接。在这一层面,应该说各位译者的处理方法相当一致,但存在着一个逻辑关系明晰化的倾向。我们知道,《追忆似水年华》的主角是时间,普鲁斯特通过追忆的手段来重现逝去的时光,使其在艺术上永存,从而使生命之树常青。在再现追忆的过程时,作者用的是意识流的手法,因此,在段落的衔接上,为了再现潜意识流动的不同特征,作者故意通过时态转换、连接词空缺等手段,表现潜意识流动的不定向性、时断时续性等。可在汉译时,为了照顾读者的阅读,译者有时自觉或不自觉地将作者故意略去或空缺的逻辑关系较为明确地表现出来,在一定意义上说,这种做法与作者的原旨和风格是不符的。

4. 修辞层面。在再现普鲁斯特的修辞风格方面,应该说各位译者都尽了最大的努力,而且达到的效果较之其他层面更为理想。无论是普氏的明喻,还是普氏的暗比,译者们都首先尽量寻找出发语与目的语之间最为近似的相应修辞手段,以再现普氏独特的修辞风格。在缺乏对应手段的情况下,也能充分注意原文修辞手段的特征和功能以及读者的反应因素,求得在功能层次上的近似。在前面的《形象与翻译——评〈追忆似水年华〉汉译隐喻的再现》中,我们已对译文在形象的处理和修辞风格的再现方面作了基本的评价。

5. 语域层面。普鲁斯特善于在"恰当的场合使用最恰当的语言"。阅读《追忆似水年华》,你不会不被那出自各个人物之口的"再也传神不过"的个性语言所吸引。上流社会的盖尔芒特公爵夫人,维尔迪兰夫人沙龙里的"信徒"之一戈达尔太太,卖弄学问的布里肖,词不达意的巴尔贝克大饭店的经理,死守着老一套还有点"势利眼"的弗朗索瓦丝,无不带有各自鲜明的语言特征,一听就知道出自谁之口。普鲁斯特在刻画人物性格、暗示人物身份方面,可谓独具一格。他从不对人物下主观的结论,而是通过恰当的语言,该俗则俗,当雅则雅,客观地再现人物的精神,有时真让人拍案叫绝。比如布里肖,最好卖弄学问,让人讨厌至极,不知当人们读到书中那长达近十页的地名考证时(夹杂着拉丁语、希腊语、诺尔曼语、古德语、古英语等)[1],会不会产生这种感觉。我想肯定会的,有的读者读了觉得讨厌而且乏味,甚至问我为何要保留这些段落,建议下次重版时删去。然而,这正是作者对读者所期待的感觉。作者的高妙之处就是让你通过他的语言安排,自然而真切地感受一下布里肖的"令人生厌"之处。对普鲁斯特,我国文学界有的介绍似乎不太客观,致使许多读者误认为普鲁斯特是个与世隔绝、脱离生活、只善闭门编造故事的"高手"。实际上并非如此。他作品中那些使用恰当、效果绝妙的个性语言正来自他对社会、世人、文化与语言的了解。据让·米伊先生在普鲁斯特国际研讨会(1991 年 11 月于北京举行)上介绍,普鲁斯特特别注意观察生活中人物的举止与语言,如作品中弗朗索瓦丝的语言,大多是他从家中厨娘、女管家活生生的语言中直接得来的。在传达普鲁斯特的语域风格方面,《追忆似水年华》的译者们可谓煞费苦心。无论是俏皮话、双关语、方言土话等等,译者们都能抓住其表达效果与功能,利用相应的手段进行积极的转换。这里需要说明一点,语域的转换,是翻译中最棘手的,由于是语言符号妙用创造的结果,具有独特的艺术个性,翻译极为困难,有的甚至被视为"禁区",译者不得不打破形式对应的束缚,以求得效果层次的近似。因此,在评价这一方面的译文处理时,切忌对号入座式的机械方法。

6. 叙事风格层面。目前,在我国的翻译理论或评论中,对译文与原文叙事风格的对比研究似乎重视不够。实际上,叙事风格是一部文学作品的灵魂,如词语的选择、句法的构建、修辞的使用,大多是为了形成一种独特的叙事风格服务。如《追忆似水年华》中时态与语式的使用,就对普氏叙事风格具有不可忽视的作用。而正是在这一方面,法语与汉语之间存在着极大的差异:法语的时态是以动词的形变作为标志的,作品中叙述角度、层次、回忆与现实的交替、倒错等等,都可从时态的变化中领会到[2],而汉语的时态系统及

1 如卷四《索多姆和戈摩尔》中就有这样的文字,参见卷四第 280—286 页。

2 请参阅热拉尔·热奈特,《叙事话语·新叙事话语》,王文融译,中国社会科学出版社,1990 年,第五部分。

该系统的形式标志与法语迥异，因此，存在着难以圆满克服的传译障碍。从《追忆似水年华》的译文看，译者们不约而同地反复使用“那时、当时、昔日”，“如今、现在、此刻”等时间状语来表现“往日的回忆”与“现在的感觉”之间的时态变化；用“仿佛、好像”等词来表示作者的想象与设想；用“在这之前”“在这之后”“迄今为止”“今后”等用语来传达原文的叙述的时距对立；等等。从翻译方法与手段来看，由于语言差异，译者们只得如此；从传达效果看，译文似乎不如原文自然。总体来说，译文还是比较忠实地传达了原文的叙事风格，而且各卷译者的传译手段与效果都比较接近、统一。

从以上简略的比较分析中，我们可以得出以下几点看法：

1. 识别原文风格标志是贴近、把握原文风格不可逾越的一步，也是传译原文风格的基础。从对普鲁斯特的形式风格标记的分析中，我们可以更为客观、具体地认识和领悟普鲁斯特的整体风格与神韵。正如刘宓庆在《现代翻译理论》一书中所说：“对语际转换而言，对原语的风格分析工作至关重要，它是理解阶段的基本任务之一。忽视对原语风格的分析，就谈不上对原作全部意义的把握。”[1]

2. 作品整体风格是由作品各个层面的风格特征体现出来的。就翻译而论，如果能从大处着眼、小处着手，注意局部与整体的统一，在局部的、各层面的具体转换中以一丝不苟的态度充分调遣目的语的对应传译手段，在一定程度上，整体风格的再现也就不会出现大的偏差。我们在翻译批评中，应该注意到那种仅凭感觉行事，忽视局部的、具体的转换活动的科学性的翻译倾向。

3. 风格的再现是可行的，但存在着限度。从《追忆似水年华》的翻译中，我们可以看到各卷的译者在认识、把握普鲁斯特风格方面所显示出的认真的态度与深厚的艺术修养，但是，由于形式与内容的特殊关系，由于出发语与目的语之间存在的差异，再现原作语言风格存在着难以克服的障碍，因此，有得有失，得大于失。

4. 译者风格是客观存在的。《追忆似水年华》各卷的译文都在一定程度上表现出了译者独特的语言风格，但是，由于每位译者对译者风格与作者风格的关系认识不一，所以，译者风格与作者风格的相容程度也不一。从翻译

1　见刘宓庆，《现代翻译理论》，江西教育出版社，1990 年，第 264 页。

的本质来看，我们认为在承认译者风格的同时，应该强调译者风格与作者风格的统一与适应性。在某些方面，译者应该有意识地作出牺牲，以在最大程度上接近作者的语言风格。

5. 由于各卷译者的语言风格不一，因此在一定程度上影响了全书译文风格的统一与和谐。客观地说，在各个不同层面，各卷译文风格的统一与差异程度是不一样的，如在叙事风格层面、修辞层面，译文比较趋于一致，但在遣词习惯方面，则表现出了较大的差别。

6. 每位译者所呈现给读者的普鲁斯特是不完全一样的。译林版《追忆似水年华》的汉译是精诚合作的产物。参加翻译此书的译者在主观上都从各个方面努力去接近普鲁斯特，尽可能地把自己所理解的普鲁斯特客观地介绍给读者，但哪个形象与本来的普鲁斯特更相像，气质更一致，风韵更近似，还是留待各位读者去认识、评判吧。

《追忆似水年华》汉译历程与批评反思

对马塞尔·普鲁斯特，当代的中国文学界应该是不再陌生了。他的不朽之作《追忆似水年华》已成为一个重要的现代"文学符号"，占据着20世纪文学的中心地位。诚如安德烈·莫罗亚所言，至少"对于1900年到1950年这一历史时期而言，没有比《追忆似水年华》更值得纪念的长篇小说杰作了"。[1] 莫罗亚认为《追忆似水年华》之所以值得纪念，并不仅仅因为普鲁斯特的这部作品像巴尔扎克的著作一样规模宏大，而是因为普鲁斯特通过他的小说创作发现了新的"矿藏"，突破了巴尔扎克的《人间喜剧》所开拓的外部世界领地，以一场"逆向的哥白尼式革命"，将人的精神重新置于天地之中心。[2] 如果说巴尔扎克的《人间喜剧》描述的是人的外部世界，那么普鲁斯特则致力于探索人的内心世界，以其对小说的独特理解与追求，描写"为精神反映和歪曲的世界"。对于中国而言，这是一个怎样的世界？普鲁斯特发现的是怎样的"矿藏"？他是如何实现那场"逆向的哥白尼式革命"的？在本文中，我们将

1 安德烈·莫罗亚，"序"，施康强译，见马塞尔·普鲁斯特，《追忆似水年华》，李恒基、徐继曾等译，译林出版社，1989年，第1页。

2 同上。

围绕上述问题,对普鲁斯特这个伟大的作家在中国的译介历程与接受和批评情况作一梳理与思考。

一、迟到的大师

1871年出生于巴黎的马塞尔·普鲁斯特从小喜爱文学,早在巴黎孔多塞中学读书时,就对象征主义发生了兴趣,1888年与同学合办了《丁香杂志》,后又为象征主义杂志《宴会》撰稿。大学毕业后便开始撰写自传体小说,这就是去世后出版的《让·桑特伊》。之后,翻译英国作家罗斯金的《亚珉的圣经》,并于1904年发表,继后又在1906年发表了他翻译的罗斯金的《芝麻与百合》。从1909年开始,动笔撰写长篇小说,一直到1922年因肺炎去世,历时十三年,完成了共为七卷的长篇巨制,总名为 *A la recherche du temps perdu*,中文译名为"追忆似水年华"或"寻找失去的时间"。在他生前,这部巨著中共有四卷出版,即《在斯万家那边》、《在少女们身旁》、《盖尔芒特家那边》与《索多姆和戈摩尔》。弥留之际,他还在床榻上为《女囚》的出版劳心劳力。他逝世后,其余三卷《女囚》《女逃亡者》《重现的时光》分别于1923、1925、1927年问世。二十五年后,即1952年,他早年创作的《让·桑特伊》正式出版,而他在《追忆似水年华》之前撰写的一些作品片断,由贝尔纳·德·法卢瓦整理,于1954年出版,取名为《驳圣伯夫》。从普鲁斯特的文学创作历程看,他短暂的一生主要贡献给了《追忆似水年华》的创作,安德烈·莫洛亚在《普鲁斯特传》的开篇这样写道:

> 马塞尔·普鲁斯特的历史,就像他在自己的书中描述的那样。他曾对童年时代的奇幻世界怀有温柔的感情,很早就感到需要把这一世界和某些时刻的美感固定下来;他深知自己体弱,长久地希望不要离开家庭的乐园,不要同人们去争斗,而是用殷勤的态度去打动人们;他体会到生活的艰辛和爱情的痛苦,所以变得十分严厉,有时甚至残酷;他在母亲故世后失去了庇荫之地,却因疾病而过上受保护的生活;他在半隐居生活的保护下,利用自己的余年来再现这失去的童年和随之而来的失望;最后,他把这样找回的时间,作为古今最伟大的一部小说的题材。[1]

1 安德烈·莫洛亚,《普鲁斯特传》,徐和瑾译,浙江文艺出版社,1998年,第5页。

在寻到失去的时间过程中，普鲁斯特经受着慢性哮喘和精神痛苦的双重折磨。他真切地认识到："幸福的岁月是失去的岁月，人们期待着痛苦以便工作。"然而，正是由于他在失去的岁月中失去了幸福，他更为强烈地希冀通过小说这一独特的形式，追寻生命之春，企图重新创造幸福。而他最终达到了这一目的，而且是以双重的形式："他以追忆的手段，借助超越时空概念的潜在意识，不时交叉地重现已逝去的岁月"[1]，找回了失去的时间，从而也重获失去的幸福，同时，这一追寻的过程整个凝结在《追忆似水年华》之中，使其成为一部超越时代的不朽之作，让重获的幸福永存。生命的追寻于是成就了普鲁斯特的生命之升华与艺术之不朽。

中国读者对于普鲁斯特的这一双重的生命历程，是在普鲁斯特离开这个世界很长时间后，才慢慢开始加以关注，并逐渐有所认识的。应该说，在普鲁斯特的生前，即便是法国读者，对普鲁斯特独特的生命历程的认识也并不深刻。他的呕心沥血之作《追忆似水年华》第一卷的出版所遭遇的经历足以说明一点：理解普鲁斯特需要的正是时间。随着时间的流逝，《追忆似水年华》这部作品的独特性得以凸现，其价值才渐渐地被人所承认，所关注，所珍视。《追忆似水年华》经受过法斯凯尔出版社的婉拒、《新法兰西杂志》的退稿和奥朗多尔夫出版社的拒绝，更经历过安德烈・纪德初期的误解、奥朗多尔夫出版社社长恩布洛的讥讽[2]，但普鲁斯特在失望、愤怒和痛苦中坚信自己的作品"是美的"，于 1913 年在格拉塞出版社自费出版了小说的第一卷《在斯万家那边》；七年之后，小说的第二卷《在少女们身旁》由新法兰西杂志社出版，当年 11 月荣膺龚古尔奖。小说的获奖并不意味着普鲁斯特已经被全面接受和深刻理解，相反，无论是法国文学界，还是一般的读者，对普鲁斯特的真正的认识与理解，是在他逝世之后，一步步加深的。

中国文学界接触到普鲁斯特，差不多是在他逝世十年后。据我们所掌握的材料，《大公报》"文学副刊"于 288 期（1933 年 7 月 10 日）第 11 版和 289 期（1933 年 7 月 17 日）第 11 版刊登的《法国小说家普鲁斯特逝世十年纪

---

1 安德烈・莫洛亚，《普鲁斯特传》，徐和瑾译，浙江文艺出版社，1998 年，"编者的话"，第 1 页。本书其他地方按《追忆似水年华》译作"安德烈・莫罗亚"，而此处保留徐和瑾先生在《普鲁斯特传》的译法，特意未统一。——编者注

2 恩布洛在给普鲁斯特的退稿信中这样写道："亲爱的朋友，也许我愚昧无知，但我不能理解，一位先生竟会用三十页的篇幅来描写他入睡之前如何在床上辗转反侧。我徒劳地抱头苦思……"见安德烈・莫洛亚，《普鲁斯特传》，第 266 页。

念——普鲁斯特评传》,应该是国内第一篇较为系统地介绍普鲁斯特的文字,作者为曾觉之。有心的读者也许已经注意到了,普鲁斯特逝世于1922年,怎么会在1933年发表普鲁斯特逝世十周年的纪念文章呢?周刊的编者按中有这样一段话:“普鲁斯特逝世十周年纪念为去年十一月十八日。此文早已撰写。原当公逝日登出,乃因本刊稿件异常拥挤,不得已而缓登。”对于当时的中国读者而言,普鲁斯特是很陌生的;而从《大公报》副刊的这段编者按看,中国文学界对于普鲁斯特的了解也并不迫切,或者从另一个角度看,对普鲁斯特的重要性认识不足,不然绝不会“因稿件异常拥挤”,而推迟发表纪念普鲁斯特逝世十周年的长文,且一推就是七八个月。不过,该“文学副刊”对中国读者认识并逐渐理解普鲁斯特还是作出了不可否认的贡献。曾觉之的文章,长达两万余言,共分四个部分,分别为“绪论”、“普鲁斯特之生活”、“普鲁斯特之著作”和“结论”。这篇文章对普鲁斯特的生活与创作和普鲁斯特的作品的价值发表了重要的观点。在“结论”中,有这样一段话,特别意味深长:“作家距我们太近,我们没有够长的时间以清楚地审察;看事物,尤其是评判一位作家,太切近了,是使人目眩心迷而不知所措的。”确实,理解一个作家需要时间,而评判普鲁斯特这位独特的作家就更需要时间了,何况在当时,外国人士对于普鲁斯特的批评,“赞成的说他是一位稀有天才,为小说界开一个新纪元,反对者说他为时髦的作家,专以过度的琐屑与做作的精巧炫人”。面对外国人士的是非判别,曾觉之则以一个中国人独特的目光作了如下的结论:

> 普鲁斯特在他的作品中,想以精微的分析力显示真正的人心,想以巧妙的艺术方法表出科学的真理。即他的野心似乎使艺术与科学合一;我们不敢说他是完全成功,但他的这种努力,他从这种努力所得的结果,我们可以说,后来的人是不能遗忘的。他实在有一种崭新的心理学,一种从前的文学没有的新心理学;他将动的观念,将相对的观念应用在人心的认识上,他发见一个类是崭新而为从前所不认识的人。这是近代的人,近代动的文明社会中的人,则他的这种发现的普遍性可想而知了。[1]

1 曾觉之,《法国小说家普鲁斯特逝世十年纪念——普鲁斯特评传》,见《大公报》文学副刊,1933年7月10日,第11版。

今天看来,曾觉之的结论不完全正确,但他却抓住了普鲁斯特的某些本质特征。他对普鲁斯特其人其事的评析,应该说是第一次向中国学界和中国读者比较全面地介绍了法国文学的这位巨匠。就在这篇文章发表七个月后,还是《大公报》"文艺副刊",发表了普鲁斯特《追忆似水年华》第一卷开头几段的译文,译文以"睡眠与记忆"为题。根据我们掌握的情况,这一部分译文也许是国内第一次译介普鲁斯特的文字。当半个世纪之后,《追忆似水年华》全书由译林出版社组织翻译、即将出版之际,卞之琳在《中国翻译》1988年第6期发表了《普鲁斯特小说巨著的中译名还需斟酌》一文,文中有这样一段回忆性的文字:

> ……三十年代我选译过一段。我译的是第一开篇一部分,据法国版《普鲁斯特片断选》(*Morceaux choisis de M. Proust*)加题为"睡眠与记忆",1934年发表在天津《大公报》文艺版上,译文前还说过几句自己已经记不起来的介绍语,译文收入了我在上海商务印书馆1936年出版的《西窗集》。[1]

根据卞之琳的这段话,我们查阅了《大公报》,在"文艺副刊"1934年2月21日第12版上读到了《睡眠与记忆》这一篇译文,也见到了卞之琳写下的一段他"自己已经记不起来的介绍语",其中有这样一段:

> 有人说卜罗思忒是用象征派手法写小说的第一人。他唯一的巨著《往昔之追寻》(*A la recherche du temps perdu*)可以说是一套交响乐,象征派诗人闪动的影像以及与影像俱来的繁复的联想,这里也有,不过更相当于这里的人物,情景,霎时的欢愁,片刻的迷乱,以及层出不穷的行品的花样;同时,这里的种种全是相对的,时间纠缠着空间,确乎成为了第四度(The fourth dimension),看起来虽玄,却正合爱因斯坦的学说。[2]

在介绍的话中,卞之琳还提到了曾觉之的文章。他的翻译显然受到了曾觉之那篇文章的影响。卞之琳对 Marcel Proust 的名字及书名的译法,有所不

1 卞之琳,《普鲁斯特小说巨著的中译名还需斟酌》,载《中国翻译》,1988年第6期,第26页。
2 见《大公报》文艺副刊,1934年2月21日,第12版。

同。曾觉之译为“普鲁斯特”与“失去时间的找寻”,卞之琳却译为“卜罗思忒”与“往昔之追寻”。关于书名,在1934年以后,有过不少译法,其中折射的不仅仅是语音的转写问题,而是关系到对作品理解与再表达的深层次问题,在下面的讨论中,我们将会涉及。

卞之琳的译文是《追忆似水年华》第一卷《在斯万家那边》开篇的一个片断,在“文艺副刊”上,共分为五段。这五段译文可以说是在后来的四十多年间仅见的普鲁斯特作品的中文译文,篇幅虽不多,但流传甚广。据卞之琳自己介绍,他在上海商务印书馆1936年出版的《西窗集》中收录了这个片断的译文。1970年代末,香港翻印了《西窗集》;1981年,江西人民出版社又出版了《西窗集》的修改版,其中收有这个片断。2000年12月,安徽教育出版社出版了《卞之琳译文集》,在上卷中,也收入了卞之琳译的这个片断。有必要说明的是,此时作者名已从俗为“普鲁斯特”,但五段译文经过修订,恢复了原作本来的面貌,变为八段,冠名为“《斯万家一边》第一段”,但总的书名,卞之琳还是坚持用“往昔之追寻”。

在卞之琳的译文发表之后,出现了长达近半个世纪的沉默,或者说是淡漠,中国文学界和翻译界似乎对普鲁斯特没有表示出应有的重视或兴趣,对《追忆似水年华》这部巨著,也没有发现谁有翻译的意图或志向。直到1980年代,随着中国改革开放的步伐不断加快,思想的禁区不断打开,中国学者才开始注意到了普鲁斯特在西方小说历史发展过程中的特殊位置,在《外国文学报道》上陆续出现了介绍普鲁斯特的文字[1],对普鲁斯特的《追忆似水年华》也有了一些新的认识。长沙铁道学院主办的《外国文学欣赏》1986年第3期上,刊出了刘自强翻译的《追忆流水年华》(节译)(后又在1986年的第4期与1987年的第2期继续刊出,总共约两万字)。就在同一年,即1986年的《外国文艺》第4期上,发表了郑克鲁翻译的普鲁斯特早期写的两篇短篇小说:一篇是《薇奥朗特,或名迷恋社交生活》(*Violante ou la mondanité*);另一篇是《一个少女的自白》(*La confession d'une jeune fille*),均选自他的短篇小说与随笔集《欢乐和时日》(*Les plaisirs et les jours*)。1988年,《世界文学》在当年的第2期上刊登了徐知免翻译的《追忆似水年华》第一卷《在斯旺家那

1　如在《外国文学报道》1982年第2期与第5期,分别刊登了徐和瑾的《马塞尔·普鲁斯特》与冯汉津的《法国意识流小说作家普鲁斯特及其〈追忆往昔〉》两篇文章。

边》的第一部《孔布莱》的第一章，其中包含“玛德兰蛋糕”那个有名的片断。[1] 差不多就在1980年代中期，一方面，法国几家有影响的出版社，竞相出版普鲁斯特的《追忆似水年华》新版，如伽利玛出版社于1987年推出了由让-伊夫·塔迪埃主持的七星文库版，弗拉马里翁出版社则在同年出版了著名的普鲁斯特研究专家让·米伊的校勘版；另一方面，在国内，译林出版社也开始积极物色译者，准备推出《追忆似水年华》的全译本。

在组织翻译出版《追忆似水年华》的工作中，译林出版社的首任社长李景端与编辑韩沪麟无疑作出了重要的贡献。关于组织翻译出版该书的工作，译林版《追忆似水年华》的“编者的话”有明确的说明。在“编者的话”中，编者交代了组织翻译普鲁斯特《追忆似水年华》这部在“法国乃至世界文学史上占据着极其重要的地位”的巨著的背景，对小说的艺术形式与价值作了探讨，然后对翻译这部书的必要性作了如下的阐述：

> 对于这样一位伟大的作家，对于这位作家具有传世意义的这部巨著，至今竟还没有中译本，这种现象，无论从哪个角度来看，显然都不是正常的。正是出于对普鲁斯特重大文学成就的崇敬，并且为了进一步发展中法文化交流，尽快填补我国外国文学翻译出版领域中一个巨大的空白，我们决定组织翻译出版《追忆似水年华》这部巨著。

对于中国文学界而言，普鲁斯特确实是一位姗姗来迟的大师。一部在20世纪世界文学史上公认的杰作，等了半个多世纪之后，才开始被当作一个“巨大的空白”，迫切地需要填补。在这段话中，我们特别注意到两点：一是编者把组织翻译《追忆似水年华》这部巨著提高到了“发展中法文化交流”的高度来认识；二是要“尽快”填补这个“巨大的空白”。在改革开放进程加快的1980年代中期，随着中法文化交流的不断深入，中国读书界和中国文学界确实有了迫切了解《追忆似水年华》的需要，而时任江苏人民出版社译文室主任的李景端及时把握到了这一需要。在与李景端先生的交谈中，我们了解到，实际上，在《译林》杂志社1982年在杭州召开的中青年译者座谈会上，韩沪麟和罗国林等不少与会译家和学者就提出了要尽快翻译普鲁斯特的这部

1　见《世界文学》1988年第2期，第77—121页。

传世名著。当时还就中译本的书名展开过讨论,会后不久就开始酝酿如何组织翻译工作。有人提议应该物色一位高水平的翻译家独立翻译,但鉴于《追忆似水年华》的巨大篇幅与该书难以比拟的翻译难度,当时的法语翻译界普遍认为难有人敢于担此重任。在此情况下,出版社的李景端与韩沪麟倾向于以法语翻译界集体的力量,协力完成。为推进翻译的顺利进行,同时保证翻译质量,出版社的领导与编辑采取了一系列有力的措施,对此,"编者的话"中有明确的说明:

> 外国文学研究者都知道,普鲁斯特这部巨著,其含义之深奥,用词之奇特,往往使人难以理解,叹为观止,因此翻译难度之大可想而知。为了忠实、完美地向我们读者介绍这样重要的作品,把好译文质量关是至关重要的。为此,在选择译者的过程中,我们做了很多的努力。现在落实的各卷的译者,都是经过反复协商后才选定的,至于各卷的译文如何,自然有待翻译家和读者们读后评说,但我们可以欣慰地告诉读者,其中每一位译者翻译此书的态度都是十分严谨、认真的,可以说,都尽了最大的努力,对此,我们表示衷心的感谢。为了尽可能保持全书译文风格和体例的统一,在开译前,我们制定了"校译工作的几点要求",印发了各卷的内容提要、人名地名译名表及各卷的注释;开译后又多次组织译者经验交流,相互传阅和评点部分译文。这些措施,对提高译文质量显然是有益的。

从落实各卷译者到最后交稿编辑出版,前后经历了差不多六年时间。1989 年 6 月,由李恒基、徐继曾翻译的第一卷《在斯万家那边》终于与中国读者见面了。之后,译林出版社陆续推出了七卷本的全套《追忆似水年华》。全书有安德烈·莫罗亚的序(施康强译)和罗大冈的《试论〈追忆似水年华〉》(代序),还有徐继曾编译的《普鲁斯特年谱》。七卷的译者分别为:第一卷《在斯万家那边》,李恒基、徐继曾译;第二卷《在少女们身旁》,桂裕芳、袁树仁译, 1990 年 6 月;第三卷《盖尔芒特家那边》,潘丽珍、许渊冲译,1990 年 6 月;第四卷《索多姆和戈摩尔》,许钧、杨松河译,1990 年 11 月;第五卷《女囚》,周克希、张小鲁、张寅德译,1991 年 10 月;第六卷《女逃亡者》,刘方、陆秉慧译,1991 年 7 月;第七卷《重现的时光》,徐和瑾、周国强译,1991 年 10

月。《追忆似水年华》全套出版后不久，江西的百花洲文艺出版社又出版了王道乾翻译的《驳圣伯夫》(1992 年 4 月)。1992 年 6 月，由柳鸣九先生组织，沈志明选译的《寻找失去的时间》(精华本)，分上下卷由安徽文艺出版社出版。关于"精华本"的选编与翻译，柳鸣九在题为"普鲁斯特传奇"的长序附记中这样写道：

> ……在几年前，当我创办《法国 20 世纪文学丛书》的时候，不能不对《寻找失去的时间》这部在法国 20 世纪文学中举足轻重的杰作有所考虑。很显然，这套丛书作为法国 20 世纪文学的文库，不应该缺少这个选题，但考虑到全书庞大的规模与一般读者有限的需要，七大卷当然没有必要完全收入，特别是从读书界广泛的需要来看，有了一个供研究用的全本的同时，一个比较简略、使人得以窥其全豹，并充分领略其艺术风格的选本，实大有必要。

在这里，可以看到，柳鸣九是从为一般读者考虑的角度，兼顾到《法国 20 世纪文学丛书》的体例，才决定选编"精华本"的。如何选取"精华"？柳鸣九先生在附记中作了说明：

> 既然不能单选一卷，就得取出整部作品的一个缩影，但从七卷中平均取出，篇幅亦很可观，是《法国 20 世纪文学丛书》的袖珍书所难容纳的，这样，我就只能把注意力放在这部巨著原来的三个基本"构件"，即普鲁斯特 1913 年所完成的三部：《在斯万家那边》、《在盖芒特那边》与《重新获得的时间》上，这三个"构件"组成了莫洛亚称之为"园拱"的主体，这"园拱"正是一个浑然整体，正表现出了"寻找失去的时间"这个主题，而对这三部进行选择的时候，所要注意的则是：与其照顾叙事详尽性，不如照顾文句的完整性与心理感受的细微程度以及围绕"时间"的哲理，此外，普鲁斯特那种百科全书式学者的渊博也最好有所保存。[1]

"精华本"的取舍不是一个简单的篇幅问题，它体现了编者独特的眼光

1 见马塞尔·普鲁斯特，《寻找失去的时间》，沈志明选译，安徽文艺出版社，1992 年，柳鸣九"序"，第 23 页。

和对原著的理解。应该说,普鲁斯特的这个"精华本"是中国视角下产生的一个独一无二的"版本"。后来,在沈志明编选的《普鲁斯特精选集》(山东文艺出版社,1999 年)中,也收入了这个"精华本",同时还有沈志明翻译的《驳圣伯夫》和《论画家》。

从译林出版社七卷本的《追忆似水年华》到柳鸣九主持编选的《寻找失去的时间》的"精华本",无论从书名的翻译,还是从对版本的选择[1],都体现了不同的编辑思想,更反映了对作品的不同理解。在下一节中,我们将结合对作品的理解问题就此展开更进一步的讨论。

两个不同版本的出现,"一个全译本,一个精华本,两者相得益彰,不失为社会文化积累中的一件好事"[2],似乎已经可以为普鲁斯特在中国的翻译画上一个休止符。姗姗来迟的大师在逝世近七十年后,终于在中国延续了生命。然而,一个由十五个翻译者参加翻译的全译本和一个仅从"园拱"主体中选取的"精华本",从一问世就带有某种公认的"缺陷",前者的"风格不统一"与后者的"内容不全面"的遗憾,注定要给有志还普鲁斯特真面貌的追求者以进一步接近普鲁斯特的雄心。中国最早翻译《追忆似水年华》片断的卞之琳先生在《追忆似水年华》的全译本还没有面世的时候呼吁"普鲁斯特小说巨著的中译名还需斟酌",同时以非常激烈的言辞指出:

> 文学作品的翻译,除了应尽可能保持在译入语种里原作者的个人风格以外,译得好也总不免具有译者的个人风格。译科学著作、理论著作,为了应急,集体担当,统一审校,还是行得通的,而像普鲁斯特这样独具风格的小说创作,组织许多位译者拼凑,决不会出成功的译品。照原书分七部的情况,最多组织七位能胜任的译者分部进行,最好同时在进行中由这几位合作,互据原文校核(翻译总难免疏忽),由责任编辑统一审订润饰,这是不得已的可行办法,我也顺便作此门外建议。[3]

十五个译者翻译一部《追忆似水年华》,虽然有译林出版社周密的组织,有译者之间的相互切磋,有责任编辑的严格把关,但难免有"拼凑"之嫌,更

1 译林版依据的是 1985 年的七星文库版,"精华本"依据的是 1987 年的七星文库版。
2 马塞尔·普鲁斯特,《寻找失去的时间》,沈志明选译,安徽文艺出版社,1992 年,柳鸣九"序",第 24 页。
3 见卞之琳,《普鲁斯特小说巨著的中译名还需斟酌》,载《中国翻译》,1988 年第 6 期,第 29 页。

有“风格不统一”之虑。作家赵丽宏直言不讳地指出：

> 到八十年代中期，译林出版社首次印发了《追忆似水年华》的全译本，使我第一次浏览小说的全貌。中国读者能读到的这个译本，其实并不理想。很多翻译家参与其事，每一卷有好几个译者，有时一卷有三个译者，每人翻译三分之一。尽管那些翻译家大多有一定的水平，有的水平很高，但是他们对文字的理解以及把法文转换成中文的习惯和能力不一样，这就造成了这个译本的问题，全书的风格的不统一。[1]

作为一个读者，赵丽宏对翻译有自己的判断和看法，虽然对出版年代和全书翻译的分工情况他不太了解，因不通法文对原文到底为何种风格也难以体味，但作为一个作家，他对风格问题有特别的敏感和关注，因此他的看法应该说是有针对性的。事实上，出版此书的译林出版社也意识到了这个问题：

> 由于《追忆》原先法文版本的版权已到期，加之该译本由十五位译者合译而成，风格不尽统一，又留下了诸多缺憾，所以该社拟重新组译此书，由一位认真负责，对《追忆》有研究的资深译者单独承担，不限定交稿时间。只要求他细斟慢酌，拿出一个高质量的译本。[2]

翻译风格的不统一，成为重新翻译此书的一个根本理由。出于对原著的尊重，更出于对真对善对美的追求，当年参加翻译《追忆似水年华》的十五位译者中，有多位都曾想过要在一个适当的时期，倾余生独立翻译全书。但译者中有的已经过世，有的年事已高，“美好”而勇敢的想法难以付诸实施。直到20世纪末，上海的周克希与徐和瑾几乎不约而同地开始了各自“寂寞”的精神之旅，依据不同的版本，重新翻译普鲁斯特的不朽之作。多年的努力过后，我们终于等来了周克希翻译的《追寻逝去的时光》第一卷《去斯万家那边》（上海译文出版社，2004年5月）和徐和瑾翻译的《追忆似水年华》第一卷《在斯万家这边》（译林出版社，2005年4月）。当年，普鲁斯特的《追忆似水

1　赵丽宏，《心灵的花园——读〈追忆似水年华〉随想》，载《小说界》，2004年第4期，第168页。

2　家麒，《先着手研究，再动手翻译——记新版插图本〈追忆似水年华〉译者徐和瑾》，载《译林》，2005年第3期，第210页。

年华》从1920年开始出书至1927年出齐,前后经历了七年;如今,周克希与徐和瑾中译本的出版,要出齐,恐怕至少也要七年之后,好在,姗姗来迟的大师已并不急于他的不朽之作在中国以新的面目问世,因为普鲁斯特在中国的生命历程还很长,很长。

二、跨越语言障碍,理解普鲁斯特

普鲁斯特作为世界公认的文学大师,在中国的译介却明显出现了滞后。他为何姗姗来迟?柳鸣九先生在为“精华本”所写的长序的附记中对此作了简要的回答:

> 翻译介绍《寻找失去的时间》,一直是我国法国文学工作者企望达到的目标。但这部巨著,由于其题材内容与艺术形式,长期以来在我国被视为一部“资产阶级性质十足的作品”,翻译介绍始终未能提上日程。1978年,外国文学领域里对日丹诺夫论断的批判,大大突破了20世纪西方文学译介研究的原来状况,开辟了文学翻译的新局面,从此,对20世纪外国文学的译介开始蔚然成风。然而,《寻找失去的时间》却又因为其篇幅浩大与翻译难度以及票房价值可能很低而使各出版社望而止步。

在柳鸣九的说明中,我们可以看到一部书的翻译,不仅仅是简单的语言转换,而是要受到多种因素的限制。他所提及的政治因素、语言因素与经济因素都有可能造成译介的障碍。对于普鲁斯特而言,政治因素与语言障碍无疑是推迟了其在中国传播的两大重要因素。关于前者,我们在此不拟展开分析,因为谁都可以理解,一部“资产阶级性质十足的作品”是不可能在“阶级斗争为纲”的年代翻译出版、毒害人民的。关于后者,即语言障碍,我们不妨先从书名的翻译开始分析。

有心的读者一定已经发现,在上文梳理普鲁斯特的不朽名著在中国的译介文字中,作品名的翻译很不统一。就总的书名而言,从曾觉之的“失去时间的找寻”、卞之琳的“往昔之追寻”,到刘自强的“追忆流水年华”、译林出版社版的“追忆似水年华”、沈志明的“寻找失去的时间”,再到周克希的“追寻逝去的时光”,其中的差异是多个层面的。至于各分卷的书名,别的不论,单就第一卷而言,有卞之琳的“史万家一边”、李恒基、徐继曾的“在斯万家那边”,

还有周克希的“去斯万家那边”和徐和瑾的“在斯万家这边”，从“一边”到“那边”，再到“这边”，出现的不仅是差异，不是大同小异，而是迥然而异。“那”与“这”，一字之差，虽谈不上南辕北辙，至少也是大方向有别了。我们知道，翻译过程虽然复杂，但理解是基础。书名如此不统一，甚至迥然而异，涉及的正是对原著的理解问题。

关于书名的翻译，几乎从开始介绍普鲁斯特以来，就一直存在着分歧。从语义角度看，分歧主要存在于三个关键词：首先是 A la recherche de 这个短语，分别译为“追忆”“追寻”与“寻找”“找寻”，其中最大的分歧在于“寻”与“忆”，从原文看，“寻”是贴近的，“忆”是实施“寻”之行为的方式；其次是 le temps，分别译为“时间”、“时光”与“年华”，其区别在于词的内涵有别，且语阶也有异；最后是 perdu 这个形容词，分别译为“失去的”、“逝去的”、“似水”与“流水”，有修辞性的、语域的区别，而且十分明显。关于不同译法的区别，有的认为这只是翻译方法的不同，如译林版的“编者的话”中就有这么一段说明：

> 关于此书的译名，我们曾组织译者专题讨论，也广泛征求过意见，基本上可归纳为两种译法：一种直译为“寻求失去的时间”；另一种意译为“追忆似水年华”。鉴于后一种译名已较多地在报刊上采用，按照“约定俗成”的原则，我们暂且采用这种译法。

作为译林版《追忆似水年华》的译者之一，笔者曾参加过上述的译者专题讨论。记得是 1987 年暑假在北京大学召开的。离宁赴京开会前，我专门去拜见赵瑞蕻教授，征求他的意见，他的意见很明确，说应该译为“追寻失去的时间”。那次开会讨论的情况，责任编辑韩沪麟有专文发表在《中国翻译》1988 年第 3 期上。确实，对于书名的翻译，与会的译者观点不一，最后勉强形成“编者的话”中所述的两种意见，但最终取哪一译名，竟采取了表决的方法，结果是九比九。出版社的意见比较倾向于“追忆逝水年华”，觉得比较美，符合传统的小说名，容易被一般读者接受，当然销路也会好一些。当时与会的柳鸣九先生态度也很明确。他说可以尊重出版社的意见，但作为法国文学研究者，他明确表示会用“寻找失去的时间”。国内第一个翻译介绍普鲁斯特的卞之琳先生，对译林出版社准备选定“追忆逝水年华”这一译名提出了尖锐的批评意见,与韩沪麟针锋相对,认为"普鲁斯特小说巨著的中译名还需斟酌"。对于自己的译名"往昔之追寻",卞之琳说自己也"不满意",但对译林出版社准备用"追忆逝水年华"的译名,他指出:

> 恕我不客气说,时下风气就是附庸风雅,以陈腔滥调为"喜闻乐见",以荒腔走调,写写五、七字句,自以为美,自以为雅,这正是我依据我国汉语特有的性能而最不敢领教的习气。[1]

在卞之琳看来,这不仅是一个"直译"与"意译"的问题,而是涉及"文风"的根本问题。在他看来,"说到全书名,则我敢大胆说,现定的译名不妥,还需要至少小改一下。我国要笔杆的,为文命题,遣词造句上附庸风雅的回潮复旧习气,由来已久,'五四'白话文学运动的高潮之后,即时有流行,不仅乱搬风花雪月字眼,还瞎凑五七言以至四言句"。[2] 他认为"逝水年华"在中文中"文理欠顺",说日译本用的是"逝水年华",中译本若用,不仅是"鹦鹉学舌",而且是"舌学鹦鹉"。关于何种译法为妥,他有两个选择。一个是"思华年",他很赞同:"现在听说罗大冈同志,不约而同,也建议用这个名字,我觉得理由很充分。虽说此名不如原名一样长,截取李商隐绮丽诗句,以其特殊风味和气氛,正符合普鲁斯特这部小说华丽的情调和风格。"另一个是"寻找失去的时间",他说:"张英伦同志等索性照原文干脆译成'寻找失去的时间'(古译名为"追寻失落的时光"),'因为该书的灵魂是时间,作者也是围绕"时间"两字(一词)做文章的……此外,最后一部"Le Temps retrouvé",即"重新找回的时间"与书名遥相呼应,寓意深长',我认为也很有道理。"[3]

对卞之琳的观点,译林出版社在原则上没有接受,但在语言层面,将"逝水",改为了"似水"。对于卞之琳的批评,译林版的不少译家想必不会赞同,在会上坚持要用"追忆逝水年华"的如许渊冲先生,就反对卞之琳的观点。他在后来出版的回忆录中,就用了"追忆逝水年华"这个书名。"追忆似水年华"也绝不是附庸风雅的产物,更不是"陈腔滥调"。后来这一书名被读者广为接受,也在一定程度上说明了这一点。

1 卞之琳,《普鲁斯特小说巨著的中译名还需斟酌》,载《中国翻译》,1988年第6期,第28页。
2 同上。
3 同上,第27页。

但值得思考的是，张英伦的观点是很有代表性的。柳鸣九是法国文学研究专家，他的观点也很明确，在为《寻找失去的时间》(精华本)写的序中有这样一段话：

这部小说巨著的主题是什么？主要角色是谁？对这两个问题，批评家都答曰："是时间。"没有看过这部作品的人一定会感到难以理解，这对于一部文学作品来说，简直就是一件不可思议的事！但实际情况的确如此。作者在写这部作品的时候说："时间的观念今天是如此强有力地压在我的心头"，"我一定要把这个时间的印章打在这部作品上"(见安·莫洛亚：《从普鲁斯特到加缪》第 33 页，Académique Perrin 版)，他给作品取了这样一个富有哲学意义的标题："寻找失去的时间"，就准确无误地概括与标明了整部作品的目的、主旨与内涵。[1]

柳鸣九的这段评说十分明确地谈了他对小说主题、主旨与主角的认识和看法。基于对小说的如此理解，他坚持用"寻找失去的时间"为译名便不难理解了。在这段评说中，我们可以看到"时间"一词出现四次，如果以"时光"或"年华"来取代"时间"一词，也许柳鸣九的这段评论也就失去了其深刻的意义，也就难以"准确无误地概括与表明"整部作品的目的、主旨与内涵，原作书名的"哲学意义"便会在中译名中大大减弱。看来，对于 le temps 一词的翻译是书名翻译的焦点所在，而能否传达原书名的"哲学意义"便成了关键的关键。正因为如此，《寻找失去的时间》(精华本)的译者、《普鲁斯特精选集》的编选者沈志明始终坚持柳鸣九的观点，无论在翻译中，还是在研究、评论中，用的都是"寻找失去的时间"这个书名。

上海译文出版社版的译者周克希作为译林版第五卷的译者之一，对围绕书名的翻译而存在的分歧自然十分了解，因此，在重新翻译普鲁斯特的这部巨著时，书名的翻译也成了一个他不得不面对的重要问题。在"译序"中，周克希也同样对该书的主题谈了自己的看法：

(普鲁斯特)是柏格森的姻亲，并深受这位膺获诺贝尔文学奖的法

1　马塞尔·普鲁斯特，《寻找失去的时间》，沈志明选译，安徽文艺出版社，1992 年，柳鸣九"序"，第 3 页。

> 国哲学家的影响。柏格森创造了"生命冲动"和"绵延"这两个哲学术语,来解释生命现象。他认为,生命冲动即绵延,亦即"真正的时间"或"实际时间",它是唯一的实在,无法靠理性去认识,只能靠直觉来把握。普鲁斯特接受了柏格森的观点,认为"正像空间有几何学一样,时间有心理学"。每个人毕生都在与时间抗争。我们本想执著地眷恋一个爱人、一位朋友、一些信念;遗忘却从冥冥之中慢慢升起,湮没我们种种美好的记忆。但我们的自我毕竟不会完全消失;时间看起来好像完全消失了,其实也并非如此,因为它在同我们自身融为一体。这就是普鲁斯特的主导动机:寻找似乎已经失去,而其实仍在那儿、随时准备再生的时间。普鲁斯特用了 A la recherche du temps perdu("追寻逝去的时光")这么个带有哲理意味,而又不失文采和诗意的书名,就再也清楚不过地点明了这部卷帙浩繁的作品的主题。[1]

若对照柳鸣九的那段评论来读周克希的这段话,我们发现两人探讨的几乎是同一问题,即对书名的理解。在周克希的这段话中,我们同样可以看到"时间"一词的多次重复出现,准确地说,共六次出现,但在关键的第七次应该出现的时候,周克希却用了"时光"一词取而代之,看上去似乎有些违背他的初衷。我们特别注意到其中这样一句话:"这就是普鲁斯特的主导动机:寻找似乎已经失去,而其实仍在那儿、随时准备再生的时间。"主导动机已经再也明确不过,在周克希的高度概括中,我们已经找到"寻找""失去的""时间"这几个最为关键的词,也恰好是柳鸣九所解读的那几个词:"寻找失去的时间"。有趣的是,周克希笔锋一转,出人意料地在最为关键处,将"时间"改为了"时光"。原因何在?原来柳鸣九在原书名中看到的是"哲学意味",而周克希从中看到的不仅是"哲理意义",而且是"不失文采和诗意",于是在左右权衡之下,原本被他高度概括的主导动机中的"寻找"一词,改为了"追寻","失去的"改为了"逝去的","时间"改为了"时光"。柳鸣九所强调的整个书名的哲学意义因此在周克希的笔下让位给了"文采"与"诗意",由"寻找失去的时间"变成了"追寻逝去的时光",此重心的转移,是得还是失,这是一个问题。

---

1 马塞尔·普鲁斯特,《追寻逝去的时光》第一卷《去斯万家那边》,周克希译,上海译文出版社,2004 年,"译序",第 2—3 页。

是得还是失？对此问题，周克希应该是认真权衡或考虑过的。为了回答这个问题，或者说为了寻找此书名翻译的正确性，他举了英文修订本 *In Search of Lost Time*、德文译本 *Auf der Suche nach der verlorenen Zeit*、西班牙文译本 *En busca del tiempo perdido*、意大利文译本 *Alla ricerca del tempo perduto* 的译名为证，认为意思均为“追寻逝去的时光”。但若细究，无论是英文的“time”、德文的“Zeit”、西班牙文的“tiempo”、意大利文的“tempo”，都可以直接对译成“时间”，而限定“时间”的 Lost、verlorenen、perdido、perduto，原意均为“失去的”。特别是 1934 年问世的英译本书名中的 Past 在 1992 年的修订本中改为 Lost，正是从“逝去的”改为了“失去的”。在“译序”中，译者如顺应分析的逻辑发展，应该是自然而然地译为“寻找失去的时间”的。可周克希为何却最后选定了“追寻逝去的时光”呢？

彭伦发表在 2004 年 2 月 7 日《深圳商报》上的《周克希访问》也许能为我们解答这个问题。当彭伦问：“‘追忆似水年华’这个书名在读者当中可以说是深入人心。这个重译，为什么要改成‘追寻逝去的时光’？”周克希回答说：

> “追忆似水年华”当然是非常优美的书名，让人想起李商隐的诗句“锦瑟无端五十弦，一弦一柱思华年”和《牡丹亭》里的唱词“如花美眷，似水流年”。但是从法语原名的意思上来说，这个译名似乎不太准确。这一点，也可以从其他语言译本上得到印证。英译本 Remembrance of Things Past（意为“往事的回忆”）于 1934 年问世；1992 年，英国企鹅出版社出版修订本易名为 In Search of Lost Time（意为“追寻失去的时光”）。德文译本、西班牙文译本、意大利文译本大致上均意为“寻找逝去的时光”。我去年 9 月份应法国文化部邀请到法国访问，特地向法国普鲁斯特研究专家塔蒂埃先生请教过书名的问题。他觉得“追寻逝去的时光”或“寻找失去的时间”都比“往事的回忆”更贴近于 A la recherche du temps perdu 的本意。至于英文书名中的 lost，他以为不如用 past 好。听他一席言，我在“寻找失去的时间”和“追寻逝去的时光”这两个待选的书名中肯定了后者。后来我见到程抱一先生，他也认为“追寻逝去的时光”比“追忆似水年华”好，他们的意见坚定了我改名的决心。

周克希的回答似乎难以从根本上对他的选择作出回答。若以“准确性”

为翻译标准,他必须舍弃“追忆似水年华”,哪怕在他看来这个书名“非常优美”,哪怕它在读者中“已经深入人心”。但问题是,在兼顾“准确性”的同时,他又难以割舍所谓的“文采”,再加上塔蒂埃与程抱一的意见,他“坚定了改名的决心”。但此处有两点疑问:一是塔蒂埃认为“追寻逝去的时光”或“寻找失去的时间”都比“往事的回忆”更贴近于 A la recherche du temps perdu,不知在与塔蒂埃的交谈中,周克希是如何用法文回译“追寻逝去的时光”或“寻找失去的时间”的差别的,如果是 le temps passé 与 le temps perdu 的差别,想必塔蒂埃不会赞同以“逝去的”(passé)替代“失去的”(perdu);二是程抱一的选择是在“追寻逝去的时光”与“追忆似水年华”之间,他认为前者好于后者,但若在“寻找失去的时间”与“追寻逝去的时光”之间,不知程抱一更倾向于哪一个?

如果说上海译文版的译者周克希对采取何种译名有过思考,有过分析,也有了自己明确的选择,那么译林新版的译者徐和瑾则没有在总书名上过于纠缠,他在“译后记”中几乎重复了 1990 年版的“编者的话”:

> 关于小说的总书名,当时译林出版社曾组织讨论,结果有两种意见,一是直译为“寻找失去的时间”,二是意译为“追忆似水年华”,后又进行表决,结果各得九票,平分秋色,最后译林出版社决定用后一个书名。

徐和瑾是应译林出版社之约重译《追忆似水年华》,也许是这一书名真的如彭伦所说,已经深入人心,按照接受美学的观点,该书名符合读者的审美期待,得以留存。作为新版的译者,徐和瑾恐怕也有自己的想法。实际上,无论是在 1982 年发表的《马塞尔 · 普鲁斯特》一文中,还是在 1985 年翻译的热奈特的《普鲁斯特和间接言语》中,或在 1998 年翻译出版的《普鲁斯特传》中,徐和瑾基本上没有用“追忆似水年华”的译法,而是分别译为了“探索消逝的时光”、“追寻失去的时间”和“寻找失去的时间”。在《普鲁斯特传》的“译后记”中,我们读到了如下一段话:

> 对于普鲁斯特小说的书名 A la recherche du temps perdu,国内曾有过各种各样的译法:“追思失去的年华”“探索消逝的时光”“追忆往昔”“追忆年华”“追忆似水年华”“寻找失去的时间”等,目前最常用的是后

两种译名。一九八七年,译林出版社在北京召开讨论会,会上对书名的译法进行了讨论,与会者还投票表决,结果这两种译法各九票。出版社最后决定采用意译的译名,即"追忆似水年华"。这部小说贯穿始终的主题是"时间"(temps),译成"年华""时光"等虽说文雅,却失去了"时间"的哲学涵义。介词短语 à la recherche de 可与具体的名词连用,表示"寻找",也可与抽象的名词连用,表示"探索""研究"。在普鲁斯特小说的书名中,这个短语兼有这两种涵义,即表示叙述者通过无意识回忆来寻找失去的时间,又表示一种哲学上的探索。另外,总的书名中 temps perdu(失去的时间)和第七卷的卷名 Le temps retrouvé (找回的时间)相对应,如按译林版译本的译法(似水年华/重现的时光),一般读者就无法看出其中的对应之处。根据让·米伊先生的建议,并参照德语、意大利语、俄语等语言的译名,我采用直译的方法,把小说的书名译为"寻找失去的时间"[1]。

值得注意的是,上海译文出版社和译林出版社依据的原文版有别:周克希依据的是塔蒂埃校勘的版本;徐和瑾依据的是让·米伊校勘的版本。他们在确定中译本的书名时,各自都说征询了校勘者塔蒂埃和让·米伊的意见,由此而取了不同的译名,但有趣的是,法国两位普鲁斯特研究的权威,对普鲁斯特的书名应该没有不同的意见。另外,我们注意到,徐和瑾在《普鲁斯特传》的"译后记"(写于 1997 年 3 月)中的这段话与他写于 2004 年 12 月的译林新版"译后记"的那段说明有明显的矛盾之处。按照徐和瑾在 1997 年的观点,他是不同意用译林出版社的"追忆似水年华"这一译名的。但七年之后,他应出版社之约重译小说时,却用了"追忆似水年华"这一译名,其中必有出版社的意见在起作用。在这个意义上,总书名的选择就不仅仅是译者本人的选择,而是涉及"读者期待"、"约定俗成"或"翻译赞助人"的意愿等多种因素了。如此看来,翻译的问题,不是一个简单的语言转换问题,理解固然重要,再表达则是在新的历史与文化语境中进行的,作者的意图、文本的意义、译者的理解与读者的期待在这一新的语境中,接受的是多层面的考验。在普鲁斯特进入中国的近八十年历史中,围绕着其小说书名的翻译所展开的种种讨

1 安德烈·莫洛亚,《普鲁斯特传》,徐和瑾译,浙江文艺出版社,1998 年,"译后记",第 332—333 页。

论、争论,恰正表明了翻译问题的复杂性。体现了“准确性”的“寻找失去的时间”,追求文雅的“追忆似水年华”,还有想兼具准确而又不失文采的“追寻逝去的时光”,普鲁斯特无法对之进行选择,译者又有不同的追求,看来能作出选择的只能是读者。作家赵丽宏的看法也许可以从读者的角度对书名的翻译表明一个基本的态度:

> 我不懂法文,据正在重译此书的翻译家周克希先生说,《追忆似水年华》这个书名的翻译不太准确。英文译本的书名是 Rememer branch of Things Past(赵丽宏的原文如此,有误——笔者注),就是“寻找失去的时间”,我想英文对法文的转译应该是比较准确的,那么较为准确的翻译,这本书就该叫“寻找失去的时间”,这也许与普鲁斯特的本意更接近一些。时间已经失去了,但是它还在,在你的心里与灵魂中,你可以通过你的方式把它找回来。周克希告诉我,他的译本不会用“追忆似水年华”这个名字,就用“寻找失去的时间”。其实,我觉得“追忆似水年华”也是可以的,基本上也有了“寻找失去的时间”的意思,而且更有诗意。对这样一部名著,书名其实不重要,只要你能静下心阅读,就会被它吸引,不管它叫哪个名字。[1]

围绕着总书名的翻译所展开的争论以及所展示的种种观点,使我们看到了对普鲁斯特这一巨著的理解是在一步步加深的。尽管在翻译方法和文字风格上,各译者有不同的追求,在翻译中体现了自己的主体性,但通过对总书名的讨论,至少对该书的“主题”和“主角”已经有了比较一致的理解。从卞之琳等的片断翻译,到十五个人合力翻译全书,再到沈志明在柳鸣九的建议下选译“精华本”,如今周克希与徐和瑾又在独自追寻各自心目中的普鲁斯特,希望给读者一个更真实的普鲁斯特。在追寻普鲁斯特的过程中,译者在不断加深对普鲁斯特的理解的同时,也为不懂法文的外国文学研究者和广大读者提供了接近普鲁斯特、理解普鲁斯特的更多的可能性。

通过翻译,超越语言的障碍,为国内的外国文学界研究普鲁斯特提供了方便,也为中国作家与文学大师普鲁斯特的相遇提供了可能。姗姗来迟的大

1 赵丽宏,《心灵的花园——读〈追忆似水年华〉随想》,载《小说界》,2004 年第 4 期,第 174 页。

师普鲁斯特终于渐渐地为中国文学界,为中国广大读者所知晓。在这一历程中,翻译与研究又形成了互动的关系,为理解、接近普鲁斯特打开了通道。

中国对普鲁斯特的关注与研究主要开始于改革开放初期的1980年代。确实,没有思想的开放,西方的现代派作品就难以进入中国人的视野。就我们所掌握的资料,在1980年之后,中国的法国文学界开始把目光投向了普鲁斯特。1981年的《大学生丛刊》第3期上,王泰来发表了《从普鲁斯特的小说片断看意识流的表现手法》,在新时期开启了解普鲁斯特的历程。在文章中,王泰来以简洁的文字对普鲁斯特的长篇小说作了不乏见地的介绍:

> 普鲁斯特的主要成就就是创作了一部长达十五卷,多达七部长篇组成的多卷集小说《寻找失去的时光》(1913—1927)。这是一部用第一人称(个别章节用第三人称)写作的故事错综复杂、结构新颖的作品。既像回忆,又不完全是回忆;时间、空间概念与传统小说完全不同。[1]

为了说明普鲁斯特的创作特点,王泰来选择书中那个著名的有关"马德兰小点心"的片断,进行了评说。在王泰来的文章中,普鲁斯特是被当作意识流小说的先驱介绍给中国读者的。1982年,徐和瑾与冯汉津分别在《外国文学报道》的第2期与第5期上发表文章。徐和瑾的文章着重介绍普鲁斯特的生命历程及其长篇小说的创作过程,对小说的主题、结构和特色也作了简要的分析,其中也特别提到了小说第一部分中那块"玛德莱纳小甜糕"在普鲁斯特小说创作中的重要意义。冯汉津的文章从意识流入手,将普鲁斯特列为西方文学中意识流写作方法的"开山鼻祖"之一,进而就小说的"精神人物"、小说描写的"精神世界"和创作手法进行了讨论,认为"时间无疑是主宰这部作品的'精神人物'",也又一次论述了"蛋糕浸在茶里的那段著名描写"。

在王泰来、徐和瑾和冯汉津之后,国内法国文学研究界的不少学者都对普鲁斯特表示出了兴趣,陆续在《外国文学欣赏》、《外国文学研究》、《当代外国文学》、《外国文学》和《外国文学评论》等杂志上发表文章。在译林版的《追忆似水年华》问世之前,国内发表的有关普鲁斯特及其小说创作的文章主要有:廖星桥的《普鲁斯特和他的〈忆流水年华〉——法国现代派文学浅探

---

1 王泰来,《从普鲁斯特的小说片断看意识流的表现手法》,载《大学生丛刊》,1981年第3期,第54页。

之三》、韩明的《灵魂探索的历程》、刘自强的《普鲁斯特的寻觅》、罗大冈的《生命的反刍——论〈追忆逝水年华〉》和徐知免的《论〈追忆逝水年华〉》[1]。

1989 年 6 月,译林出版社推出了《追忆似水年华》的第一卷《在斯万家那边》,之后,又艰难地出版了两卷。由于出版效益问题,出版社曾一度延缓其他各卷的出版。后来,在法国驻华大使贡巴尔的支持下[2],译林出版社在 1991 年陆续推出了其他各卷。根据统计,自译林版《追忆似水年华》出版以来,十六年间在大陆共发行了七卷本 48 180 套(第一卷 49 690 本),三卷本 69 500 套,两卷本 52 000 套,如此大的发行量,想必读者不少。《追忆似水年华》的全部出版和广为发行在客观上推动了对普鲁斯特的了解与研究。从 1990 年至今,报纸上的零星报道或涉及该书的文章不计,十六年间发表的《追忆似水年华》的评介文章或研究论文超过六十篇。其作者主要分两类:第一类为懂法文的法国文学研究者,如柳鸣九、郑克鲁、张新木、刘成富、涂卫群、刘波等,参加翻译此书的部分译者也以译者序、散论或专论的形式发表了一些文章,如沈志明、许钧、张寅德、袁树仁、徐和瑾、周克希等;第二类是不懂法文的作家和外国文学研究者,如赵丽宏、曹文轩、马莉、曾艳兵等。《追忆似水年华》全书的出版不仅推动了对普鲁斯特的介绍和研究,也推进了有关普鲁斯特的生平与研究文献的翻译与出版,如让-伊夫·塔迪埃的《普鲁斯特和小说》由桂裕芳和王森执译,于 1992 年由上海译文出版社出版;热拉尔·热奈特的《叙事话语·新叙事话语》由王文融翻译,于 1990 年由中国社会科学出版社出版;安德烈·莫洛亚的《普鲁斯特传》由徐和瑾翻译,于 1998 年由浙江文艺出版社出版;《文学与思想丛书》还以贝克特等著的长文《普鲁斯特论》为书名结集出版了爱尔兰、俄罗斯、法国等文论家论普鲁斯特、莎士比亚创作的论文(科学文献出版社,1999 年);《外国文艺》1999 年第 1 期发表了英国马尔科姆·布雷德伯里的《马塞尔·普鲁斯特》(刘凯芳译)等。而这些文献资料与研究成果的翻译出版,反过来又为研究普鲁斯特提供了方便。在翻译与研究互动的基础上,中国年轻一代的学者还撰写了《普鲁斯特评传》[3],被

---

1 分别见《外国文学欣赏》1985 年第 1 期、《法国研究》1987 年第 1 期、《当代外国文学》1987 年第 3 期、《外国文学评论》1989 年第 4 期、《当代外国文学》1989 年第 4 期。

2 笔者于 1990 年在南京"中法委员会"成立期间,为与会的贡巴尔大使当翻译,谈及《追忆似水年华》翻译及出版困难等情况,他当即表示法方可以资助。后来笔者向李景端汇报了此事。译林出版社经过努力,获得了出版资助。

3 涂卫群,《普鲁斯特评传》,浙江文艺出版社,1999 年。

认为是我国学者研究普鲁斯特作品的第一部力作。

从改革开放之始,国内法国文学界的学者把目光投向普鲁斯特至今,已经过去了二十五年。二十五年来,应该说对普鲁斯特的研究与理解是在一步步加深。下面,我们结合有关文章,看看中国学者是如何看待普鲁斯特及其小说的,又从哪些方面对普鲁斯特的小说进行了研究。

首先需要指出的是,译林版的安德烈·莫罗亚长序(施康强译)和罗大冈的代序《试论〈追忆似水年华〉》对后来的研究者产生了较大的影响。而让-伊夫·塔迪埃的《普鲁斯特和小说》与热奈特的《叙事话语·新叙事话语》为研究者提供了方法论的参照和重要的观点支撑。经过对我们目前所掌握的五十余篇文章一一检视,我们发现在1980年代发表的大部分文章基本上都没有注明文章引用的资料来源。到了1990年代之后,也许是有关杂志社对论文的引文标注开始有了比较严格的要求,大部分论文都有文献标注。经过检索,所有论文引用的参考资料加起来不超过十种,而被引用最多的就是上文提及的《普鲁斯特和小说》、莫罗亚的长序以及他所著的《普鲁斯特传》的有关观点与文献,热奈特的观点被直接引用的不算太多。如曹文轩发表在《十月》2000年第3期上的《寂寞方舟——关于普鲁斯特》一文,其引文就是取自《普鲁斯特和小说》、《普鲁斯特传》和《普鲁斯特论》三部译成中文的书籍。即便是法国文学研究界的学者,包括张寅德在内,使用的资料也基本上为上述的有关资料。从发表的论文看,张新木使用的原文资料比较丰富,除上述资料外,他还使用了德勒兹的《普鲁斯特与符号》(法国大学出版社,1964年)、罗兰·巴特《新评论集》中的《普鲁斯特和名字》(瑟伊出版社,1972年)、乔治·布莱的《普鲁斯特的空间》(伽利玛出版社,1963年)以及法国《诗学》杂志上有关普鲁斯特的文章。除这些新的资料外,郑克鲁使用的一些研究资料也值得注意,如他发表在《临沂师范学院学报》2004年第2期上的《普鲁斯特〈追忆似水年华〉的多声部叙事艺术》中就标明引用了布雷的《失去的时间到重现的时间》(法国美文出版社,1950年)、柏格森的《论意识的直接材料》(法国大学出版社,1917年)、皮孔的《阅读普鲁斯特》(瑟伊出版社,1963年)和马塞尔·穆勒的《〈追忆似水年华〉中的叙述声音》(日内瓦·德罗兹书局,1983年)等重要资料;在《普鲁斯特的意识流手法》(《社会科学战线》,1992年第2期)和《普鲁斯特的语言风格》(《外国文学评论》,1992年第2期)这两篇论文中,他使用的也有不少是原文资料,如乔治·卡托伊的《失去和重新找到的普鲁斯特》(普龙出版社,1963年)、克洛德·莫里亚克的《普鲁斯特》和让·穆通的《普鲁斯特的风格》(巴黎尼泽出版社,1973年)等。由于张新木与郑克鲁掌握的材料相对来说比较丰富,所以他们的研究角度与途径就有所不同,对此下文还将详述。

除了译林1989年版的莫罗亚长序与罗大冈的代序之外,我们特别注意到,柳鸣九为安徽文艺出版社版的《寻找失去的时间》(精华本)所作的长序《普鲁斯特的传奇》,沈志明为《普鲁斯特精选集》所写的编选者序《普鲁斯特的创作思想和小说艺术》,以及周克希为上海译文出版社版《追寻逝去的时光》写的译序与徐和瑾的译林新版的译后记,均对《追忆似水年华》进行了各自的阐释。柳鸣九着力探讨了两个主题:一、小说的主题与主要角色是谁?二、普鲁斯特具有何种条件能谱写出如此的人生传奇?沈志明的长序主要回答了三个方面的问题:普鲁斯特的创作历程、创作思想和创作特色,其中他明确说明"普鲁斯特并非柏格森主义者"。关于这一点,沈志明的观点与中国学界以往对普鲁斯特的介绍是完全不同的。他指出:"人们在谈论普鲁斯特的时候,往往先讲一通柏格森,说什么'普鲁斯特师承柏格森主义','是柏格森的信徒','普鲁斯特的作品图解柏格森的哲学',等等。我们认为这些说法有失偏颇。诚然,普鲁斯特受过柏格森的教诲,受到一定的影响,但他不是柏格森主义者。"[1]他认为,"普鲁斯特的直觉印象说非但与柏格森的直觉主义不同,而且与象征派非理性的、梦幻式的直觉说也迥然有异"。[2] 周克希的译序与柳鸣九和沈志明的长序相比,具有另一种风格:他没有就小说本身作深入的思考,而是从一个译者的角度,以散文化的笔调,记叙了他对小说结构、小说风格和小说创作历程的认识,字里行间,透出他对小说的一份挚爱以及他移译的艰难与奋斗。徐和瑾是一个学者型的翻译家,他是新时期最早关注普鲁斯特的学者之一,加之他又翻译过莫洛亚的《普鲁斯特传》,应该说,他对普鲁斯特作品的了解与理解是比较全面和深入的。在译后记中,他以十分精练的文字,对《追忆似水年华》涉及的几个重要问题作了提纲挈领式的阐述:意识流——内心独白;无意识回忆——马德莱娜蛋糕;房间卧室——回忆的场所;贡布雷——真实和虚构;"斯万之恋"——普鲁斯特爱情理论的范例;卡特利兰花;小乐句——樊特伊奏鸣曲和斯万的梦。借助

1 沈志明编,《普鲁斯特精选集》,山东文艺出版社,1999年,"编选者序",第13页。
2 同上。

对作品所涉及的这些重要问题的简释，徐和瑾为中国读者接近和理解《追忆似水年华》打开了一扇扇窗户。确实，作为《追忆似水年华》的译者或研究者，柳鸣九、沈志明、周克希与徐和瑾为《追忆似水年华》在中国的传播作出了不可替代的重要贡献。

在研究《追忆似水年华》的中国学者中，郑克鲁、张寅德和张新木的工作值得特别推荐。郑克鲁从1990年代初开始，一直关注普鲁斯特。他在《外国文学评论》《社会科学战线》等刊物发表了多篇研究普鲁斯特的文章，后又在他所著的《现代法国小说史》中专辟一章，题为"意识流小说家马塞尔·普鲁斯特"，对"普鲁斯特的生平与创作"、"普鲁斯特的意识流手法"和"普鲁斯特的语言风格"作了较为系统的研究。他认为"《追忆似水年华》的独创性首先表现在意识流手法的运用上"，而"普鲁斯特的意识流手法表现为回忆"，"既然是回忆，就必然与时间相连。普鲁斯特创造了一种'时间心理学'"。从意识流这一独创性因素入手，郑克鲁对普鲁斯特的特点作了探讨和分析，进而归纳出普鲁斯特意识流手法的五个特点。[1] 除了对普鲁斯特意识流手法的探讨之外，郑克鲁对普鲁斯特语言风格的研究也颇具特色。他指出："构成普鲁斯特语言风格的基本的要素是：复杂繁富的长句，和谐多彩的句型；前者为主要特色，后者如众星拱月，起着平衡和多变的辅助作用。两者相得益彰，不可或缺。复杂繁富的长句和细腻曲折的感情宣泄相适应，而和谐多彩的名字与优美、柔和、自然、机智的表达方式相合拍，这正是普鲁斯特的文字在感情色彩上表现出来的风格特点。"[2]

意识流手法是普鲁斯特创作的独创性因素，而风格则是普鲁斯特区别于其他作家的本质性因素，郑克鲁对这两者的分析和探讨的价值是显而易见的。张寅德关注的焦点与郑克鲁不同。他最早探讨的是"普鲁斯特小说的时间机制"问题，之后逐渐关注普鲁斯特的叙事手法与风格。1992年，张寅德在三联书店（香港）有限公司出版了《意识流小说的前驱：普鲁斯特及其小说》一书，全书共四章，分别为"普鲁斯特的生平"、"普鲁斯特的作品"、"普鲁斯特与时代"和"《追忆似水年华》评析"。特别值得一提的是该书的第四章，着力于分析《追忆似水年华》的"三重主题、叙事主体、时间结构与艺术风格"四个重要问题。从全书的写作看，张寅德对《追忆似水年华》的分析主要得

1　见郑克鲁，《现代法国小说史》，上海外语教育出版社，1998年，第99—116页。
2　同上，第116—117页。

益于热奈特的叙事理论。

张新木对普鲁斯特的研究采用的是符号学途径。他发表了《用符号重现时光的典型——试释〈追忆似水年华〉的符号体系》、《论〈追忆似水年华〉中的符号的创造》和《论〈追忆似水年华〉的叙述程式》三篇系列论文。他认为:"普鲁斯特的小说创作主要依靠两个形式,即'我'和时间。'我'统一了叙述视野,使人物服从于中央视角。同时'我'没有打上明确的个性印记,具有足够的普遍性,成为一切人的我。(……)时间则控制着小说的进展、故事的叙述和人物的生活。"《追忆似水年华》是"以符号的形式重新创造和安排时间,使过去、现在、未来融为一体,组成一个独特的时光体系,造就了《追忆似水年华》的巨大魅力"。[1]关于普鲁斯特在小说创作中的符号创造,张新木指出:"从提取时间并使它成为符号的方法来看,《追忆》中有反理性法、组合法、运转法等。"[2]而整部小说"采用了三部生产作品的机器:生产零碎物品的机器、生产共鸣效果的机器和非道、非逆向运动的机器。每台机器都生产出真理,生产出时光符号:零碎物品显示消逝的时光、共鸣显示重现的时光、非逆向运动用运转法显示时光的消逝,赋予时光符号一种统一的形式"。[3]从张新木的研究看,符号学的研究途径有助于整体把握普鲁斯特的小说创作手法和内在联系。

就总体而言,中国学者对《追忆似水年华》的研究应该说是一步步前进的,而且研究的角度也有所变化。但不可否认的是,无论是研究的深度,还是研究的广度,都与普鲁斯特及其巨著《追忆似水年华》在文学史上的地位极不相称。从研究的内容看,我国学者所关注的问题比较集中,或者说比较单一,大部分都只局限于一般的介绍;从研究的方法看,除上文中提及的一些较有特色的研究之外,不少文章都是采用中国传统的方法,着重于生平和创作思想的评介,很少就作品的本身展开系统的分析与深入的研究。而且,研究的重复性比较突出,绝大多数文章都基本上围绕着小说创作的主题——时间、柏格森对普鲁斯特的影响、无意识回忆等手段展开,甚至连举的例子都有雷同的倾向,玛德莱纳蛋糕几乎成了一个永恒的例证。就此而言,中国学界对普鲁斯特的研究在某种意义上只是刚刚起步,我们期待着更深入、更为系统的探索。

---

1 见张新木,《论〈追忆似水年华〉中符号的创造》,载《外国文学评论》,1997年第2期,第42页。

2 同上,第43页。

3 同上,第46页。

三、普鲁斯特在中国的影响

从1934年卞之琳以“睡眠与记忆”为题翻译了普鲁斯特那部不朽名著开篇几个段落开始，到1991年译林出版社出齐了《追忆似水年华》的全译本，再到2004年和2005年上海译文出版社与译林出版社分别推出由周克希和徐和瑾执译的重译本的第一卷，普鲁斯特在中国的翻译历史前后已历经七十多个春秋。作为在世界文学史上有着重要地位的文学大师，普鲁斯特在中国的译介历程远远没有结束，他的长达数十卷的《书信集》在中国基本没有译介，只有零星的介绍[1]；周克希与徐和瑾分别执译的重译本至今也只出版了第一卷，其余六卷的出版遥遥无期；特别是中国学界对普鲁斯特的研究，大都只局限于一般的介绍，少有深入的探讨，更遑论系统而全面的研究，如中国社科基金迄今没有有关普鲁斯特研究的课题立项。在这个意义上说，普鲁斯特在中国的生命历程还将继续。在上文中，我们对普鲁斯特在中国的译介历程作了比较客观的描述与简要的分析，从中我们可以看到，译林出版社从1989年开始陆续推出普鲁斯特的《追忆似水年华》的全译本，对于普鲁斯特在中国的传播与影响而言，是一个具有历史性意义的事件。对于翻译者与出版者而言，《追忆似水年华》全译本的问世，填补了我国外国文学翻译史上一个巨大的空白；对于作者普鲁斯特而言，他终于在人数众多、历史悠久的汉语世界赢得了广大的读者；对于读者而言，通过汉译本，他们终于有缘可以结识20世纪最伟大的作家之一普鲁斯特，在他创造的神秘的符号世界中与大师交流；对于研究者而言，无论是通晓法语的，还是不懂法语的，《追忆似水年华》全译本的问世，无疑为他们的探索与研究提供了莫大的便利，在某种意义上也直接推动了中国学者对普鲁斯特的关注与研究。

在上文中，我们已经提到，在杂志上发表的对普鲁斯特的片断译介和有关出版社出版的普鲁斯特的著作不计，单就译林出版社推出的《追忆似水年华》的全译本而言，从1991年全译本问世至2005年底，总计发行169 680套（不包括该书的台湾版发行的7 500套），足见中国读者对普鲁斯特的关注和喜爱程度，当然也不排除某种好奇与从众的阅读心理。

1991年，《追忆似水年华》全译本问世在中国产生了巨大的轰动效应，从

1　如袁莉翻译的《普鲁斯特致安德烈·纪德的信》，载《当代外国文学》，1995年第2期，第140—141页。

新华社到《人民日报》《光明日报》等各大媒体,纷纷报道普鲁斯特这部不朽名著中译本的问世,中央电视台和国际广播电台也作了报道。次年,《追忆似水年华》全译本荣膺中国新闻出版署主办的中国首届全国外国文学优秀图书一等奖(1992年)和江苏省第二届文学艺术金奖。在此之前,笔者曾用法语撰文,就普鲁斯特《追忆似水年华》在中国的问世过程作了介绍与分析,以《神秘的普鲁斯特与好奇的中国人》为题,分别发表在法国著名的文学刊物《文学半月刊》(1990年2月16日—28日刊)和《世界报》(1990年1月20日第2版)上,引起了法国学者和读者对普鲁斯特在中国的译介与传播过程的关注。

《追忆似水年华》全译本的问世,不仅造成了一时的轰动,而且还产生了持续的影响。中国文学界和外国文学界对普鲁斯特始终抱着极大的兴趣,特别是对于中国作家而言,普鲁斯特的《追忆似水年华》是不能不读的作品。2000年,漓江出版社出版了由刘锋、张杰、吴文智主编的《20世纪影响世界的百部西方名著提要》,《追忆似水年华》毫无争议地入选此书,由宋学智撰写提要,就《追忆似水年华》的主要内容、结构、创作方法与特色进行了探讨,对普鲁斯特的地位与影响作了世纪性的认定。

普鲁斯特借助翻译,在中国得以延伸其生命,全译本巨大的发行量、无数的读者和持续不断的关注,构成了其影响的表征。在我们看来,一部文学作品真正持久的影响力,并不完全决定于其发行量的多少,而要看其是否能作用于人类的灵魂,是否能对后来作家的创作产生影响。

在《追忆似水年华》全译本在中国问世后发表的有关阅读或评论普鲁斯特的文字中,我们特别注意到了赵丽宏的《心灵的花园——读〈追忆似水年华〉随想》。普鲁斯特的追忆作用于赵丽宏的随想,而在赵丽宏的随想中,我们可以真切地感受到普鲁斯特对于他的灵魂与精神的影响。赵丽宏在文章开篇这样写道:

> 读《追忆似水年华》,是一次美妙的精神漫游。在一个个寂静的夜间,独自静静地品读,静静地走进普鲁斯特的世界,可以看到一个人的心灵怎么繁衍、成长为一个阔大涵深的花园。[1]

---

1 赵丽宏,《心灵的花园——读〈追忆似水年华〉随想》,载《小说界》,2004年第4期,第167页。

在赵丽宏看来,“世界上最丰富和博大的不是我们可以看见的客观的世界,而是人类的心灵,这种博大和丰富是无穷无尽的”。他读《追忆似水年华》就有这样的感受。普鲁斯特“把自己的心灵开掘出来,打开心门,让内心深处最隐秘的情感源源不断地喷出来、流出来、飞出来,显现出一个丰富而美妙的世界。因此我说它是心灵的一片花园”。[1]

在普鲁斯特开辟的这片心灵的花园中,赵丽宏感到了普鲁斯特用诗意的语言所构筑的对时间、空间和生命的种种感受,具有渗透力极强的影响,因而激起了赵丽宏“强烈的共鸣”:

> 一个热爱艺术的人,拒绝大自然的亲近,那是无法想象的。这点引起我强烈的共鸣。我也是一个非常迷恋大自然的人,曾经在农村生活过多年。“文革”时期,我“插队落户”在崇明岛一个偏僻的村庄里,生活艰苦,处境孤独,心情也忧郁,但我和美妙的大自然朝夕相处,常常会面对着大自然万种风情产生各种各样的遐想。那时有些农民看见我独自一人坐在海堤上看落日沉江,一直到天黑才回家,担心我这个沉默寡言的知青是不是变傻变呆了,甚至以为我有自杀的倾向。其实他们不了解我,那恰恰是我陶醉享受的时光。面对着美妙的大自然,一切忧伤和忧愁都会在瞬间烟消云散。所以读普鲁斯特对大自然的那些描绘特别能使我引发共鸣。(……)在《追忆似水年华》中,我听见普鲁斯特时时都在对我说:“好好看,世界上所有奇妙的秘密都蕴藏在这些最简单的事物中。因为你愚钝,因为你麻木,所以你才会视而不见!”现在那种科技高度发达、物欲汹涌泛滥的生活会使很多人愈益愚钝麻木,尽管他们觉得自己的聪明胜过前人。我想,如果能静下来读读《追忆似水年华》这样的书,我们的精神世界就会丰富一点,我们的愚钝和麻木或许会少一点。[2]

在赵丽宏的这段文字中,我们不难看到,普鲁斯特对于他的影响是深刻的。普鲁斯特为他打开了心灵的世界,在这个世界里,他看到了激情的生命过程的重演,看到了失去的时光在重现,看到了人的精神世界在丰富,看到了

1 赵丽宏,《心灵的花园——读〈追忆似水年华〉随想》,载《小说界》,2004 年第 4 期,第 168—169 页。
2 同上,第 171 页。

人的心灵在成长。

在2005年上海图书馆“纪念上图讲座二十五周年”活动中,赵丽宏在上海图书馆“名家解读名著”讲坛上,与广大读者分享了他阅读、理解普鲁斯特的《追忆似水年华》的经历,通过“空中图书馆”,将他所体验的普鲁斯特介绍给更多的读者与听众。

赵丽宏阅读普鲁斯特的经历与感受,从一个侧面反映了普鲁斯特对读者心灵世界的影响力与渗透力。同时,在中国当代作家的一些著述中,我们还发现了在写作的层面,中国作家从普鲁斯特那里所受到的启迪与影响。余华的《在细雨中呼喊》就留下了普鲁斯特的痕迹。

《在细雨中呼喊》成书于1991年9月17日,是余华的第一部长篇力作。据上海文艺出版社的作品简介,“小说描述了一位江南少年的成长经历与心灵历程。作品的结构来自对时间的感受,确切地说是对记忆中的时间的感受,叙述者天马行空地在过去、现在和将来这三个时间维度里自由穿行,将记忆的碎片穿插、结集、拼嵌完整”。《在细雨中呼喊》的这段介绍性文字,自然而然地将笔者的目光引向了普鲁斯特的《追忆似水年华》,两者之间,显然存在着某种关联。1991年前后,是《追忆似水年华》在中国最为轰动的一段时间,赵丽宏在用心阅读《追忆似水年华》之后写过这样一段话:

> 时间。回忆。普鲁斯特小说中的这两个主题是发人深省的。时间在毁灭一切,而回忆可以拯救已经消失的往昔。其实人世间任何一刻只要发生过的就不会消失,只要你记得它,只要你愿意回忆它,只要你珍惜它。如果你是一个珍惜光阴、热爱生命、喜爱艺术的人,那么你曾经经历过的生活——那些美妙的、哀伤的、刻骨铭心的瞬间,就可能在你意想不到的时候,当一个特定的情景在你的周围发生时,它们就会不期而至,把你重新找回到已经消逝的时光中,激情的生命过程重现了,重演了。这是一种奇妙的境界。我们相信每个人都可以达到这种境界,普鲁斯特用他的小说为我们作了示范。[1]

我们不知余华是否在《在细雨中呼喊》中达到了普鲁斯特的这种境界,

1 赵丽宏,《心灵的花园——读〈追忆似水年华〉随想》,载《小说界》,2004年第4期,第178页。

也不知余华是否承认普鲁斯特的小说为他的创作“作了示范”，但《在细雨中呼喊》的作品简介的这几行文字足以显示两者之间所存在的隐秘联系。实际上，余华在 1998 年 8 月 9 日为《在细雨中呼喊》的意大利文版写的自序中，或多或少地披露了源自普鲁斯特《追忆似水年华》的某种影响：

> 我想，这应该是一本关于记忆的书。它的结构来自对时间的感受，确切地说是对已知时间的感觉，也就是记忆中的时间。这本书试图表达人们在面对过去时，比面对未来更有信心。(……)当人们无法选择自己的未来时，就会珍惜选择过去的权利。回忆的动人之处就在于可以重新选择，可以将那些毫无关联的往事重新组合起来，从而获得了全新的过去，而且还可以不断地更换自己的组合，以求获得不一样的经历。[1]

余华评价自己作品的这段话，完全可以用于评价普鲁斯特的《追忆似水年华》。安德烈·莫罗亚为《追忆似水年华》所写的长序中有类似的评说：《追忆似水年华》的“第一主题，是时间。他的书以这个主题开端、告终”。时间于是又成了全书的结构之源：“‘过去’便是我们每个人身上都存在的某种永恒的东西。我们在生命中某些有利时刻重新把握‘过去’，便会‘油然感到自己本身是绝对存在的’。所以，除了第一个主题：摧毁一切的时间而外，另有与之呼应的补充主题：起保存作用的回忆。”[2]拿余华的话说，回忆，是为了获得过去，一个“全新的过去”。看来，余华对普鲁斯特创作的奥秘是心领神会的。他在 2003 年 5 月 26 日为韩文版写的自序中进一步道出了他创作《在细雨中呼喊》的初衷，也坦言了普鲁斯特对他的影响：

> 我要说明的是，这虽然不是一部自传，里面却云集了我童年和少年时期的感觉和理解，当然这样的感受和理解是以记忆的方式得到了重温。
>
> 马塞尔·普鲁斯特在他那部像人生一样漫长的《追忆似水年华》里，有一段精美的描述。当他深夜在床上躺下来的时候，他的脸放到了枕头上，枕套的绸缎可能是穿越了丝绸之路，从中国运抵法国的。光滑

1　余华著，《在细雨中呼喊》，上海文艺出版社，2004 年，“意大利文版自序”，第 5 页。

2　安德烈·莫罗亚，“序”，施康强译，见马塞尔·普鲁斯特，《追忆似水年华》，李恒基、徐继曾等译，译林出版社，1989 年，第 7 页。

> 的绸缎让普鲁斯特产生了清新和娇嫩的感觉,然后唤醒了他对自己童年脸庞的记忆,他说他睡在枕头上时,仿佛是睡在自己童年的脸庞上。这样的记忆就是古希腊人所说的"和谐",当普鲁斯特的呼吸为肺病困扰变得断断续续时,对过去生活的记忆成为了维持他体内生机的气质,让他的生活在叙述里变得流畅和奇妙无比。[1]

显然,对于普鲁斯特,余华是认同的。安德烈·莫罗亚说:"普鲁斯特的主要贡献在于他教给人们某种回忆过去的方式。"借助于普鲁斯特传授的某种回忆过去的方式,余华通过创作《在细雨中呼喊》,得以"在记忆深处唤醒了很多幸福的感觉,也唤醒了很多辛酸的感受"。[2]

像余华一样,在普鲁斯特那儿悟到了某种回忆过去的方式的作家在中国恐怕还有。像作家史铁生,当他在轮椅上用心阅读《追忆似水年华》的时候,也许他获得的,不仅仅是回忆过去的方式,更是他追寻生命之意义、赋予生命新的本质的某种启迪。又如评论家费振钟,在他的近作《为什么需要狐狸》一书的自序"梦到狐狸也不惊"中,他这样写道:

> 感性在时间之中存在,并且在时间中生长,追寻失去的时间,在普鲁斯特那里,就是追寻那些时间之中的感性世界。你读普鲁斯特的小说,就知道早在写作《驳圣伯夫》时,每天早晨谛听天鹅绒窗帘之外的阳光,他对于时间的幻想和认识,总是与他复活感性的努力联系在一起。感性在时间远处,体现了它记忆的长度和历史厚度。一个能够回到感性的历史之中的人,才说得上感性的复活,才有真正的感性。[3]

读费振钟的这段话,再读他的《为什么需要狐狸》,我们可以相信,费振钟也在普鲁斯特那儿,找到了回到感性的历史之中的道路,找到了重新找回失去的时间的道路。普鲁斯特应该为此感到高兴,他所开辟的独特的"回忆"之路,将会继续在全世界,在中国,为人们与时间抗争,与遗忘抗争,寻找失去的时间,进而追寻生命之意义提供种种可能性。

---

1 余华,《在细雨中呼喊》,上海文艺出版社,2004年,"韩文版自序",第7页。
2 同上。
3 费振钟,《为什么需要狐狸》,江苏文艺出版社,2006年,"自序",第2页。

论翻译价值与翻译批评

翻译作为人类一种跨文化的交流活动，它所涉及的内容是深刻而广泛的。对翻译的研究，除了我们特别关注的有关翻译本质、过程、任务、翻译主体、影响翻译的因素和翻译矛盾等基本问题之外，不能不对翻译活动的作用问题加以思考。“译何为？”对这一问题的思考，既可以在理论层面展开，也可以从史的角度切入；既可以考虑诗学层面的得与失，也可以探索伦理层面的进与退，更可以衡量文化层面的功与过。

从理论层面思考“译何为”，更多的是落实在“翻译应该有何作为”中的“应该”一词上。“应该”一词往往带有理想化的“色彩”，它不可避免地又要与翻译者的目的与动机结合在一起，还涉及翻译本质、原则、标准与方法诸方面。可以说，思考“译何为”，牵一发而动全身，从宏观到微观，从外部到内部，从翻译目的到翻译实际过程，再到翻译结果，都应该有所考虑。正因为如此，20 世纪 60 年代以来西方兴起的一些翻译理论流派，在他们探讨翻译问题的论著中，或多或少都涉及“译何为”这一问题。[1] 尤其是“目的学派”的代表

1 陈德鸿、张南峰编，《西方翻译理论精选》，香港城市大学出版社，2000 年，参见该书的第四、六、七、十、十一章。

人物弗美尔,他认为"任何形式的翻译行动,包括翻译本身,都可以视为一种行动。任何行动都必定有目的"。鉴于此,他从狭义的翻译角度,探讨了翻译"目的"这一概念所包含的三层意思:一、"谈翻译过程时,指过程的目标";二、"谈翻译结果时,指译文的功能";三、"谈翻译模式时,指模式的意图"。[1]若我们再深究一步,不难看到,弗美尔所指的"目标""功能""意图"与"译何为"的关系是非常紧密的:制定目标,实际上是为翻译应有何为确定一个坐标;而"译文的功能",更是翻译行为的最终完成到底能起何种作用的具体体现;至于"模式的意图"的确立,直接影响着翻译策略的采取,涉及翻译"欲何为"的关键所在。

然而,对翻译作用的理想期待,往往在具体的翻译行为或翻译过程中受到限制,翻译的理想目标因此难以实现,翻译的理想作用也常常因得不到正常的发挥而大打折扣。从翻译历史的进程看,我们不难发现,在理想的目标与实际的作用之间存在着不可忽视的差距,甚至出现负面的偏差。人们期望翻译能起着双向的沟通作用,有助于不同民族文化的交流和丰富,但历史上却不乏对出发语文化加以曲解,甚至当作"文化战利品",随意宰割的翻译事实;[2]人们期待翻译为目的语及其文化引入新鲜的血液,带来新的思想,催育或丰富目的语文化,可历史上却往往出现过分"归化"的翻译潮流,其结果是不时造成目的语及其文化的"溶血";人们期待翻译能为不同文化的对话创造条件,却不无痛苦地发现,在弱势文化与强势文化的对话中,翻译有时竟充当着强势文化侵略弱势文化的帮凶角色,沦为某种殖民的工具。路易·凯利就此种现象曾经一针见血地指出:"美国人是在人类学研究和基督教传教活动的背景之下发展翻译理论的,而英国人则是为了配合殖民统治之需。"[3]考察中西方翻译史,可以看到理想的目标和实际的作用之间所出现的负面的偏差不是个别的现象,尤其在后殖民的语境下,翻译的作用问题更成了人们关注的焦点问题之一。如何给翻译定位?如何认识翻译的作用?如何评价广义的翻译活动和狭义的翻译实践?这一个个问题,构成了我们讨论的基本内容。

---

1 陈德鸿、张南峰编,《西方翻译理论精选》,香港城市大学出版社,2000年,第73页。

2 参见谭载喜,《西方翻译简史》,商务印书馆,1991年,第22页。

3 Kelly, Louis: *The True Interpreter, A History of Translation Theory and Practice in the West*, Oxford: Basil Blackwell, 1979, p.225.

一、为翻译定位

为翻译定位,更确切地说,是要探讨翻译到底应该有何作为。在对这一问题进行讨论之前,有必要说明一点,那就是"为翻译定位"这一说法,借自于特贾斯维尼·尼朗贾纳所著的《为翻译定位:历史、后结构主义和殖民语境》[1]一书。

我们知道,尼朗贾纳在这部著作中所使用的"翻译"一词,"并非仅指一种跨语际的过程,而是对一个完整问题系的称谓"[2],因为"在后殖民的情境下,翻译的问题系(the problematic of translation)成了引发有关再现、权力以及历史性这诸多问题的一个意义重大的场点"。[3]所谓"翻译的问题系",实际上指的是翻译这一实践所引发的有关"再现、权力以及历史性"这一系列重大问题的思考。尼朗贾纳明确表示,为翻译定位,对翻译进行研究,"完全不是要去解决什么译者的困境,不是要在理论上再给翻译另立一说,以便能够找到一个'缩小'不同文化间之'隔阂'的更加保险可靠的'办法'。相反,它是要对这道隔阂、这种差异作彻底的思考,要探讨如何把对翻译的执迷和欲望加以定位,以此来描述翻译符号流通其间的组织体系"。[4]鉴于此,尼朗贾纳试图通过翻译这一人类实践去认识历史,并从中反思翻译在这一历史中所起的作用。在研究中,他通过对"翻译问题及其与后殖民状况的关联""'翻译'在传统译学话语和民族志著述里的状况"的审视与检讨,发现翻译这一实践活动"构塑了殖民状态下不对称的权力关系",并揭示了在殖民统治下,翻译在"哲学、语言学和政治学"等诸多领域"发挥作用"。在传统的视界里,翻译往往只是在认知和知识的领域发挥作用,而尼朗贾纳以印度的翻译实践为例,在对殖民语境中的翻译作了多方面的分析之后,认为翻译的实际作用远远不止于"知识"的再现。应该看到,尼朗贾纳为翻译定位,不是以规定性的手段简单地规定翻译应该发挥何种作用,而是旨在说明翻译在历史中发挥的作用远没有被人们所认识,尤其是翻译的负面作用和不光彩角色。在此基础上,尼朗贾纳进一步指出:"自由人文主义的意识形态鼓吹殖民主义的教化

---

1 Niranjanai, Tejaswin: *Sitting Translation: History, Post-structuralism and the Colonial Context*, Berkeley: University of California Press, 1992.

2 参见许宝强、袁伟选编,《语言与翻译的政治》,中央编译出版社,2001年,第122页。

3 同上,第117页。

4 同上,第122—123页。

使命,其自身也因此而得以延续,在遵循阿诺德、利维斯和艾略特传统的'文学'和'批评'的话语里,也还依然被继续宣扬着。这些学科压制了自身得以合法建立的基础,即德里达借海德格尔之言,称之为逻各斯中心主义或本体神学的形而上学,所有关于再现、翻译、实在、整体和知识的概念都包含在其间。"[1]在尼朗贾纳看来,对逻各斯中心主义或本体神学的形而上学所包含的这一系列语境和概念,很少有人从后殖民的角度加以质疑,而他要做的,恰正是通过对翻译之"用"的反思,对这些话语加以深层次的质疑:"为了能有助于对这些话语与殖民和新殖民统治之间的共谋性展开质疑,我打算以检讨翻译之'用'作为一个适度的开场。自欧洲启蒙运动时起,翻译就一直被用来支撑着种种主体化的阐述,对被殖民民族来说,尤其如此。在这样一个情境下,对翻译进行反思便成了一项重大的课题,对于要把早已活在'翻译里'、被殖民视角一再设想的'主体'弄个清楚的后殖民理论,具有极大的迫切性。这样一种反思试图通过解构翻译并重新刻写其作为抗争之策的潜能来重塑我们对翻译的认识。"[2]不难看出,尼朗贾纳的目的是多重的:既要通过对翻译之"用"的检讨,对与殖民、新殖民有着共谋关系的话语加以质疑,又通过对"翻译里的历史"的反思,来重塑人们对翻译的认识。

如果说尼朗贾纳是要通过对翻译的定位,揭示在殖民语境中翻译所起的实际作用,并对翻译在后殖民语境中所引发的一系列问题重新加以认识的话,那么劳伦斯·韦努蒂则是从文化的高度,对翻译的作用问题进行探讨。在《翻译与文化身份的塑造》[3]一文中,韦努蒂通过考察日本小说的英译、亚里士多德《诗学》的英译和围绕圣哲罗姆的《旧约》的翻译在早期基督教内所引起的广泛争议等情况,揭示"翻译是如何形塑特殊的文化身份,如何使这些文化身份维持某种程度的连贯性和纯粹性的"。韦努蒂认为,任何翻译活动都以"交流"为目的,但"只有异域文化不再是天书般地外异,而是能够在鲜明的本土形式里得到理解时,交流的目的才能达到"。鉴于此,他明确指出:

1 参见许宝强、袁伟选编,《语言与翻译的政治》,中央编译出版社,2001 年,第 120 页。
2 同上,第 120—121 页。
3 Venuti, Lawrence: "Translation and the Formation of Cultural Identities", in Christina Schäffner and Helen Kelly-Holmes (eds): *Cultural Functions of Translation*, Clevedon: Multilingual Matters Ltd., 1999, pp.9－25. 劳伦斯·韦努蒂,《翻译与文化身份的塑造》,查正坚译,刘健芝校,见许宝强、袁伟选编,《语言与翻译的政治》,中央编译出版社,2001 年,第 358—382 页。

> 因此，翻译是一个不可避免的归化过程，其间，异域文本被打上使本土特定群体易于理解的语言和文化价值的印记。这一打上印记的过程，贯彻了翻译的生产、流通及接受的每一个环节。它首先体现在对拟翻译的异域文本的选择上，通常就是排斥与本土特定利益相符的其他文本。接着它最有力地体现在以本土方言和话语方式改写异域文本这一翻译策略的制定中，在此，选择某些本土价值总是意味着对其他价值的排斥。再接下来，翻译的文本以多种多样的形式被出版、评论、阅读和教授，在不同的制度背景和社会环境下，产生着不同的文化和政治影响，这些使用形式使问题进一步地复杂化。[1]

细读韦努蒂的这段话，我们可以发现其中所使用的“影响”和“价值”两个词，有着特殊的意义。韦努蒂认为，翻译的生产、流通和接受的每一个过程，一方面要打上本土特定群体易于理解的语言和文化价值的印记，另一方面，则又起着反作用，即产生着不同的文化和政治影响。我们也许可以这样去理解，翻译在一定程度上总是要受到目的语文化价值的制约，但同时，它又对目的语的文化起着重大的影响。有必要指出的是，韦努蒂在此段文字中，除了强调翻译所产生的文化影响之外，还特别提出了政治影响。对此，我们在讨论影响翻译的诸要素问题时曾辟一节，谈到意识形态和政治因素对翻译活动，特别是对翻译选择所起的制约和影响作用。应该说，这只是问题的一面，即翻译活动受到制约和影响的一面，而翻译活动作为一种跨文化的交流活动，在本质上必然要对影响它的所有因素产生反作用。这个问题，我们在下文的探讨中将有所涉及。的确，翻译所起的作用是多方面的，但韦努蒂认为，在翻译所起的作用中，“最重要的是对文化身份的塑造”。他强调指出：

> 翻译以巨大的力量构建着对异域文化的再现。对异域文本的选择和翻译策略的制定，能为异域文学建立起独特的本土典律，这些典律遵从的是本土习见中的美学标准，因而展现出来的种种排斥与接纳、中心与边缘，都是与异域语言里的潮流相背离的。本土对于拟译文本的选择，使这些文本脱离了赋予它们以意义的异域文学传统，往往使异域

1 劳伦斯·韦努蒂，《翻译与文化身份的塑造》，查正坚译，刘健芝校，见许宝强、袁伟选编，《语言与翻译的政治》，中央编译出版社，2001 年，第 359 页。

> 文学被非历史化,且异域文本通常被改写以符合本土文学中当下的主流风格和主题。这些影响有可能上升到民族的意义层面:翻译能够制造出异国他乡的固定形象,这些定式反映的是本土的政治和文化价值,从而把那些看上去无助于解决本土关怀的争论与分歧排斥出去。翻译有助于塑造本土对待异域国度的态度,对特定族裔、种族和国家或尊重或蔑视,能够孕育出对文化差异的尊重或者基于我族中心主义、种族歧视或者爱国主义之上的尊重或者仇恨。从长远来看,通过建立起外交的文化基础,翻译将在地缘政治关系中强化国家间的同盟、对抗和霸权。[1]

韦努蒂把翻译所起的最重要的作用归结于"对文化身份的塑造",是不无道理的。应该看到,文化身份的塑造所面对的最基本的问题,是差异性问题。韦努蒂在这段论述中,涉及有关文化交流的许多重要因素:一、翻译以其对异域文化的再现,对异域形象的制造,使异域文本脱离赋予其意义的文学传统;二、翻译以文本和策略的选择为切入点,对异域文本加以改造,甚至改写,使其符合目的语文化的主潮;三、通过对异域文本的改造,使目的语文化形成一种对异域文化的基本态度,基于我族中心主义、种族歧视或者爱国主义的尊重或蔑视,甚至仇恨。由此一来,这种对异域文化的态度和翻译策略所造成的结果,势必上升到民族的意义层面,最终"在地缘政治关系中强化国家间的同盟、对抗和霸权"。在这里,我们再次看到了在翻译活动中所凸现的文化与政治之间的紧密关系,同时文化的民族性与文化的差异性又以其不可忽视的重要性摆在了我们的面前。对文化的民族性和差异性的不同态度与处理方法,在一定程度上制约着翻译所起的作用。韦努蒂认为,翻译产生的作用,可以是保守的,也可以是逾越常规的。对异域文本的语言及文化差异性的压抑,常常会抹杀翻译的积极作用。

北京大学的孟华对文化的差异性问题有着深刻的思考。从某种意义上说,孟华与韦努蒂的观点有着共通之处。不同的是,韦努蒂是从反面来提醒人们注意翻译在"对文化身份的塑造"中可能会起到的不同作用,而孟华则是从正面来论述翻译"在不同文化间将一种异域文化的'相异性'植入本民族'身份认同'中来的"积极功能。孟华明确指出,在中外文化交流中,翻译

---

1 劳伦斯·韦努蒂,《翻译与文化身份的塑造》,查正坚译,刘健芝校,见许宝强、袁伟选编,《语言与翻译的政治》,中央编译出版社,2001年,第359—360页。

具有传递“相异性”的功能，即翻译“可在一国的文化传统中，亦即在一个民族的身份认同中植入相异性因素”。[1] 孟华在此所说的民族的身份认同，实际上是“民族的文化身份认同”。孟华的这一观点，基于她对中国翻译史上四个重要阶段的分析，尤其是基于明末清初对西学的译介和自清末民初始而至20世纪30年代达到高潮的对西学大规模译介活动的分析。孟华指出：“在十七、十八世纪，随着天主教传教士的东来，发生了第一次大规模的中西文化交流。面对中国这个有着悠久历史文化传统的古老民族，传教士们遇到了前所未有的困难。为了把上帝的‘福音’传入‘天朝’，传教士们确实费尽了心机。”由于在目的语中难以找到对应的词汇传达原文的意义，传教士们采用音译的方法，如罗明坚神甫在《天主圣教实录》“天主圣性章”中将 Pater（圣父）、Filius（圣子）、Spiritus Sanctus（圣灵）分别译作“罢德肋”“费略”“斯彼利多三多”，但这种方法达不到传播“福音”的目的。利玛窦神甫采取了一种“改写”的方法，“取中国人传统的概念，往里面硬塞进了基督教的含义，以此来取悦中国士子。如在《天主实义》一书中，利氏就引用了大量儒家典籍的原文，以说明基督教的‘上帝’实乃中国人传统的‘天’。尽管‘天’的概念离‘上帝’的内涵相去甚远，但利玛窦这种中国化的努力，却保证了他日后能在中国扎下根，取得了传教的成功”。[2] 孟华借用此例想要说明的是，利玛窦采用灵活的翻译策略，将基督教义纳入目的语文化体系，通过对出发语文本的改造，将“相异性”因素引入另一种文化之中。她认为：“利玛窦的成功主要在于他找到了如下规律：越是将基督教义这一绝对的相异性中国化，中国文人就越不会提防它，它也就越容易为儒士们所接受，从而有可能进入中国人的身份认同中。我们甚至可以说，将相异性植入中国文化传统的深度和广度，与这一相异性的中国化程度是直接成正比的。简言之，越是本土化的，就越易被接受。而利玛窦的实用主义以及他所取得的成功都使我们看到：在文化交流中只要翻译策略运用得当，相异性因素就有可能在一定程度上转化为身份认同。”[3]

不难看出，孟华在此所说的得当的翻译策略，在很大程度上是一种“本土

1 孟华，《翻译中的“相异性”与“相似性”之辩——对翻译与文化交流关系的思考与再思考》，见北京大学比较文学与比较文化研究所编，《多边文化研究》，新世界出版社，2001年，第101页。

2 同上，第101—113页。

3 同上，第103—104页。

化”方法,也就是韦努蒂所强调的“归化”的策略和手段。看来,将异域文本加以归化的努力,是将异域文化中的差异或“相异性”植入目的语中的一种较为普遍的方法。但问题是,在“本土化”或“归化”的过程中,异域文本中所蕴含的文化差异是否还能保存?翻译的文化交流目的是否能达到?孟华显然已经意识到这些问题,她以“相异性”与“相似性”之间的互动关系和交互作用对上述疑问作了解答:“将相异性因素植入认同性并非一种单向的直线运动。实际上,相异性与认同性两者间是存在着一种交互作用的:只有本土化了的相异性,才有可能被植入接受者文化体系;而同时,这一被本土化了的相异性也就以其携带的异国因素(无论此因素经历了怎样的变形,相对于传统,它依然具有某种他者的性质)丰富了本土文化,从而反作用于身份认同,为更新目的语文化传统做出了贡献。”[1]至此,我们终于明白,孟华所强调的翻译的重大作用,在于通过“归化”的策略,将相异性因素植入目的语文化体系中,使之被认同,以目的语文化的“认同性”来激活“相异性”,达到更新目的语文化传统、丰富目的语文化的目的。在这个意义上,这种更新和丰富的过程是渐进的,其对文化的推进作用是积累性的。

上面的简述和讨论,通过翻译理论界和比较文学研究界对翻译之“用”的思考与探讨,从“文化”和“政治”这两个侧面展示了翻译活动可能产生的正面或负面作用。对于翻译所起的文化影响或政治作用,不少学者都有过较为深入的研究。在上文所举的例子中,尼朗贾纳通过翻译看历史,又通过历史看翻译,为殖民语境中的翻译作了政治的定位;韦努蒂通过对翻译历史中一些具有特殊意义的翻译事件与翻译现象的分析,对翻译的作用作了文化层次的深刻思考;孟华则从一个比较文学学者的独特视角出发,对交流的双向作用作了启发性的分析。我们知道,在人类的文化交流与发展中,翻译所起的作用是巨大而广泛的,上面所介绍的几个学者只是从各自的角度,以翻译历史中某个阶段的翻译实践为分析对象,从某个侧面为翻译定位,这种定位自然不可能是全面的。但他们的分析,在方法论意义上为我们认识翻译之用提供了可资借鉴的途径。实际上,近三十年来,翻译界对翻译之作用的探讨是多方面的,其中包括对翻译的理想作用的探讨,也包括对翻译实际功能与作用的分析。如苏珊·巴斯奈特与安德烈·勒菲弗尔在《文化构建——文学

1 孟华,《翻译中的“相异性”与“相似性”之辩——对翻译与文化交流关系的思考与再思考》,见北京大学比较文学与比较文化研究所编,《多边文化研究》,新世界出版社,2001 年,第 104 页。

翻译论集》[1]一书中对翻译的文化构建功能作了独到的剖析。尤其在该书第七章中，勒菲弗尔“分析了德国戏剧作家布莱希特作品 *Mother Courage* 的三个译本，揭示了从二战时期到20世纪70年代美国文学及意识形态领域存在的偏见，指出文学评论家和翻译家的有效结合，尤其是前者通过另一种形式的‘共谋’，在西方为不懂德语的人成功地重塑了布莱希特的形象，完成了一种社会构建和文化构建”。[2]乔治·斯坦纳在《通天塔之后——语言与翻译面面观》一书中把翻译行为视作人类最基本的交流活动之一，并借用雅各布森的翻译分类法，认为语际翻译和符际翻译为人类文化的传承提供了原动力。[3] 热扎克·买提尼牙孜在《西域翻译史》中考察了西域数千年的翻译历史，对翻译在上下几千年的历史中，为西域各族人民在政治、经济、文化等方面的接触与交往所起的重大作用进行了全面的阐述。[4] 邹振环更是独辟蹊径，以“影响中国近代社会的一百种译作”为题，“以明清之际至新中国诞生前的三百余年西学翻译为考察对象，采用翻译作品为主线，以这三百余年影响较大的一百种译作的出版先后为经，以这一时期的文化人与文化运动为纬，来展示一部西书中译的历史以及这三百年来西书中译与社会文化之间的关系”。[5]

考察翻译历史，检视翻译之用，途径多样，观点纷呈，一方面为我们认识翻译提供了新的视角，另一方面，也为我们评价翻译提供了事实依据。如果说近三十年来翻译界和文化界对翻译的功能与作用的认识在不断深入、不断提高的话，那么，对翻译之用的不断提高和不断深入的认识，则有助于我们全面客观地对翻译活动进行评价，进而为如何更有效地进行翻译活动、开拓翻译的可能性，提供理论的参照，这便是广义的翻译批评所思考的最基本的内容。

二、翻译价值面面观

在上文中，我们结合翻译的定位问题，对“译何为”和译之“用”进行了初

---

1 Bassnett , Susan & André Lefevere：*Constructing Cultures: Essays on Literary Translation*, Clevedon：Multilingual Matters Ltd., 2000.

2 谢天振，《文化构建——文学翻译论集》，上海外语教育出版社，2001年，参见“出版前言”。*Mother Courage* 指布莱希特的剧作《大胆妈妈和她的孩子们》(*Mutter Courage und ihre Kinder*)，是一个在战争中为谋生不怕冒险、不计后果的女人的悲剧。

3 Steiner, George：*Après Babel: Une poétique du dire et de la traduction*, Pairs：Albin Michel, 1998, pp.557—631.

4 参阅热扎克·买提尼牙孜主编，《西域翻译史》，新疆大学出版社，1994年。

5 邹振环，《影响中国近代社会的一百种译作》，中国对外翻译出版公司，1996年，参见“前言”，第6页。

步的研究,从中我们可以看到,为翻译定位,涉及诸如翻译目的、方法、手段和结果等一系列因素。人们可以根据自己对翻译的认识和理解,为翻译的作用与功能进行理想的定位,还可以根据对某一翻译现象、翻译事件的分析,为翻译的实际影响进行定位,也可根据对某一具体文本的分析,对文本的价值与效果进行评价。在这里,作用、功能、影响、价值等词语,虽然意义有所区别,但就本质而言,指的都是翻译活动应该起到或所起的作用。思考或探讨翻译之"用",至少有三个方面的因素需要加以着重考虑。首先,翻译之"用"的探讨需以翻译观的确立为前提。翻译观不同,对翻译的认识便有异,对翻译之"用"的定位便不一样。其次,翻译之"用"的探讨需以历史事实为依据。当我们对某一个历史时期的翻译事件或翻译现象进行思考时,既要以正确的翻译观为指导,又要以对翻译事实的科学分析为依据,理性的把握与科学的分析相结合,可以为我们正确描述翻译之"用"提供某种客观的保证。最后,对翻译之用的探讨不能局限于一时一事,应该有发展的眼光和辩证的观点。结合这三方面的因素,我们不妨进一步展开讨论,以我们对翻译的认识和理解,即我们的翻译观为出发点,对翻译的理想作用与实际影响作一较为系统的探讨,以建立我们的翻译价值观。我们认为,建立翻译价值观,一方面要以对翻译之用的理论探讨与历史思考为基础,另一方面又要不局限于对翻译之用的客观描述,相反,应该超越对翻译的实际之用的描述与分析,对翻译之用进行价值的是非评判。在这个意义上,建立翻译的价值观,可为我们进行翻译评价与批评提供理论的基础。

在《翻译论》第一章,我们就翻译的本质问题进行了探讨,对何为翻译进行了历史的分析和理性的思考,提出了我们对翻译本质的认识,特别强调指出翻译活动具有"社会性""文化性",进而指出了"翻译的符号转换性"、"翻译的创造性"和"翻译的历史性"。应该说,我们对翻译这五个方面特征的认识,构成了我们对翻译进行定义的基础:"翻译是以符号转换为手段,意义再生为任务的一项跨文化的交际活动。"对翻译的这一定义,可以说是我们对翻译的基本理解,也就是我们的基本翻译观。以此为基础,我们也拟从五个方面对翻译之"用"进行相应的探讨,并由此而建立我们的翻译价值观。

1. 翻译的社会价值。翻译的社会价值,是由翻译活动的社会性所决定的,主要体现在它对社会交流与发展的强大推动作用。考察翻译对社会发展的推动力,我们不能不从源头开始。在廖七一等编著的《当代英国翻译理论》一书引论的开头，我们看到了这样的一段论述：

> 翻译是人类社会历史最悠久的活动之一，几乎与语言同时诞生。从原始部落的亲善交往，文艺复兴时代古代典籍的发现和传播，直至今天世界各国之间文学、艺术、哲学、科学技术、政治、经济的频繁交流与往来，维护世界的稳定和持久和平，翻译都发挥了不可估量的作用。[1]

以这样一段结论性的论述，来作为《当代英国翻译理论》一书的开篇，在我们看来，作者是经过精心考虑的。翻译活动历史之悠久，领域之广泛，形式之丰富，无疑为翻译作用的发挥提供了客观的基础。从源头上讲，翻译所起的最为本质的作用之一，便是其基于交际的人类心灵的沟通。翻译因人类的交际需要而生。在克服阻碍交流的语言差异的同时，翻译为交流打开了通道。多亏翻译，人类社会从相互阻隔走向相互交往，从封闭走向开放，从狭隘走向开阔。阿弗雷德·波拉德在论述《圣经》翻译的重要意义时说过一段不乏诗意而又极为深刻的话："翻译如同打开窗户，让阳光照射进来；翻译如同砸碎硬壳，让我们享用果仁；翻译如同拉开帷幕，让我们能窥见最神圣的殿堂；翻译如同揭开井盖，让我们能汲取甘泉。"[2] 波拉德的这段话虽然是针对《圣经》翻译而论的，但从中我们不难领会到，翻译给人类社会带来的，既有精神之光芒，又有物质之果实。借助翻译，人类社会不断交流其创造的文明成果，互通有无，彼此促进。应该说，没有旨在沟通人类心灵的跨文化交际活动，即我们所说的翻译活动，人类社会便不可能有今天的发展。在上文中，我们曾提到邹振环的研究成果，他所著的《影响中国近代社会的一百种译作》一书，可以为我们在此探讨的论点提供具体的例证，从中可以看到翻译是如何又是在哪些方面影响了中国近代社会，对其发展起到推动作用的。邹振环以译本的社会影响为标准，选择了一百种译作。他认为，这些译作"使近代中国人超越了本民族、本世纪、本文化的生活，给他们带来了新的见闻、激动、感悟、灵智与启迪，使他们开始了从狭窄的地域史走向辽阔的世界史的心路历程"。[3] 邹振环的这段论述与我们在上文中所阐述的观点不谋而合：翻译之

1 廖七一等编著，《当代英国翻译理论》，湖北教育出版社，2001年，第1页。
2 同上。
3 邹振环，《影响中国近代社会的一百种译作》，中国对外翻译出版公司，1996年，参见"前言"，第5页。

于社会的推动力,首先在于其交际性。翻译开启心灵,打开思想的疆界,交流是理解的基础,而理解是世界各民族“从狭窄的地域史走向辽阔的心路历程”的原动力之一。就对中国近代社会的影响而言,邹振环认为这一百部译作虽然“谈不上有主宰中国民族命运的天体之力”,但这种影响是“如影随形,如响应声”,起到了推动中国社会文化发展的效应和作用,“当然其中包含有精神的和理智的力量在起作用。这种影响可以是正面的,也可以是负面的;有直接的,也有间接的;有回返影响,也有超越影响”。[1] 从邹振环以对社会的影响为标准所选入的一百种译作来看,种类极为丰富:有自然科学技术类的,如《几何原本》《同文算指》《代数学》《远西奇器图说》《泰西水法》等;有哲学社会科学类的,如《天演论》《共产党宣言》《资本论》《社会学》《性心理学》《民约论》《法意》等;有地理学类的,如《坤舆万国全图》《四洲志》《地学浅释》等;还有文学类的,如《巴黎茶花女遗事》《黑奴吁天录》《悲惨世界》《少年维特之烦恼》《浮士德》;等等。可以看到,这些译本几乎涉及人类所有重大的知识领域和精神领域,它们对中国近代社会所产生的影响是广泛而深远的。上述每一个译本的接受与传播史,都以其深刻的思想内涵和具体的历史事实为翻译的社会影响提供了难以辩驳的例证。《共产党宣言》的翻译,更是具有强大说服力的一例。

翻译对社会的推动力,还在于对民族精神和国人思维的影响。鲁迅的翻译实践和追求可为我们理解这一问题提供某种答案。王彬彬在《作为翻译家的鲁迅》一文中指出:“启蒙,是鲁迅毕生的事业;而启蒙的重要方式,便是把异域的新的思想观念,把异域的精神生活,介绍到中国来。在20世纪的中国,可以说鲁迅是对翻译事业最重要者之一。而且,在翻译上,他有两个独特的方面。一是注意介绍弱小民族的精神生活,思想行动。与只把眼睛盯着西方强国者不同,鲁迅早年在日本时,便留心搜求被压迫民族的作品,并把它们译介给中国读者。因为他觉得弱小民族、被压迫民族与中国境遇相同,因而对中国读者更具有现实针对性,更能促使中华民族反省和觉醒,更能激发中华民族的血性、热情和斗志。另一方面,是他希望通过翻译,改造汉语,从而最终改造中国人的思维方式。”[2] 对作为翻译家的鲁迅的这两点评价,应该说翻译界已经基本达成共识。就王彬彬所说的鲁迅的两个独特方面,我们认为

1 邹振环,《影响中国近代社会的一百种译作》,中国对外翻译出版公司,1996年,参见“前言”,第6页。
2 王彬彬,《为批评正名》,时代文艺出版社,2000年,第146页。

这两个方面是互为一体的：一是翻译对于精神塑造的作用；二是翻译对于改造语言最终达到改造国人思维方式的作用。这两者在本质上是相通的。思维的改造与精神的塑造是推动社会变革的基本力量，而翻译对于这两者所起的作用往往是直接而深刻的。考察中西方翻译史，这方面的例证极为丰富。如严复翻译《天演论》，其目的明确，"通过进化论的译介，既告诉国人有'不适者亡'的危险，又号召人民奋发图存，自强保种"。王克非在《严复的翻译——以〈天演论〉为例》一文中，对严复翻译的《天演论》一书所产生的巨大社会影响作了系统的分析，认为在特定的历史环境中，严复在特殊的翻译动机的驱动下，采用了"达旨"的方法，使《天演论》"成了义富辞危的警世之作，成了维新变法的思想武器，使有识之士怵焉知变，使爱国青年热血沸腾，启迪和教育了几代中国人"。[1]

翻译于社会的推动，还在于对社会重大政治运动和变革实践的直接影响。且不谈在整体上翻译对于近代社会的变革所起的先锋作用，就拿易卜生的《玩偶之家》这部小小的剧本为例，便可清楚地看到这部书的翻译对于中国社会，特别是对中国妇女解放运动的巨大影响力。邹振环对这部戏剧的翻译情况及其对中国社会的影响作了较为全面的介绍。茅盾认为，易卜生和"新文化运动有一种非同等闲的关系"。萧乾认为，易卜生在《玩偶之家》中的娜拉形象"对我们的影响之大是西方人难以想象的，起自黄帝时代的社会习俗受到了挑战，个人开始维护他们独立思考与行动的权力，中国，这个在亘古未变的山谷中沉睡着的巨人突然从一个使人苦闷的梦魇中惊醒了"。邹振环认为"娜拉在'娜拉热'中也演变成一种符号，即成为我们心目中的'革命之天使'、'社会之警钟'、'将来社会之先导'和'妇女解放运动的先驱'"。这个符号所揭示的《玩偶之家》的思想深度和广度由此可见一斑，而该剧在中国社会所产生的全面的影响力为翻译的作用作了有力的诠释。[2]

2. 翻译的文化价值。翻译在世界文明进程中扮演着重要而独特的角色。社会的发展、文化的积累和丰富，与文明的进步是紧密结合在一起的，所以当我们在上文中探讨翻译之于社会的作用时，实际上已经涉及了翻译与文化发展的关系。就我们对翻译本质的认识而言，近三十年来，随着翻译研究的不断发展，翻译文化意识的日益觉醒，人们对翻译的认识与理解也不断深入提

---

1 王克非编著，《翻译文化史论》，上海外语教育出版社，1997年，第132页。

2 参见邹振环，《影响中国近代社会的一百种译作》，中国对外翻译出版公司，1996年，第257—263页。

高。当翻译界渐渐达成共识,以“跨文化的交流活动”来对翻译进行定义时,我们也就意识到应该从文化的高度去认识翻译,去理解翻译。季羡林在为《中国翻译词典》所写的序言中明确指出:“只要语言文字不同,不管是在一个国家或民族(中华民族包括很多民族)内,还是在众多的国家或民族间,翻译都是必要的。否则思想就无法沟通、文化就难以交流,人类社会也就难以前进。”[1] 基于这一认识,我们可以说,翻译是因人类相互交流的需要而生。从这个意义上说,寻求思想沟通,促进文化交流,便是翻译的目的或任务。如果说翻译以克服语言的障碍、变更语言的形式为手段,以传达意义、达到理解、促进交流为目的,那么把翻译理解为一种人类跨文化的交流活动,应该说是一个正确的定位。从这一定位出发,我们便不难理解翻译在人类文化发展进程中所起的作用了。季羡林先生在谈到翻译的作用时,曾以中华文明的发展为例,作了如下精辟的阐述:“英国的汤因比说没有任何文明是能永存的。我本人把文化(文明)的发展分为五个阶段:诞生,成长,繁荣,衰竭,消逝。问题是,既然任何文化都不能永存,都是一个发展过程,那为什么中华文化竟能成为例外呢?为什么中华文化竟延续不断一直存在到今天呢?我想,这里面是因为翻译在起作用。我曾在一篇文章中说过,若拿河流来作比较,中华文化这一条长河,有水满的时候,也有水少的时候,但却从未枯竭。原因就是有新水注入。注入的次数大大小小是颇多的,最大的有两次,一次是从印度来的水,一次是从西方来的水。而这两次的大注入依靠的都是翻译。中华文化之所以能长葆青春,万应灵药就是翻译。翻译之为用大矣哉!”[2] 季羡林的这段话,对我们从文化的高度来认识与评价翻译的作用,无疑具有理论的指导意义。在他这一观点的启迪之下,笔者在《绕不过去的翻译问题》一文中,曾根据布拉格学派的创始人之一雅各布森对翻译活动的类型区分,谈到“一个民族的文化是不断创造、不断积累的结果。而翻译,在某种意义上,则是在不断促进文化的积累与创新。一个民族的文化的发展,不能没有传统,而不同时代对传统的阐释与理解,会赋予传统新的意义与内涵。想一想不同时代对四书五经的不断‘翻译’,不断阐释,我们便可理解,语内翻译是对文化传统的一种丰富;是民族文化得以在时间上不断延续的一种保证”,而“不同民族语言文化之间的交流,是一种需要。任何一个民族

1　林煌天主编,《中国翻译词典》,湖北教育出版社,1997年,“季羡林序”,第1页。

2　季羡林、许钧,《“翻译之为用大矣哉”》,载《译林》,1998年第4期,第210页。

想发展，必须走出封闭的自我，不管你的文化有多么辉煌，多么伟大，都不可避免地要与其他文化进行交流，在不断碰撞中，甚至冲突中，渐渐相互理解，相互交融。在这个意义上，翻译又是民族文化在空间上的一种拓展，在内涵上的一种丰富”。[1]

从文化交流与建设的这个角度再去审视，我们对中国近现代史中的一些翻译现象便会有更深刻的理解。我们不会再以“忠实”的唯一尺度去对林纾的小说翻译加以根本的否定；也不会以“直译”与“意译”的无谓争论，对鲁迅的“硬译”主张作反面的理解。正是站在文化交流与建设这个高度，人们便有可能更清楚地看到这样一个客观的事实：“翻译与民族的交往共生，与文化的互动同在。一部翻译史就是一部活生生的接受史。从佛经北传到西风东渐，从中国革命到改革开放，翻译既开始了中华民族的精神启蒙，也参与了中国社会的全面改造。”[2]

从世界的范围内来考察翻译之于文化的重要作用，是一个复杂而庞大的课题。从近二十年来的研究情况看，各国翻译界和文化界已经开始从翻译的性质、翻译选择、文化立场、翻译影响、价值重构等各个角度切入，对翻译史上的一些重大的事件和现象进行文化层面的审视，探讨一个民族文化的发展与翻译的互动关系，出现了“文化翻译”[3]的概念。像美国的安德烈·勒菲弗尔、英国的苏珊·巴斯奈特、法国的安托瓦纳·贝尔曼、德国的弗美尔、奥地利的玛丽·斯内尔-霍恩比、以色列的吉迪恩·图里等翻译理论家的“研究表明，翻译在全世界文化的发展中扮演了重要的角色”。[4]在国内，王克非编著的《翻译文化史论》是这方面研究的一部开山之作。在这部书中，我们可以看到国内一些重要学者对翻译与文化关系的深刻思考，有助于认识“翻译对于文化（尤其是译入语文化）的意义和影响，它在文化史上的作用，以及文化对于翻译的制约，特别是在通过翻译摄取外域文化精华时，翻译起到什么样的作用，达到什么样的目的，发生什么样的变异”。[5] 王克非在强调和论述

---

1 许钧，《绕不过去的翻译问题》，载《辞海新知》，总第7辑，2001年3月，第7页。

2 汪堂家，《可译性、不可译性与思维模式的转换》，载《辞海新知》，总第7辑，2001年3月，第11页。

3 “文化翻译”的概念最早是由社会人类学家提出的，如埃德蒙·里奇在《我们自己与他者》一文中就对这一概念加以较为明确的界定。塔拉尔·阿萨特在《英国社会人类学中关于文化翻译的概念》一文中对这一概念进行了批评。有关线索，请参见刘禾，《跨语际实践——文学，民族文化与被译介的现代化（中国，1900—1937）》，三联书店，2002年，第1—4页。

4 参见许钧，《翻译研究与翻译文化观》，载《南京大学学报》，2002年第3期，第219—226页。

5 王克非编著，《翻译文化史论》，上海外语教育出版社，1997年，第2—3页。

翻译与文化的互动关系时,一连提出的三个“什么样”,既为我们认识翻译的文化价值提供了研究路径,又为我们全面把握翻译目的、翻译过程和翻译结果之间的关系开拓了批评的疆界。王克非认为,“翻译文化”,应该是21世纪译学研究最为重要的课题之一,“发掘翻译的文化意义、从文化的角度理解和解释译品等工作有待今后开展”。[1]可以说,随着这方面研究的不断展开和深入,翻译的文化价值将得到全面深刻的展现,我们对翻译的认识将不断提高。

3. 翻译的语言价值。在以往的研究中,人们很少就此问题展开深入的思考和讨论。我们应该树立一定的翻译语言价值观,而翻译语言价值观从根本上来说,就是如何认识翻译活动对语言产生的作用和影响问题。就形式而言,翻译是一种语言转换活动。在这里,我们所说的语言不仅仅限于狭义的语言,还包括雅各布森的符际翻译的符号系统,所以我们也可以说,翻译就其形式而言是一种符号转换活动。如果说雅各布森所区分的语内翻译、语际翻译和符际翻译这三种翻译类型涵盖了人类一切翻译活动,那么我们就不能不承认这样一个事实的存在:任何翻译活动的完成都要经过符号的转换这个过程。符号的转换性由此而成为翻译活动的特性之一。而我们讨论翻译的语言价值,必然要涉及符号转换活动所带来的一些基本问题。为了使讨论更为集中,我们暂且把目光投向语言符号系统的转换,看一看不同语言的转换,到底会给语言本身带来何种影响,产生何种作用。

梁启超是对翻译问题有着深刻思考的学者之一。在《翻译文学与佛典》一文中,他从词语的吸收与创造、语法与文化之变化等方面,讨论了佛经翻译文学对汉语的直接影响,并提出了许多重要观点。梁启超认为:“初期译家,除固有名词对音转译外,其抽象语多袭旧名。吾命之曰‘支谦流’之用字法。盖对于所谓术语者,未甚经意,此在启蒙草创时,固应然也。及所研治日益深入,则觉旧语与新义,断不能适相吻合,而袭用之必不免于笼统失真。于是共努力从事于新语之创造。”[2]梁启超在此所论,涉及语言转换中一个非常重要的问题:出发语中表达新事物、新观念的名词,若目的语中不存在相应的词语,译家有可能采取两种方法:一是袭用旧名;二是创造新语。而袭用旧名,有可能笼统失真,旧语与新义不相吻合,起不到翻译之用,于是创造新语便成

---

1 王克非,《翻译文化——21世纪译学研究课题之一》,见张柏然、许钧主编,《面向21世纪的译学研究》,商务印书馆,2002年,第569页。

2 梁启超,《翻译文学与佛典》,见罗新璋编,《翻译论集》,商务印书馆,1984年,第63页。

了译家努力之方向。正是靠了翻译,汉语在不断的创新中得到了丰富与发展。据梁启超介绍,当时日本人编了一部《佛教大辞典》,其中收录"三万五千余语",而"此诸语者非他,实汉晋迄唐八百年间诸师所创造,加入吾国语系统中而变为新成分者也。夫语也者所以表观念也;增加三万五千语,即增加三万五千个观念也。由此观之,则自译业勃兴后,我国语实质之扩大,其程度为何如者?"[1]梁启超提出的这一问号,在我们看来有"惊叹号"之用。暂不论"三万五千语"是否完全进入汉语系统,但就词语带来的新观念而言,其价值不仅仅在于汉语词汇的丰富,汉语实质的扩大,更是思想观念的革新。这种直接与间接的作用是需要我们认真关注的。梁启超还以唐玄奘重译苻秦译过的《阿毗昙八犍度论》中的一些译例为分析对象,指出了翻译的特殊功用:"盖我国自汉以后,学者唯古是崇。不敢有所创作,虽值一新观念发生,亦必印嵌以古字,而此新观念遂晦没于囫囵变质之中,一切学术,俱带灰色,职此之由佛学既昌,新语杂陈;学者对于梵义,不肯囫囵放过;搜寻语源,力求真是。其势不得不出于大胆的创造。创造之途既开,则益为分析的进化。此国语内容所以日趋于扩大也。"[2]梁启超在此指出了一个值得深刻思考的问题,即以旧语译新观念,新观念必变质,而在对佛经的翻译中,面对大量的新观念、新事物,若固守旧语,翻译的可能性必大打折扣,且又违背了翻译的初衷,故"不得不出于大胆的创造",创造新语以译新观念,既扩大了语言的实质内容,又引进了新观念、新思路。如果以此观点去考察一下我国的五四新文化运动和文学革命与白话文运动之间的关系,再去审视"白话文为维新之本""开民智莫如改革文言"等观点[3],便不难领会白话文运动之于新文化运动的重要性,而翻译则又在很大程度上为白话文运动起到了强大的推动和促进作用,更不难理解为何五四运动前后的几乎所有进步报刊都登载翻译作品,且鲁迅、刘半农、沈雁冰、郑振铎、瞿秋白等为何会热衷于翻译。客观地看,在五四文学革命所进行的诸如反对文言、提倡白话、建立新诗、改革旧剧这些重要的运动中,翻译在某种意义上都起了重要的先锋作用。

如果说梁启超十分清醒地看到了佛经翻译对于"汉语实质之扩大"所起的重要作用,那么鲁迅则无论是在认识上,还是在实践中,都把翻译当作改造

---

1 梁启超,《翻译文学与佛典》,见罗新璋编,《翻译论集》,商务印书馆,1984 年,第 63 页。

2 同上,第 64 页。

3 参见唐弢主编,《中国现代文学史》(一),人民文学出版社,1979 年,第 3—4 页。

语言、革新思维的重要事业去对待。“在鲁迅那里,翻译并不仅仅是一种手段,而且本身便是目的。把外国语译成汉语,不仅仅是把外国人的思想、情感介绍给中国人,同时本身便是汉语自身的一种实验。或者说,翻译,不仅仅是把外国人的思想、情感介绍给中国人,同时也把外国人的语言方式,也就是产生这种思想、情感的方式,一并介绍给中国。”[1]鉴于此,鲁迅极力主张“直译”“硬译”“宁信而不顺”,要借此使汉语得到改造,使汉语更细致精密,更富有表现力,更具有逻辑性。

我们把目光从中国移开,投向西方语言的发展史,便可发现,历史惊人地相似,翻译对于语言改造的特别作用在历史的进程中得以不断凸显。

路德翻译《圣经》的例子具有深刻的历史内涵。从路德所处的历史环境看,路德翻译《圣经》具有两个重大意义:一是对德国宗教改革的实质性推动;二是对德国语言统一与发展的开拓性作用。安托瓦纳·贝尔曼在《异的考验——德国浪漫主义时代文化与翻译》中对此有详细的论述与分析。[2] 为了推动宗教改革,路德用德国大众的语言来翻译《圣经》。这一革命性的尝试以“土生土长”的地方性语言为出发点,在翻译的过程中进行提炼,使其成为规范语言。在我们看来,“这种具有广泛大众意义的翻译语言的创立,不仅使新版《圣经》成为德国宗教改革的基石,更是扫清了中世纪的德意志语言的积秽,成为其后几百年里书面德语的典范”。[3]在欧洲,不仅仅在德国,而且在法国、西班牙、意大利等国,翻译都起到了培育现代语言的作用,使与拉丁语这种公认的“文明语言”相对而言的“俗语言”,如德语、法语、西班牙语等,在翻译过程中不断丰富自身,在种种“异”的考验中最终显示了自身的生命力,确立了自我。

当我们在强调翻译的语言价值,论述翻译对目的语所起到的种种积极的作用时,我们也清醒地意识到,在历史上,由于翻译方法或策略运用不当,翻译的过分“异化”对目的语造成的负面影响也不容忽视,如在五四新文化运动前后,翻译中所出现的对“欧化语言”的过分推崇现象,值得反思。

4. 翻译的创造价值。对翻译的创造性,我们在《翻译论》第一章已经作

---

1 王彬彬,《为批评正名》,时代文艺出版社,2000 年,第 147 页。

2 Berman, Antoine: *L'épreuve de l'étranger: Culture et traduction dans l'Allemagne romantique*, Paris: Gallimard, 1984, pp.45 – 48.

3 许钧、袁筱一等编著,《当代法国翻译理论》,湖北教育出版社,2001 年,第 254 页。

了简要的论述，特别强调指出，把翻译视作机械的语言转换和纯粹的模仿的传统翻译观遮蔽了翻译的创造性。在上文讨论翻译的社会、文化和语言价值时，实际上已经涉及翻译在上述层面所表现出的创造功能。从社会角度看，任何社会活动都必须以交流为基础，交流有利于思想疆界的拓展，而思想的解放，又构成了创造的基础；从文化角度看，翻译中导入的任何“异质”因素，都是激活目的语文化的因子，具有创新的作用；从语言角度看，为了真正导入新的事物、新的观念、新的思路，翻译中就不可避免地要像梁启超所说，进行大胆的创造。如果说文学是语言的艺术，那么在翻译活动中，语言符号的转换更是具有创造的特征，“好的文学翻译不是原作的翻版，而是原作的再生。它赋予原作以新的面貌、新的活力、新的生命，使其以新的形式与姿态面对新的文化与读者”。[1] 张泽乾所用的这六个“新”字，在一定程度上为翻译艺术的创造性作了最为精辟的注解。探讨翻译的创造价值时，我们注意到一个非常有趣的现象，那就是在“创造”两字之前，有一个限定词“再”。这一个“再”字，连接着出发语文化与目的语文化，也连接着具体翻译过程中所涉及的出发语与目的语、原作与译作。它提醒我们不要割断两者的血脉关系，也告诉了我们这样一个道理，任何创造都不可能是凭空的创造，而应该是一个继承与创新的过程。当“本我”意欲打破封闭的自我世界，向“他者”开放，寻求交流、打开新的疆界时，自我向他者的敞开，本身就孕育着一种求新求异的创造精神。这种敢于打开封闭的自我，在与“异”的交流、碰撞与融合中丰富自身的求新的创造精神，我们可视为一种翻译精神。我们认为，这种翻译精神构成了翻译的创造功能之源泉。我们探讨翻译的创造价值，既要从这一形而上的高度去把握，又要善于在形而下的层面去进行分析。实际上，翻译的创造性寓于翻译活动本身，又体现在翻译活动的整个过程之中，而翻译打开的新的世界，更是为人们进行新的创造起到间接但却广泛的作用。不少当代作家在论及翻译与自己的创作之关系时，都谈到翻译的创造性以及翻译的创造性对于他们自身创作所产生的推动作用。如梁晓声在讨论翻译界争论不休的“翻译文体”时，谈了自己这样的认识：“所谓‘翻译文体’，当然是指有水平而又严肃认真的翻译家们之精神劳动，乃是一种人类文学语言的再创造。必自成美学品格。它既有别于原著的母语文字，也不同于译者所运用的客体文

1　张泽乾，《翻译百思》，见许钧主编，《翻译思考录》，湖北教育出版社，1998 年，第 470 页。

字。它必是二者的结合。它在语音的抑扬顿挫、句式的节奏、通篇整体的气韵等等方面,必是十分讲究的。它必不至于忽视母语文字风格的优长,也须着意于发挥客体文字表述的特点。一部上乘的翻译作品,如同两类美果成功杂交后的果子。若精当若此,当然便是创造!”[1]而正是王道乾“不仅翻译了杜拉的短句子,还翻译了她的灵魂”的创造性劳动,开启了王小波的创造之门[2],也为赵玫的创造提供了丰富的养分[3]。

5. 翻译的历史价值。树立翻译的历史价值观,包括两个重大方面的内容。首先,我们要充分认识翻译对于人类历史的发展所作的实际贡献。在上文中,季羡林就翻译在中华文明发展中所作的贡献所说的那段话,是深刻而精辟的。考察人类文明发展史,我们发现历史的每一次重大进步与发展,都离不开翻译。每一次重大的文化复兴,都伴随着翻译的高潮,如古希腊、古罗马文化的复兴,往往以翻译为先锋。像发生在9世纪的加洛林王朝的古典文化的复兴,发生在12世纪的所谓的原始文化复兴,以及15世纪至16世纪的文艺复兴,翻译都起着不可替代的推动作用。其次,我们要从历史的角度来看翻译的可能性。翻译作为跨文化的人类交际活动,有着不可避免的历史局限性。就具体的翻译活动而言,无论是对原文的理解与阐释,都不是一个译者一次就能彻底完成的,尤其是艺术个性强的原作,往往有相对来说比较大的阐释空间,需要一代又一代译者不断去挖掘。在这个意义上,我们认识到翻译活动的历史局限性,实际上也就是为树立翻译的历史价值发展观奠定了某种基础。换言之,我们既要清醒地意识到翻译活动的历史局限性,又要以发展的眼光来看待这种局限性。正如乔治·穆南在《翻译的理论问题》一书中所坚持的,我们要对翻译活动始终持发展的观点:“翻译活动的成就是相对的,它所能达到的交流思想的水平是变化发展的。”[4]我们知道,翻译活动在很大程度上要受到人类知识水平和世界的认识水平等诸方面因素的限制,但这种限制,会随着人类历史的发展而不断减少,为翻译活动可能性开启越来越广阔的空间。持翻译的历史价值观,也就是意味着,一方面,我们可以从人类的翻译活动去考察人类历史的发展,另一方面,我们可以从历史的发展来

---

1 梁晓声,《译之美》,见上海译文出版社编,《作家谈译文》,上海译文出版社,1997年,第275—276页。

2 参见王小波,《我的师承》,见《王小波文集》(第四卷),中国青年出版社,1997年,第302页。

3 参见赵玫,《怎样拥有杜拉》,载《出版广角》,2000年第5期,第52—54页。

4 Mounin, Georges: *Les problèmes théoriques de la traduction*, Paris: Gallimard, 1963, p.278.

看翻译活动不断丰富的内涵和不断扩大的可能性。

在上文中，我们以对翻译本质的认识为基础，从五个方面对如何认识翻译的价值进行了初步的探讨。“翻译之为用大矣哉”，季羡林的这句话可为我们认识翻译的作用提供一个启发性的答案。翻译的作用是广泛而深刻的，上文的探讨只是提供了某种认识的角度。在结束讨论之前，我们有必要指出：从本质上看，翻译的社会性重交流，翻译的文化性重传承，翻译的符号转换性重沟通，翻译的创造性重创造，而翻译的历史性重发展。交流、传承、沟通、创造与发展，这五个方面也正构成了翻译的本质价值所在。从某种意义上，它们也是翻译精神之体现。

三、翻译实践呼吁翻译批评

翻译价值观的最终形成，有赖于我们对翻译本质的认识，也有赖于我们对翻译目的、翻译过程、翻译方法和手段的把握以及我们对翻译结果的分析与判断，但反过来又为我们更进一步认识翻译的作用，把握翻译过程，正确地采取翻译方法和手段，更有效地发挥翻译之用，提供了价值判断依据，更为我们对翻译活动进行宏观与微观、外部与内部的批评提供了价值参考。

我们曾经说过，翻译是人类最古老的跨文化交流活动之一，伴随着翻译活动，必然会有对这一历史悠久的活动的思考和评价。对翻译活动进行评价，就其实践领域和理论思考范畴而言，便是我们通常所说的翻译批评。

论及翻译批评，我们充分意识到虽然有翻译就必然会有批评，但就其理论建设而言，应该说至今仍是相当薄弱的。不少翻译家和翻译研究者都在呼吁积极开展翻译批评。

我们在进行“文学翻译基本问题研究”这一课题的探索中，有机会与老一辈翻译家进行交流。在交流中，我们深切地感受到他们对翻译事业的关心和强烈的责任感。他们的观点给了我们多方面的重要启迪。

首先，翻译实践呼吁翻译批评。从理论上讲，翻译实践要健康发展，真正担负起它的历史责任，起到应有的价值，就应该是一种自觉的而不是一种盲目的活动，而自觉的实践，就离不开批评。季羡林在谈话中明确指出：“翻译事业要发展，要健康地发展，真正起到促进中华文明发展的作用，就不能没有翻译批评。现在批评很少，担负不起应有的职责来。这方面，必须大力加强才行。翻译的批评十分重要，不好的风气，不健康的翻译道德，如果不批评，任其泛滥，那怎么行？在1930年代，鲁迅说过，翻译出了问题，翻译出版出了问题，翻译批评界有很大的责任。所以，我呼吁，现在要加强翻译批评，发挥批评应有的作用。”[1]季羡林的这番话，充分反映了翻译界和翻译研究界的呼声。翻译批评对于翻译实践有着监督、批评、指导的作用，翻译批评的理性之光对于克服翻译实践的盲目性是不可或缺的，而翻译批评的伦理力量对于“不健康的翻译道德”而言无疑是高悬着的一柄达摩克利斯之剑。加强了翻译批评，就能促进翻译实践向着健康方面发展。其根本目的之一，就是要保证翻译实践真正起到应有的作用，如季羡林所强调的那样，让中国的翻译实践，真正起到促进中外文明发展的作用。

其次，翻译批评要有理论依据和科学的方法。翻译批评领域长期以来忽视理论的建设，缺乏理论的指导，更缺乏一套科学的批评方法。在理论上我们对翻译批评中的“批评”二字的理解过于狭隘，把“批评”局限于“评说好坏”的范围，纯粹是一种“正误性的评判”。同时，对翻译批评中的“翻译”二字的理解也缺乏宏观的视野，往往把翻译只看作“翻译文本”，把翻译批评局限在“文本批评”的范围内，面对历史发展长河中的翻译活动，对某一历史时期的重大翻译现象和翻译事件缺乏关注。理论的贫乏和理论视野的偏窄，造成了翻译批评实践的偏差和混乱。就中国的文学翻译批评而言，有两个值得注意的倾向：一是“过死”；二是“太活”。前者只处于翻译批评的基本层次，也可以说是最低层次，无须理论的指导，只要对照原文与译文，挑出其中的错误（往往是逻辑意义层次的错误），也就罢了；后者则超越这一最基本的层次，纯粹是感想式的，一册译文在手，不及细读，凭着自己的主观印象，以及自己的好恶，对译文作出结论式的评价。正是由于缺乏理论的指导，这一“死”一“活”的两种翻译批评在实践中难以真正担负起应有的责任来，再加上目前的翻译风气不好，使翻译批评的开展遇到了很多困难。日本文学翻译家李芒指出：“多少年来由于不正之风严重，很难正常地开展翻译批评，一些粗制滥造、误译较多的赝品难被曝光，得不到社会舆论的监督，以致尚有愈演愈烈之势。另外，即便基本上属于优秀的译作，其中也难免呈现着瑜虽多而瑕亦偶见的现象，也缺乏水平较高的评家给予公正的评价。原因是肯定其优点较易，而指出其舛错则甚为困难。而且，评家若能做到如此地步，则必须花费大

1　季羡林、许钧，《“翻译之为用大矣哉”》，载《译林》，1998年第4期，第211页。

量的时间,反复核对原作和译文。即便这样做了,评价也还公允,也很可能得到费力不讨好的结果。于是,只顾各扫门前雪,不管他人瓦上霜的风气弥漫于译界。容忍这种良莠不分的现状继续下去,只有等待由时间和历史来选精汰劣,未免是令人深感遗憾的事。老实说,这对于提高翻译的水平,无疑是没有好处的。”[1]李芒在此谈到了翻译批评失语的严重问题。他认为翻译批评的失语与翻译的风气不正有关,也与翻译批评所要求具备的内涵不足有关。翻译批评的失语和不在场,无疑不利于翻译实践的健康发展,那么,如何改变翻译批评的普遍失语和翻译批评不力的状况呢?季羡林认为:“翻译批评应该有个轻重缓急。翻译界有什么样的问题,首先要提出来,指出它的危害性,引起大家的注意。这怎么能说起不到作用呢?相信大多数人是能够明辨是非的。关键,我看是在译者的本身。一个好的译者,应该有认真的态度。至于翻译得好不好,水平高不高,这是另一个性质的问题。我刚才谈到了,翻译很难,但只要努力,有的困难是可以克服的。翻译批评,在这个方面也可以大有作为。进行翻译的对比,探讨翻译的方法,都是很有益的。只要批评得有道理,对译者就会有启发,就会有作用。”[2]季羡林的这段话是针对中国目前翻译界所出现的“质量危机”与“道德危机”而言的,其中我们可以领会到三点:一、翻译批评要有的放矢,要统观全局,提出问题,指出危害性;二、翻译批评要着眼于对提高翻译质量起到作用,由此而涉及对译者态度的伦理批评;三、翻译批评要讲究方法,分清轻重缓急,分清主次,且提出“翻译对比”这一方法。总之,翻译批评能否真正起到作用,有助于人们明辨是非,有助于译者端正译风与态度,有助于探讨翻译方法、提高翻译质量,在于翻译批评是否“有道理”。就我们的理解,翻译批评的“有道理”,根本出路在于翻译批评要“入道”,要“合理”:所谓“入道”,就是要加强对翻译批评理论的探讨,使翻译批评实践有深刻的理论依据;所谓“合理”,便是翻译批评要突破“感悟性评判”,以理性的目光和科学的方法拓展翻译批评的实践领域,丰富翻译批评的手段,做到以“理”启迪人,以“理”服人,达到繁荣翻译事业之目的。

杨自俭曾经指出,翻译批评,“是译学中的一个重要问题,但十年来取得的进展不大,代表性成果应是袁锦翔的《名家翻译研究与赏析》,可惜这样的

1 李芒、许钧,《翻译,再现原作的再创作》,载《译林》,2000 年第 1 期,第 209 页。
2 季羡林、许钧,《“翻译之为用大矣哉”》,载《译林》,1998 年第 4 期,第 211 页。

宏观与微观分析相结合的论著太少了”。[1]这是杨自俭为他与刘学云合编的《翻译新论》所写的前言《论我国近期的翻译理论研究》中的一段话。从该书出版的日期看，该文写作的时间估计在1993年，也就是差不多十年前。如果在十年前，杨自俭认为翻译批评研究进展不大的话，那么在十年后的今天，这一领域的理论研究在中国已经有一定的起色。杨自俭把袁锦翔的《名家翻译研究与赏析》作为十年翻译批评研究的代表成果自有他的道理。从袁锦翔这部著作的内容看，其重点是以赏析为基本方法，对我国名家的“翻译论述、传译经验或妙译技巧条理化、系统化，使读者学有楷模，译有榜样，并相应地提高翻译审美意识与鉴别能力”。[2]就翻译批评的理论研究而言，袁锦翔的这部著作也有所涉及，如在讨论林纾的《贼史》译段的一文中，就明确提到了文学翻译中的创作与评价问题，对林纾翻译中的误译现象及其创作性倾向作了评价，并得出了一个颇为有趣的结论：“回过头来看看《贼史》译段。在笔者看来，此译有失误，‘信’只能给75分（仍在翻译合格线上）。至于‘达’，因其通顺畅达非同寻常，可给98分。此译创造性地再现了原作的幽默感，甚至超过了原作，但还不是无限扩大的创作，‘雅’也可评为98分。三项总和是271分，平均为90.3分，仍属优等水平。至此，我们可以这样回答本节开头所提出的问题：《贼史》译段虽有失误，但仍在翻译合格线之上，且总分是高的。‘所得’与‘所创’都大于‘所失’；‘所创’也未喧宾夺主，把翻译变成为创作；因此，此译仍不失为一件杰出的译品。”[3]有必要补充指出，袁锦翔给翻译定的合格线是“75”分。给译作打分，必然要按一定的标准，从上述结论看，袁锦翔求助的是严复的“信达雅”。袁锦翔提出：“如何确定‘翻译合格线’？看来有必要采用一定的翻译标准。有人会主张‘基本上达到信达雅’，另有人可能提出‘基本上达到信达切’或‘基本上功能对等’；有人会提出用模糊数学方法来评价译文是否‘基本传达了原文的全部信息量’，等等。笔者认为，不论是哪一种主张，只要所提的方法简便有效，便都可以用来确定‘翻译合格线’。”[4]在袁锦翔看来，给译文打分，按什么标准、什么主张并不重要，只要该评价方法“简便有效”，都可以使用。这里，涉及了一个评价标准与方法的问

1 杨自俭，《论我国近期的翻译理论研究》，参见杨自俭、刘学云编，《翻译新论》，湖北教育出版社，1994年，第12页。

2 袁锦翔，《名家翻译研究与赏析》，湖北教育出版社，1990年，见该书内容简介。

3 同上，第71页。

4 同上，第70—71页。

题。就翻译批评而言,提出评价标准与方法固然重要,但这些标准与方法的提出有一个更大的前提,那就是首先要明确翻译批评的目的、范畴与原则。给翻译文本打分,是翻译批评的一种方法,但并不是翻译批评的全部。

从国内近十年来的翻译批评研究情况看,有必要提一提姜治文与文军合编的《翻译批评论》[1]一书。虽然该书是国内翻译界对翻译批评进行探索的论文汇编,并无多少著的成分,但两位编者有明确的选编思想、目的与要求,选编过程中融入了他们对翻译批评的认识与思考,从中可以看到他们有着一定的翻译批评理论意识。从编者所构建的编选框架和目录看,有关翻译批评的概念、范畴、翻译批评方法、译文质量评估、翻译批评观都有所涉及。全书分三个部分,有理论篇、评价篇和评论篇,既选编了有关翻译批评理论的论文,也编入了翻译批评实践的文章,可以说是近二十年来我国翻译理论界对翻译批评理论进行探索的一个缩影,也是进行翻译批评实践所取得的成果的一次集中体现。下面,我们不妨把视野再扩展一下,看一看国外对翻译批评有哪些重大的理论思考,提出了哪些有一定代表性的翻译批评理论途径。

四、翻译批评的理论途径

在讨论翻译批评的理论途径之前,我们认为有必要对"翻译批评"这一概念本身作一思考。在《试论翻译批评》一文中,我们曾对国内外翻译批评的现状作了分析,指出国内的翻译批评有两个特点:一是"随意性";二是"浅表性"。而这两者产生的必然结果就是翻译批评的"片面性"。[2]我们认为,这些问题的产生,原因是多方面的,但对何为翻译批评的认识不清,恐怕是最根本的原因之一。

对"翻译批评"进行界定,我们无意对"批评"二字作一溯源性的探究。生于维也纳、祖籍捷克的美国比较文学家、文学批评史家雷纳·韦勒克认为,一切文学研究,不论是理论还是批评,归根结底都是旨在"理解文学和评价文学"。他在八卷本的《近代文学批评史》前言中写道:"'批评'这一术语我将广泛地用来解释以下几个方面:它指的不仅是对个别作品和作者的评价,'裁决的'批评,实用批评,文学趣味的征象,而且主要是指迄今为止有关文学的原理和理论,文学的本质、创作、功能、影响,文学与人类其他活动的关

1 姜治文、文军编著,《翻译批评论》,重庆大学出版社,1999 年。
2 参见许钧、袁筱一,《试论翻译批评》,载《翻译学报》,1997 年创刊号,第 1—11 页。

系,文学的种类、手段、技巧,文学的起源和历史这些方面的思想。”[1] 正因为韦勒克对“批评”有一种深刻而全面的理解,所以他在撰写《近代文学批评史》中表现出了一种广阔的视野。在批评的基本原则方面,“韦勒克一向强调理论的重要性和标准的必要性,反对主观武断和撇开理论的批评态度。同时他又十分重视艺术手法和批评上的具体细节问题。此外他协调地处理了点与面的关系,一方面对于个别思想探本溯源、剖析毫芒,一方面鸟瞰一般趋向、综述背景情况,从而使纵向研究与横向论述贯通合一”。[2] 对韦勒克的批评思想和原则的这番交代,与我们所讨论的问题在很大程度上是密切相关的。至少,我们可以借助韦勒克的研究成果,特别是在他对“批评”这一术语的理解与界定的启迪下,对“翻译批评”作出我们的解释。就翻译批评而言,从 1930 年代鲁迅呼吁批评家负起责任来,到 1950 年代初董秋斯明确指出要“加强翻译批评工作,提供时间和力量,广泛地寻找典型,优良的加以推荐,粗滥的加以批评,这样,不但提高了翻译工作者的积极性,也给翻译理论的建设提供丰富的实例”,[3] 再到 1990 年代,季羡林面对翻译繁荣背后所潜藏的危机对翻译批评的大声疾呼,我们对翻译批评的目的、任务和原则可以有个大致的了解。结合韦勒克的观点,我们可以说,从广义上讲,翻译批评就是“理解翻译与评价翻译”;从狭义上讲,翻译批评是对翻译活动的理性反思与评价,既包括对翻译现象、翻译文本的具体评价,也包括对翻译本质、过程、技巧、手段、作用、影响的总体评析。就翻译批评的目的而言,它并不仅仅在于对具体译作或译法作裁判性的是非判别,更在于对翻译活动何以进行、如何进行加以反思与检讨,进而开拓翻译的可行性,促进翻译活动健康而积极地发展,体现翻译活动具备的各种价值,真正起到翻译活动应有的作用。

近三十年来,国内外翻译界对翻译批评的理论问题开始关注,对翻译批评的任务、目的、方法提出了一些重要观点。在国际翻译界,较受重视的是法国安托瓦纳·贝尔曼的研究成果。贝尔曼在翻译研究中表现出了明确的文化观。无论是在 1980 年代中期出版的《异的考验——德国浪漫主义时代文化与翻译》,还是在他生命之终完成的《翻译批评论:约翰·唐》,他对翻译的跨文化交流本质都有着深刻的认识。对于翻译批评,贝尔曼认为,传统上一

1　雷纳·韦勒克,《近代文学批评史》,杨岂深、杨自伍译,上海译文出版社,1997 年,见“前言”,第 1 页。
2　同上,见“译者前言”,第 3 页。
3　董秋斯,《论翻译理论的建设》,见罗新璋编,《翻译论集》,商务印书馆,1984 年,第 542 页。

直担当着“肯定”或“否定”的评价任务的翻译批评缺乏“一种象征性的地位”,其根本原因是人们对翻译活动的本质认识不清,而对翻译活动的本质没有正确理解,对翻译批评也就难以有深刻的理解。为此,贝尔曼认为首先应该为翻译正名,进而为翻译批评正名。

贝尔曼选择了现代阐释学,作为他为翻译,进而为翻译批评正名的理论基础。如果如姚斯所言,“文学作品的生命体现在不同时代读者对其意义的重新阐释和认识上”,是作品在“渴求读者阅读、希求与接受者的对话”[1],那么,翻译活动在一定意义上,“不论译者是否受到这样或那样批评的启发,他都在各个层面上扮演着批评的角色”,因为正是带有批评性质的阐释使作品得到了“交流、展现、完善与延续”。[2]贝尔曼因此把翻译活动看作基于前理解且等待着后理解的理解循环中的一站,看作广义批评中的一种批评形式。于是,翻译批评,贝尔曼认为应该是“批评的批评”,这就是他所强调的“大写的批评”。

作为“大写的批评”,翻译批评对传统的翻译观念要有批评,不能把译作当作“原作虚弱的回声”,而要把译作当作在新的文化语境、新的历史中的“新生”。基于此,翻译批评便是以现代阐释学的观点对这一“新生”作“肯定性”的评价。贝尔曼的这一“肯定性”的批评观特别值得我们关注。他认为,传统的翻译批评扮演的往往是裁决性的否定角色,而“大写的批评”应该更着重于“肯定性”。贝尔曼所强调的翻译批评的“肯定性”,具有两层含义:第一层是针对翻译批评的自身理论建设而言,即翻译批评首先要“肯定”自身,这就是要让翻译批评成为“一种自省的、有其自身主体特点的、产生自身方法论的评论形式;它不仅要产生出自身的方法论,而且还试图将该方法论建立在有关语言、文本和翻译的明确理论基础之上”。[3]“肯定性”的第二层含义,是针对翻译批评活动而言的,贝尔曼认为翻译批评的基本任务,在于拓展翻译的可能空间,因此,这一“肯定性”,也包含着建设性。

如果说贝尔曼的翻译批评思想是一种以文化视界为着眼点、着重于肯定性的现代阐释学批评途径的话,那么亨利·梅肖尼克所坚持的则是一种“介入批评”途径。一谈起“介入”一词,我们马上会想到萨特所提倡的“介入文

1 王岳川,《后现代主义文化研究》,北京大学出版社,1992 年,第 54 页。

2 Berman, Antoine: *Pour une critique des traductions: John Donne*, Paris: Gallimard, 1995, p.40.

3 同上, p.45。

学”。萨特认为:“不管你是以什么方式来到文学界的,不管你曾经宣扬过什么观点,文学把你投入战斗;写作,这是某种要求自由的方式;一旦你开始写作,不管你愿意不愿意,你已经介入了。”[1]在萨特看来,写作本身,就是一种“介入”。亨利·梅肖尼克是法国当代文论家、翻译理论家,他的“翻译诗学”理论在西方翻译界有着重要影响。[2]亨利·梅肖尼克正是基于他对翻译的理解,以他创立的“翻译诗学”理论中的基本观点为指导,对整体的翻译活动及具体的翻译文本进行审视的。梅肖尼克对奥地利籍罗马尼亚诗人保罗·策兰的法译进行过深入的研究,并进行了严肃的思考和批评。梅肖尼克的翻译批评观与贝尔曼的观点明显不同,甚至明显对立。他的翻译批评有明确的理论基础和主张,他“不仅依据自己的主张评价别的译本,还对与其观点不符的译本进行抨击”。[3]因此,与贝尔曼所强调的批评的“肯定性”相反,梅肖尼克具有一种明确的“介入”姿态,以自己的翻译主张和翻译价值观为准绳,对策兰的法译进行了近乎摧毁性的“否定”批评,认为译本是失败的,而其失败的原因,源于译者“思想、审美及文学观念与传统上的偏见”,是“翻译心理的主观缺陷所致”。值得指出的是,凡“介入”,必有明确的立场和价值观。梅肖尼克以他的“翻译诗学”理论为出发点,对不能将翻译提高到“创作”高度的译本都予以否定。这种过于激烈的“翻译批评”途径,由于重“否定”而轻“肯定”,受到了法国不少翻译家的质疑,也受到包括贝尔曼在内的一些翻译理论家的批评。

加拿大的安妮·布里塞的社会学批评途径,对翻译批评理论建设有一定贡献。1990年,布里塞出版了《翻译的社会批评》,把“翻译文学”放置在“话语”的社会环境中去加以考察,提出了翻译研究应该旨在考察“原语文本所携带的‘话语’是在怎样的条件下,以怎样的方式进入接受语社会的‘话语’环境的”。[4] 基于这一观点,布里塞特别关注一个翻译文本的接受与传播的社会环境,把翻译文本能否在新的社会话语环境中获得新生作为评价翻译的重要标准。同时,对布里塞来说,要考察并评价翻译在怎样的条件下,以怎样的方式进入目的语社会的话语环境中,就不能不拥有一种历史的意识,即要

---

1 让-保尔·萨特,《萨特文学论文集》,施康强等译,安徽文艺出版社,1998年,第116页。

2 参见许钧、袁筱一等编著,《当代法国翻译理论》,湖北教育出版社,2001年,第四章。

3 Berman, Antoine: *Pour une critique des traductions: John Donne*, Paris: Gallimard, 1995, pp.45-46.

4 Brisset, Annie: *Sociocritique de la traduction*, Québec: Editions du Préambule, 1990, p.25.

在社会历史的发展中去评价翻译。这一观点无疑是十分重要的。有必要指出的是,从理论上来讲,布里塞的观点源自法国传统的社会语言学思想。根据传统的社会语言学理论,语言是社会心理现象,是根植于社会中成长起来的每个人头脑中的词汇、语法和语音的符号系统;语言作为社会的产物不属于使用这种语言的个人,而个人对语言的使用只是一种言语活动;在很大程度上,个人从属于社会,言语从属于语言。按照这一观点来观照翻译活动,强调社会话语环境对翻译活动的影响,无疑是有一定道理的,但问题在于,在对翻译活动起着决定性影响和制约作用的社会话语环境中,译者如何发挥其"主体性作用"? 贝尔曼正是由此疑问入手,对与以色列的图里提出的多元系统论有一定联系的布里塞的观点提出了质疑,指出这种带有功能主义倾向的翻译社会批评理论忽视了对翻译主体在翻译活动中所起的各种作用的考察与评价。

近二十年来,国外对翻译批评的理论探索应该说是在不断的深入过程中,如收入T. 赫尔曼斯等主编的《文学操纵》一书中的R. 布鲁克的《翻译批评再思考》一文[1],提出了翻译批评的模式,对翻译批评的任务、原则也提出了独到的看法;K. 莱斯在《翻译批评: 可能与局限》一书[2]中,对翻译批评的作用与条件进行了较为系统的探讨。限于篇幅,我们不可能对上述著述的主要观点展开讨论,但通过上文对贝尔曼、梅肖尼克、布里塞的翻译批评理论的简要评介,我们至少可以对以下三点达成共识: 一、翻译批评应加强自身的理论建设,这是贝尔曼所说的翻译批评"肯定性"的第一层含义所要求的;二、不同的翻译观和翻译理论可以为翻译批评提供不同的可参照的理论途径;三、翻译批评涉及的是一个相当广泛的范围,不同的翻译批评理论途径只是从自己的角度出发,对翻译活动进行一个方面的考察与评价。在上文中,我们就翻译的价值进行过探讨,提出建立一定的翻译价值观是进行翻译批评的基础。如果以翻译价值观为参照,对贝尔曼、梅肖尼克和布里塞的翻译批评理论进行考察的话,那不难发现,贝尔曼重翻译的文化评价,梅肖尼克重翻译的创造性评价,布里塞则偏向于翻译的社会评价。这些不同的翻译批评

---

1 Broech, R.: "Second Thoughts on Translation Criticism", in T. Hermans (eds): *The Manipulation of Literature*, London & Sydney: Crom Helm, 1985, pp.54 – 62.

2 Reiss, K.: *Translation Criticism: The Potentials & Limitations*, Manchester: St.Jerome Publishing Company, 2000.

理论途径虽然都有一定的局限,但对于扩大翻译批评的理论范畴,突破"正误性评判"的传统批评方法,建立科学的翻译批评范式,无疑是有其积极意义的。

五、翻译批评的原则与方法

在对已往的翻译批评理论和翻译批评实践的考察中,我们发现了一个值得特别关注和思考的问题,那就是在不同的翻译批评理论指导下,以不同的价值尺度去衡量同一翻译现象或同一文本,会有不同甚至相反的评价。最显著的例子是林纾的翻译。如果以传统的翻译观为指导,以"忠实性"为标准,林纾的翻译可被判定为不合格的翻译;但若以文化交流的目光去加以衡量,林纾的翻译则有着不可磨灭的历史贡献。钱锺书的《林纾的翻译》一文可以说是对林纾翻译的一种文化批评。正是因为钱锺书在本质的意义上看到林纾的翻译在"文化交流里所起的作用",所以,尽管林纾在翻译中对原文有不少"加工","这里补充一下,那里润饰一下",甚至对原文还有删节,存在着严重的"讹",钱锺书还是在总体上对林纾的翻译作了肯定性的评价。又如对翻译中的"误读"现象,只限于文本的正误性评判与着重于交流的文化批评所得出的结论,往往是不一样的。邹振环在对"影响中国近代社会的译作"的研究中,也发现了一个现象:在对中国近代社会起到重大影响的一百种译作中,有的翻译若以传统的翻译观去加以衡量,根本不能说是翻译,充其量只能说是"编译",甚至"改写"。那么,如何看待直接涉及翻译批评的这些问题或现象呢?在《试论翻译批评》一文中,我们曾针对翻译批评理论与实践所面临的问题,提出了原则性的意见,认为必须首先着眼于探讨下列四个方面的问题:

1. 树立科学的批评精神。翻译批评究竟是什么?它应当怎样确立它的客体——翻译的地位?进而又怎样确立自身的地位?实践中的翻译归根结底是以理解为前提的一种创造行为:就理解而言,它是要消除差异;而就创造而言,它却是要表现这个世界的差异与多元。它远远不是一种终止性的结果。它的创造必将与它的理解结果一道成为理解循环下一站的起点。翻译批评就是在这个意义上成为译作的"后理解"的。它不仅要理解翻译的"理解",还要理解并且评价翻译中的"创造"。没有这样的认识,翻译批评便会流于"先决的否定",在批评之前就已经判定译作"低"于原作,进而满足于指责译作因为种种的"不等值"而造成的所谓"错误"。尤其是,如果没有这样的认识，翻译批评本身也无法确立自己的地位，而只能成为一种附庸，附属在翻译实践或翻译理论上：它无法产生自己的方法论，自己的理论体系，无法面对自己的理论客体，无法完成自己在整个文化交流中的使命。科学的批评精神意味着翻译批评第一不能把原文本（甚至原语言）当作批评的标准与归宿；第二不能赋予自己指点江山的“裁决性”的权力；第三不能满足于目前常见的这种自发及随意的状况，不能满足于语言层次的正误评判。

2. 建立自主的批评理论体系。正如贝尔曼所指出的，翻译批评“不仅要产生出自身的方法论，而且还试图将该方法建立在有关语言、文本和翻译的明确理论基础之上”。由于翻译批评并不“附属”于翻译或翻译理论，所以科学的翻译批评首先要解决的应该是自己的理论体系。它不是要回答翻译中的基本问题，也不是要否定旧译，更不是要提出批评家自己的具体解决方案。它面对的将是自身的一个系统，该系统以翻译过程、译作以及读者为考察对象，阐述的是译者与其译作之间，以及译作与它的读者、与目的语及其文化之间已产生的或将产生的关系。

但自主并不代表唯一。和翻译理论有着诸多研究途径同理，翻译批评的理论体系也有多种可能。只要它从批评实践中产出，并且能够反过来观照翻译理论，就不失为一种成功的理论探索。

3. 探讨规范性的批评标准。相对于自身所确立的体系来说，标准仍然应当是规范的、严谨的。当然，这种标准不是语言上的“是”与“非”的标准。基本上它可以理解为与理论体系相一致的原则和方法。就文本批评而言，翻译批评的过程其实逃不脱这样一个顺序：首先是原文本与译作的阅读；其次是对于翻译主体的确定，即译者处在怎样一种工作环境中（这个环境既包括译者的私人环境，也包括目的语历史提供给译者的语言文化环境）；再者是原文本与译作的比较（需要注意的是，比较不是批评的目的，批评的目的在于比较之后的原因分析与提示）；最后则是依据自己理论体系所作出的价值性的评价（不是评判）。批评的关键在于怎样运用这个程序，并且根据批评目的的不同而作出不同的侧重。不少译家所向往的一个“公认的客观标准”，从理论上来说是不可能完全成立的，但是随着翻译理论的基本问题被进一步地澄清（这本身就需要翻译批评的推动），在一定的历史时期，就某一个问题，一个为大多数译家所接受的、能动的价值取向却可望达到相对的统一。

4. 开放的批评视野与指导性的批评功能。有了科学的批评精神和自主的理论体系,最后,也是最重要的,我们必须明白翻译批评所承担的责任与使命。我们说过,批评不能以否定前译为根本宗旨,前译的不足之处(不仅仅是语言方面的)甚至不成功之处自然属于翻译批评的范畴,但绝不是翻译批评的归宿。不仅如此,翻译批评甚至不是要提供唯一的解决方案:那是译家,而不是批评家的任务。

我们应当意识到,前译的成功与否从来都是历史的,而在某个历史时期的不成功也并不意味着它在整个翻译史上都会被摒弃,反之亦然——批评要澄清这段历史,这就是它的首要责任。

我们更应当意识到,作为翻译批评,它的本质是"建构性"的(这里我们借用贝尔曼的说法)。就文本批评而言,如果前译成功,它要依据自己的理论基础来指出成功的根本原因,并指出在或然的历史条件下别的成功可能;而如果前译是不成功的(自发的批评往往集中在不成功的译作上),那么批评的主要功能就在于指出它与翻译历史、与语言文化历史不相符的地方,并且开启复译的空间,为等待成功的复译到来作好理论上的准备。[1]

如果说以上提出的四个方面的问题是翻译批评理论建设不可忽视的基本问题的话,那么具体到翻译批评实践,也就是"如何开展翻译批评",我们认为同样需要就有关标准、原则和方法进行探讨。在近年国内出版的几部属于翻译批评范畴的著作中,我们发现翻译文本批评明显多于对历史中的重要翻译现象或翻译事件的批评,翻译微观层次的语言批评明显多于翻译宏观层次的社会文化批评。翻译研究中重语言轻文化,重技轻道的倾向也深刻地反映到翻译批评的理论探索与实践中。可喜的是,在《中国翻译词典》中,收有"翻译批评"条目。该条目指出:

> 从广义上讲,翻译批评即参照一定的标准,对翻译过程及其译作质量与价值进行全面的评价,评价的标准因社会历史背景而异,评价的目的旨在促使译作最大限度地忠实于原作,并具有良好的社会价值。现代翻译批评理论认为,全面的翻译批评应当包括五个方面的内容:分析原作,着重了解作者的意图与原作具有的功能;分析译者翻译原作的目的、所采用的翻译方法及其译作针对或可能吸引的读者对象;从原作与译作

1 参见许钧、袁筱一,《试论翻译批评》,载《翻译学报》,1997年创刊号,第1—11页。

> 中选择有代表性的文字进行详细的对比研究;从宏观与微观的角度评价译作,包括译者采用的技巧与译作的质量等方面的内容;评价译作在译语文化或学科中的作用与地位。[1]

《中国翻译词典》出版于1997年,有关“翻译批评”这个条目可以说在一定程度上代表了当时国内翻译界对翻译批评的基本认识。从中,我们注意到条目撰写者具有开阔的理论视野,在条目中既明确了翻译批评的任务、目的,也界定了其五个方面的内容;作者、译者和读者因素被考虑在内,强调了翻译主体作用;文本功能、质量与译语文化也在批评视野之中。我们特别注意到,条目撰写者强调翻译批评须以一定标准为参照,但标准不是凝固不变的,而是因社会历史背景而异。此外,翻译批评的目的旨在使译作“最大限度地忠实于原作,并具有良好的社会价值”。就此两点而言,我们认为有进一步探讨的必要,因为这涉及翻译批评的标准和目的等重大问题。

关于翻译批评的标准,在上文的讨论中,我们已经谈到基于不同的翻译观和翻译价值观,翻译批评的标准是有所不同的。长期以来,“信达雅”被当作翻译的标准,也被当成了人们衡量译文质量的重要标准。但随着近二十年来翻译研究的不断深入,人们对翻译的认识不断丰富,视野不断开阔,对翻译的评价标准也由传统的以“忠实”为基本准绳的单一标准走向多元的标准。不同的翻译理论流派也提出了不同的翻译评价标准,如“忠实”“等值”“信达雅”“信达切”“神似”“和谐”等等。对此,张南峰在对多元系统论进行研究之后,提出了如下的看法:“假如把多元系统论应用于中国的翻译研究,我们或许能够解释许多现象,例如严复、林纾为何用达旨、译述的手法而成功,鲁迅为何主张硬译,当代流行的规范为何与以前的不同。我们可能还会发现,翻译规范因应社会的需要而变化,不同的规范,只是为了迎合不同时代的需要或者达到不同的目的,不一定有正确与错误,或者先进与落后之分。”[2]就标准本身而言,难有正确与错误、先进与落后之分,这在一定程度上是有道理的。但是,凡标准的建立,都有其规范性,无规范不成标准。关键在于标准不是一成不变的,但其变化的真正原因,并不仅仅是由于社会需要的变化或活

---

1 参见刘树森撰写的“翻译批评”条目,见林煌天主编,《中国翻译词典》,湖北教育出版社,1997年,第184页。

2 陈德鸿、张南峰编,《西方翻译理论精选》,香港城市大学出版社,2000年,第116页。

动目的不同,而在于人们对翻译活动本质认识的变化与丰富。从标准的单一到标准的多元,直接反映了翻译观的不断变化。确实,如张南峰所言,翻译规范的制定与翻译目的相关,但有必要指出,如果把翻译批评的目的归纳为"使译作最大限度地忠实于原作,并具有良好的社会价值",这在某种程度上有"原文至上""以原文为中心"的认识倾向之嫌,好在"翻译批评"条目强调"忠实性"与"社会价值"的统一,不能不说是翻译批评观的某种进步。就目前而言,我们也许可在以下几点达成比较一致的原则性看法:翻译批评标准应有一定的规范性,标准的建立应全面考虑到翻译的目的、作用,且应以一定的翻译价值取向为基础,同时,应该认识到翻译批评标准是多元且动态发展的。

翻译批评原则的确立,我们认为是解决"如何进行翻译批评"问题的一个重要前提。所谓翻译批评的原则,涉及的主要是翻译批评观、翻译批评视野与翻译批评的方法论,既要考虑翻译批评的范畴,如外部批评与内部批评,又要考虑翻译批评的角度与层次,还要考虑到翻译批评者的条件、态度等等。国内近年出版了几部有关翻译批评的著述,如马红军的《翻译批评散论》和郭著章等编著的《翻译名家研究》。在这些著作中,有的虽然没有明确提出翻译批评的原则,但从研究的思路看,无论是对翻译家的总体评价,还是对具体译本甚至译本片段的分析,都是以一定的原则为依据的。在喻云根主编的《英美名著翻译比较》"编者的话"中,我们看到编著者是采用比较的方法来进行翻译批评的,且明确说明该书采用了五条评析原则。[1] 喻云根提出的五条原则中,有四条与笔者在1992年出版的《文学翻译批评研究》中提出的观点可以说是具有相当的一致性。在该书的《文学翻译批评的基本原则》一文中,我们明确指出,翻译批评不仅仅限于对译文本身的评价,译者对原著的选择、译者的价值取向与翻译道德、态度等等,都属于批评的范畴。这一想法与贝尔曼于1995年出版的《翻译批评论:约翰·唐》一书中提出的观点不乏相通之处。贝尔曼认为,翻译批评主要为两个方面:一是"诗学批评";二是"伦理批评"。前者是内部批评,又叫文本批评;后者是外部批评,又叫社会文化批评。鉴于对翻译批评的这一认识,我们就文学翻译批评提出过四条原则性的意见:1. 文学翻译批评不仅要对翻译的结果进行正误性的判别,更应重视

1 喻云根主编,《英美名著翻译比较》,湖北教育出版社,1996年,见"编者的话",第1—3页。

对翻译过程的深刻剖析。2. 文学翻译批评要突破感觉的体味，注重理性的检验。3. 文学翻译批评应该将局部的、微观的批评与整体的、宏观的评价有机地结合起来。4. 文学翻译批评应该注意发挥积极的导向作用，建立起新型的批评者与被批评者之间的关系。对这四条原则，我们还分别加以了阐述。十年过去了，我们再来审视当初提出的这四条原则，觉得虽然它们针对的是文学翻译批评，但其主要思想对整个翻译批评还是基本适用的。不过，还应该再补充两条：一、翻译批评要坚持历史发展观，对翻译现象、翻译事件和具体文本的批评要从历史出发，将之置于一定的历史环境中去考察；二、翻译批评要坚持文化观，要有一种宏大的文化视野，从文化交流的高度去评价翻译史和具体翻译活动中的一些重要问题，如翻译选择、文化立场、价值重构等。

明确了什么是翻译批评，又讨论了翻译批评的价值取向与基本原则，下面需要考虑的便是翻译批评的方法。就我们掌握的资料看，目前学界最常见的批评方法是文本比较。毫无疑问，文本比较是对具体文本进行评价的一个最基本的方法。但考虑到翻译批评所涉及的范畴，文本比较的方法远远不是唯一的方法。在前面的《文学翻译批评的基本方法》中，我们对翻译批评界通常使用的批评方法作了归纳，主要有：逻辑验证的方法、定量定性分析的方法、语义分析的方法、抽样分析的方法、不同翻译版本的比较、佳译赏析的方法等等。从上面列举的几种方法看，主要还是限于文本的批评。在今天看来，如果我们从翻译应该具备的价值去考虑，随着翻译批评视野的扩大和对翻译批评功能的认识的不断深入，翻译批评的方法将会不断丰富。我们始终认为，翻译批评的方法应该为翻译批评的根本目的服务，应该是多样化的。从根本上讲，应当坚持客观、公允、合理和科学的标准，鼓励不同翻译批评方法的使用。在这方面，国内翻译界一直在进行努力的探索。1995 年围绕《红与黑》汉译的大讨论，可以说是翻译批评的一次理论探索和有益尝试。

六、有益的尝试与永远的探索

近十年来，随着中国大陆改革开放事业的不断发展，翻译起着越来越明显的重要作用。无论是在科技、经济领域，还是在人文社会科学和文学领域，翻译的品种之多、速度之快，可谓盛况空前，形成了一个又一个出版热点。有人指出,中国已迎来了历史上的第四个翻译高潮。然而,只要我们客观地去正视一下现实,冷静地去思考一下伴随着翻译热所出现的一些问题,我们就不能不看到在这繁荣的背后所隐藏的多重危机。面对有关问题,一些有识之士纷纷指出,应该采取有力的措施,加强翻译批评,呼吁从三个方面入手去进行整治:一、运用法律武器,将翻译中的剽窃、抄袭行为绳之以法;二、开展道德批评,对一些有悖于翻译的神圣使命、粗制滥造的做法进行毫不留情的批评;三、开展健康的学术批评,在译学理论的指导之下,切磋译艺,探讨提高翻译质量的各种有效途径。为了把这项工作推向深入,让文化界、学术界、新闻界关心翻译事业,使之健康发展,中国翻译界 1995 年在《文汇读书周报》《读书》《中国翻译》等报刊的支持下,围绕着"读书界所关注的名著复译问题,不失时机地发起了一场面向社会、有读者参加、历时半年的关于《红与黑》汉译的讨论和争鸣。它规模大,历时长,涉及面广,讨论热烈,可说是我国解放以来文学翻译界前所未有的盛举",有着"深远的影响"。[1] 有关这场讨论,著名翻译家冯亦代先生在 1996 年 4 月香港中文大学翻译系举办的"外文中译研究与探讨"翻译学术会议上作过题为"一九九五年翻译界的一场大辩论"的报告,指出:"改革开放以后译事大兴,但不合格的翻译太多,引起出版翻译作品质量的混乱,应当建立翻译的理论,提高翻译质量。一九九五年的争论,对于提高翻译的质量,极为重要。"[2]

有关《红与黑》汉译的讨论,是在外国文学名著复译潮高涨的背景之下展开的。据我们所掌握的材料,《红与黑》的第一个汉译本问世于 1944 年,是青年诗人赵瑞蕻执译的,由重庆作家书屋出版,译文只有十五章,薄薄的一册,很不完整。从它问世至今,有半个世纪了。在这半个世纪中,相继有十几个译本问世,就我们所了解,已经出版的,有赵瑞蕻(作家书屋,上海,1947 年),罗玉君(上海平明出版社,1954 年),黎烈文(台湾远景出版事业公司,1978 年),郝运(上海译文出版社,1986 年),闻家驷(人民文学出版社,1988 年),郭宏安(译林出版社,1993 年),许渊冲(湖南文艺出版社,1993 年),罗新璋(浙江文艺出版社,1994 年),臧伯松(海南出版社,1994 年),赵琪(青海人民出版社,1995 年),亦青(长春出版社,1995 年),邹心胜、王征(北京燕山

1 参见谢天振,《译介学》,上海外语教育出版社,1999 年,见"方平序",第 3 页。

2 冯亦代先生的论文对这场争论作了全面的介绍,读者若有兴趣,可以参见金圣华教授主编,《翻译学术会议——外文中译研究与探讨》,香港中文大学翻译系,1998 年,第 40—54 页。

出版社，1995年），杨德庆、刘玉红、李宗文、粟晓燕（九州图书出版社，1995年），边芹（花城出版社，1997年），杨华、杜君（海天出版社，1997年），胡小跃（漓江出版社，1997年）等的译本。在我们这个时代，无论是译事，还是译理，值得探讨的东西很多，但是大众舆论偏偏选中了《红与黑》，是有其必然的原因的。

若回顾一下《红与黑》这部法国文学古典名著在中国的翻译历史，思考一下它在中国的命运，我们可以看到，起作用的不仅仅是文学方面的因素，还有政治、意识形态和经济方面的种种因素。首先是政治和意识形态方面的原因。据中国莎士比亚学会会长、翻译家方平在《历史将会给予充分的肯定——评〈文字·文学·文化——《红与黑》汉译研究〉》[1]一文中介绍，在20世纪60年代初，“我国思想战线上展开了一场声势浩大的批判修正主义运动。在外国文艺领域里三部古典名著：巴尔扎克的《高老头》，托尔斯泰的《复活》和斯丹达尔的《红与黑》被押上受审席，成了集中批判的重点对象”。后来，在“文化大革命”中，江青又对《红与黑》中的人物，所谓的“野心家于连”作了猛烈的政治批判。直到1978年改革开放，外国文学园地才迎来春天，饥渴的读者迫不及待地汲取外国文学养分，当时发行的唯一的《红与黑》中译本（罗玉君译）在短短的几年时间内累计印数超过100万册。到了1990年代初，商品经济大潮冲击了文化市场，加上随着我国加入《伯尔尼公约》，外国精神产品的输入受到了版权的限制，不少出版社不约而同地把目光集中在已不受版权保护的外国古典文学名著，掀起了一场复译潮。我们前面介绍过，在1993年至1997年的短短四年时间里，就有十多个《红与黑》中译本问世。不可否认，这一现象的产生，明显有着经济因素所起的作用。面对这一现象，不少学者进行了思考，提出了一系列的问题，广大读者也对文学名著复译的必要性提出了不同看法。同时，有学者指出，在《红与黑》的十几个版本中，出现了非常复杂的情况：有在名利驱动之下抄袭、剽窃的译本，有不负责任、粗制滥造的译本，但更有把文学翻译视为生命，追求与原作相媲美的理想译本的严肃译家，如郝运先生几十年如一日，按他“对原著的理解，兢兢业业，尽心尽力去译”[2]；

1　方平，《历史将会给予充分的肯定——评〈文字·文学·文化——《红与黑》汉译研究〉》，载《博览群书》，1999年第7期，第22—23页。

2　郝运，《关于〈红与黑〉汉译的通信——郝运致许钧》，见许钧主编，《文字·文学·文化——〈红与黑〉汉译研究》，南京大学出版社，1996年，第54页。

罗新璋先生“朝译夕改,孜孜两年,才勉强交卷”[1];许渊冲先生为使译文“脱胎换骨,借尸还魂,青出于蓝而胜于蓝”[2],在理论和实践上都大胆而不懈地追求;郭宏安先生在读中学时,第一次读了罗玉君译的《红与黑》,大学二年级“便有些迫不及待,跟头把式地读了原文的《红与黑》”,对《红与黑》的那份喜爱,使他在“心里翻译不止一遍”,“无意中为翻译《红与黑》准备了三十年”[3]。

面对这种复杂的情况,怎么办?为了使翻译事业健康发展,翻译批评理应发挥它的作用。我们借助读书界和翻译界对《红与黑》复译情况的关注,有意识地作了以下几个方面有益的尝试。

一、对那些有抄袭、剽窃之嫌的译本,我们从维护翻译事业神圣性的高度出发,进行了揭露与批判。在笔者与《红与黑》第一位译者赵瑞蕻先生的谈话中,他就明确指出在复译高潮中,“个别本子竟有抄译的现象,就是抄郝运的译本,许多地方一句一句、一行一行地抄,有时只改动了几个字,这是不可容忍的”。[4] 在《出版广角》1995 年第 3 期,我们以《复译还是抄译》为题,分析了海南出版社出版的《红与黑》译本,指出该译本的前十章与上海译文出版社郝运译本的文字相同率在 80% 以上,是个抄袭本。另外,我们还在《中华读书报》撰文,指出青海人民出版社出版的译者署名为赵琪的《红与黑》译本明显是从几个版本中各“取”一段,拼凑而成的,比如第一章的第一段一字不差地“取自”郭宏安的译本,第二段“取自”郝运的译本……长春出版社出版的《红与黑》同样也有严重的剽窃行为。我们的工作引起了翻译界同行和媒体的普遍关注:《光明日报》发表了署名文章《世界名著译作虚火太盛》(1996 年 8 月 7 日),对困扰着翻译市场的抄袭、剽窃之风所带来的消极影响进行分析;《新华日报》发表了《偏食、重版、剽窃、侵权——外国文学翻译出版问题多》(1996 年 8 月 9 日)一文,呼吁出版管理部门制定出必要的法规条例,加强对翻译出版物版权市场的管理。德语文学翻译家杨武能先生也在

---

1 罗新璋,《译书识语》,见许钧主编,《文字 · 文学 · 文化——〈红与黑〉汉译研究》,南京大学出版社,1996 年,第 292 页。

2 许渊冲,《译者前言》,见许钧主编,《文字 · 文学 · 文化——〈红与黑〉汉译研究》,南京大学出版社,1996 年,第 282—291 页。

3 郭宏安,《我译〈红与黑〉》,见许钧主编,《文字 · 文学 · 文化——〈红与黑〉汉译研究》,南京大学出版社,1996 年,第 155 页。

4 赵瑞蕻、许钧,《关于〈红与黑〉中译本的对谈》,见《文汇读书周报》,1995 年 4 月 1 日。

《出版广角》发表文章，题目为《窃贼心态初窥》[1]，披露了长江文艺出版社出版的一套"世界文学名著新译"中黄某某、马某某所"译"的《少年维特之烦恼》，纯属抄袭之作。我们知道，面对受利益驱使的抄译、剽窃之风，道德批评的力量虽然显得很单薄，但其积极作用是不可忽视的。我们始终认为，在学术领域，道德批评始终不能少。

二、在外国文学名著复译潮中，翻译批评者理应负起责任来，对复译现象进行实事求是的分析，从理论和实践上澄清人们对翻译的模糊认识。为此，南京大学西语系翻译研究中心在《文汇读书周报》编辑部的支持下，围绕《红与黑》汉译所提出的问题，展开读者意见征询活动。意见征询表刊登在《文汇读书周报》1995 年 4 月 29 日那一期上，包括两个部分。第一部分是"对《红与黑》汉译的基本看法"，共提出 10 个问题：1.《红与黑》多次复译，现已有十几个版本，您对此现象怎么看？2. 文学翻译应着重于文化交流还是文学交流？3. 翻译外国文学名著，是否应尽量再现原作风格？译者是否应该尽量克服自己的个性，以表现原作的个性？4. 文学翻译语言应该带有"异国情调"，还是应该完全归化？5. 有人认为文学翻译首先应该求精彩而不应求精确，您认为对不对？6. 有人认为文学翻译可多用汉语四字词组，您的看法如何？7. 文学翻译是否应该发挥译语优势，超越原作？8. 有人认为文学翻译是再创造，再创造的最高标准是"化境"，主张一切都应该汉化，您怎么看？9. 您喜欢与原文结构比较贴近，哪怕有点欧化的译文，还是打破原文结构，纯粹汉化的译文？10. 您主张译文与原作的等值，还是对原作的再创造？第二部分选择了罗玉君、郝运、郭宏安、许渊冲和罗新璋五位较有代表性的译家的各五段译文，调查读者"比较喜爱哪一种译文"，了解读者在新的历史时期对译文的审美期待。在截稿期内的短短三周，除台湾、西藏之外，全国其他各省、市、自治区都有读者来信，共收到 316 份意见表和长信。不少读者在信中说，他们的信不仅仅代表个人意见，有的是同学共同的看法，有的是综合了几位同事的观点，甚至有一家三代人商讨的结果。浙江平湖机床厂徐祖望读者说："我在我的社交范围（工人、职员、医生、教师、学生）内作了调查，就如何看待翻译作品这个问题交换过意见。"可以说，这 316 封信所带来的，绝不仅仅是 316 位读者的意见。参加讨论的读者，最小的是十四岁的初一学生，最

1　杨武能，《窃贼心态初窥》，载《出版广角》，1997 年第 2 期。

大的是七十五岁的退休老人。西北工业大学的巫耀堂老人患了眼疾,看不清楚,仍坚持寄来了他一笔一画写下的意见。武汉大学的三年级学生冯凤阁写下了长达 28 页的文字,对涉及文学翻译的一些基本问题进行了认真的思考。这一次征询调查活动,几乎覆盖了各个年龄层次和文化层次。不论是稚嫩的中学生,还是已具有相当鉴赏审美能力的研究生、学术造诣深厚的专家,不论是工人、职员、教师,还是机关干部、科研人员,每个人都在调查答卷里呈明了自己的态度和观点,尽管多是自发的经验累积和直觉指导下的漫谈,却恰恰为我们象牙塔里的专家学者们提供了许多新的视角、新的思路、新的层面,其中不乏颇有见地的论述。通过调查,根据读者的意见和选择,我们至少可以归纳出三点看法:1. 读者的审美习惯和要求,是多元的,《红与黑》的多种译本在一定程度上满足了不同层次读者的需要。2. 从我们提供讨论的五个译本看,译文各有千秋,各具特色。后面出的几个版本较之罗玉君的译本,质量有所改进,更受欢迎,说明严肃的复译是值得肯定的。3. 从读者对译文语言的要求看,大多数读者比较喜爱与原文结构较为贴近的译文。译者的动机和追求与读者的反应不尽一致,这一现象值得深入探讨。此外,在翻译理论方面,众多读者对名著复译、文学翻译再创造的"度"、异国情调与"归化"、四字词组的使用等问题提出的许多见解具有重大的理论价值,给翻译研究者以后的研究探索提供了新的思路。

三、突破了翻译批评经常出现的"是非判别"的简单化倾向。参与《红与黑》汉译批评的学者没有限于对翻译结果的正误性判别,而是通过不同译文的对比,对不同翻译者的立场、方法和审美旨向进行深刻的剖析。翻译家施康强在《红烧头尾》[1]一文中,通过比较罗玉君、罗新璋、许渊冲等翻译家对《红与黑》开篇第一句的不同处理和罗玉君、郝运、闻家驷、郭宏安、罗新璋、许渊冲等译家对《红与黑》最后一句的传译,结合不同译家对翻译的不同主张,对不同译家不同的翻译观、翻译主张和方法进行了分析与批评。他针对许渊冲先生提出的与原文竞赛,"而竞赛中取胜的方法是发挥译文的优势"的主张,明确指出许渊冲先生的"这个理论和这个理论指导下的实践,或者说支撑这个理论的实践"令人困惑。译林出版社编审、翻译家韩沪麟则从编辑的角度,对文学翻译,特别是对名著复译中提出的问题,进行了探讨,认为不

1　施康强,《红烧头尾》,载《读书》,1995 年第 1 期。

同的译文有不同的价值，前辈的“译本该受到更多的尊重才是，后译对前译该抱有最大限度的宽容才对”；同时，还结合目前翻译中美化译文的倾向，就“美”的问题提出了自己的见解：“就单从文学品味而言，所谓美文也决不在于辞藻的绚丽多彩，而在于蕴育于文字之中的一种底气，或曰文气，在于通篇文字的节奏感；同样是稀松平常的字，有人把它们连缀在一起，就可成了很美的文章；反之，单独看是很美的，如把它们堆砌在一起，就令人生厌，不忍卒读。傅雷译本，杨绛译本，李健吾的《包法利夫人》之所以给我留下极深的印象，决不是因为他们的译文里有多少华丽的辞藻，有多少四字成语，而因为他们由深厚的中外文功力、文学素养，乃至高尚人品所形成的译文，具有一种整体的统一、连贯、匀称与和谐，这种厚实的底蕴和文采，是成熟和臻于完美的标志。”[1]这些批评文字在理论上加深了人们对文学翻译的认识，在实践上为文学翻译提供了参考依据。

四、通过对《红与黑》汉译的讨论，拓展并丰富了文学翻译批评的形式。以往的文学翻译批评，往往局限于译文与原文的静态对比，对涉及或影响翻译过程的因素很少加以考虑。在有关《红与黑》汉译的讨论中，与翻译相关的许多因素都被纳入了探讨范围，如上面我们已经谈到的读者因素、编辑因素以及译者的主体因素等等，从而开阔了批评视野，开拓了批评疆界，把对静态的翻译结果的分析扩展为对动态的翻译过程的讨论，确立了原作作者（包括原作历史环境）——原作——（原作读者）译者——译作——译作读者（包括译作历史环境）的翻译系统，将不同时代的审美因素、社会因素容纳在文学翻译理论的研究范围之内，这样就完成了从点到面到立体的理论的初步构建。特别需要提出的是，将讨论作为批评的一种形式，这本身就开拓了文学翻译批评的视野。和单纯的文学批评不同，文学翻译批评好像从来就是理论家，或是语言学家的事情——读者因为大多不通原文，一向被婉拒在批评之外但是作为译作的直接消费者，读者既然是译作产生的决定因素之一，那么他们对译文有着怎样的审美期待就不能不引起我们的翻译家或者翻译批评家的深思。《红与黑》的汉译讨论不仅考虑进了读者的因素，而且将其作为讨论批评的重要部分，对他们的意见作了理论性的梳理。这样，从形式上来看，讨论既接受了中国传统的批评手段，如译者与译者之间、批评者与译者之

1 韩沪麟，《从编辑角度漫谈文学翻译》，见《文汇读书周报》，1995 年 1 月 7 日。

间、读者与译者之间的书信、对谈,这样就保留了许多译者(特别是不太从事翻译理论研究的译者)和读者的直接感性经验;同时,讨论也采用了科学的调查方法,例如借助《文汇读书周报》所开展的读者意见征询以及在这之后所进行的大量整理、归纳工作和在此基础上完成的《为了共同的事业——〈红与黑〉汉译读者意见综述》[1];讨论更有学术意义上的专论,如笔者运用翻译层次论的观点,借助语言学、社会语言学及文化理论等不同途径对文学翻译中的风格、语言、形象以及文学翻译的实质进行了探讨。

五、文学翻译批评是一项非常严肃的工作,它需要批评者有敏锐的批评意识、深厚的学术素养、严谨的学风和实事求是的精神。但在目前的文学批评和文学翻译批评实践中,往往出现两种不好的倾向:一是无原则的吹捧,一味说好话;二是恶意的攻讦,根本达不到批评的目的。《红与黑》的讨论中,无论是读者对译者的批评,还是批评者与译者的交锋,虽然有时也有过偏激的言辞,但从总体上来说,组织者和参与者一直注意营造一种健康的学术交锋与有利于发展翻译事业的批评氛围。翻译家罗国林在《出版广角》1996年第2期上曾发表《批评不等于否定》一文,他这样写道:"去年七月在北京参加亚洲翻译家论坛会议之余,许钧约我去许渊冲教授家聚会,参加者还有罗新璋和施康强。这是一次不寻常的聚会,因为许钧公开批评过罗新璋、许渊冲教授所译的《红与黑》,尤其撰专文批评过罗新璋的译本,而这一次他又是带着尚未发表的新批评文章来的,请许、罗二位过目,当面征求意见。批评者和被批评者聚在一起,有友好诚挚的倾谈,严肃认真的探讨,也有慷慨激昂的争论。双方都虚怀若谷,把个人置之度外,进行真正的学术讨论。这应该称得上翻译界的一段佳话,作为圈内人和见证者,我深受感动。我认真读过许钧批评罗新璋译《红与黑》的文章,觉得他的确是以求真求是的态度,进行翻译的探索,一扫文人之间以批评之名行相互攻讦之实的积习。这是值得称道和提倡的。反过来说,罗新璋的译本受到不少赞扬(包括许钧的赞扬),也受到一些批评,这正说明他的翻译特色突出,受到人们广泛的关注。"笔者认为,罗国林的观点绝不是对个人的一种赞扬,而是对健康的翻译批评的一种肯定。在组织和参与《红与黑》汉译讨论的活动中,笔者也深深感受到了老一辈翻译家的广阔胸怀和他们对翻译事业的关心以及他们对真理的探索精

1 许钧、袁筱一,《为了共同的事业——〈红与黑〉汉译读者意见综述》,见《文汇读书周报》,1995年7月1日。

神。笔者曾在书信、谈话和文章中多次对译界前辈许渊冲先生的翻译主张和实践提出了不同的看法，如在致许渊冲先生的长信[1]中，对许先生的翻译诗学、翻译哲学和翻译美学主张提出了质疑；在《“借尸还魂”与形象变异——德·瑞那夫人形象比较》《“化”与“讹”——读许渊冲译〈红与黑〉有感》[2]中，对许先生的翻译目的、翻译方法和具体翻译提出了不同看法和批评。许先生没有把我的批评视作对他的“不敬”，而是从学术的角度，采取严肃的态度，提出了反批评，撰写了《文学翻译改革刍议——“形似”还是“神似”》和《谈重译——兼评许钧》等文章，进一步澄明了他的翻译主张，并明确地指出了他在翻译认识论、方法论及目的论三个方面与笔者的分歧。他指出：“我看我和许钧有三大分歧：第一，在认识论方面，他认为翻译是科学，我认为翻译是艺术，他要用科学方法来解决翻译问题，认为翻译的公式是 1+1＝2，一个字只有一个‘等值’的译法；他只重视词的表层形式，更重‘形似’，更重‘直译’，结果成了他自己说的斤斤计较于‘微观细节’的‘文字翻译匠’。我却要用艺术方法来解决翻译问题，认为文学翻译的公式是 1+1>2，译字句都要发挥译语的优势（许钧称之为‘讹’），更重深层含义，更重‘神似’，更重‘意译’，这是我们的第一个分歧。第二，在方法论方面，他强调‘再现原作风格’，我却提出‘三化’（深化、等化、浅化）的艺术。他认为‘化无定法’，‘深浅无常’难以掌握，我却认为只要自问译文是否使自己‘知之、好之、乐之’就能掌握，所谓‘知之’，就是知道原作说了什么；所谓‘好之’，就是喜欢译文怎么说法；所谓‘乐之’，就是‘说什么’（what）和‘怎么说’（how）使你感到乐趣。这种乐趣如果引起共鸣，就把一国创造的美转化为全世界的美，与全世界共享，那是世界上最高级的善（叔本华语）。第三，在目的论方面，他认为翻译的目的是交流文化，我却认为交流的目的是双方都得到提高，共同建立新的世界文化。所以就该欢迎译文胜过原文，重译胜过原译。庞德把汉武帝的哀歌译成意象派的新诗，得到了国际声誉；我们也就应该把‘魂归离恨天’送上国际文坛，（杨宪益夫妇在《红楼梦》中译成 return in sorrow to Heaven，我在《西厢记》中把‘休猜做了离恨天’译为 is this a paradise or a sorrowless sphere?）这样，重

1　许钧，《关于〈红与黑〉汉译的通信——许钧致许渊冲》，见许钧主编，《文字·文学·文化——〈红与黑〉汉译研究》，南京大学出版社，1996 年，第 43—48 页。

2　分别参见许钧主编，《文字·文学·文化——〈红与黑〉汉译研究》，南京大学出版社，1996 年，第 199—208，209—220 页。

译就可以使国际文坛变得越来越丰富多彩，越来越灿烂辉煌！”[1]客观地说，这种严肃的批评态度是值得倡导的。

六、在有关《红与黑》汉译的整个讨论中，我们始终有一种清醒的理论意识，针对译界翻译探讨与翻译实践往往相脱节的状况，希望通过对《红与黑》汉译的讨论，以实际例子来说明两点：一、翻译是有理论的，而且不仅有理论，还有不同的理论与观点；二、翻译理论是有指导性的，在不同的理论与观点的指导下，会有不同的实践。历史上就翻译的实质、标准、功能、目的有过不少争论，不少译家发表了不同的看法，但因时间、空间的关系，探讨不够集中，也不够深入。《红与黑》的汉译，折射出许多共性的问题。因此讨论《红与黑》的翻译，其意义远远超过《红与黑》汉译本身，可以就《红与黑》汉译所遇到的问题扩展开去，对文学翻译的一些具有共性的基本问题进行探讨。《红与黑》汉译讨论对文学翻译理论的建设无疑是有益的，它几乎牵涉到文学翻译所能牵涉到的所有基本原则：文学翻译中实践与理论的关系问题（实践与理论谁先谁后？）；文学翻译的目的，文学翻译的功用；翻译与创作的关系（它在何种意义上可以称为“再创作”？再创作有没有应有的度？）；翻译的语言问题；翻译的风格问题（译者有没有自己的风格，应不应该有自己的风格？）；等等，都涵盖在内。更为重要的是，从横向来看，它使文学翻译理论的研究在实践的基础上迈向了文化的宽阔背景。在整个讨论中，有小到人地名运用的细节探讨，亦有大到文本风格乃至文本风格之后的时代、历史背景和社会文化因素对翻译的影响的专门研究。作为讨论的一个阶段性总结，我们主编了《文字·文学·文化——〈红与黑〉汉译研究》一书，如书名所揭示的那样，一切都被包容在这三者的和谐统一之中。就文学翻译而言，我们认为文学是文字的艺术，是文化的一个组成部分，而文字中，又有文化的沉淀，三者是一个难以分割的整体。因此，翻译中一个字、一个词的运用，绝不仅仅限于其语言意义。文学翻译批评并不排斥对词汇或句式的考查及正误，但是它更应当置于文化的大背景下来进行。做文学翻译或文学翻译批评的人，首先应当把文学翻译当作对外文化交流的手段来对待，如是才能有开阔的视野与胸襟，才能看到文学翻译中所包含的更为本质的东西。

关于《红与黑》汉译的讨论已经过去十多年了，但是它的意义应该是深

1　许渊冲，《谈重译——兼评许钧》，载《外语与外语教学》，1996年第6期。

远的。我们在讨论翻译批评的这一章中此旧话重提,目的正是要探讨与总结这场讨论对文学翻译与文学翻译批评的多重启迪,进一步加强文学翻译批评的理论建设,探讨文学翻译批评的途径和方法,给我国的文学翻译事业指明一个方向,使其能健康而繁荣地发展。从实践的角度看,这次有关《红与黑》汉译的讨论是翻译批评的一次有益尝试,从中提出了许多值得我们深入思考的理论问题。翻译作为人类最悠久的跨文化交流活动,其本质之深刻,其过程之复杂,其因素之繁多,其矛盾之激烈,其作用之重要,需要我们进行不懈的、永远的探索。

翻译批评论[1]

作为人类最古老的跨文化交流活动之一，翻译是任何社会都必不可少的，而翻译事业的健康发展离不开翻译批评。季羡林曾指出："翻译事业要发展，要健康地发展，真正起到促进中华文明发展的作用，就不能没有翻译批评。"[2]翻译实践需要引导，翻译现象需要辨析，翻译作品需要评介，翻译队伍需要扶持，所有这些都离不开翻译批评。翻译界对批评的关注由来已久，不少翻译家和翻译研究者都充分意识到翻译批评的重要性。早在20世纪30—50年代，鲁迅、茅盾、董秋斯、焦菊隐等人就曾呼吁要大力开展翻译批评。例如，鲁迅在1933年发表的《为翻译辩护》一文中就明确强调："翻译的不行，大半的责任固然该在翻译家，但读书界和出版社，尤其是批评家，也应该分负若干的责任。要救治这颓运，必须要有正确的批评，指出坏，奖励好，倘没有，则较好的也可以。"[3]可见，对翻译事业的繁荣与进步，翻译批评负有不可推

1 本文由刘云虹和许钧合作完成。

2 季羡林、许钧，《"翻译之为用大矣哉"》，参见许钧等著，《文学翻译的理论与实践——翻译对话录》，译林出版社，2001年，第4页。

3 参见陈福康，《中国译学理论史稿》，上海外语教育出版社，1992年，第306页。

卸的责任。

本文以如何评价翻译为出发点，主要讨论翻译批评问题。那么，究竟什么是翻译批评？翻译批评的本质何在？翻译批评的价值与功能如何体现？翻译批评包括哪些类型？谁来进行翻译批评？翻译批评的对象是什么？翻译批评的开展必须遵循什么样的标准和原则？

一、翻译批评的本质

正如各个流派的学者对翻译的概念提出了不同的定义，对"什么是翻译批评"这一问题的回答也没有形成定论。目前比较有代表性的论述有以下几个：

1. 翻译批评即参照一定的标准，对翻译过程及其译作质量与价值进行全面的评价。（林煌天，1997）

2. 翻译批评是一种具有一定的实践手段和理论目标的精神活动，是从一定的价值观念出发，对具体的翻译现象（包括译作和译论）进行分析和评价的学术活动，是审美评价与科学判断的有机统一。概括地说，翻译批评是按照文学翻译的审美理想，根据一定的批评标准，对具体的翻译现象（译本或者译论）进行的科学的评价活动。（郑海凌，2000）

3. 翻译批评即依据一定理论，采用相关方法，对译者、翻译过程、译作质量与价值及其影响进行分析与评价。（文军，2001）

4. 常规意义上比较完整的翻译批评应是：依照一定的翻译标准，采用某种论证方法，对一部译作进行分析、评论、评价，或通过比较一部作品的不同译本对翻译中的某种现象做出评论。（杨晓荣，2006）

5. 翻译批评是以一定的翻译理论和翻译批评理论为背景和基础，对各种翻译现象、翻译作品和翻译思潮进行分析、阐释和评论的科学认识活动。（温秀颖，2007）

这些定义虽然从各自不同的角度透视了翻译批评的本质，但就其中涉及的关键词而言基本是一致的，即评价、翻译作品/现象、标准/理论。

首先，翻译批评是一种评价活动。翻译批评与文学批评有着千丝万缕的联系。虽然二者在研究对象上有所不同，文学批评的对象是原创作品，而翻译批评的对象是翻译作品，属于理解基础上的再创造，但翻译批评与文学批评在本质上可以说是一致的，都是从主体出发面对文本的接受和评价行为，在评价者与文本之间以一种普遍的“对话—理解”模式出现。正如韦勒克所言,一切文学研究,无论是理论还是批评,归根结底都旨在“理解文学和评价文学”。他在《近代文学批评史》的前言中写道:“‘批评’这一术语我将广泛地用来解释以下几个方面:它指的不仅是对个别作品和作者的评价,‘裁决的’批评,实用批评,文学趣味的征象,而且主要是指迄今为止有关文学的原理和理论,文学的本质、创作、功能、影响,文学与人类其他活动的关系,文学的种类、手段、技巧,文学的起源和历史这些方面的思想。”[1]可以说,翻译批评就是理解翻译与评价翻译,是建立在理解和对话基础上的评价行为。

评价不同于科学认知活动,是“一种主体性的精神活动”,“必然地包含着并表达着主体的‘态度’、选择、情感、意志等”[2],而主体是具体的、历史的、不断变化的,评价“总是随着价值关系主体的变化和发展而变化和发展”[3]。因此,以主体性为根本属性的翻译批评活动具有历史性和发展性,反对一切僵化的、绝对的、一成不变的价值判断。在这个意义上,无论对翻译现象、翻译事件的考察,还是对翻译作品的文本评价,都应从特定的历史环境出发,充分关注不同的历史文化因素。

其次,翻译批评以翻译作品、翻译过程和翻译现象为评价对象。翻译不仅是一种静态的结果,更是一个动态的过程,一个包含了原作、原作者、译作、译者以及读者在内的相互关联、相互影响的系统。翻译批评的对象不应限于文本,从原文文本到翻译文本的单一模式远远无法承载翻译批评的全部内涵,对翻译本质、过程、作用、影响的关注以及对翻译现象和事件的解读与评判是翻译批评不可或缺的重要维度。

最后,翻译批评的开展依赖并取决于相关的理论和一定的标准。作为一种主体性的评价活动,翻译批评并不等同于任何仅凭主观印象和感受而进行的鉴赏与阐释,相反,任何仅仅依赖主体的感觉体味而进行的评判都不能被视为科学的、理性的批评。因为,评价,特别是自觉的、有意识的评价,“总是包含着对一定价值关系可能后果的预见、推断”[4],而这些预见和推断必须以深刻而全面地把握主客体关系和实践活动的发展为前提。因此,翻译批评作

---

1 雷纳·韦勒克,《近代文学批评史》,杨岂深、杨自伍译,上海译文出版社,1997年,第1页。

2 李德顺,《价值论》,中国人民大学出版社,2007年,第232页。

3 同上。

4 同上。

为对翻译价值的判断,是某种翻译观念和伦理意志在翻译评价中的体现,应超越纯粹个人的情感而代表某个历史时期集体的主要价值观念,摒弃一味依赖个人趣味和个体主观感受的纯感性判断。在这个意义上,翻译批评应自觉地、有意识地完成从"本能的评价、情感心理的评价逐步上升为意志的和观念的、理论的评价的过程"[1],而这一过程的完成必须借助翻译及其他相关学科的理论并依赖一定的翻译批评标准。

可以说,从广义上讲,翻译批评就是理解翻译与评价翻译;从狭义上讲,翻译批评是对翻译活动的理性反思与评价,既包括对翻译现象、翻译文本的具体评价,也包括对翻译本质、过程、技巧、手段、作用、影响的总体评价,而不论是"具体评价"还是"总体评价",都依赖并取决于相关的理论和一定的标准。

二、翻译批评的价值与功能

(1) 翻译批评的价值

明确了翻译批评的本质,那么,翻译批评的价值体现在哪里,又如何实现呢?作为一种对象化的活动,批评应在其实践对象中看到自身的力量。可以说,翻译批评的价值正是通过实现其对象的价值而得以实现,也就是说,翻译批评在实现翻译的价值中实现自身作为批评主体的价值。作为以符号转换为手段,意义再生为任务的一项跨文化交际活动,翻译具有社会性、文化性、符号转换性、创造性和历史性五大本质特征。基于这样的翻译观,我们在前面的《论翻译价值与翻译批评》中指出,翻译的价值分别体现在社会、文化、语言、创造和历史五个方面。从本质上看,翻译的社会价值重交流,翻译的文化价值重传承,翻译的语言价值重沟通,翻译的创造价值重创新,翻译的历史价值重发展。交流、传承、沟通、创新与发展,这五个方面共同构成了翻译的价值所在。因此,翻译批评的根本任务在于促使翻译在民族交流、文化传承、社会发展方面发挥应有的作用,促进翻译事业健康、理性地发展,保证翻译的价值得以实现,从而实现翻译批评自身的价值。

翻译批评不是翻译的附属品,也不能被简单视为应用翻译学的一个分支,而应该被理解为,如纽马克所言,"将翻译理论和翻译实践连接在一起的

1　李德顺,《价值论》,中国人民大学出版社,2007年,第233页。

一个重要环节”[1]。翻译批评的对象总是具体的翻译作品或翻译现象,这体现了它的实践性;同时,翻译批评的实践过程又必须以各种理论为基础,翻译批评原则、标准等重要规范的确立与各种翻译观密切相关,正如姚斯所言,“任何关于翻译作品的价值或质量的陈述都包含着关于翻译的性质与目标的理解,或者说预设了一种理论”[2],这体现了它的理论性。因此,翻译批评既是对翻译理论的实际应用,也通过实践反作用于翻译理论,对翻译理论进行检验、促进和指导。“给文学翻译一个方向”,翻译批评承担的这一重大使命具有实践上和理论上的双重含义,因此,翻译批评的价值应在实践与理论两方面得以实现。[3]

(2) 翻译批评的功能

翻译批评的功能并不等同于翻译批评的价值。功能与价值是两个既相互关联又相互区别的概念。简单而言,“价值是功能的基础,功能是价值的表现形式。批评价值实现的过程,也就是批评发挥功能并产生相应结果的过程”[4]。如果说,翻译批评的价值指向主观愿望下批评应当发挥的作用,那么,翻译批评的功能则强调批评行为“客观呈现出来的实际产生的作用”[5]。翻译批评具有实践和理论两方面的价值,同样,翻译批评的功能也应在实践和理论两个层面上得以体现。杨晓荣在《翻译批评导论》中明确指出,“翻译批评最基本的功能是监督功能,由此派生的是对读者的引导功能和对译者的指导功能”,“翻译批评的第二个基本功能是理论研究”[6]。我们将立足于翻译批评的本质,结合其实践和理论双重价值,探讨翻译批评在实践层面具有的监督、指导、引导功能及其在理论层面具有的研究和建构功能。

一是翻译批评的监督功能——对译者的指导。鲁迅在1934年的《再论重译》一文中指出,翻译批评的责任在于“或者培植,或者删除,使翻译界略免于芜杂”[7]。“培植”和“删除”是批评的方法,根本目的在于“免于芜杂”,即保证翻译质量,避免翻译界良莠不齐的状况继续下去。纽马克在论述翻译

1 参见杨晓荣,《翻译批评导论》,中国对外翻译出版公司,2005年,第7页。
2 参见辜正坤、史忠义编,《国际翻译学新探》,百花文艺出版社,2006年,第248页。
3 参见刘云虹,《论翻译批评空间的构建》,载《中国翻译》,2008年第3期。
4 文军,《科学翻译批评导论》,中国对外翻译出版公司,2006年,第54页。
5 同上。
6 杨晓荣,《翻译批评导论》,中国对外翻译出版公司,2005年,第21页。
7 参见陈福康,《中国译学理论史稿》,上海外语教育出版社,1992年,第308页。

批评的五大功能时强调，翻译批评的首要目的是“提高翻译质量”[1]。桂乾元在《译事繁荣需评论》一文中提出了翻译批评的六大功能，其中的“帮助——帮助译者提高翻译水平，甚至可以帮助译者提高某些基本功；帮助译者提高理论修养”“限制——限制粗制滥造、质量低劣的译作泛滥，甚至出版问世”“监督——监督译者工作，促进他们认真负责地工作”[2]等功能，都指向翻译作品的质量。可以说，翻译批评最基本、最主要的功能就是监督功能，即监督翻译作品的质量，坚决杜绝价值不高、品质低劣的译本流入图书市场，因为，不言而喻，翻译作品的质量是翻译价值得以实现的根本保证，是翻译事业健康发展的必要条件。

保证和提高翻译作品的质量，首先应立足于文本，对译者在翻译过程中所采用的方法和技巧等具体问题予以关注，例如，纽马克提出的“比较原语和译语在语义和语法上的异同”[3]，杨晓荣提出的“为从事翻译工作者提高翻译水平提供学习、揣摩的范例”[4]。但翻译批评若仅限于从文本到文本的单一模式是远远不够的，还必须对译者作为主体进行翻译活动时的立场和态度加以指导。翻译，尤其是文学翻译，被喻为“解释学的杰出楷模”[5]。可以说，就本质而言，翻译首先是一个理解、解释的过程，而作为翻译主体的译者自最初的阅读起便开始扮演一个笃信原文言之有物并意欲重构其意义的探寻者的角色。随着文本意义的确定性被颠覆，文本不再被视为一种既定意义的载体，因此，原作中也不再只有某个既定的、权威性的意义有待阐明，它所提供的是意义的无限可能性及解读、阐释的自由空间。翻译远远不是单纯的语言现象，解释不仅是文字技巧和知识的把握，而更是译者对周围世界的意义的一种选择。与任何形式的理解一样，译者对原作的理解具有历史性、主观性和创造性。每一位译者，尤其是复译的译者，都寻求赋予原作某种新意，都希望自己所奉献的译作是一件再创造的艺术品。然而，在肯定并鼓励译者摆脱“一仆侍二主”的心理状态的同时，必须警惕“译而作”过程中的混乱与盲目。过犹不及，脱离原作的译作无疑是失败的。翻译作品不仅体现译者的技巧、能力，更包含着他对翻译的态度和立场。译者具备了相当的语言能力和审美

1 参见廖七一等编著，《当代英国翻译理论》，湖北教育出版社，2001 年，第 197 页。
2 桂乾元，《译事繁荣需评论》，载《外国语》，1994 年第 2 期，第 8—13 页。
3 参见廖七一等编著，《当代英国翻译理论》，湖北教育出版社，2001 年，第 197 页。
4 杨晓荣，《翻译批评导论》，中国对外翻译出版公司，2005 年，第 21 页。
5 蔡新乐、郁东占，《文学翻译的释义学原理》，河南大学出版社，1997 年，第 8 页。

情趣,并不意味着他一定能够奉献出令人称赞的译作。因而,鼓励译者在翻译过程中进行能动的再创造并使之保持在适度的范围内,避免一切因主观性而可能导致的理解、诠释的过度自由或盲目,促使翻译行为进一步走向成熟与自律,这是翻译批评面对翻译主体必须履行的监督功能中不可忽视的重要维度。[1]

二是翻译批评的监督功能——对读者的引导。对读者在翻译接受过程中的引导是翻译批评发挥监督功能不可或缺的重要方面。接受美学认为,作品总是为读者而创作,未被阅读的作品仅仅是一种"可能的存在"。文学作品这个既是具体的又是想象出来的对象只有在作者和读者的共同努力下才能出现,正如萨特所言:"只有为了别人,才有艺术,只有通过别人,才有艺术。"[2]同样,译作的价值也只有在读者的阅读、鉴赏、阐释、批评等一系列过程中才能得以实现。因此,翻译批评必须充分重视作为翻译最终服务对象的读者的重要地位,切实关注读者群体。王宏印提出的"帮助读者阅读和理解文学作品"[3]、温秀颖提出的"帮助读者选择和鉴别译作"[4]等翻译批评应具有的功能都旨在对读者的接受行为予以指导,前者强调翻译批评的阐释作用,后者侧重于翻译批评的引导作用,二者都是翻译批评建设性的重要体现。

翻译批评的阐释作用是由翻译的本质所决定的。翻译活动远远不能简单地视为一种语言的转换,而是通过理解,使原文的意义得以再生,从而使作品在新的历史空间得到交流、展现、完善与延续。就根本而言,翻译是一种广义上的阅读和理解,是从主体出发面向文本的接受行为,在接受者与文本之间以一种普遍的对话模式出现。在翻译过程中,无论译者"如何力图进入原作者的思想感情或是设身处地把自己想象为原作者,翻译都不可能纯粹是作者原始心理过程的重新唤起,而是对本文的再创造,而这种再创造乃受到对本文内容的理解所指导"[5]。现代阐释学认为,文本的意义不能完全被作者本来头脑中的想法所限制,相反,"通过文字固定下来的东西已经同它的起源和原作者相脱离,并向新的关系积极开放"[6]。理解并不是重复某些过去的

1 参见刘云虹,《论文学翻译批评的多元功能》,载《中国翻译》,2002 年第 3 期,第 28—30 页。
2 Sartre, Jean-Paul: *Qu'est-ce que la littérature*? Paris: Gallimard, 1948, p.68.
3 王宏印,《文学翻译批评论稿》,上海外语教育出版社,2006 年,第 61 页。
4 温秀颖,《翻译批评——从理论到实践》,南开大学出版社,2007 年,第 56 页。
5 伽达默尔,《真理与方法——哲学诠释学的基本特征》,洪汉鼎译,上海译文出版社,1999 年,第 492 页。
6 同上,第 505 页。

东西，而是参与了一种当前的意义，对一部文学作品的真正意义的汲取是一个永无止境的过程。因此，翻译，作为一种理解行为，总是作者、作品与译者之间，历史、传统与现在之间的视域融合过程，不可避免地具有历史性和创造性等特点。在这个意义上，翻译批评的阐释作用在于，批评者凭借自身的审美感悟能力和翻译专业知识，向读者传达自身的阅读感受和审美体验，为读者提供一种或几种理解原文意义和译文意义的可能性，并鼓励和引导读者积极发挥其主观能动性，对译作进行不同角度、不同层次的创造性解读，以吸引读者充分享受阅读的乐趣，进而促使更多的人喜爱翻译作品，关注翻译事业。

翻译批评不是狭隘意义上的"好"或"坏"的评判，批评者也并不具有某种君临译者和读者之上指点江山的权威，其责任不仅在于"给文学翻译一个方向"，也在于给读者一个方向。近十多年来，随着翻译的发展与繁荣，名著复译似乎已经成为一种潮流，大凡名家的著作都一再被复译、再版，一部作品少则二三个译本，多则十来个译本，经典名著《红与黑》的中译本更达到二十余种之多。复译本身不仅无可厚非，而且是完全必要的。因为，翻译很难有所谓的"定本"，翻译批评切忌宣扬译本唯一论，任何一个严肃的译本都有可能在某一方面优于其他译本。如果我们认同"只有不朽的创作，没有不朽的译作"的说法，复译存在的合理性与必要性便也不难理解。任何一部翻译作品，无论多么优秀、多么经典，也只能在一定的历史时期——或长或短——产生广泛的影响，发挥其应有的作用，而无法超越时间、一劳永逸地被奉为原作的翻译定本，供世世代代的读者欣赏、赞美。"理想的范本"或许只是一种永远无法也不可能企及的理想和追求。况且，平庸之作也并不鲜见。复译产生的原因大致可以归纳为三点：一是旧译中存在过多的失误和不足，不能真实地向读者展现原作的魅力；二是旧译年代久远、过于陈旧，已无法满足当代读者的审美需求，需要当代译者对其进行修订和补充，使其更易于理解和接受；三是同一时代中对于同一部文学作品有不同解读，以满足不同层次、具有多元审美情趣的读者的需求。[1] 然而，复译名著在形形色色的外表之下却存在着这样几个问题：一、名著，尤其是诸如《红与黑》《茶花女》《高老头》《情人》之类的经典名著，版本繁多，普通读者目不暇接难以选择，仅凭外观随便

1 参见刘云虹，《复译重在超越与创新》，载《中国图书评论》，2005 年第 9 期，第 16—17 页。

挑选一本也许就是大多数人不得已的做法;二、某些品质不高的译作改头换面地多次重复出版,而新版本中并无对旧译的实质性的增补、修订之处;三、新译本中没有创新的内容,或者说所谓创新仅仅局限在文字表达层面,甚至于有流于同义词替换游戏之嫌,而译者并没有在综合旧译本的基础上对原作内涵进行新的解读。

多种译本存在的必要性及复译良莠不齐的现状,为翻译批评开创了前所未有的广阔空间,也使其肩负的责任更加重大。引导读者阅读与鉴赏真正高质量、有价值的翻译作品,并通过开启复译的空间以满足不同层次读者的审美需求,这是翻译批评的建设性所在,也是其引导功能的重要体现。

三是翻译批评的理论研究与建构功能。自 20 世纪 90 年代以来,翻译界一直十分重视翻译理论建设,但理论视野的狭窄、理论思想的贫乏、对西方译论的盲目借鉴、理论与实践脱节、如何辩证看待理论与实践的相互关系等问题至今仍是翻译理论建设过程中必须解决的棘手问题。作为连接翻译理论与翻译实践之间的纽带,翻译批评必须发挥积极作用,协调翻译理论与翻译实践的辩证关系,深化翻译理论研究,促进翻译学科的建构与发展。

虽然,我们不能过分强调翻译理论对翻译实践的指导价值,但丰富多彩的翻译实践活动永远是探寻翻译行为的本质、把握翻译活动的客观规律、促进翻译理论产生和发展的源泉与基础。董秋斯在论及翻译理论建设的必要性和迫切性时,曾谈到翻译理论、翻译实践与翻译批评之间的相互关系。他认为,加强翻译批评工作应"提供时间和力量,广泛地寻找典型,优良的加以推荐,粗滥的加以批评",其目的在于"不但提高翻译工作者的积极性,也给翻译理论的建设提供丰富的实例"[1]。翻译批评在翻译理论研究成果的指导下,以分析翻译过程、评价翻译作品、解读翻译现象为基础,实现经验总结与理性升华,既对已有的理论研究进行检验和修正,又进一步拓展理论研究视野,提供新的研究方向和研究内容,从而促进翻译理论研究的深化、发展与完善。

在《对建立中国翻译学的一些思考》一文中,张柏然、姜秋霞指出了"建立翻译学的两个必要途径",除了"从翻译实践中总结理论,再以理论为依据

---

1 参见陈福康,《中国译学理论史稿》,上海外语教育出版社,1992 年,第 367 页。

调节具体操作”之外，还必须“从翻译本体纵观文化外围，再从文化外围透视翻译本体，进行多角度、全方位的探讨”[1]。在这个意义上，翻译理论研究应该关注文化、社会现象，关注热点问题，关注人文社会科学所关心的与翻译有关的问题，在交流中吸引哲学家、社会学家、语言学家、作家等来关心翻译事业，思考翻译问题。毫无疑问，实现这种本体与外围的沟通、翻译与文化的互动，是翻译批评理应承担的责任。

有必要强调，翻译批评的理论价值的实现，在很大程度上取决于翻译批评自身理论的构建。对于“批评究竟是什么”的问题，弗莱在《批评之路》中这样阐述过自己的观点：“我拒绝这样的看法：批评是文学的一个分支，因为那显然是无稽之谈。批评是文学的理论，而不是文学实践中的一个次要的和非基本的因素。”在这段话中，弗莱强调的是，批评不是文学的附属品，相反，它具有独立性与自主性，并对文学理论的建构起到指导作用。正如文学批评不应被视为文学的附属品一样，翻译批评，作为文学批评的特殊形式，也不应依附于翻译理论或翻译实践。在力图廓清翻译批评的概念、为翻译批评正名时，贝尔曼认为，作为“大写的批评”，翻译批评必须摒弃其传统的裁决性的否定角色，转而着重于其“肯定性”。贝尔曼所确立的翻译批评的“肯定性”，首先针对翻译批评的自身理论建设而言，即翻译批评首先要“肯定”自身，要让翻译批评成为“一种自省的，能以其自身特点为批评主体的，产生自身方法论的评论方式；它不仅要产生出自身的方法论，而且还试图将该方法论建立在有关语言、文本及翻译的明确的理论基础之上”[2]。可以说，翻译批评的科学性在很大程度上立足于其理论体系的独立性和自主性。没有自主理论体系作为依托的翻译批评是非理性的，不仅阻碍翻译及翻译理论的发展，还将导致自身的使命难以完成，自身的价值无法体现。[3] 同时，翻译批评一直以来都是翻译学的一个薄弱环节，其理论建构本身，包括翻译批评的概念、原则、方法、标准等整个研究内容和成果，又构成翻译理论研究中不可或缺的重要组成部分，对推动翻译学的发展具有积极意义。

---

1 张柏然、姜秋霞，《对建立中国翻译学的一些思考》，参见张柏然、许钧主编，《译学论集》，译林出版社，1997 年，第 29 页。

2 Berman, Antoine：*Pour une critique des traductions: John Donne*, Paris：Gallimard, 1995, p.45.

3 参见刘云虹，《论翻译批评空间的构建》，载《中国翻译》，2008 年第 3 期，第 11—15 页。

三、翻译批评的类型

根据不同的划分标准,翻译批评可以分为多种不同的类型。例如,依据翻译作品的体裁划分,翻译批评包括文学翻译批评和科学翻译批评;依据批评主体的身份划分,翻译批评包括读者批评、译者批评和专家批评;依据批评的目的划分,翻译批评包括"为理论的批评"、"为创作的批评"和"为翻译的批评"[1];依据批评的层次划分,翻译批评包括鉴赏、阐释和评论;依据翻译批评的对象划分,翻译批评包括译者批评、过程评论、译作批评和影响研究;依据翻译的定义范围划分,翻译批评包括对狭义的、严格意义上的翻译的批评和对编译、摘译、改写等广义上的翻译的批评[2];依据翻译方向划分,翻译批评包括对外译汉作品的批评、对汉译外作品的批评和对回译作品的批评[3]。下面我们将重点讨论其中的三种划分标准及相应产生的不同翻译批评的类型。

(1) 依据翻译作品的体裁划分

翻译批评所涉及的作品,就体裁而言,主要有文学翻译作品和科学翻译作品两大类,其中文学翻译作品占了大多数。翻译批评类的论文和著作在没有明确指示的情况下一般都约定俗成地以文学翻译作品或现象为考察对象。杨晓荣认为,如此"强大的文学翻译批评实力"的形成与"我国翻译研究本身就有一种重视文学翻译的传统"密切相关,"原因也许是人们认为文学作品内涵丰富,特别是在翻译中,涉及的因素特别多,要译'好'也最不容易,因此这方面的研究比较有价值,研究者的兴趣也高。同时,由于外国文学作品的阅读面极广,文学翻译及其批评所承担的'教化'责任也十分重大"。[4]

尽管翻译批评对文学翻译作品的关注由来已久并有相当的道理,但文学翻译作品并不能成为翻译批评和翻译研究的全部内容,也不应该把翻译批评等同于文学翻译批评。事实上,在翻译的历史中,非文学类翻译作品占有十分重要的地位,并对社会交流与发展发挥了强大的推动作用,特别是对中国近代社会产生过深远的影响。我们曾提到邹振环所著的《影响中国近代社会

1 王宏印,《文学翻译批评论稿》,上海外语教育出版社,2006 年,第 51—56 页。
2 杨晓荣,《翻译批评导论》,中国对外翻译出版公司,2005 年,第 10 页。
3 同上,第 11 页。
4 同上,第 15—16 页。

的一百种译作》一书,在作者以译本的社会影响为标准遴选的一百种译作中,科学类作品的种类极为丰富,数量也相当可观,例如自然科学技术类的《几何原本》《同文算指》《代数学》《远西奇器图说》《泰西水法》等,哲学社会科学类的《天演论》《共产党宣言》《资本论》《社会学》《性心理学》《民约论》《法意》等,地理学类的《坤舆万国全图》《四洲志》《地学浅释》等。由此可见,科学翻译在翻译事业中占据着不容忽视的重要地位,而针对科学翻译作品进行的评论和研究也是翻译批评中不可或缺的组成部分。

中国对外翻译出版公司 2006 年出版了文军编著的《科学翻译批评导论》,对科学翻译批评的概念、价值、功用、过程、标准、对象、方法、趋势等进行了深入的研究。文军认为,科学翻译指科技翻译、社科翻译、涉外翻译和科普翻译,其外延包含除"文学翻译"之外的其他体裁的翻译。[1] 科学翻译批评即依据一定理论,采用相关方法,对科学翻译的译者、翻译过程、译作质量与价值及其影响进行分析与评价。[2] 科学翻译批评的对象由四方面内容构成,即科学翻译的译者评论、科学翻译的过程评论、科学翻译的译作评论和科学翻译的影响研究。[3] 科学翻译批评具有社会价值、个人发展价值和学科发展价值。[4] 科学翻译批评的方法主要有理论性方法和实证方法两大类。[5]

(2)依据批评目的和批评主体的身份划分

依据批评者在翻译批评活动中采取的不同角度,希望达到的不同目的和翻译批评实际发挥的不同作用,翻译批评分别为深化理论研究、丰富文学创作和提高翻译质量服务,并由此形成为理论的批评、为创作的批评和为翻译的批评三种不同类型。王宏印在《文学翻译批评论稿》中对此进行了详细论述。他认为,为理论的批评就是从理论家角度进行的文学翻译批评,也可以说是专业理论家所从事的文学翻译批评。这一类批评的基本特点是学派眼光或学院风格,运用理论眼光来观照翻译活动,也从具体的翻译活动和作品中寻找与某一理论有关的和对其有用的东西,作为素材加以吸取,使其能够补充进原有的理论体系之中,从而丰富、深化甚至改造原有的理论。为创作的批评主要涉及的主体是作家,或作家兼翻译家、作家兼评论家。这一类批

1 参见文军,《科学翻译批评导论》,中国对外翻译出版公司,2006 年,第 6 页。
2 同上,第 10—11 页。
3 同上,第 13 页。
4 同上,第 50 页。
5 同上,第 160 页。

评者所关注的往往是作品的语言问题、写作技巧问题,甚至结构问题、风格问题。批评的目的主要是考察批评的对象中是否有可以借用于自己创作的方方面面,而且往往是自己可以欣赏甚至可以赞赏的新颖要素,例如异国情调、新异手法等等。在这个意义上,作为批评家的作家的个人好恶和因创作源泉的缺乏而产生的对可用资源的需求,往往具有十分重要的作用,而未必总是以原作者的名气或影响大小作为选择的基准。为翻译的批评的主体就是翻译家,他们的眼光往往会集中在翻译的语言处理的细节上,并且能提出中肯的修改意见。在这一类批评中,有一种较为特殊的形式,即翻译家对自己的翻译作品进行自我评价,其中往往伴随着翻译家自我经验的总结。

关于依据批评主体的不同身份而产生的读者批评、译者批评和专家批评三种翻译批评类型,我们将在后面的"翻译批评的主体"部分进行详细讨论,此处不拟赘述。

(3) 依据翻译批评的层次划分

我们提到翻译批评时,一般是指狭义的翻译批评,即依据与翻译研究相关的理论和某种相对具有普遍意义的标准,对翻译作品和翻译现象进行理性的反思与评价,属于一种创造性和科学化的认知活动。事实上,批评的概念是相当宽泛的。法国当代著名现象学美学家杜夫海纳曾经指出:"无论我们是否是专家,我们都在以自己的方式作为批评家而存在,我们会毫不犹豫地评价呈现在我们眼前的东西。"[1]法国批评家蒂博代把文学批评的类型分为"自发的批评"、"职业的批评"和"教授的批评",其划分依据除了批评主体的不同身份特征之外,很大程度上也取决于读者与文本之间展开的对话—理解的层次。"所谓'自发的批评'较多体悟,有时难免在作品意义的准确把握与阐释上有所缺失,可包括从读后感式的即兴批评到新闻式的批评。'职业的批评'其学院化气息可能消减情感共鸣,其思考之冷峻难免对艺术作品的'性灵'感悟有所冲淡。'教授的批评'也就是学者的批评,在鉴赏—阐释—评论之间有更大伸缩自由的弹力,而达到一种综合高度。"[2]

因此,正如我们在讨论翻译批评的本质时强调的,从广义上讲,翻译批评就是理解翻译与评价翻译,是以阅读为基础,在读者与文本之间通过"对话—理解"模式进行的评价活动。从阅读出发,翻译批评涵盖着鉴赏、阐释和评论

1 参见毛崇杰,《颠覆与重建——后批评中的价值体系》,社会科学文献出版社,2002 年,第 3 页。
2 同上。

三个层面。鉴赏往往是发生在单个读者与翻译作品之间独特的阅读体验和强烈的感情参与，是主体与对象间的意义领悟和情感共鸣。虽然，鉴赏不可避免地包含一种价值判断，也可能以随笔、短评等形式出现在各种媒体上，但它可以“仅仅停留于内省”[1]，是主体知识与审美需求的体现，而不以针对翻译活动的交流、说明、评判或指导为目的。

相比鉴赏而言，阐释“在主体与文本的关系中更侧重于文本深层意义的悟解与探知，往往从文本意义导向创作主体，即所谓‘意图’，以求文本意义、作者意图、读者体悟三者关系之解决”[2]。也就是说，阐释主要指向文本的意义，就翻译批评而言，阐释还指向译者在翻译过程中对原著意义的理解与把握以及译者在一定翻译观念的指导下，通过各种方法、策略对原著意义的传达。纽马克在论述翻译批评的目的时指出，翻译批评应“阐明特定时期和特定领域内的翻译观念；帮助理解名家名作和名家译作”[3]。事实上，这既提出了翻译批评的阐释功能，也凸现了翻译批评的阐释维度。

评论较之鉴赏及阐释更具专业性和社会化，更依赖于某种相关的理论和相对具有普遍意义的评价标准，因而也对实现翻译批评的价值承担更多的责任。

必须指出，翻译批评的上述三个层面往往是相互交织、相互包容的，其关系紧密以至可以无视上述区别。

四、翻译批评的主体

就其本质而言，翻译批评是一种评价行为，而评价“是人类实践—认知活动中的一种独特形式，即主体通过实践对于同自身种种欲求和需要有关的对象属性之判断或认知，也就是对价值的认识”[4]。因此，具有一定价值观念或意识的评价主体与被评价的对象以及评价赖以实行的标准共同构成评价活动的三大要素。翻译批评如何开展，在很大程度上取决于批评主体的身份、视角、素质与精神。

20世纪早期，法国批评家蒂博代把批评划分为自发的批评（即读者的批

1 参见毛崇杰，《颠覆与重建——后批评中的价值体系》，社会科学文献出版社，2002年，第4页。
2 同上。
3 参见廖七一等编著，《当代英国翻译理论》，湖北教育出版社，2001年，第197页。
4 毛崇杰，《颠覆与重建——后批评中的价值体系》，社会科学文献出版社，2002年，第59页。

评)、职业的批评(即教授或学者的批评)和大师的批评(即公认的作家的批评)三种类型,其区别首先在于批评主体的不同身份。作为一种特殊的文学批评形式,翻译批评根据其不同主体也相应地包括读者批评、译者批评和专家批评三种形式。

(1) 以读者为主体的翻译批评

在以上三类批评中,读者批评是相对边缘化的一种,比较少见,"多散见于非专业报刊上"[1]。然而,随着网络文化的空前发展,在网络的开放性和虚拟性背景下出现了网络翻译批评这一全新的读者批评形式,它表现出自发性、敏感性和时代性等特征,就其形式而言主要包括四种类型:1. 引导讨论型,主要是有关出版社或图书销售网在其网站开辟的翻译图书评论区内,转载选自报刊的某篇评论文章,引导读者有针对性地发表自己的观点;2. 主题探讨型,主要是以某部在社会中产生了巨大反响的翻译作品或在读者心目中具有重要地位的外国作家为中心,读者通过网络自动形成了一个类似于俱乐部的松散圈子,就某部翻译作品或某位外国作家展开探讨;3. 私语批评型,这类的批评文字常见于个人网页,读者发表个人的阅读感受,其中有相当一部分涉及对文学翻译作品的阅读、理解与评论;4. 流散型批评,主要以聊天的形式展开,没有固定的主题,大多是对某部翻译作品或某位外国作家整体性的肯定或否定,少有深入的探讨。网络翻译批评的主体是广大读者,他们有一定的审美趣味和鉴赏力,阅读翻译作品并发表评价只是为了获得精神上的满足和快乐,而没有任何职业目的。因此,网络翻译批评需要的不是学者日积月累的学识,而是迅速、敏感、热烈的反应,相比批评家们"缜密然而笨重的思考",它更倾向于"有血有肉、有声有色的体味"[2],使翻译作品"被一种现代的潮流、现代的新鲜感、现代的呼吸和现代的气氛所包围"[3]。翻译批评的根本目的在于促进翻译事业的健康发展,就这一点而言,以网络为媒介的读者批评至少具有以下三点积极意义:1. 批评的广泛性有助于促使更多的读者关心与理解翻译;2. 批评的不拘一格有助于丰富翻译批评的形式,作为学术性翻译批评的有益补充;3. 批评的互动性使出版者、译者与读者的直接交流得以实现,有助于拓展翻译的可能性,提高翻译的质量。然而,网络翻译批评也

---

1 杨晓荣,《翻译批评导论》,中国对外翻译出版公司,2005 年,第 45 页。

2 蒂博代,《六说文学批评》,赵坚译,三联书店,2002 年,第 5 页。

3 同上,第 55 页。

表现出任何“自发的批评”所不可避免的问题,往往缺乏客观性、深刻性和独立性,容易染上尖酸刻薄、党同伐异、人云亦云等毛病。作为一种新颖并具有强大生命力的批评形式,网络翻译批评的广泛开展将促使翻译批评界对批评主体的地位进行反思,对读者批评的价值和局限性进一步加以关注。

(2) 以译者和专家为主体的翻译批评

相对于读者批评,译者批评和专家批评具有相似性,都是以一定的翻译实践为基础,对翻译活动进行评价和思考。译者作为翻译主体,其批评的实践基础不言而喻;专家作为翻译理论的研究者和翻译学科的建设者,倘若没有足够的翻译实践经验的积累,而仅仅立足于理论层面对翻译的质量和价值加以评判,可以说,如此的翻译批评好似“无源之水”“无本之木”,不仅难以令人信服,也难以承担起对翻译实践应有的监督、指导和促进作用。没有人苛求文学评论家进行文学创作,然而,没有人能接受翻译评论家不进行翻译实践,这是由翻译批评的理论与实践相结合的本质所决定的。

译者批评和专家批评是翻译批评的主流形式,肩负着体现翻译批评的价值,促进翻译事业的健康、可持续发展这一重要使命,因此,其主体除了应有足够的翻译实践经验作为评价的基础之外,还必须具有基本的职业素养,树立科学的批评精神。董秋斯曾就翻译批评工作指出,“正如我们反对翻译工作可以不学而能的说法,我们也反对翻译批评用不着特殊修养的见解。文艺界既然有专业化的文艺批评家,我们翻译界也应当有专业化的翻译批评家”。[1] 可以说,翻译批评者的专业化正体现在职业素养和批评精神两方面。

正如翻译界对翻译主体的素质非常重视,翻译批评界对翻译批评主体的职业素养和职业操守也一直相当关注,近几年出版的翻译批评专著大多有针对这一问题的系统论述。在《翻译批评导论》中,杨晓荣把翻译批评者应具备的基本素质归纳为四方面:1. 思想道德修养,指翻译批评者应有实事求是、与人为善和严谨的态度;2. 语言文学修养,包括对语言、文学有敏锐、准确的感受力和鉴赏力,在语言运用方面有较强的动手能力,有一定的翻译实践经验积累;3. 理论修养,包括哲学、相关学科理论和翻译理论;4. 知识储备。[2] 其中,第一点涉及批评者的主观态度,另外三点涉及批评者的客观技能,分别就语言、理论和语言外知识三个层面对翻译批评者的素质提出要求。同样,

1 参见杨晓荣,《翻译批评导论》,中国对外翻译出版公司,2005 年,第 56 页。
2 同上,第 57—60 页。

在《文学翻译批评论稿》中,王宏印指出理想的文学翻译批评家应当具备以下七个条件:1. 精通两种语言及其相关的文化,能够辨别语言的优劣高下文野风采;2. 懂得翻译方法并具有鉴别力,其一在于识别写进了书本中的技巧以及可能获得的效果,其二在于所谓的知人论世;3. 具有相当的文学鉴赏力,包括一般的文学修养和具体的分国别的文学作品的认识;4. 对原作和译作要有研究,在同等水平的情况下,即在语言、文学、翻译等方面能力和眼光同等高低的情况下,研究译作和原作越透彻,则评价的权利和资源越有利;5. 同情心和解释力,所谓同情心要求评论者能够站在译者的位置上,设身处地地理解译者的翻译策略和翻译方法,以及要达到的翻译效果,所谓解释力指不但能够理解译者和翻译活动,而且能够对于自己理解的东西作出解释;6. 超越与达观态度,不与译者斤斤计较,不对读者盛气凌人;7. 评论者的风度,即温良敦厚的长者之风,不计较小节的学者之风。[1] 其中,前四条针对语言、文化、文学等层面论述成为理想的翻译批评家的客观条件,后三条强调任何评论者都必须具有的主观品质。并且,在该章节的附录部分,作者还就翻译批评的非技术性、非智力性层面提出批评主体必须引以为戒的十大禁忌,即勿自私、勿自执、勿自傲、勿自卑、勿自弃、勿尖刻、勿两可、勿玄虚、勿势利、勿褊狭。[2]

与批评者的客观技能和素质同样重要的是批评者的主观态度及精神。翻译批评主体是否具有良好的批评态度和科学的批评精神,这对于翻译批评是否能朝积极有益的方向发展具有决定性作用。就批评者应具备的素质而言,主要集中在语言能力、文化知识和文学素养三个维度,以上两位学者的归纳和概括已经相当周全,无须赘述;就批评精神和态度而言,我们认为批评者应树立客观精神、创造精神和求真精神。

1. 客观精神反对一切僵化的、绝对的、一成不变的价值判断。批评者应充分发挥主观能动性,坚持翻译批评的历史观,无论是对翻译现象、翻译事件的考察,还是对翻译作品的文本评价,都应从特定的历史环境出发,充分关注不同的历史文化因素。

2. 创造精神应在翻译理论和翻译实践两个层面得以体现。在理论上,批评者要开拓视野,丰富理论资源。目前,导致翻译批评发展滞后的重要原因

---

1 王宏印,《文学翻译批评论稿》,上海外语教育出版社,2006 年,第 77—84 页。
2 同上,第 84—86 页。

之一，便是批评者学术视野狭窄，缺乏新的理论武装。面对新的翻译现象和新的翻译环境，某些批评者或是仍因循传统的批评模式，停留在从原作到译作的印象式评论，或是不求甚解、不加辨析地一味照搬西方的各种时髦理论，使得翻译批评无法履行自身的历史使命，既失去学界的认同，也得不到读者的青睐。在实践中，批评者要有意识地探寻新的批评方法，构建新的批评维度。随着研究语境的不断拓展，翻译研究对象不断被重新界定，经历了从文本到文化再到社会的变化过程，从"文化转向"到"社会学转向"，翻译不仅被纳入反映其产生的历史背景和文化条件中加以考察，并且被视为"一种受社会调节之活动"，"社会语境对译品生产与接受的制约作用"[1]得到广泛重视。这就意味着，翻译批评不能局限于文本内部，而要充分关注文本之外可能影响翻译活动的一切社会、文化因素。真正的翻译批评也应是内部批评与外部批评的有机结合。

3. 求真精神强调批评者不仅要有真知灼见，更要有真情实感。只有怀着真诚、热情和高度的责任感，才能维护批评的尊严、实现批评的价值。真诚与热情不仅是人格的魅力，也是一切文学艺术活动获得成功的根本保证。高超的文学艺术修养固然是文艺工作者必须具备的基本功，但这"最终属于一种客观的条件"，而精神领域的活动在更大程度上依赖并取决于一种主观姿态。除了真诚、热情的精神品格和主观姿态之外，批评者还应具有对翻译事业、对读者、对社会的高度责任感。目前我国翻译界存在的诸如版权的盲目引进、翻译质量的多重失控、译风的普遍浮躁等问题已不容忽视，甚至在一定程度上影响了翻译价值的实现。因此，批评者必须负有责任感和使命感，通过积极、有效的批评抵制翻译的生产、传播和流通过程中的不良倾向，为我们时代的翻译活动营造良好的社会环境和精神氛围。

五、翻译批评的标准

开展翻译批评，对翻译过程和翻译作品的质量与价值进行评价，就必须依据一定的标准。早在1950年代，董秋斯在《翻译批评的标准和重点》一文中就提出，翻译批评的根本困难之一是"没有一个公认的客观标准"[2]。虽然，"公认的客观标准"从理论上来说是不可能成立的，"公认"只是翻译界美

1 参见辜正坤、史忠义编，《国际翻译学新探》，百花文艺出版社，2006年，第128页。
2 参见陈福康，《中国译学理论史稿》，上海外语教育出版社，1992年，第363页。

好的向往,“客观”也往往失落在主体的话语权中,但规范的标准对任何形式与目的的批评而言都是不可或缺的,翻译批评当然也不例外,否则,评价将会失去方向,极有可能面临既失去学界的认同,又遭受译者和读者质疑的尴尬境地。而批评之所以比鉴赏和阐释更具有专业性及社会性,其中一个重要原因就在于,批评更依赖于某种普遍的评价尺度和标准。

(1) 传统译学中的翻译标准

既然有批评就必须有一定的标准作为评判的依据和准绳,那么,在译学发展的漫漫历程中,究竟有没有建立起科学、规范并得到翻译界公认的翻译批评标准呢? 就普遍意义而言,翻译的标准也就是批评的典律。翻译标准不仅是翻译主体在翻译实践中遵循的原则和努力的方向,也是批评主体用以鉴赏、阐释和评论译作的尺度,其重要性对整个翻译活动,包括理论的建设和实践的开展,都是不言而喻的。可以说,中外翻译界对翻译标准问题的关注和探讨由来已久。我国传统译论中最具代表性和影响力的翻译标准自然是严复的“信、达、雅”,他在《天演论》的《译例言》中指出,“译事三难:信、达、雅。求其信,已大难矣。故信矣不达,虽译犹不译也,则达尚焉”。“三者乃文章正轨,亦即为译事楷模。故信达而外,求其尔雅。”[1]“信”指忠实于原文;“达”指译文行文通顺流畅;“雅”指译文典雅,有文采。通过“信、达、雅”三个字,严复不仅指出了翻译的难题,更结合“我国长期翻译活动的历史经验”、“对中外翻译理论成果的研究”及“自己在翻译实践中的体会”[2],明确提出了以“信”为核心的翻译标准。

鲁迅虽然没有提出过明确的翻译批评标准,但他关于“直译”与“硬译”等问题鞭辟入里的精湛论述对翻译标准的厘定具有重要的参考意义。他反对“歪译”,主张翻译应采用“直译”的方法,但并不赞成晦涩和拘泥于原文的“直译”,而对经过潜心研究的“意译”求之不得;他反对“顺译”(顺而不信),主张“硬译”,借以把新的表现方法“同化而成为己有”。鲁迅对翻译有过一个著名的“削鼻剜眼”比喻,“凡是翻译,必须兼顾着两面,一面当然力求其易解,一则保存着原作的丰姿,但这保存,却又常常和易懂相矛盾:看不惯了。不过它原是洋鬼子,当然谁也看不惯,为比较的顺眼起见,只能改换他的衣裳,却不该削低他的鼻子,剜掉他的眼睛。我是不主张剜眼削鼻的,所以有的

1 参见陈福康,《中国译学理论史稿》,上海外语教育出版社,1992 年,第 119—120 页。
2 乔曾锐,《译论——翻译经验与翻译艺术的评论和探讨》,中华工商联合出版社,2000 年,第 344 页。

地方，仍然宁可译得不顺口”。[1] 可见，不论“直译”，还是“硬译”，鲁迅强调的是翻译必须忠实于原文，当“信”和“顺”产生矛盾、不能兼顾时，宁可牺牲译文的通顺易懂，而必须保存原姿原貌。

罗新璋在《我国自成体系的翻译理论》中把我国传统译学研究对翻译标准的探讨归纳为“案本——求信——神似——化境”这一发展进程。“神似论”是20世纪20年代末由陈西滢首先提出的。他用美术创作和临摹作比喻，指出翻译的三种境界：形似、意似和神似，认为“一个最好的摹拟者是个最忠实的译者”[2]，应能看出原文的特点，模仿原文的风格，抓住原作者的神韵。但这种以“神似”为最高境界的翻译标准在当时并没有引起重视，没有形成气候，直到1950年代才由傅雷发展成为一派理论学说。傅雷明确提出“重神似不重形似”的翻译观，把“神似”作为翻译的最高标准。他在1951年的《〈高老头〉重译本序》中写道：“以效果而论，翻译应当像临画一样，所求的不在形似而在神似。以实际工作论，翻译比临画更难。临画与原画，素材相同（颜色、画布，或纸或绢），法则相同（色彩学、解剖学、透视学）。译本与原作，文字既不侔，规则又大异。各种文字各有特色，各有无可模仿的优点，各有无法补救的缺陷，同时又各有不能侵犯的戒律。像英、法，英、德那样接近的语言，尚且有许多难以互译的地方；中西文字的扞格远过于此，要求传神达意，铢两悉称，自非死抓字典，按照原文句法拼凑堆砌所能济事。”[3] 1960年代，傅雷在致罗新璋的信中再次明确指出，“愚对译事看法实甚简单：重神似不重形似”[4]。“重神似不重形似”的提法似乎有重神似而轻形似之嫌。实际上，“神”与“形”如同译界一直争论不休的“意译”与“直译”一样，具有辩证统一的关系，二者相互依存，不能被割裂开来独立看待。傅雷凭借“自己深厚的中外文化修养”，洞悉“中西思维方式、美学情趣方面的异同”，强调“翻译决不可按字面硬搬，而必须保存原作的精神和美感特征”[5]。可见，“神似论”的本质是强调“神似”，强调在译作中保存“原作的精神”，再现原作的“美感特征”，而并非主张为“神似”而置形似于不顾，正如他在《高老头》的重译本序中所言，“假如破坏本国文字的结构与特性，就能传达异国文字的特性而获

1 参见陈福康，《中国译学理论史稿》，上海外语教育出版社，1992年，第301页。
2 同上，第325页。
3 同上，第394页。
4 同上。
5 同上，第392页。

致原作的精神,那么翻译真是太容易了。不幸那种理论非但是刻舟求剑,而且结果是削足适履,两败俱伤”。同样,他在致林以亮的信中也明确表达了不放弃“形似”的观点,“我并不说原文的句法绝对可以不管,在最大限度内我们是要保持原文句法的”。[1] 因此,傅雷的“神似论”应当被理解为“神”与“形”的辩证统一,在重视“形似”、肯定“形似”的基础上,突出“神似”对于文学翻译作品审美的重要性,所谓“依形写神,以形出神,神形统一”[2]。

“化境说”是钱锺书从汉代文字学家许慎的《说文解字》里的一段训诂文字中引申出的,在翻译学范畴内赋予“诱”“媒”“讹”“化”以新的意蕴,“‘译’‘诱’‘媒’‘讹’‘化’这些一脉通连、彼此呼应的意义,组成了研究诗歌语言的人所谓‘虚涵数意’(manifold meaning),把翻译能起的作用、难以避免的毛病、所向往的最高境界,仿佛一一透视出来了”。[3]“化境说”以“化”为核心,强调翻译的忠实性,入化的翻译“对原作应该忠实得以至于读起来不像译本,因为作品在原文里决不会读起来像翻译出的东西”[4]。“化”指出了翻译艺术的极致,但却很难成为被普遍认同的评价翻译的标准。1964 年钱锺书初次发表《林纾的翻译》一文时,指出“文学翻译的最高标准是‘化’”。1984 年《林纾的翻译》收入《七缀集》时,他把“最高标准”改为“最高理想”。这一修改寓意深刻,也耐人寻味。“理想”意味着不懈的追求,“理想”不能作为衡量行为的标准。彻底、完全的“化”是难以企及的理想,是译者在翻译活动中永恒的追求。“化境说”的本质不仅在于标举“化”,更在于强调了“化”与“讹”的对立统一。“讹”的必然成就了对“化”的无限向往,而翻译在减少“讹”的历程中不断接近“化”。

许渊冲在 20 世纪 80 年代提出了“优势竞赛论”,其核心观点认为: 文学翻译是艺术,是“两种语言文化的竞赛”,并明确指出在竞赛中取胜的方法是“发挥译文优势,或者说再创造”[5]。经过二十多年的翻译实践和理论探索,“优势竞赛论”得到了进一步的发展和完善,成为“神似论”和“化境说”之外独树一帜、自成一派的文学翻译理论。在 2005 年撰写的《自成一派的文学翻译理论》一文中,许渊冲对“优势竞赛论”的主要内容进一步梳理和总结,提

---

1 陈福康,《中国译学理论史稿》,上海外语教育出版社,1992 年,第 395 页。
2 郑海凌,《文学翻译学》,文心出版社,2000 年,第 89 页。
3 参见罗新璋编,《翻译论集》,商务印书馆,1984 年,第 696 页。
4 陈福康,《中国译学理论史稿》,上海外语教育出版社,1992 年,第 421 页。
5 参见许钧主编,《文字·文学·文化——〈红与黑〉汉译研究》,南京大学出版社,1996 年,第 284 页。

出文学翻译的“九论”，即优化论、三势论、三似论、三美论、三化论、创译论、三之论、竞赛论和艺术论，对文学翻译的本质、目的和方法等进行了详尽的论述。“优化论”是相对于“对等论”而言的，认为文学翻译应该“用最好的译语表达方式”，“如果对等的方式不是最好的方式，那就要舍‘对等’而取‘最好’或‘优化’”[1]。“优化论”的本质是发挥译语优势。原语和译语之间存在三种关系和相互地位，即均势、优势或强势、劣势或弱势，而两种文字各有优势，也各有劣势，因此在翻译过程中，“应该尽可能发挥译语的优势，改变劣势，争取均势”[2]，这就是“三势论”。“三似论”指的是译文与原文的“对等”，包括形似、意似和神似三个层次。“三美论”认为，优化的译文，特别是诗歌，应该力求传达原文的意美、音美和形美，而“三美”中“意美”是第一位的、最重要的，“传达意美需要传情达意，不但‘达意’，还要‘传情’”[3]。“三化论”指出，传达原文的“三美”可以通过等化、浅化、深化的方法。而“创译论”是“最高级的深化”，在认同“对等翻译”不可能存在的基础上强调译文充分发挥创造性，赋予原文新的意义。“三化论”和“创译论”针对的是文学翻译的方法。“三之论”则揭示了文学翻译的目的：第一，使读者了解原文的内容，所谓“知之”；第二，使读者喜欢译文，所谓“好之”；第三，使读者在阅读中得到愉悦，所谓“乐之”。“如果读者不但喜欢译文，而且读得不忍释手，觉得是一种乐趣，那就达到了文学翻译的最高目的。”[4]如果说“三势论”说明了两种语言之间的关系，“三似论”揭示了译文和原文之间的关系，那么，“竞赛论”则侧重于对不同译文之间关系的认识，提倡几种译文开展竞赛，“看哪种更能传达原诗的意美、音美和形美，更能使人知之、好之、乐之”[5]。同时，“竞赛论”也鼓励在文学翻译中发挥译语的优势，鼓励译语和原语展开竞赛。“艺术论”就“文学翻译究竟是科学还是艺术”的争论进行探讨，并对文学翻译的艺术性加以肯定。通过上述“九论”，许渊冲对文学翻译的本质、目的和方法等进行了详尽的论述，并把翻译概括为“美化之艺术”，对传统译论中的“忠实”“对等”“以信为本”“宁信而不顺”等翻译观进行了彻底的颠覆，并提出文学翻译的最高标准不仅是“化”，还要发挥译语的优势，强调“文学翻译的最高目标

1　参见辜正坤、史忠义编，《国际翻译学新探》，百花文艺出版社，2006 年，第 11 页。
2　同上，第 12 页。
3　同上，第 16 页。
4　同上，第 20 页。
5　同上，第 22 页。

是成为翻译文学”[1]。

（2）翻译标准的新视野

对于翻译标准的探讨和追寻，远远不是上述几种“论”和“说”所能概括与穷尽的，我们只是对其中影响颇大的观点和理论进行了粗略的回顾。除此之外，还有深受西方语言学派影响的“等值论”和“等效论”、林语堂的“三重标准”（忠实、通顺、美）、刘重德的“信达切”、辜正坤的“多元互补论”、郑海凌的“和谐说”以及其他林林总总没有“自成一派”的论述。总之，在翻译实践与理论发展的进程中，不同的时代、不同的翻译观和翻译价值观造就了不同的翻译评价标准，即便是影响了中国译论长达一百多年的“信、达、雅”，虽然仍颇具现代意义，但已失去了其一统天下的地位。尤其是近二十年来，随着翻译研究的深度和广度不断增加，人们对翻译的认识逐渐丰富，视野日益开阔，对翻译的评价也由传统的以“信”为基本准绳的单一标准走向多维度、多视角的多元标准。对此，张南峰在介绍图里的多元系统论时提出了相当中肯的看法：“假如把多元系统论应用于中国的翻译研究，我们或许能够解释许多现象，例如严复、林纾为何用达旨、译述手法而成功，鲁迅为何主张硬译，当代流行的规范为何与以前的不同。我们可能还会发现，翻译规范因应社会的需要而变化，不同的规范，只是为了迎合不同时代的需要或者达到不同的目的，不一定有正确与错误，或者先进与落后之分。”[2]的确，对于翻译批评标准的认识不在于评定其正确或错误，也不在于区分其先进或落后，而在于明确任何形式的翻译批评，无论出于何种需要和目的，都应该在一定规范性的基础上充分考虑翻译观念、翻译价值、时代感、社会性等多种要素。此外，在目前的批评语境中，更值得注意的是，标准的多元化、相对化不能导致标准的随意性，在“颠覆经典”的同时，必须正确把握绝对与相对的辩证关系。这就不仅要打破绝对主义，也反对把相对主义绝对化，即否认相对中包含着一定的绝对。那么，在多元化语境中，翻译批评标准的规范性何以体现？这是在打破对“绝对标准”的依赖之后，翻译批评界应予以重视的问题。总体而言，对翻译批评标准应有以下认识[3]：

1. 合理性。翻译批评标准的合理性包含两方面内容：其一，任何翻译评

1　参见许钧主编，《文字・文学・文化——〈红与黑〉汉译研究》，南京大学出版社，1996年，第282页。

2　陈德鸿、张南峰编，《西方翻译理论精选》，香港城市大学出版社，2000年，第116页。

3　参见刘云虹，《论翻译批评空间的构建》，载《中国翻译》，2008年第3期。

价标准都不是凭空产生的，而是一定翻译观和翻译价值观的体现。例如，鲁迅认为翻译的重要价值之一在于"'输入新的表现法'，以改进中文的文法"[1]。正是基于这样的翻译价值观，他提出"直译""硬译"的翻译标准。又如，在许渊冲看来，文学翻译是一门艺术，其价值不仅在"求真"，更在"求美"，因此，"真"是文学翻译的低标准，"美"才是文学翻译的高标准。在这样的翻译观下，他所标举的"优势竞赛论"也就不难理解了。其二，不能把翻译的理想境界与翻译批评标准等同起来。设想出一个理想化的抽象标准，并以此标准去衡量、评价翻译作品，这样的翻译批评毫无科学性、合理性可言，相反，只能导致一种求全责备的错误批评态度，使得翻译批评在否定性，甚至是破坏性中无法发挥其建设性作用，也就失去了翻译批评存在的最大价值。因此，必须以理性的目光辩证地看待标准与理想之间的关系，充分关注翻译批评的科学性和可操作性，克服标准的虚无化和神秘化。

2. 互补性。如前文所说，近二十多年来，翻译批评取得了长足发展，以"信"为单一标准的批评已经被多维度、多视角的批评所取代，翻译批评因此呈现出多元化的特征和趋势，而翻译批评标准的多元化本身就意味着翻译批评标准的互补性。正如郑海凌在介绍辜正坤的"多元互补论"时所言，"不同的翻译标准代表了译作价值的各个方面，每个标准各自发挥自己功能的同时，其实也就是在和所有的标准相辅相成，起着弥补其他标准缺陷的作用"[2]。同时，互补性也意味着翻译批评标准的建立应全面考虑翻译目的、翻译的社会文化价值以及文本形式、译作的可接受性等多种因素。

3. 历史性。翻译批评要坚持历史观，无论是对翻译现象、翻译事件的考察，还是对翻译作品的文本评价，都应从特定的历史环境出发，充分关注不同的历史文化因素，因此，翻译批评标准也具有历史性，试图脱离时代背景，好高骛远地制定出一套适用于任何时期、任何年代的标准是不切实际的，是违背批评活动本质的。焦菊隐在《论翻译批评》一文中就翻译批评标准的厘定问题非常中肯地指出："给翻译批评指出一个原则性的方向，绝不是主观地订立一个衡之事实过高或过低的标准，而是要在今天中国翻译界的一般水平上，从一般严肃的翻译工作者的集体经验中，归纳出一个切乎现阶段实际情况的标准，本着扩大翻译工作影响的目的，作为从普及的基础上提高翻译界

1　陈福康，《中国译学理论史稿》，上海外语教育出版社，1992 年，第 301 页。

2　郑海凌，《文学翻译学》，文心出版社，2000 年，第 107 页。

现阶段水平的指南。”[1]焦菊隐的这段颇有见地的论述告诉我们，翻译批评标准并非“主观性”的产物，其建立的原则是“衡之事实”，不可“过高或过低”，其建立的关键在于通过“归纳”使之符合“现阶段实际情况”，而所谓“事实”“实际情况”等总是与特定的时代背景、历史因素息息相关的。

4. 发展性。翻译批评标准不可能是永恒不变、静止不前的，而是处于不断修订、不断丰富、不断完善的动态发展过程中。不仅语言、意义（观）和审美观在发展[2]，对翻译活动的认识、对翻译价值的理解、对翻译社会功用的要求也处在不断的发展、变化之中，可以说，批评标准的发展性是由翻译批评的本质所决定的。

六、翻译批评的原则

与文学批评一样，只有当“批评是什么”“为什么批评”“如何批评”等问题能够得到回答的时候，翻译批评自身的形象才能得以确立，而要解决“如何进行翻译批评”的问题，除了必须建立翻译批评标准之外，另一个重要前提就是确立翻译批评的原则。关于翻译批评的基本原则，不少翻译家和翻译研究者都提出过各自的看法，既有感悟式的散论，也有比较深刻系统的论述。在1992年发表的《关于文学翻译批评的思考》一文中，笔者曾就文学翻译批评提出了四条原则性意见：1. 不仅要对翻译的结果进行正误性的判别，更应重视对翻译过程的深刻剖析；2. 要突破感觉的体味，注重理性的检验；3. 应该将局部的、微观的批评与整体的、宏观的评价有机地结合起来；4. 应该注意发挥积极的导向作用，建立起新型的批评者与被批评者之间的关系。[3]其中，第一条强调翻译批评不仅要以静止的翻译文本，更应以动态的翻译过程作为分析对象，通过对整个翻译过程及其中各种要素之间相互作用的考察，对翻译作品进行全面的分析与评价；第二条强调翻译批评应该理性化、客观化，不能仅仅立足于个人兴趣的言说；第三条强调翻译批评既要有局部分析，又要有整体把握，应把微观批评与宏观批评结合起来；第四条指出翻译批评的价值应体现在其导向性与建设性上，批评的态度应该是善意的。除此之外，喻云根、刘宓庆、杨晓荣、文军等人也在这方面作过较为深入的思考。

1　参见陈福康，《中国译学理论史稿》，上海外语教育出版社，1992年，第369页。
2　刘宓庆，《翻译与语言哲学》，中国对外翻译出版公司，2001年，第521页。
3　许钧，《关于文学翻译批评的思考》，载《中国翻译》，1992年第4期，第30—33，39页。

在喻云根主编的《英美名著翻译比较》的"编者的话"中,编著者明确指出了该书采用的五条翻译评析原则:1. 既要有正误性的评判,又要有对翻译过程的解剖;2. 既要有文学欣赏的感觉体味,又要有语言分析的理性检验;3. 既要有局部分析,又要有整体评价;4. 多视角、多学科地对译文全面透视;5. 评析时,既要实事求是,又要与人为善。[1]喻云根这五条翻译批评原则与笔者的观点有相当的一致性,只是补充强调了必须在多学科的语境中从不同维度对译作进行全面剖析。

刘宓庆在《翻译与语言哲学》中为翻译批评确定了三项基本原则,并指出这三项原则关乎"翻译批评事业的健康发展":1. 翻译批评应该是积极的、进取的;2. 翻译批评应该"对事不对人",其对象是文本、译作,而不是译者其人;3. 翻译批评所依据的应当是翻译者"第一手的"、全部(全文性)译作,不应根据转述、转引的间接材料或摘引片断即下结论。[2] 其中,第一项涉及翻译批评的态度,"积极的"批评指实事求是的分析和全面客观的评判,"进取的"批评强调翻译批评的建设性;第二、三项既与翻译批评的对象,也与翻译批评的态度有关。

杨晓荣在《翻译批评导论》中综合各家之言,把翻译批评原则归纳为三条:1. 翻译批评应该是善意的、建设性的,即应是平等待人、与人为善,体现对译者的理解;2. 翻译批评应是全面的、整体的、本质的、历史的,不以偏概全,不片面、不偏颇;3. 翻译批评应是实事求是的,要客观,要有根据,要讲道理,不凭印象妄下断语,也不迷信权威,要实际而不空泛,深入而不肤浅。[3] 这三条原则分别从态度、视野和方法三个层面对翻译批评的原则进行了总结。

在《科学翻译批评导论》中,文军提出了"对各种具体翻译批评方法具有指导作用"的翻译批评方法论原则:1. 客观性原则,指对某一译作的评价,不仅要针对译品本身,考虑翻译中可能涉及的语言问题、文化问题等,同时还应针对该部作品的译者是在什么时期、什么条件下进行翻译的。客观性原则还指批评的态度和译评的笔触应公正客观;2. 综合性原则,指翻译批评一方面要明确自己的主要研究目的,与此同时,为完成研究目标,则必须在研究中采

---

1 喻云根主编,《英美名著翻译比较》,湖北教育出版社,1996 年,第 1—3 页。

2 刘宓庆,《翻译与语言哲学》,中国对外翻译出版公司,2001 年,第 513 页。

3 杨晓荣,《翻译批评导论》,中国对外翻译出版公司,2005 年,第 28 页。

用多学科协作攻关的方法;3. 层次性原则,指翻译批评应根据批评对象和批评实践的不同层次有重点地进行,以保证批评言之有物,同时又作为译评系统的一个要素,不断充实该系统;4. 归纳—演绎结合的原则,指评论者应从具体译作的具体问题中总结出经验教训,再进行理论升华,或者用已升华了的一般理论,来分析、评述译作中的具体问题。[1] 从以上论述中可以看出,"客观性"是从事翻译批评工作应该遵循的首要原则,主观臆断、以偏概全的态度是翻译批评的大忌;"综合性"考虑到批评对象的复杂性,要求翻译批评合理借鉴其他相关学科的理论资源;"层次性"认为翻译批评必须重点突出,只有如此才能使评价更有深度,避免泛泛而谈;"归纳—演绎结合的原则"强调翻译批评中理论与实践相互促进的关系。

王宏印在《文学翻译批评论稿》中为翻译批评确立了五项原则,分别是客观性原则、全面性原则、准确性原则、简洁性原则(又称为"经济性原则")和一贯性原则。[2] 其中,前三项原则比较容易理解,分别强调翻译批评中应力求避免主观性、片面性和模糊性;第四项原则既针对语言论述本身,也涉及思维的简洁性问题,要求翻译批评思路明确、言简意赅;第五项原则主要指批评研究本身的稳定以及观点、理论的一致和协调。

从以上的回顾与分析中可以看出,在翻译批评理论与实践的发展过程中,人们以各种论说方式,从不同角度对翻译批评活动提出了形形色色的规范和原则,但仔细比较之后不难发现,各家观点在很大程度上具有相似性。概括来说,批评的对象、方法、视野、态度等内容是确立翻译批评原则必须关注的重要方面。只有这样,翻译批评的合理性、有效性与科学性才能得以保证。基于这样的认识,我们认为,开展翻译批评应当遵循以下原则:

1. 翻译批评不仅要对翻译结果进行评价,更应重视对翻译过程的剖析及对翻译主体的关注。对翻译结果的评价应立足于文本分析,对翻译过程和主体的关注则应从翻译立场、翻译方案和翻译视界三方面来考察。

2. 翻译批评应合理借鉴其他各相关学科的理论资源和研究方法,对翻译活动进行多学科的阐释与评价。这是由翻译理论研究的跨学科特点所决定的。在《中国译学理论史稿》的"引言"部分,陈福康曾指出,"翻译理论本身是一个综合的、开放的系统,它与许多学科与艺术的门类息息相通,从语言学

1 文军,《科学翻译批评导论》,中国对外翻译出版公司,2006年,第154—157页。
2 王宏印,《文学翻译批评论稿》,上海外语教育出版社,2006年,第120—122页。

到文艺学、哲学、心理学、美学、人种学、社会学乃至数学、逻辑学和新起的符号学、信息学等等,都有关系”[1]。在上述列举中,我们还可以再加入文化学、传播学、解构主义研究、后殖民研究、女性主义研究甚至环境主义学说等等。近年来,翻译学作为一门新兴的、不断发展的学科,越来越显示出综合性和跨学科性。可以说,借鉴相关学科,尤其是文学批评理论的观点和术语,有助于拓展翻译批评研究的理论视野和实践途径。然而,在鼓励跨学科研究的同时,必须着重强调借鉴的合理性与有效性,避免浮躁空泛之风,避免肤浅的概念卖弄,否则,所谓的跨学科研究只能徒有虚名,而无法对翻译批评研究产生切实、有效的积极作用。

3. 翻译批评既要对译作进行整体评价,力求全面公允,不以偏概全,又应突出重点,不泛泛而谈。“如果每一篇翻译批评,都有一定的重点,并且提出了适当的解决办法,或经过大家讨论得出了适当的解决方法,那就可以推进翻译工作”[2],董秋斯对翻译批评提出的这一要求在今天看来仍是相当有价值的。

4. 翻译批评应有开阔的历史、文化视野。就此具体而言,一是坚持历史发展观,将翻译现象、翻译事件和具体文本置于一定的历史环境中加以考察;二是坚持文化观,从文化交流的高度评价翻译史和具体翻译活动中诸如翻译选择、文化立场、价值重构等重要问题。

5. 翻译批评应以建设性为其根本属性,真正肩负起对翻译实践的监督、指导和促进作用。首先,“建设性”意味着翻译批评要具有客观性,不能仅凭主观印象和感受便妄下结论,导致所谓“印象主义的批评”,也不能仅仅立足于文本,以翻译的结果为唯一考察对象,导致所谓“文本比较批评”,而应在感性体味与理性分析相结合的基础上,对翻译活动进行客观的、实事求是的评判,既有对翻译文本的评价,又重视对翻译过程的剖析及对翻译主体的关注。翻译批评的客观性还要求批评者必须具有求真务实的精神,力求避免“鼓吹式”和“挑错式”的批评。在《六说文学批评》中,蒂博代指出,批评真正的高层次职能不是批改学生的作业,而“在于放弃那些毫无价值的作品,在于不仅要理解杰作,而且要理解这些杰作里面自由的创造冲动所包含的年轻和

---

1 陈福康,《中国译学理论史稿》,上海外语教育出版社,1992 年,第 2—3 页。
2 同上,第 364 页。

新生的东西"[1]。同样,鲁迅也说过,"批评家的职务不但是剪除恶草,还得灌溉佳花"。可以说,与文学批评一样,翻译批评若要真正实现其高层次功能,就应当既不一味地寻美,也不一味地求疵,而是在充分考虑历史、文化因素的基础上,通过实事求是的分析和全面客观的评判,完成批评的鉴赏、阐释和评论三重功能,真正促进翻译作品与普通读者之间的理解和心灵沟通,保证翻译的价值和批评自身的价值得以实现。其次,"建设性"要求翻译批评应是善意、宽容的,批评者与被批评者之间应是平等的、相互理解和尊重的关系。十全十美的翻译本不存在,批评"首先是一种理解和同情的行为"[2],这里的"同情"取"认同"之意。乔治·布莱也说过,"没有两个意识的遇合就没有真正的批评"[3],而理解和认同正是在平等与尊重的基础上才有实现的可能。但"善意、宽容"和"理解、认同"不能错误地解读为只说"好话",不说"坏话"。杨晓荣在论述翻译批评的基本原则时指出,"翻译界这种只说好不说坏的风气不是一种孤立的现象",并引用了语言学者姚小平的一段颇耐人寻味的话:"我们语言学评论界有一种要不得的传统,就是多讲好话,多讲不偏不倚的话。对名家尤其如此。往往只有对故世的名家,才敢行批评之事。这跟西方评论界的传统,好像正相反。其实,只有当一个人在世时对他提出批评,才是对他的尊敬,而在他死后进行鞭挞,那才残忍得很。"[4]多表扬和吹捧而少深刻剖析和批评,这对任何形式的评价而言都是"要不得"的。

批评者必须树立明确的责任意识,以确保翻译批评的价值得以实现。

1 蒂博代,《六说文学批评》,赵坚译,三联书店,2002 年,第 126 页。
2 同上,第 24 页。
3 同上,第 25 页。
4 杨晓荣,《翻译批评导论》,中国对外翻译出版公司,2005 年,第 29 页。

后　记

前些日子，读《文汇报》社的朋友寄来的《读书周报》，惊喜地发现国家“八五”规划重点图书选题中列有两个有关翻译理论的大项目：一个是五卷本的《翻译理论丛书》，由刘重德先生主编；另一个是将由中国对外翻译出版公司负责出版的《翻译理论与翻译技巧丛书》（十册）。对我这样一个既搞文学翻译，又研究翻译理论，还从事翻译教学的人来说，这两个项目虽然仅仅还是个计划，尚为选题，但已经够令人欣慰与振奋了。“翻译学”，这门至今还有不少人对其科学性存有疑问的学科，已经开始在中国为自己争取理应拥有的一席之地。作为一门科学，我认为它应该包括三大部类：一、对翻译的基本原理与方法的研究，我们通常称之为翻译理论，如张今的《文学翻译原理》、刘宓庆的《现代翻译理论》就属于此类研究的成果；二、对翻译活动的发展及其相关问题进行探索，这就是翻译史研究的范畴，在这一方面，我们已有马祖毅的《中国翻译简史》和谭载喜的《西方翻译简史》；三、对翻译活动的产物，即翻译作品的研究，这就是我们所说的翻译批评。在这第三方面，理论的研究似乎还是个空白。这一空白的存在，有着多方面的原因，其中主要一条就是认识的不统一，如在有的翻译理论专家构建的翻译学的框架中，翻译批评被完全排斥在外。因此，对翻译批评的研究范畴、文学翻译批评的原则和方法，人们在认识上至今还比较模糊，难以形成比较统一、系统的看法。在这一意义上说，我所做的纯粹是一种尝试性和探索性的工作。我没有构建一个文学翻译批评学科理论体系的奢望，只是想结合自己一些文学翻译与批评的实践和理论上的思考,提出一些与文学翻译批评相关的重要问题,引起人们的关注,进而对文学翻译批评进行理论的探讨。

应该说,文学翻译批评离不开文学翻译。从理论上讲,对文学翻译批评的研究,也同样离不开文学翻译理论的启迪,两者的关系是极为密切的。正是基于这一点,我将这部小书定名为《文学翻译批评研究》。在本书内容的安排上,也基本上是这两者兼而有之,互为补充。对文学翻译活动的复杂性,人们或多或少有所认识,但对真正从事过文学翻译,特别是文学名著翻译的译家来说,这种认识便要深刻得多。对文学翻译活动中所涉及的各种要素和问题,若没有亲躬译事的经历,是难以有真正的感受的。若不了解对翻译活动起着制约作用的诸要素和翻译的可能性及限度,要对译家的翻译活动和他们的译作进行合理、公允的评价,实际上是不可能的。因此,认识翻译的本质,分析翻译活动的层次,界定翻译活动中再创作的限度,对科学地进行文学翻译批评实践就很有必要了。

文学翻译批评不同于文学批评,但两者之间又存在着一定的共性。从文学作品产生的五个要素与文学翻译作品产生的五个方面的比较中,我们可以更加清楚地认识到两者的异同。认识了文学翻译批评的本质,就基本明确了这一活动的范畴。而对其原则和方法的探讨,又离不开对其目的与作用的思考。所有这一切,都是相互关联的。如果说要对文学翻译批评的思考和探索形成某种系统性的话,那首要一点,就是要力戒把文学翻译批评看作一项孤立的活动。

也许有必要着重说明的是,我无意也无能力在哲学、美学的高度去进行文学翻译批评纯理论的研究,去发掘翻译批评的纯理性研究课题。相反,我想从自己对翻译活动的基本认识出发,结合具体的翻译作品,通过实实在在的批评实践,试图在探索合理、科学、公允地评价文学翻译的基本途径与方法上有所收益。法国著名文学批评理论家热拉尔·热奈特在《叙事话语·新叙事话语》一书的"绪言"中指出,如今,文学"评论似乎给'文学理论'让路,更确切地说给叙事理论或叙事学让路"[1]。实际上,他说的是一种评论实践与文学理论相脱节的情况,换言之,是一种轻评论实践、重文学理论的现象。而他则主张两者相结合,并明确地表示,"在希望理论为评论服务时我不由自主

1 详见热拉尔·热奈特,《叙事话语·新叙事话语》,王文融译,中国社会科学出版社,1990年,第3—4页。

地让评论为理论服务”。应该承认,我从热奈特的研究原则与方法中得到了一定的启示。进行文学翻译与批评的研究,我在主观上是朝“理论与实践”相结合这一点靠近的。为了拓展文学翻译批评研究的广度和深度,做到言之有物、有的放矢,我注意选择具有一定代表意义的批评对象,如傅雷的翻译风格、《红与黑》的翻译,特别是《追忆似水年华》的汉译。

选择《追忆似水年华》为主要批评对象,我有着多方面的考虑。首先,《追忆似水年华》是一部世界公认的名著,在世界文学史上占有令人瞩目的地位,是第一次被完整地介绍给中国读者,具有评论的价值;其次,由于这部名著的独特个性“难以翻译”,对这样一部因翻译的重大障碍而在中国迟到了半个多世纪的伟大巨著的汉译本进行评价,有利于发现并认识在翻译活动中起着影响作用的诸要素及这些要素之间的关系,探讨贴近批评对象的各种可取的角度和有效的方法,总结其规律,进而形成一定的系统;再次,我认为,像《追忆似水年华》这样一部“由一个成熟的作者写给成熟的读者看的成熟的作品”,将它译成汉语,无疑是一件值得庆贺的大事,但更重要的是要让汉语读者尽量读懂它,这就需要我们的外国文学评论家们做些有益的介绍工作。作为《追忆似水年华》的译者之一,我想自己也有责任在这一方面作些努力。如果通过我对《追忆似水年华》汉译的一些富有代表性的问题(如长句处理、形象再现、风格传达等)的研究,能给人们释读这部“超越时空”的不朽名著提供一点帮助的话,我将无比欣慰,因为当我在选择《追忆似水年华》的汉译为主要批评对象时,脑中确实闪过这一希望的火花,而且至今还存有这份奢望。

有朋友曾劝过我,搞文学翻译的人,最好不要去搞文学翻译批评,更不要去搞什么研究,不然,会“引火烧身”,惹出是非来。但是,我想,自己在文学翻译的道路上还刚刚起步,加之底气不足,功力不到,献给读者的一些作品多有不足之处,如果能通过自己的这些批评实践和理论探讨,赢得一些“反批评”,得到前辈和同人的指教,使自己能更清楚地认识自己的缺陷,岂不是求之不得的好事。为此,我要感谢我的导师陈宗宝教授,是他开设的文学翻译评论课把我引入了这片在我国还有待开垦的土地,也是他“要勇于否定自己”的富于哲理的教诲给了我不断探索的勇气,进行这项力不从心的研究。世界著名的普鲁斯特研究专家,巴黎第三大学米伊教授,对我的这项研究也给予了特别的关心与鼓励,将他多年研究普学的成果毫无保留地介绍给我,给我寄来《普鲁斯特的句子》《普鲁斯特与风格》等多部著作,并亲笔题签,对我的研究寄予厚望。这里,我要向他表示衷心的谢忱。我还要感谢南京大学外文系钱佼汝、余一中教授的热忱鼓励,陆振康、张俊焕先生的大力支持,译林出版社李景端社长和法国驻华大使馆包海德先生的关心,以及扬州医学院石澍老师的无私帮助。没有他们的宝贵支持、鼓励和帮助,我的这部还不成熟的小书是不可能与读者见面的。当我将它呈献给读者时,我只希望自己没有辜负他们的关心和帮助,希望这部粗糙的著作能够起到一个抛砖引玉的作用,为有更多的人来关心文学翻译批评事业,进行文学翻译批评的理论探索,总结出一套系统、科学、富有指导意义的理论来。

许钧

南京玄武湖畔锁金村

1992 年 9 月 27 日

重版补记

《文学翻译批评研究》是一部很不成熟的小书，也算不上是一部严格意义上的学术专著，实际上是我就文学翻译展开的一些思考的记录，里面涉及我对翻译活动的认识，对翻译评价的原则与方法的探讨，以及对文学翻译相关的一些重要问题的分析。这部小书有一个特点，就是与翻译实践结合非常紧密。书中所探讨的问题，基本上都以翻译文本为基础，尤其是我参加翻译的《追忆似水年华》，给我提供了一个思考翻译、评价翻译和探讨翻译批评活动的空间。

这部小书出版已经整整二十年了，原以为它不会留下什么痕迹，早应该被扔到废纸篓里去了。承蒙翻译学人的厚爱，这些年来，这部小书一直在发挥作用。有学者甚至把本书当作中国翻译批评研究的“开山之作”，这给了我很大的鼓励。学术贵在探索，也贵在传承。我对文学翻译批评事业一直非常关心。我培养的学生中有人接过了学术接力棒，近十余年来潜心于翻译批评研究，就翻译批评的原则、标准、途径提出了一些很有见地的观点。青出于蓝而胜于蓝，我感到非常欣慰。对翻译学界近年来在翻译批评领域所取得的研究成果，我觉得也很高兴，但也感到有一些遗憾的地方，觉得理论探讨很多，但真正针对翻译或翻译现象展开的批评却很少见。在某种意义上说，翻译批评因此而失去了一些它本该具有的鲜活的力量，没有担负起它本该担负的责任。于是，我在想，《文学翻译批评研究》这部小书之所以不死，恐怕在很大程度上是因为该书所体现出的一种翻译批评的精神和翻译批评的力量。

在我的学术道路上,译林出版社的朋友一直给我支持、鼓励和力量。这次又承蒙译林出版社不弃,重新出版《文学翻译批评研究》。借此机会,我选入了几篇思考翻译批评的文章,其中有一篇是我与我的弟子刘云虹教授合作撰写的,权当我在翻译批评领域不断耕耘所留下的历史记录。有必要加以说明的是,为了保持历史的原貌,不同时期撰写的文字的体例没有强求统一,敬请读者朋友谅解。

许钧
补记于南京大学树华楼
2012 年 7 月 1 日

三版小记

《文学翻译批评研究》,是我在1992年出版的一部小书。从某种意义上说,这部小书真正开启了我的翻译研究,尤其是文学翻译研究的学术历程。我特别感谢译林出版社。1992年,该书出了首版;二十年后,2012年,该书的增订版问世;又是十年过去了,承蒙译林出版社厚爱,这部小书得以第三次出版,且由我的好友王理行编审做责任编辑,做了十分认真的修订。

一部学术著作的生命能否延续,关键在于学术本身。《文学翻译批评研究》首版问世后的三十年来,我对翻译批评的思考一直没有停止。在《论翻译批评的介入性与导向性——兼评〈翻译批评研究〉》(《外语教学与研究》,2016年第3期)一文中,我曾强调指出,翻译活动在新的历史时期呈现出前所未有的丰富性与复杂性,迫切需要翻译批评界以敏锐的理论意识和高度的历史责任感,充分重视并切实改变翻译批评长期以来存在的理论发展缓慢与实践缺乏在场两大问题,提出翻译批评应以介入的姿态,关注并正视当下翻译活动中存在的问题与不良倾向,发挥其应有的警示与建构力量,同时进一步把握翻译本质,以历史的目光看待与评价翻译活动,发挥其应有的价值导向。在多个场合,我还呼吁要有两个方面的坚持:一、翻译批评要坚持历史发展观,对翻译现象、翻译事件和具体文本的批评要从历史出发,将之置放于一定的历史环境中去考察;二、翻译批评要坚持文化观,要有一种宏大的文化视野,从文化交流的高度去评价翻译史和具体翻译活动中的一些重要问题,如翻译选择、文化立场、价值重构等。对于未来翻译批评研究的发展,我也作了一些思考,有心的读者可以读一读南京大学刘云虹教授和我合作撰写的《新时期翻译批评的走向、特征与未来发展》(《中国翻译》,2022年第2期)一文。

需要说明的是,此增订本的主体部分,系译林出版社1992年版的内容。在后来的研究中,我对文学翻译批评又有了一些新的思考。本书增加的三篇文章,写于不同的时期,初版《文学翻译批评研究》中有关翻译价值与文学翻译批评原则的某些观点有重申,有引用,恕不一一标注。在《文学翻译批评研究》第三版问世之际,我还要特别感谢北京外国语大学许国璋语言高等研究院和许国璋外国语言研究奖的评委。这部小书有幸获得第三届许国璋外国语言研究奖(2020年11月),对我而言是一种鼓励,更是一种鞭策。余生,我会继续努力思考,不断探索。

许钧

记于南京黄埔花园

2022年5月26日

主要参考书目与资料

Barthes, Roland: *Le degré zéro de l'écriture suivi des Éléments de sémiologie*, Paris: Gonthier, 1965.

Barthes, Roland: *Nouveaux essais critiques*, Paris: Éditions du Seuil, 1972.

Bassnett, Susan & André Lefevere: *Constructing Cultures: Essays on Literary Translation*, Clevedon: Multilingual Matters Ltd., 2000.

Bassnett-McGuire, Susan: *Translation Studies*, London: Methuen, 1980.

Bergson, Henri: *Essai sur les données immédiates de la conscience*, Paris: PUF, 1917.

Berman, Antoine: *L'épreuve de l'étranger: Culture et traduction dans l'Allemagne romantique*, Paris: Gallimard, 1984.

Berman, Antoine: *Pour une critique des traductions: John Donne*, Paris: Gallimard, 1995.

Brée, Germaine: *Du temps perdu au temps retrouvé*, Paris: Les Belles lettres, 1950.

Brisset, Annie: *Sociocritique de la traduction*, Québec: Éditions du Préambule, 1990.

Broech, R.: "Second Thoughts on Translation Criticism", in T. Hermans (eds): *The Manipulation of Literature*, London & Sydney: Crom Helm, 1985.

Catford, John C.: *A Linguistic Theory of Translation*, London: Oxford University Press, 1967.

Cattaui, Georges: *Proust perdu et retrouvé*, Paris: Plon, 1963.

Cellard, Jacques: *La vie du langage*, Paris: Gallimard, 1979.

Cheng, François: *L'écriture poétique chinoise*, Paris: Éditions du Seuil, 1977.

Cressot, Marcel: *Le style et ses techniques*, Paris: PUF, 1963.

Deleuze, Gilles: *Proust et les signes*, Paris: PUF, 1964.

Guiraud, Pierre: *La Sémiologie*, Paris: PUF, 1984.

Kelly, Louis: *The True Interpreter, A History of Translation Theory and Practice in the West*, Oxford: Basil Blackwell, 1979.

Kristeva, Julia: *Le texte du Roman: Approche sémiologique d'une structure discursive transformationnelle*, Paris & New York: Mouton Publishers, 1979.

Mauriac, Claude: *Proust*, Paris: Éditions du Seuil, 1979.

Milly, Jean: *La Phrase de Proust*, Paris: Librairie Honoré Champion, 1983.

Milly, Jean: *Proust dans le texte et l'avant-texte*, Paris: Flammarion, 1985.

Milly, Jean: *Proust et le style*, Genève: Slatkine Reprints, 1991.

Mounin, Georges: *Les problèmes théoriques de la traduction*, préface de D. Aubry, Paris: Gallimard, 1963.

Mouton, Jean: *Le Style de Marcel Proust*, Paris: Nizet, 1973.

Muller, Marcel: *Les Voix narratives dans* la Recherche du temps perdu, Genève: Droz, 1983.

Nida, Eugene A.: *Toward a Science of Translating*, Leiden: Brill, 1964.

Niranjana, Tejaswini: *Siting Translation: History, Post-structuralism and the Colonial Context*, Berkeley: University of California Press, 1992.

Picon, Gaëten: *Lecture de Proust*, Paris: Mercure de France, 1963.

Poulet, Georges: *L'Espace proustien*, Paris: Gallimard, 1963.

Proust, Marcel: *A la recherche du temps perdu*, Paris: Gallimard, 1954.

Reiss, K.: *Translation Criticism: The Potentials & Limitations*, Manchester: St. Jerome Publishing Company, 2000.

Sartre, Jean-Paul: *Qu'est-ce que la littérature?* Paris: Gallimard, 1948.

Saussure, Ferdinand de: *Cours de linguistique générale*, Paris: Payot, 1972.

Steiner, George: *Après Babel: Une poétique du dire et de la traduction*, Paris: Albin Michel, 1998.

Stendhal, Henri Beyle: *Le Rouge et le Noir*, Paris: Gallimard, 1972.

Venuti, Lawrence: "Translation and the Formation of Cultural Identities", in Christina Schäffner and Helen Kelly-Holmes (eds): *Cultural Functions of Translation*, Clevedon: Multilingual Matters Ltd., 1999.

Vinay, Jean-Paul & Jean Darbelnet: *Stylistique comparée du français et de l'anglais: Méthodes de traduction*, Paris: Didier, 1968.

巴尔胡达罗夫,《语言与翻译》,蔡毅、虞杰、段京华编译,中国对外翻译出版公司,1985 年。

R. 巴特,《符号学美学》,董学文、王葵译,辽宁人民出版社,1987 年。
北京大学比较文学与比较文化研究所编,《多边文化研究》,新世界出版社,2001 年。
贝克特等,《普鲁斯特论》,沈睿、黄伟等译,科学文献出版社,1999 年。
蔡新乐、郁东占,《文学翻译的释义学原理》,河南大学出版社,1997 年。
查尔斯·查德维克,《象征主义》,肖聿译,北岳文艺出版社,1989 年。
陈德鸿、张南峰编,《西方翻译理论精选》,香港城市大学出版社,2000 年。
陈福康,《中国译学理论史稿》,上海外语教育出版社,1992 年。
陈明远,《语言文字的信息处理》,知识出版社,1982 年。
陈忠诚,《词语翻译纵谈》,中国对外翻译出版公司,1983 年。
陈宗宝编著,《法汉翻译教程》,上海译文出版社,1984 年。
蒂博代,《六说文学批评》,赵坚译,三联书店,2002 年。
费振钟,《为什么需要狐狸》,江苏文艺出版社,2006 年。
辜正坤、史忠义编,《国际翻译学新探》,百花文艺出版社,2006 年。
泰伦斯·霍克斯,《隐喻》,穆南译,北岳文艺出版社,1990 年。
伽达默尔,《真理与方法——哲学诠释学的基本特征》,洪汉鼎译,上海译文出版社,1999 年。
吉维·拉日杰诺维奇·加切奇拉泽,《文艺翻译与文学交流》,蔡毅等编译,中国对外翻译出版公司,1987 年。
姜治文、文军编著,《翻译批评论》,重庆大学出版社,1999 年。
苏珊·朗格,《情感与形式》,刘大基、傅志强、周发祥译,中国社会科学出版社,1986 年。
李德顺,《价值论》,中国人民大学出版社,2007 年。
梁启超,《翻译文学与佛典》,见罗新璋编,《翻译论集》,商务印书馆,1984 年。
廖七一等编著,《当代英国翻译理论》,湖北教育出版社,2001 年。
林煌天主编,《中国翻译词典》,湖北教育出版社,1997 年。
林兴宅,《艺术魅力的探寻》,四川人民出版社,1985 年。
刘禾,《跨语际实践——文学,民族文化与被译介的现代化(中国,1900—1937)》,三联书店,2002 年。
刘宓庆,《翻译与语言哲学》,中国对外翻译出版公司,2001 年。
刘宓庆,《文体与翻译》,中国对外翻译出版公司,1985 年。
刘宓庆,《现代翻译理论》,江西教育出版社,1990 年。
刘重德编著,《翻译漫谈》,陕西人民出版社,1984 年。
罗国林,《法译汉理论与技巧》,商务印书馆,1981 年。
罗新璋编,《翻译论集》,商务印书馆,1984 年。
热扎克·买提尼牙孜主编,《西域翻译史》,新疆大学出版社,1994 年。

毛崇杰,《颠覆与重建——后批评中的价值体系》,社会科学文献出版社,2002年。
安德烈·莫洛亚,《普鲁斯特传》,徐和瑾译,浙江文艺出版社,1998年。
普鲁斯特,《寻找失去的时间》,沈志明选译,安徽文艺出版社,1992年。
马塞尔·普鲁斯特,《追寻逝去的时光》第一卷《去斯万家那边》,周克希译,上海译文出版社,2004年。
马塞尔·普鲁斯特,《追忆似水年华》,李恒基、徐继曾等译,译林出版社,1989年。
马塞尔·普鲁斯特,《追忆似水年华》第一卷《在斯万家这边》,徐和瑾译,译林出版社,2004年。
乔曾锐,《译论——翻译经验与翻译艺术的评论和探讨》,中华工商联合出版社,2000年。
热拉尔·热奈特,《叙事话语·新叙事话语》,王文融译,中国社会科学出版社,1990年。
让-保尔·萨特,《萨特文学论文集》,施康强等译,安徽文艺出版社,1998年。
上海译文出版社编,《作家谈译文》,上海译文出版社,1997年。
沈志明编,《普鲁斯特精选集》,山东文艺出版社,1999年。
思果,《翻译新究》,台北大地出版社,1982年第2版。
让-伊夫·塔迪埃,《普鲁斯特和小说》,桂裕芳、王森执译,上海译文出版社,1992年。
谭载喜,《西方翻译简史》,商务印书馆,1991年。
谭载喜编译,《奈达论翻译》,中国对外翻译出版公司,1984年。
唐弢主编,《中国现代文学史》(一),人民文学出版社,1979年。
涂卫群,《普鲁斯特评传》,浙江文艺出版社,1999年。
王彬彬,《为批评正名》,时代文艺出版社,2000年。
王逢振,《今日西方文学批评理论》,漓江出版社,1988年。
王逢振,《意识与批评》,漓江出版社,1988年。
王宏印,《文学翻译批评论稿》,上海外语教育出版社,2006年。
王克非编著,《翻译文化史论》,上海外语教育出版社,1997年。
王小波,《王小波文集》第四卷,中国青年出版社,1997年。
王岳川,《后现代主义文化研究》,北京大学出版社,1992年。
雷纳·韦勒克,《近代文学批评史》,杨岂深、杨自伍译,上海译文出版社,1997年。
贾斯廷·温特尔编,《现代世界文化词典》,祁阿红等译,江苏人民出版社,1988年。
温秀颖,《翻译批评——从理论到实践》,南开大学出版社,2007年。
文军,《科学翻译批评导论》,中国对外翻译出版公司,2006年。
吴新祥、李宏安,《等值翻译论》,江西教育出版社,1990年。
谢天振,《文化构建——文学翻译论集》,上海外语教育出版社,2001年。
谢天振,《译介学》,上海外语教育出版社,1999年。

徐崇温,《结构主义与后结构主义》,辽宁人民出版社,1986年。
许宝强、袁伟选编,《语言与翻译的政治》,中央编译出版社,2001年。
许钧、袁筱一等编著,《当代法国翻译理论》,湖北教育出版社,2001年。
许钧主编,《翻译思考录》,湖北教育出版社,1998年。
许钧主编,《文字·文学·文化——〈红与黑〉汉译研究》,南京大学出版社,1996年。
许渊冲,《翻译的艺术》,中国对外翻译出版公司,1984年。
杨晓荣,《翻译批评导论》,中国对外翻译出版公司,2005年。
杨自俭、刘学云编,《翻译新论》,湖北教育出版社,1994年。
余华,《在细雨中呼喊》,上海文艺出版社,2004年。
喻云根主编,《英美名著翻译比较》,湖北教育出版社,1996年。
袁锦翔,《名家翻译研究与赏析》,湖北教育出版社,1990年。
张柏然、许钧主编,《面向21世纪的译学研究》,商务印书馆,2002年。
张柏然、许钧主编,《译学论集》,译林出版社,1997年。
张汝伦,《意义的探究——当代西方释义学》,辽宁人民出版社,1986年。
张寅德,《意识流小说的前驱:普鲁斯特及其小说》,三联书店(香港)有限公司,1992年。
赵俊欣编著,《法语文体论》,上海译文出版社,1984年。
赵宪章,《文艺学方法通论》,江苏文艺出版社,1990年。
郑海凌,《文学翻译学》,文心出版社,2000年。
郑克鲁,《现代法国小说史》,上海外语教育出版社,1998年。
中国对外翻译出版公司编,《外国翻译理论评介文集》,中国对外翻译出版公司,1983年。
邹振环,《影响中国近代社会的一百种译作》,中国对外翻译出版公司,1996年。